U0508643

迷　城

李沛花　著

陕西新华出版
陕西旅游出版社

图书在版编目（CIP）数据

迷城 / 李沛花著. — 西安 : 陕西旅游出版社, 2023.9

ISBN 978-7-5418-4514-7

Ⅰ. ①迷… Ⅱ. ①李… Ⅲ. ①长篇小说－中国－当代 Ⅳ. ①I247.5

中国国家版本馆 CIP 数据核字(2023)第 166469 号

迷城 李沛花 著

责任编辑：韩　双
出版发行：陕西旅游出版社
（西安市曲江新区登高路 1388 号　邮编：710061）
电　　话：029-85252285
经　　销：全国新华书店
印　　刷：三河市双升印务有限公司
开　　本：880mm×1230mm　1/16
印　　张：25
字　　数：380 千字
版　　次：2023 年 9 月　第 1 版
印　　次：2023 年 11 月　第 1 次印刷
书　　号：ISBN 978-7-5418-4514-7
定　　价：88.00 元

目　录

第一章

多年以后，每次想起那天的经历，田小米都会不寒而栗。

叶琴对着镜子左顾右盼整理头发，抽空瞥一眼女儿："小米，赶紧收拾！不能吃早饭啊，要空腹做检查的！"

田小米蜡黄的脸上泛起一层红晕，低着头轻声道："知道了，妈妈！"

田琨把一碟面包片，两只水煮蛋，两杯牛奶摆在餐桌上，边摘围裙边说："小米，爸给你带了全麦面包、水煮蛋和牛奶。牛奶加热了，装在保温杯里，检查完记得吃啊！"

"知道啦，爸！"田小米扎好辫子，嘟嘟嘴，拿起餐盒和保温杯，提着书包转身进了卧室。五分钟后出来，身上的校服换成了一件蓝色连衣裙。

叶琴把最后一块面包塞进嘴里，边喝牛奶边打量女儿，顿了顿，想说什么又咽回去，看了田琨一眼。

田琨默默起身，接过女儿的双肩包帮她背好，随手拍拍女儿的脑袋："小米，上午检查不完的话，让妈妈帮你续假。如果检查完，去学校时记得把校服套上。记着啊！"

叶琴沉着脸拎起小坤包，抓起车钥匙："小米快走，一会儿该堵车了！"

小米眼睛红红的，看着爸爸点点头，跟在妈妈后面慢腾腾地往外走，马尾辫垂头丧气地耷拉着。叶琴蹬上高跟鞋，疾走几步，回头看看，气冲冲折回，一把抓住女儿的胳膊，拽着她上了车。打着火，把油门踩得轰响，狠狠打两把方向盘，倒出车来，飞快地离开了。

田琨立在楼门口，和女儿隔着车窗挥了挥手，看着车尾消失在拐角，他的心突然莫名急跳了几下。他一惊，神思瞬间有些恍惚，扭头环视左右，初升的阳光白得耀眼。马路上，小汽车、自行车、摩托车、路人等，汇成川流不息的河流，悄无声息匆匆而过。他急忙摇摇头，低头看看脚尖，再抬头，面前的一切恢复了熟悉的模样。经过一夜的休整，人们又满血复活，走出各自的栖身之处，开始了日复一日的奔波。

田琨摇摇头叹口气，呆立片刻，转身回了家。那一霎的他感觉异样，预感有事即将发生，但不知道是什么，他有过类似的经历。

田琨家是一套八十多平方米的二手房，一楼，结婚那年两家凑钱买的。在城中村改造项目规划区域，马上要拆迁了，谈好返还的两套楼房在新城开发区，还没交房。下半年，全家要搬去老城区父母家过渡一年半载。那是个独门独院的老院子。

叶琴和女儿都没说话。小米歪头看向车窗外。叶琴不时扭头看女儿一眼，心想，如果是个儿子，陪着去医院的活儿就是丈夫的了。话说回来，如果是儿子，怎么会得那种病呢。唉！现在的孩子可真不让人省心，尤其是女孩子。

刚八点，母女二人就进了省医院大门，挂号处已经排了几条长龙。

“怎么这么多人。”叶琴不停地埋怨，让女儿排在另一队，说看哪边先到就在哪边挂号。

好不容易挂了号，到专家门诊一看，过道两侧的长凳上坐满了人，门口还立着几个。有两三个陪着孕妇的男子，几个年轻媳妇，几个中年妇女，听见脚步声，纷纷转头看过来。小米小脸通红，头垂在胸前闪进了卫生间，好久才出来，又躲到过道另一头，靠墙立着玩手机，不时朝这边瞥一眼。

叶琴急得直跺脚，边跑去门口张望一下，边嘀咕：“怎么这么慢啊。”

她看看门边的牌牌，老专家名叫夏吉祥。她想打电话找个关系提前就诊，犹豫再三，放弃了。15 岁的女儿来看妇科，熟人知道了，万一传出闲话还得了！

两个小时后，终于轮到田小米了。专家夏吉祥是位慈眉善目的老奶奶，小米心里轻松了点。

夏专家的眼神越过眼镜框瞅了小米一眼：“小姑娘，怎么了啊？”

小米的脸更红了，求救般看向妈妈，叶琴赶紧过去关了门。

“我女儿前天去游泳馆游泳，回来后下面就感觉不舒服，痒得难受，现在越来越痒。”

夏专家面无表情地默默在纸上写着什么，片刻抬起头，用下巴示意帘子后面：“脱了裤子，上去。”

小米明白过来，心跳得擂鼓一般，双腿直打战。

叶琴拖着女儿转到帘子后面，伸手来撩女儿裙子，小米弯下腰两手按着，嘤嘤哭了起来。

“哭什么，快点儿！好多人等着呢！”穿白大褂的实习生看起来比小米大不了几岁，斜眼瞪着她。

小米仰面躺在手术床上，紧咬下唇双目紧闭低声啜泣。

化验结果要等两个小时才能出来。

小米躲在院里树荫下的椅子上低头垂泪，叶琴不停地走来走去接打电话。她是一家单位的人事科长，有时候挺忙。

“小米，妈妈单位有要紧事要去处理一下，你等着把化验单拿上，找那个专家老奶奶开药，好不好？”

小米没回答。

“小米乖，听话啊，妈妈真的有急事！忙完就回来接你，好不好？”

小米扭着身子跺着脚，哇的一声哭出声来。

叶琴啧了一声，不耐烦地低声道：“哭什么哭，那专家老奶奶说了，是进了脏东西感染了，没什么大事啊！怕什么？”

停了一下，叶琴见女儿还在哭，伸手搂了搂女儿的肩膀：“别哭了，这么大个人了，不嫌丢人啊！妈妈忙完就来接你，听话啊！”

说完，她急匆匆地走了，边走边打电话。

小米渐渐止了哭，心凉透了。她是个品学兼优的好学生，优秀班干部，深受老师、同学喜欢。可今天，她的自尊被人践踏到尘埃里，承受着怎样的屈辱啊！那感觉，比身体的不适难受百倍！她多么希望妈妈陪伴、抚慰自己，妈妈却头也不回地离开了，留自己一个人，独自去面对尴尬和羞辱！

她想给爸爸打电话，又羞于开口。

专家老奶奶那双深不见底的眸子里有很多内容，怀疑、轻视、蔑视……那实习生浑身上下透着嘲笑和不屑。

专家老奶奶说的话，更像是随口敷衍。

自己究竟怎么了？

时间好漫长。田小米坐立不安，又盼又怕，两个小时过去了，妈妈还没回来。

小米朝妈妈离去的方向张望了好一会儿，想打电话，又怕妈妈凶，只得躲躲闪闪挪到化验室窗口。等身边没人了，才凑到窗口，学别人的样子说了名字。

一个穿白大褂的男子探出头看她一眼，又回头和一女白大褂说笑，随手扔出来一张单子。

小米看见“田小米”三个字，一把抓在手里，匆匆跑到大树下，四顾无人，展开单子细看，左看右看不明就里，心想，还是要去找那专家老奶奶的。

夏专家盯着单子看两眼，盯着小米看三眼：“小姑娘，上几年级啊？”

“初三。”

“有男朋友吗？”

小米的脸红透了，哆哆嗦嗦地说：“没、没有啊！”

实习生凑到夏专家身边弯腰探头看单子。小米这才注意到，她胸前的小牌牌上写着“黎丽丽”三个字。

片刻，黎丽丽的身体呼一下挺直了，眼神锥子似的射向小米。小米顿觉矮了一截，心慌慌的，恨不得找条地缝消失了。

夏专家对黎丽丽低语道：“奇怪，处女膜完好……不过，这种情况也是有的……要不，再检查一遍？”

小米的心咚咚直跳，浑身的血冲上头顶，脑袋嗡嗡直响。

她猛地跳起来，一把抓起单子转身就跑。身后追来夏专家的声音："哎！小姑娘！别跑啊，还要再做下检查，药也没开呢！"

黎丽丽追出来："田小米，回来！"

田小米一口气跑出医院，全然不顾路人投来的各种目光。她只顾往前跑，她要赶紧离开医院，逃得越远越好。跑了很久，她停住脚步，不知身在何处。浑身发软，肚子咕咕直叫，早餐还在背包里躺着呢。

她躲进一条小巷，掏出手机给妈妈打电话，打了好几遍，妈妈都没接。

她想起包里有爸爸给的零花钱，打了辆出租车，上车跟司机说了学校名，靠在后座无声流泪。

午餐平时是在学校食堂吃的。小米没去食堂，一个人回了教室。她喝了保温杯里的牛奶，吃了鸡蛋、面包，趴在桌上胡思乱想。她身上难受，想找班主任续假，盼妈妈接自己回家。见了妈妈怎么说呢？知道自己没开药，肯定又要生气了！

吃完午饭的同学陆续回教室休息了。

同桌尹小兰捅了捅她的胳膊："小米，你怎么没穿校服？"

小米一惊，看看身上的蓝色连衣裙，竟然忘了套校服！急忙从背包里拽出校服上衣套在裙子上。

"怎么了，小米，脸色这么难看？"

"没事，有点不舒服。"

"不要紧吧，去医院看了吗？"

"看过了。"

坐在右后几排的班长翔宇走过来："田小米，早上请假了？没事吧？"

"哦，班长，没事，有点不舒服。我下午还想续半天假，英语课麻烦你操心一下下。"

翔宇笑道："没问题！"

小米隐约感到后背有股灼热感，扭头一看，坐在后排的马晓娟沉着脸低下了头。

马晓娟偷偷说过，她喜欢翔宇。

马上要上课了，是英语课。小米是课代表。她转身冲翔宇摆摆手，拎着双肩包离开教室，去班主任办公室请了假，回家了。

田小米怎会想到，这个下午，有更难堪的事情等着她。

家里没人。平时在家工作的爸爸不在家，估计有事出去了。

田小米进了自己房间，把书包扔在桌上，去卫生间冲洗了一番，躺在床上胡思乱想。

她想着专家老奶奶夏吉祥和那实习生黎丽丽的对话，心想，百度一下化验单上写的是什么意思吧。谁知翻遍书包都没找到化验单！她急了，把包里的东西全倒在床上仔细翻找，还是没有！

她惊呆了，脑子里快速回想。不会是拿校服时掉在教室了吧？

天哪！如果被同学捡到，看见她去看妇科，传出去多丢人啊！女生们每个月来那事，都跟做贼似的互相防着。

田小米慌里慌张跑出家门，打车直奔学校。

门卫奇怪地看着去而复返的小姑娘，她解释把课本落在教室了。门卫边夸她边开门放行。小姑娘很有礼貌，见面总是打招呼问好，很招人喜欢。

第二节课是自习课。小米透过门上的玻璃看进去，班主任不在，同学们三五成群地咬耳朵，不时发出窃笑，兴奋异常。

她悄悄推门进去，门口的同学看见她，大喊一声“田小米来了”。

她一惊，看向那同学，同学大张的嘴巴和溜圆的双眸在泛着红光的脸上来回扭动着。

同学们齐刷刷看过来，目光千奇百怪。

“不好好上自习，闹什么？”学习委员的本能冒出来，她大声说。

教室里安静了一霎，突然又爆发出哄笑，夹杂着口哨声，叫喊声。

田小米愣了愣，大喊：“闹什么？什么情况啊？”边快步走到自己座位，前后左右寻个遍，不见化验单。她感觉尹小兰一直盯着自己，但没问她找什么。同学们也都盯着她。尹小兰不在座位上，而是站在过道里！

“小兰，你捡到东西了吗？”小米问。

“你的化验单吗？在、在常老师手里呢。”尹小兰的眼睛躲着她，声音几乎被吵闹声淹没。

“安静！同学们，请安静！”班主任常老师来了，拍着讲台喊了好几声，教室里总算安静下来。

常老师的目光锁住田小米，斜眼上下打量，面沉似水，说道：“田小米！跟我来！”

教室里又乱成了一锅粥。

“大家别闹了，安静学习！”常老师拍着讲桌扯着嗓子大叫，转身走出教室。田小米愣愣地跟着出了门，身后传来一片哄堂大笑。

一进办公室，常老师就把一张皱巴巴的纸拍在桌上，指头砰砰杵着桌子：“田小米！什么情况，嗯？”

田小米一看，正是那张化验单！

“我、我周日去游泳，回来后感觉不舒服……上午就是去医院检查的。”

“游泳？游泳能游出那种病来，谁相信啊。”

常老师目光鄙夷，屁股推着椅子往后移了一尺多距离，身体后仰，连珠炮似的一顿训斥。好像田小米浑身上下爬满了细菌，肮脏得不得了，她得躲远点儿。

“常老师，我没做什么啊！您怎么这么说我……”

“没做什么？没做什么能得这种病？我这就给你家长打电话仔细了解了解你的情况。”

进出的老师纷纷围过来，看了看化验单，又斜她几眼，转身坐在座位上小声议论。

小米满身是嘴都解释不清，气得流泪了。她没做过什么见不得人的事，怎么会这样？

“常老师，我没有，我真的没有！”

“常老师，冷静冷静，有话好好说，我觉得田小米不会做那样的事！”

正在这时，教数学的李老师走过来，拿起化验单仔细瞧了瞧，说：“不对啊！常老师，您看……这年龄……好像是 35 岁吧？这应该是同名同姓的另外一个人的化验单！小米同学拿错化验单了！”

常老师拿起单子仔细看看：“对啊，这里，好像是 3……”

皱巴巴的纸片在老师们手里转了一圈，回到常老师手里时更皱了。

这时，田小米总算明白过来，抬起泪脸看看常老师，又瞅瞅李老师，抢过单子仔细一看，破涕为笑：“是啊，常老师、李老师，这是 35 岁，不是 15 岁！我肯定是拿错单子了……呜呜呜……”田小米感觉好委屈，又哭了。

化验单上那个“3”，写得太敷衍了些，弯弯拐拐被拉直了许多，猛一看，很像是“1”。

常老师脸色缓和了些：“田小米同学，你是个品学兼优的好学生，干事怎么也这么马虎，看看你给自己惹来多大的误会，快，去医院换化验单吧！”

李老师的女儿和小米差不多年龄，很理解女孩子的心理：“女孩子嘛，害羞，肯定没敢仔细看。快去吧，小米同学。”说着拍拍小米的后背。

田小米顿觉天高云淡，身轻如燕，蹦蹦跳跳出了校门，马尾在脑后欢快地跳着舞。她打车来到医院，直奔化验室窗口。

等窗口没人了，小米才怯生生地把单子递进去：“叔叔，您给错单子了！这不是我的！”

男白大褂接过单子看了看，递给女白大褂，两人对视一眼。女白大褂拿出另一张单子递给她，说：“怎么这么粗心，拿错单子可不是闹着玩的！”

小米心想，不是我自己拿的，是你们给我的啊！怎么埋怨我。看看手里的单子，清清楚楚写着“15 岁”，那个“1”，利利索索的。也顾不得和白大褂们争执，拿了单子就走。转念一想，还得去找专家老奶奶和那实习生看看呢，要让她们知道，她拿错单子了。再把药开上，妈妈就不会生气了。

专家奶奶门口没病人，小米高兴极了。

专家夏奶奶一眼认出了她，看看单子，脸色平和一言不发，唰唰唰又开了张单子。黎丽丽拿起来看看，递过来，微笑着说："拿着这个，去交费拿药吧。"

小米第一次迎着两人的目光："那……奶奶，姐姐，我怎么了？"

"啊，没什么。进去脏东西了，有些感染，吃点消炎药，再洗一洗，就好了。以后注意点啊！"

小米对两人展颜一笑，蜡黄的小脸泛起红晕。小米是个很漂亮可爱的小姑娘呢，那两人想。

第二章

吴江爱梁慧，更爱他们的女儿。他对那实习生张腊梅不过是逢场作戏。说实在的，他喜欢她的青春靓丽，天真活泼，更享受她那近乎狂热的崇拜。但是，这些都不足以让他抛弃一切。他不可能离婚的！是时候做个了断了。

午夜梦回，吴江望着身边熟睡的妻子梁慧，暗暗下了决心。

岳母赵云是省医院的副院长，妻子是财务科科长，自己是检验科主任。结婚七年了，夫妻恩爱如初，女儿聪明伶俐，生活美满，工作顺心。夫复何求呢？自己真是昏了头了！

张腊梅是省中医学院的应届毕业生，来省医院实习已八个多月。

张腊梅是个标准的美人坯子，水汪汪的大眼睛，瓜子脸白里透红，身材玲珑。尤其是那一双颤巍巍的胸，勾人心魄。不过，张腊梅可不是个有胸无脑的花瓶，她聪明绝顶，深知自身的优势，所以时刻充分展示。走起路来挺胸收腹婀娜多姿，曲线毕露。她把每天从出租屋出来，到上班途中，以及在医院的每时每刻，都当成展示自己的舞台。更难能可贵的是，她没有漂亮女孩的通病——傲慢、娇生惯养。她在学校是好学生，在医院是优秀实习生。待人接物八面玲珑，与她的年龄极不相符，那是与生俱来的本事，和年龄无关。每到一个环境，很快，她就能清楚自己身上落了几束目光，她会不显山不露水把这些男人审视个遍，在心里的那杆秤上掂量来掂量去，排出亲近疏远的顺序来。

总之一句话，张腊梅是个尤物，完全不像她的名字那样直白俗气。

在大学时，张腊梅是班花，追求者最多，学院里本来就男生少，没几个出众的，那些追求者，她一个都瞧不上。同宿舍的女生都有男朋友了，到了大二时，她才勉强谈了个男朋友，实际上是找了个打饭、提水、陪逛街、不时为自己花点小钱的男伴而已。在她心里，这些同学和自己根本就不在一个层面上，他们还傻乎乎一副学生样，什么都不懂。

能分到省医院实习，是她凭自己的本事搞定了校领导才得到的机会。她那个所谓的男朋友，被分到某县医院实习去了。

张腊梅到化验科实习两个月后，不知不觉爱上了化验科主任吴江，逐渐冷淡了那个在县医院实习的男朋友。准确地说，吴江可以说是她真正的初恋。

吴江英俊帅气，可惜已婚。她早把他的底儿摸透了，也一眼就看穿了这份感情的结局。

她从吴江不时落在自己胸口的目光看得出，吴江喜欢自己。但，她清楚，吴江不会离婚的。吴江的一切，得益于妻子家，离婚会让他一无所有。她一边在心里警告自己远离吴江，一边又极尽狐媚引诱他。她清楚自己在飞蛾扑火，却又做不到悬崖勒马。她想，爱就爱吧！得不到人，最起码能得到点实惠吧！她相信自己的能力。

吴江最终没能抵抗得了诱惑，在一个雨夜沦陷在张腊梅的石榴裙下，从此一发不可收拾。他不是没思量过，不是没挣扎过。那青春气息扑面的曼妙胴体，时刻在眼前晃悠，就像一盘色香味俱全的佳肴摆在面前，即使不饿，也会忍不住尝两口。岂料，这一尝就上了瘾，欲罢不能。一晃半年过去了。

张腊梅的实习期快结束了。吴江暗暗松了一口气。再美味的菜肴也不能天天入口，时间一长自然会反胃。再说，天下哪有白吃的午餐。

刚开始，吴江就对张腊梅说过："腊梅，我是个有妇之夫，给不了你什么的！"他表现得很坦诚。他的妻子和岳母都在医院，全院人人皆知。他是姜太公钓鱼，愿者上钩。

张腊梅依在他怀里，娇声细语道："我知道，吴哥。我什么都不要，只要你爱我！"

吴江将她搂得更紧，恨不得揉进自己骨肉里。这样通情达理的可人儿送上门来，怎好推出去呢？暴殄天物啊！

化验室是个僻静之地，深夜几乎没什么人光临。轮到两人值夜班，就是他们的春宵良辰了。

张腊梅的爱是浓烈的，也是润物细无声的。她把自己无私奉献给吴江，还小心翼翼地呵护着，处处替吴江着想。医院食堂的饭菜很不错，但时间久了，难免乏味。张腊梅会做各种美味点心、家常小炒，时不时带来抚慰一下吴江的肠胃。吴江时常暗暗感叹，自己何德何能，竟能左拥右抱，尽享齐人之福。

然而，好景不长。

有一日，张腊梅红肿着双眼来上班，情绪极其低落。吴江自是免不了一番轻言问候。三番五次后，张腊梅终于抽搭开口了："吴哥，我怀孕了！"

耳语般的几个字，如五雷轰顶，震得吴江头昏眼花，俊脸煞白。张腊梅低眉顺眼倚在角落，哭得梨花带雨，酥胸微颤，我见犹怜。

"怎么会这样？不是采取措施了吗？"

"是啊，吴哥！我也不知道怎么会这样！"

吴江的眼中多了几分审视和警惕。"这姑娘……不会是给我下了个套吧。要不要给她做个化验证实一下？"

这时，张腊梅抬起泪眼："吴哥，你放心！我、我去别的医院……拿掉……"

吴江只觉呼啦一下，身心放松了。小概率事件偶尔还是会发生的。这个张腊梅，还真是通情达理啊，充分说明她对自己是真爱！

"腊梅，你真是哥的好妹子！哥谢谢你啊！你知道，哥是不能陪你去的！你放心，钱，哥出！"

吴江边说边察言观色，张腊梅低头抹泪，微微点头。这一夜，吴江没敢动张腊梅。

次日，张腊梅请了三天事假。第一天，给吴江发了一张某县医院的照片，其后两天杳无音信，打电话不接，发信息没回。吴江不免忐忑。

第四天，张腊梅正常上班了，没事人似的，有说有笑。只是身形清瘦了些，脸上少了几分血色，不时会坐下来歇一歇，很疲惫的样子。夜深人静时，吴江觉出不一样了，张腊梅拒绝和他缠绵，索然无味的状态。一连数日，夜夜如此。

张腊梅很快恢复了圆润的体态和粉扑扑的脸色，花蝴蝶似的在各办公室飞来飞去，一如既往“吴哥吴哥”叫得香甜，撩拨得吴江心痒难耐。

“这姑娘还真不错啊！开放，体贴，懂事……”

经过一段时间的观察，吴江见张腊梅既没有提什么条件，也没有埋怨他，好像那件事儿根本就没发生过，心里的一块大石落了地。不过，她对自己若即若离，究竟是什么意思？是身体还没恢复，还是想一刀两断？这样的女子，真是凤毛麟角，不容易遇见，放弃可惜了。

吴江前思后想，不忍就此罢手。转念又想，自己得了天大的便宜，没惹出事端来，何不趁机顺水推舟，让一场风花雪月无声无息逝去！如此一想，他那火烧火燎的心沉静下来，表现出冷漠态度。两人的关系好像恢复了越界之前的状态。

张腊梅工作之余就抱着课本看，不时有电话打进来，总是客气说一声：“吴哥，我去接个电话？”再回来，有时心事重重，有时兴高采烈。

吴江冷眼旁观，也不多问，努力保持冷淡。

有一天，一个斯斯文文戴眼镜的青年来找张腊梅，张腊梅很高兴，请了半天假，两人有说有笑出了门。

第二天下午，张腊梅哼着小曲走进办公室，粉面含春，是雨露滋润透了的神态。吴江心里醋意翻腾，到手的肥羊，岂容他人染指？

次日，吴江抽空把一个包装精致的小礼盒袋塞到她怀里。她抬起俏脸，一双秀目满是问号：“吴哥，这是？”

吴江双手搂搂她的肩，一副诚恳的表情：“丫头，哥的一点儿心意。前几天那事……你受苦了！”

打开一看，是一条钻石项链，价值不菲。

张腊梅一双大眼眨巴两下，几颗泪滴挂上了睫毛，小嘴嘟起来，一撇，两行泪珠滚落下来。

吴江的心瞬间化成了绕指柔，使劲把张腊梅搂进怀里，那温软馨香的身子酥软成一摊水，把两个人淹没了。

两人的感情比之前上升了一个高度，你侬我侬，情意绵绵。寻找一切机会眉目传情，亲一下，捏一把。

吴江找个没病人来打扰的机会，抱住她，抛出心里憋着的那个疙瘩："丫头，那天，来找你的那个男生是谁啊？"

张腊梅在他怀里停了一下，犹豫片刻，说："是……我男朋友。"

吴江的身体僵了一霎："哦，你、你打算怎样？"

张腊梅搂紧他的腰，头拱在他怀里："哥，我不知道啊！哥，你说，我该怎么办？"

张腊梅把球踢了过来，吴江不知接还是不接，接了以后将如何处置，不接又会怎样？ 说实在的，这个问题是无解的，他根本就没敢深思过。他沉默，将她搂得更紧。

张腊梅嘤嘤哭泣起来，圆润的肩头一拱一拱，泪水渗透他薄薄的T恤，热热地沁入他胸口。

"哥，你知道的，我爱你！我这辈子只爱你一个！可是你……我该怎么办啊？"

多好的姑娘啊，知道爱而不得，就把这份爱埋在心底，宁愿找个不爱的人把自己嫁出去，也不愿意打扰所爱之人的生活！难得啊！怎么办呢？

他的脑海中闪过妻子，女儿，岳母，工作，周围的人……

他放开张腊梅的腰，替她擦擦泪："丫头，你放心！能做到的，哥会尽量帮你的！"

又一波眼泪流下来了。樱桃小口捂住他的嘴："哥，我不会破坏你的家庭，影响你的工作！那样，我岂不成了罪人。我希望你好，因为我爱你，胜过一切！"

吴江心疼极了，紧紧搂住她长叹一声："上帝呀，为什么不让我早几年遇见你呢？"两人都愣了一下，笑了。早几年，张腊梅还在几百公里外的小县城上高中呢。

究竟是怎样的机缘，让来自不同世界的两个人，产生了这样一段奇妙的缘分，不是命中注定，又是什么。

实习期快结束了，目前的头等大事就是解决工作问题。大人们给铺好路的，或者凭自己的本事找到门道的，气定神闲，顺利走上工作岗位；没依没靠，或者才回过味儿来的，开始四处投简历、到处面试、碰壁……

天下没有新鲜事，每年都在上演的一番忙碌，是象牙塔和社会之间的过渡，是每个学子必经的一段人生历程。从此，一入江湖深似海，荣辱沉浮几十载。

实习生是有留院工作名额的。吴江开始为张腊梅动脑筋。实习评语自然是满篇赞美之词，化验科正好有一个人要去休产假，吴江掏空小金库，指点张腊梅给院领导各奉上一份厚礼。看来，张腊梅留院工作是水到渠成的事了。两人好不欢喜。

正在这时，发生了田小米拿错化验单的插曲。其实，这种事情，在医院偶尔会有发生，并没引起大的风波，人非圣贤，孰能无过。只要患者不闹事，院领导压根儿就不会知道这些鸡毛蒜皮。

但是，田小米这件事儿，却远非当事人们想象得那么简单。

田小米走后不久，来了一位打扮时髦的妖艳女子。

“医生，取一下化验单！”

娇滴滴的呼唤，把套间里拥抱在一起的两人惊散了。张腊梅下意识冲在吴江前面，探头看出来。见窗口镶嵌着一张浓妆艳抹的妖娆面孔。

“叫什么名字啊？”张腊梅拿着一摞单子到窗口，冷冷地问。

女子见是一位女白大褂，语调正常了些：“田小米！”

“田小米？是你本人吗？”张腊梅问，边翻找单子。

吴江出现在窗口：“你叫什么？田小米？”

女子娇笑道：“怎么啦，帅哥，我不能叫田小米吗？还有谁叫田小米啊？”

张腊梅拿着一张单子盯着看了好一会儿，递给吴江，指了指某处。吴江看看单子，瞅瞅女子，再看看单子，瞅瞅女子。

“请问女士，你多大年龄啊？”

“帅哥，你不知道问女士年龄是不礼貌的吗？呵呵呵！”女子扭着身子捂着嘴，笑得花枝乱颤。

张腊梅瞪一眼女子，又瞪一眼吴江。吴江对她使个眼色。

“请问女士，田小米，是你本人吗？”

“当然是我本人了，你不是要对身份证吧！”

张腊梅不想再让女子纠缠，一把夺过吴江手里的单子，扔出窗外。女子拿起一看，笑弯了腰：“15 岁？哈哈哈，你看我有那么年轻吗？”

吴江的心急跳几下。他清楚，遇见同名同姓的了，前面自己给了错单子！急忙在电脑上查看，果然，两个田小米。35 岁的，化验结果是性病。15 岁的，是炎症。他的眼前闪现出那个怯生生的中学生模样的漂亮女孩子。

那女子意识到什么，开始大声嚷嚷：“好啊，你们做医生的太不负责任了！化验单都能给错！你们是干什么吃的，这是医院，要出人命的！”

凭她的阅历和直觉，这对男女白大褂关系不正常，那女的眼中射出的光让她很不爽。

窗口围过来一群看热闹的，纷纷交头接耳。吴江灵机一动，急忙跑出去，把女子让进化验室。张腊梅也换了一副笑脸，走过来，指指电脑屏幕。

“对不起女士！确实有两个田小米！你看，这是你的化验结果！”

女子看清楚化验单上的字，脸一红，嘴里还在嘀咕。

“总之，你们给错化验单就不对，万一……”

女子所说的万一指什么，吴江顾不上理会。他心里想的是另外一个万一。这万一，是吴江最不愿看到的。现在，只能祈祷那 15 岁的田小米发现拿错了化验单，赶紧回来换。吴江是怕田小米的家长来闹事，万一闹大了，传到院领导耳朵里就糟了。他记得，有一个中年妇女陪着女孩子来的，应该是女孩子的妈妈。

“女士，我给您补开一张单子，写个说明，您拿去找医生开药吧！”吴江小声说着，朝窗外看热闹的人群扬了扬下巴，递个眼神。张腊梅也一副推心置腹地亲昵，碰了碰女子的胳膊。女子会意，让围观的人听见自己的病情，不是什么光彩的事！急忙收起单子，讪讪离去。

所幸，没多久，田小米来了，一个人，高高兴兴换了化验单，蹦蹦跳跳地走了。

吴江仔细看那化验单，那35岁的“3”，写得跟“1”差不了多少，难怪自己匆忙之中会看错。那会儿，他的心思全在张腊梅的胸上呢。

第三章

田小米楼上楼下跑了好几个来回，划价、交费、取药，等拿了药站在医院门口，已经一个多小时过去了，是上第三节课的时间了。

她要回学校，把化验单给常老师看看，跟同学们解释一下，她田小米没有得那种脏病。转念一想，又脸红了，解释？如何解释呢？即使不是那个脏病，也是私密处有病！女同学们每月来那个，都跟做了见不得人的事似的，偷偷摸摸的。不定有人会怎样胡乱猜测呢！怎么办？纠结死了。但是，想起走出教室时，那追在身后的哄堂大笑和叽叽喳喳的议论声，她的心都在打战了。长这么大，何曾受过那样的屈辱。唉，谁让自己这么倒霉，拿错了化验单呢，还是那样一个女人的！没办法，只好硬着头皮去跟同学们解释了。

小米拿出小钱包一看，剩下的零用钱不够付出租车票了，只好急急朝公交车站跑去，一定要在放学之前赶到学校。

正在这时，妈妈的电话来了。

十几分钟后，妈妈的车子往学校方向开去。小米流着泪诉说了这几个小时的经历。说着说着，泪干了，一丝自豪感漫上来，压过了曾经遭受的屈辱和几小时的担惊受怕。自己竟然独立解决了这么棘手的事情。经过这件事，自己坚强了些，成熟了些。以后，有些事情尽量自己解决，不用再耽误妈妈的时间，她也就不会那么生气了。

“宝贝，对不起，妈妈不该把你一个人丢在医院。妈妈那工作上的事情，实在是推不了啊！”妈妈满含愧疚的眼神不时投向女儿。

等红绿灯的间隙，妈妈打开小坤包，拿出两张百元大钞塞给小米。

“没事啊，宝贝！咱把化验单给班主任看，事情就清楚了。给，这钱拿着，喜欢什么就买什么！”

小米觉得自己受了点委屈，却和妈妈亲近起来，心里挺高兴。妈妈对爸爸和她，好久没有好脸色了。

妈妈犹豫一下，又低声说：“宝贝，妈妈求你一件事哦，不要跟爸爸说妈妈把你一个人丢在医院，好不好？也不要说拿错化验单的事儿，好不好？不然爸爸又要跟妈妈怄气吵架了！”

小米最不希望看见的，就是爸爸和妈妈冷战或者吵架。这一年多来，爸妈的关系不像以前那样融洽了，爸爸时常睡书房。小米不希望因为自己，加深爸妈之间的矛盾。

“知道了，妈妈。”小米看着妈妈的侧脸低声说，有些讨好的意思。

常老师仔细看了看小米的化验单，眉头舒展了，对周围的同事说：“我就说嘛，小米是我班上的优秀班干部，尖子生！怎么会做出那样不检点的事情呢。”

常老师停顿了一下，想了想，看看叶琴，对小米说：“那张化验单，是班上的同学捡到交给我的。估计同学们中间已经有了不好的传言！这样吧，小米，我带你去澄清一下。”

小米红了脸，眼泪汪汪的，低着头站在原地不动。

“哎呀，你看这事闹的！不去澄清不行，去澄清吧，也不太好，小女孩……是有些难为情……怎么办呢？”

常老师这番话是对叶琴说的。叶琴茫然重复：“是啊，怎么办呢？”

李老师一拍巴掌，说：“常老师，您可以这样说，小米是去医院看感冒的。拿错了同名同姓的一个 35 岁的女人的化验单，引起了这么多的误会。大家要引以为戒，做事认真细心点，避免发生类似的事情。不要提那里发炎的事儿，您看……”

常老师略一思索，说：“这个主意好！还是李老师有办法！到底是有女儿的人啊！了解女孩子们的心理！走吧，小米。”

第三节课下课了。正在打闹说笑的同学们，见满面笑容的田小米跟在班主任后面走进来，突然安静下来。田小米坦然扫视同学们的眼睛，那个自信满满的学习委员又回来了。

“同学们，跟大家澄清一件事。学习委员田小米，因感冒去医院治疗，因一时疏忽，拿错了一个同名同姓的女人的化验单，才闹出了一系列乌龙！从这件事上啊，大家要吸取教训，做事一定要认真细心，避免造成不必要的麻烦……”

常老师一番合情合理的解释和延展说教，滴水不漏，严丝合缝。

同学们纷纷跑过来，围着田小米笑闹了一会儿，上课铃响了。

田小米吃了几次消炎药，冲洗了几回，很快，炎症全消。她觉得，一场虚惊也就这样过去了。她在心里发誓，从此，再也不去那个游泳馆了。妈妈叶琴也暗暗松了一口气。

所有知道田小米化验单事件的人，没有一个人预料到，田小米的悲惨遭遇，才刚刚拉开序幕。除了那个心怀深深恶意的始作俑者。

这天，田小米心情愉悦地出门了。

她上了公交车，跟往常一样，看见了同班同学马晓娟和欧阳雨的身影。小米扬手打招呼，对方却像没看见她似的，转过脸头挨头窃窃私语。小米以为她们没看见自己，挤过去轻拍两人一下，她们常常这样闹着玩的。

“晓娟！小雨！”

马晓娟猛地转过身，高声尖叫：“离我们远点儿！”同时，迅速往旁边缩躲，花容失色，满脸恐惧、厌恶。那尖锐刺耳的叫声，穿透所有的声响，在车厢里四处激荡，引得众人纷纷注目。

田小米惊呆了：“晓娟，小雨！是我，小米啊！你们怎么了？”

马晓娟和欧阳雨像看见了可怕的怪物，颤抖着哭出声来，扭头就往人群里钻。

“姑娘们，怎么了？”一个穿着运动服的大妈伸出双臂，像护小鸡般护着两个女孩。一双眼睛探照灯似的扫视左右的男乘客。大妈以为，两个小姑娘被流氓骚扰了。

“她、她有病，会、会给大家传染的！”马晓娟和欧阳雨指着小米，哭着对大妈和身边的乘客说。

“什么？那个女学生有传染病？”人群中有人高喊。

人们盯着小米上下打量，同时呼啦一下，不约而同往两边挤成一团。田小米孤零零立在车厢中间，惊愕地大声喊叫：“你们胡说八道，晓娟，小雨！你们为什么要胡说？我没有病，更没有传染病啊！”

“有人在省医院看见她了，她得了会传染的病！”人群中有人喊。小米觉得那声音有点耳熟，但慌乱之中想不起是谁。那人躲在人群后，没看清面容。

人们大声指责：“有传染病还上学，还到处乱跑，真不道德，这不是害人吗？”

田小米百口难辩，被气哭了。

有人见那个漂漂亮亮的小姑娘，委屈得哭成了泪人，许是想到了自家的孩子，动了恻隐之心。

“小姑娘，可不能胡说啊，看你们三个穿着同样的校服，应该是同一所学校的同学吧，这种玩笑可不能乱开呀！”

“看那两个小姑娘的情形，不像是开玩笑啊。小姑娘，如果有传染病，就不要出门了，传染给别人就麻烦了！”

“司机师傅，麻烦快停车，我们要下车。这是谁家的孩子，赶紧给家长打电话，来给我们个说法！”

“对，让她家长来，带我们去做检查！万一被传染了怎么办？谁家不是上有老下有小的。”

田小米呆呆站着，孤立无援，眼巴巴瞅着周围一张张愤怒的歪曲嘴脸，一根根指头几乎戳到自己身上。斥责声、叫骂声铺天盖地扑来，彻底淹没了她，锥子似刺穿她幼小的心灵。突然，她只觉天旋地转，扑通一声，栽倒在地昏死过去。

司机急忙把车停在路边，拨打了110和120，乘客们争先恐后逃下车，三五成群交头接耳。田小米孤零零躺在车厢里，没人向她伸出援助之手。

一辆警车开过来，交警听了众人七嘴八舌的描述，疾步跨上车，找出小米的手机，却不知如何解锁，急得满脸冒汗。省医院的四辆救护车带着一片杂乱的鸣笛赶到了，冲下几个全副武装的白大褂，抬下田小米，交警也随着上了救护车，快速驶向医院。乘客们分乘三辆救护车，尾随其后。

人们从惊魂未定的马晓娟和欧阳雨的手机里，找见了班主任常老师和家长的电话。一会儿，校长、常老师、家长们陆续赶到了省医院。

医院领导听了汇报，感觉事态严重，几名专家会诊，给田小米做了全面检查。结果很快出来了，小米很健康，没有任何疾病，更别说传染病了。就连那点炎症，也都痊愈了。孩子之所以昏过去，是受了强烈的刺激和惊吓所致。

人们虚惊一场，纷纷离去。大家议论、感叹一番，很快，就把这事忘了个一干二净。生活中每天都有层出不穷的大小事情发生，人们为生活所迫，注意力不可能长久停留在一件事情上。更别说那些与己无关的闲事。

校方多次询问马晓娟和欧阳雨，为什么当众说田小米有传染病。两人说，那两天，暗地里流言蜚语满天飞，传得可邪乎了。说田小米表面装纯洁，其实私生活糜烂，同时和社会上好几个男人交往，染上了那种脏病，碰一碰她都会被传染。前几天，田小米就是去省医院治那种病，好多同学都看见她的化验单了。

在田小米父母的强烈要求下，校方开始追查流言源头。但是，每个同学都说自己是道听途说的，有些同学的手机上还收到了那张化验单。

直到此时，田琨才知道女儿拿错化验单的事，质问妻子，为什么留女儿一人在医院。

叶琴自知理亏，嘴里分辩："单位上有点麻烦事，必须我亲自去处理。我全程陪着女儿做的检查。专家说了，小米没事儿，就是点小炎症，取了化验单，拿去给专家对症开药就完事了，很简单的。谁知这孩子怎么那么粗心大意，竟然拿错了化验单！班主任老师都说，那专家的字写得也太随意了，那‘3’怎么看都跟‘1’差不多，也难怪咱小米没看出来……”

叶琴压低声音絮絮叨叨，边说边看田琨和女儿的脸色，两手无处安放似的，掖被角，拽拽被单，捏捏女儿的小手，或者双手来回搓揉，摆弄自己的手指甲。她眼里的焦急和悔恨是真真切切的。

田琨沉着脸，目不转睛凝视着女儿，不时斜一眼叶琴。女儿脸色苍白，闭着眼静静躺着，仿佛置身超然世界，身边的一切都和她无关，所有的语言、声响都漂浮在她意识之外。她那陷在白色被单里的身形，眼见得一天天消瘦下去。她昏迷了两天，醒来后也不开口，无论谁问，问什么，均以点头或摇头作答，不吃也不喝。

田琨不敢想象如花朵一样娇弱的女儿所承受的一切。他如珠如宝的心肝宝贝在大庭广众之下被辱骂欺凌，如待宰的羔羊，无助而绝望。那时那刻，女儿多么希望爸爸妈妈在自己身边保护自己！但是，他们在哪里？他们在各自认为重要的地方，为所谓重要的事情，如无头苍蝇般忙碌。心头肉在受苦受难，而他们竟然一无所知，没有一丝亲人之间的心灵感应。他心如刀绞，不时从身体深处产生一股战栗，迅速传遍全身，心脏和四肢控制不住颤抖，牙齿在嘴里咯咯作响。他已经几天几夜没合眼了，守在女儿病床边，寸步不离。

上天何其残忍，让一个娇弱的孩子，承受那样一种沉重的毁灭性的打击！

田小米在医院休养了一周，仍然神思恍惚，不时惊叫着从梦中惊醒，满身虚汗。

第八天，田小米彻底清醒了，两只大眼睛定定注视着爸爸，嘴角咧了咧，虚弱地叫了声：“爸爸！”

田琨瞬间泪奔。握住女儿柔弱冰凉的小手，理理女儿的刘海，拍拍女儿的脸蛋，哽咽着说不出话来。

“爸爸，别哭。我没事，休息两天就可以上学了。”

“好！好！爸爸的乖女儿，好好休息几天，养好身体就去上学！”

田琨两只大手胡乱在脸上抹了两把，搞得自己眼泪鼻涕一塌糊涂，急忙去卫生间洗脸。再出来，眼睛红红的，露给女儿一个夸张的笑脸。

常老师带着班长翔宇和马晓娟、欧阳雨来看望小米。常老师代表学校，班长代表全班同学。马晓娟和欧阳雨一边一个站在病床边，拉着小米的手流着泪赔礼道歉。

田琨总觉得院方在刻意回避。女儿拿错化验单，化验室的医生竟然没有发现，他们难道没有责任？那个把“3”写得跟“1”似的所谓的专家，难道没有一丝一毫的愧疚？他们最起码应该到病房，跟因他们的疏忽而遭受劫难的孩子说声对不起吧！

孩子清醒了，田琨才有了心情，开始落实一些事情。他拿着女儿的病历，打印出的另一个田小米的化验单，找到了专家。

夏吉祥老专家静静听完他的来意，从眼镜框上方看过来，说：“你的女儿拿来那个化验单给我看，我当时就觉得不对劲，提出要重新做检查，你女儿突然抓起化验单就跑了，助理追出去，人已经没影了！”

“难道，你们就没有发现我女儿拿的是别人的化验单吗？是不是因为你写的那个‘3’，跟‘1’差不多，连你们自己都没看出来？”

夏专家微微一笑：“我们写病历和处方都是那样写的，习惯了。我们的医生一看就明白。唉！谁知道那么凑巧？同时出现两个田小米……不过，也没啥大不了的啊！”

专家老太太轻描淡写，一副无所谓的神态，深深刺激了田琨：“说得轻巧，我女儿遭受了怎样的折磨，你有体会吗？你们怎么连一点愧疚都没有？如果孩子是你们家的，你还能这样淡定吗？”

夏专家收起笑脸，严肃地说：“这位爸爸，我理解你的心情，我们都是有儿女的人！那份化验单……你还是去找化验科问责吧！我这儿还排着一堆病人呢！”

夏老专家看一眼实习生，实习生往田琨身边走了两步。田琨一把抓起病历和化验单，气冲冲拉开门，门口聚着一群伸长脖子的男女。

化验室窗口聚着几个人，过道的椅子上还坐着几个。窗口里面立着一男一女两位白大褂，人们说出自己的名字，两人找一会儿，递出一张单子来。

田琨观察一会，等窗口没人了，凑近，问："请问，田小米，两位记得吗？"

两人停顿了一下，女白大褂问："你好，你说什么？"

"请问，前几天拿错化验单的田小米，记得吧？是谁给的化验单？"

女子露出笑脸："哦，那天活很多，吴主任和我忙着做化验，化验单就在窗口放着，是田小米自己拿的。"

女子说得很流利，"田小米"三个字也说得很自然。显然，田小米错拿别人的化验单所遭遇的变故，这些人一清二楚。但是，跟他们无关，他们没有任何责任，是田小米自己造成的！田小米该为自己的粗心大意承担所有后果，怨不得任何人！

第四章

进病房前，田琨把病历和化验单揣进兜里。他在思考，如何开口和女儿交流那天的经过。他这个做父亲的，必须为女儿讨回公道。

病房里有三四个同学，围在女儿床边说笑，手里拿着课本和笔记本。女儿面色红润，笑逐颜开。

田琨心里轻松了一大截。就这样过去吧。只要女儿身体恢复，学习、生活步入正轨，那一段经历不提也罢。

但是，田琨总觉得心里慌慌的，有些不踏实。一想起女儿经历的屈辱，心揪成一团，又扎了根刺，疼得窒息。他想把病历和化验单扔了，转念一想，还是悄悄收藏起来吧。至于为何这么做，他不敢深究。但愿再也不要看见这些东西，但愿再也不用提起那些揪心事。

又一周后，田小米出院了。第二天就去了学校。上课前，常老师占用五分钟时间，在教室里组织了一个简短的欢迎会，还用班费给小米买了一束花。大家热烈鼓掌，说动听的祝福语，一起合唱《雪绒花》。马晓娟和欧阳雨跑上前拥抱田小米，郑重地说了声“对不起”。大家心潮澎湃，热情洋溢。常老师说，这样的活动在整个学校都是史无前例的。

田小米虽然感觉欢迎会有些过于隆重和刻意，但想到常老师一番好意，同学们满腔热忱，也就释然了。毕竟，她还是个孩子。

田小米很快就恢复了正常状态。在医院半个多月，落下不少功课。她一直都是勤奋好学的学习委员兼英语课代表，学习成绩从来没下过第三名，她要迎头赶上。

不久，田小米就觉察到了异常。无论到哪里，教室、图书馆、操场、体育场……到处都能遇见异样的眼神，窃窃私语的嘴巴。好多人有意无意呈现出的神态，在明白无误地提醒，大家怀疑她，嫌弃她，并且津津乐道，念念不忘。

田小米走在街上，乘公交车，逛商场……都会遇见肆无忌惮上下打量自己的目光。刚开始，她以为是自己过于敏感。当她看见图书馆桌子上一摞前段时间的报纸时，全明白了。报纸上连篇累牍刊登了那件事和一些讨论文章，还配有她的大幅照片！

以前时常找她补习功课的同学，不再来麻烦她；她一进教室，三五成群交头接耳的小团体，立即四散而去，个个表情复杂；以前经常一起乘公交车上下学的马晓娟、欧阳雨，不再和她结伴同行，公交车上遇见了，也装着不认识。

她们俩以前都是她的好朋友啊！

她们两人时常闹点小矛盾，每次都是小米从中劝和。现在，两人却变得亲密无间，空前团结，说不完的知心话。

小米找她俩谈心，开诚布公问她们为什么疏远自己，欧阳雨低眉垂眼不出声，马晓娟挤出笑脸，说："没有的事啊，小米，你敏感了！"说完，两人挽起手转身离去。

同桌尹小兰是个性格内向的女孩子，以前常被同学欺负，学习成绩很一般。田小米主动要求和她做同桌，帮她复习功课，保护她不受欺负。现在，尹小兰也不大和她说话，大概怕再次沦为被人欺辱的对象。

只有班长翔宇一如既往。班务依然找她商量，有不明白的数学题拿来一起讨论，放学陪她走到公交站，默默目送她远去。他把一切都看在眼里，他洞悉发生在她身上的一切——她被全校同学孤立了。

孩子们是不会轻易放过任何一个有趣话题的。更何况是青春期的孩子很敏感的话题，加之还有人唯恐天下不乱，处心积虑推波助澜。

田小米渐渐没了笑脸，变得沉默寡言，独来独往。她把所有精力都用在学习上。上课，认真听讲；下课，去过道塞上耳机听音乐。她努力让自己坚强起来，对一些不怀好意的眼神和言语视而不见，充耳不闻，她在心里一遍遍告诫自己：忍耐。她相信，时间会抚平伤痕，冲淡痛苦。一切都会好起来的。她的学习成绩很快赶了上来。

有件事令小米很是宽慰，爸妈的关系好像缓和了些。妈妈不再冷着脸出出进进，主动做家务，饭桌上关照女儿和丈夫。学校里发生的一切，小米没敢向爸妈透露丝毫。

田小米提前结束了懵懂的青春期，迅速成熟了。她想，忍耐！忍耐！马上就要中考了，很快就可以脱离这个环境，走向更广阔的天地。

可是，树欲静而风不止。

这天早晨，田小米一推开教室门，教室里立刻安静了，几十双眼睛齐刷刷看过来。小米感觉不对劲，脚步没停，径直走到座位坐下。书包却怎么都塞不进桌仓，歪头一看，两只破鞋塞在桌仓里。身后传来嘲笑声和窃窃私语。

田小米一把拽出破鞋，高高举起，大喊："这是谁干的？有意思吗？"

她双眸冒着怒火，扫视一张张兴奋得变了形的脸。回答她的是哄堂大笑、怪叫和敲击桌椅的乒乓声。田小米跑出教室，一扬手，两只破鞋打着转飞出去，落在院子里。

田小米返身站在讲台上，凛然扫视台下，不哭不闹。起哄的同学大大意外了，瞠目结舌地望向她。

"某些同学，为什么要这样做？为什么要把快乐建立在他人的痛苦之上？在座的好多同学都被人无中生有欺负过，孤立过，那种滋味好受吗？今天欺负我，谁能保证下一个被欺负的不会是你，把精力都放在学习上吧！真是可悲可叹！"

田小米义正词严的一番话，起到了意想不到的震慑效果，教室里安静得出奇。有人低头沉思，有人讪讪翻书，有人愣愣发呆。

跟风随大流的，本来也没什么恶意，深受触动，暗暗示好。心理阴暗者，见风使舵，态度来了个 180 度大转弯，眼里、心里却闪着阴险的光，暗暗谋划着新的阴谋。

初中校园不是世外桃源，却好像是个法外之地。有些人本性中天生的恶，在这里暴露无遗。

厄运，好像和田小米较上了劲，追随而来，不摧毁她不罢休似的。

那个心怀深深恶意的始作俑者，就是田小米的“好朋友”马晓娟。

田小米是学习委员兼英语课代表，马晓娟是物理课代表。在马晓娟看来，田小米的长相、身材、学习、人缘，处处胜她一筹，事事压她一头。她暗恋班长翔宇，而班长的心思全在田小米身上。她常常冷眼旁观众星捧月般的田小米，妒火中烧，表面却不露分毫，反而主动去接近田小米，成了她最好的朋友。

化验单事件发生后，马晓娟欣喜若狂，扳倒田小米的机会终于来了！

那天，田小米回教室后失魂落魄的样子，引起马晓娟的注意。她暗暗高兴。她田小米，也有狼狈不堪的时候。田小米从包里拿校服时，掉出一张皱巴巴的纸。后来，尹小兰捡铅笔时发现了，拿起一看，看见“妇产科”三个字，惊叫一声，烫了手似的赶紧扔了。后排坐着的马晓娟急忙捡起仔细察看，发现了年龄一栏的疑点，却假装不知，开始煽风点火。

她拉拉尹小兰：“天呐，妇产科？小兰，这是小米的化验单？怪不得她刚才那种神情，这上面写的是什么？快百度一下！”

一边说，一边查手机。很快，两人把各自的查询结果递给对方看，同时展示给对方吃惊的表情。

“不会吧，小米怎么会得那种病？真是人不可貌相啊！那种病是不是会传染啊？小兰，你坐在她旁边，不小心就会触碰到，万一被传染了怎么办？”

尹小兰大惊失色，带出了哭音：“哎呀，怎么办啊？”

两人的声音越来越大，大得足以让周围的同学听见。传看化验单的同学围了个里三层外三层。上课铃也没能让沸腾的教室安静下来。有人高喊：“赶紧向班主任汇报去！”

大家一窝蜂地跑出教室，单调的学习生活里，发生这样有趣的事情，是多么难得，多么令人兴奋啊！

公交车上的一幕，是马晓娟深思熟虑的一步棋。被蒙在鼓里的欧阳雨完全是被她给带起来的，是真哭。而她，偷偷往眼角按了按蘸了辣椒水的纸巾。

田小米终于被整得住进了医院。马晓娟一遍遍回想自己精彩绝伦的表演，兴奋得夜不能寐。班级第二名就要属于自己了，稳居第一的班长翔宇的关注点就会转移到自己身上。下一步，争取当上学习委员，就会有更多机会和翔宇在一起了。

省医院专家会诊还了田小米清白。马晓娟很是失落，也更激起了她的恨意。这个田小米，还真是个打不死的小强啊！从小学到初中，还没遇上过如此强硬的对手，哼哼，你给老娘等着瞧吧！

日报社每日新闻版责编接到了一个报料电话，说省医院发生了一起拿错化验单的意外，由此引发了一系列的严重后果，希望报社进行跟踪报道，督促相关部门和责任人引以为戒，杜绝后患。

媒体记者闻风而动，去医院采访的，被院方轻描淡写推卸了责任；找到病房的，被田小米的爸妈挡在了门外。记者找到学校，常老师和田小米的几个同学接受了采访。所有人都客观叙述了事情的经过。

一连几天，媒体连篇累牍刊登了好几篇相关文章，并登出了田小米的大幅照片，被采访者都说不知道他们从什么途径搞到的照片。

有读者发表评论，说医院的病例写得龙飞凤舞，像古文，普通人根本就认不出来，能不能敦促医生，写一些人看得懂的现代文字！

田小米的爸妈看了报纸，找报社理论，坚决要求停止刊登相关文章和讨论。医院也提出了抗议，事情才慢慢沉寂下来。这些事情，都发生在田小米昏迷那几天。

没想到，昔日的田小米又回来了。田小米欢迎会上，马晓娟表现得最积极、最热情，拥抱田小米的时候还流下了眼泪。

谁都没有想到，马晓娟就是那个心怀深深恶意和恨意的人。

马晓娟 1 岁多点儿，父母就离婚了。3 岁时，妈妈常艳带着她改了嫁。继父马林虎是市物资局供销科科长，刚死了老婆，留下一个不到 2 岁的儿子马晓军。马晓娟也跟了继父的姓。马晓军不喜欢她，从来不叫她姐姐，叫她拖油瓶。

马晓娟像母亲，长得很标致。四五岁时，就漂亮得像个洋娃娃。小小的人儿，很会察言观色，讨好继父。继父越来越喜欢她，常常把她搂在怀里。她在家里的地位渐渐变了，马晓军也不敢再当着父亲的面欺负她。不知从何时开始，继父对妈妈不像以前那样凶了。常艳对女儿竟然有了一丝说不清楚的感激。

几年后，继父成了马局长，马晓军成了个纨绔子弟。家里三口人都宠马晓娟，把她宠成了名副其实的漂亮小公主。马晓娟的妈妈，实质上依然是个受气包，只是换了一种形式。

很快，马晓娟上初中了。她和马晓军在同一个学校，比马晓军高一年级。马晓娟学习不错，还是物理课代表。而马晓军逃课打架、寻衅滋事，是个差得不能再差的差生。每天像个保镖似的，对马晓娟言听计从。

公交车事件当天，特意没穿校服的马晓军，就是躲在人堆里带头起哄的那个人。破鞋事件，整个就是马晓军的"杰作"。

许多事情，并不需要马晓娟明说，马晓军能从她的言谈表情中揣摩出意思来。只要能让姐姐高兴，姐姐就会让自己高兴。为此，他什么事情都做得出来。

经常有学生到图书馆借阅半个月前的报纸，特意翻出有田小米照片的版面，在上面偷偷乱涂乱写。说田小米化验单事件并非报纸上写的那样，事实是田小米真的得了那种病，被她的父母动用关系掩盖了真相。同学中间暗地里流传一张照片，拍的正是那张化验单，年龄栏清清楚楚是15岁。

马晓军长得人高马大，像个高中生，在学校有几个死党。喜欢打篮球，因此还结交了几个外校的男生，都是些不学无术、惹是生非的孩子。

有一次打完篮球，马晓军请这帮人喝酒，喝到舌头打结的状态时，马晓军向大家透露了一些很荤的小道消息。唯恐天下不乱的一伙人兴奋了，不到处寻衅滋事，他们岂不是没了存在感？

有一天，田小米刚走出校门，众目睽睽下被几个男生堵住了去路。

"田小米，跟哥们儿几个一起玩去吧！"

田小米很快冷静下来："你们是谁啊，我不认识你们！"

有个痞里痞气的男生步步紧逼："田小米！天下谁人不识君啊，装什么纯洁，也陪陪哥们几个呗！"

田小米步步后退，书包抵到了墙上。男生几乎要挨近她的身体了，田小米猛地推开他，高喊："流氓！快滚开！我喊人了！"

周围的同学赶紧躲开，站得远远地看热闹，眼里闪着光窃窃私语。

门口的保安发现了异常，高喊着跑过来，男生们一哄而散，转眼不见了。田小米浑身发软，蹲在地上哭了。保安扶她进了传达室，给班主任常老师打了个电话。常老师慌慌张张地跑过来，把田小米搂在怀里安慰，擦眼泪。

"小米，跟老师说实话，你认识那几个男生吗？"

"老师，我不认识，一个都不认识！"

常老师奇怪了："他们叫你的名字，好像是认识你的？"

常老师说到这里，意识到了什么。小米的眼泪更多了。学生中间传的那些流言蜚语，常老师有所耳闻。 她相信田小米是个好孩子，她相信化验单事件的真相。这些校外的孩子，十有八九是听到了污言秽语。

几十年的从教经验，让常老师意识到了事情的严重性，果断地对田小米说："小米，给爸爸妈妈打个电话吧，让他们来接你。"

田小米从来没有遇到过这种情况，她害怕了。回家的路变得异常漫长，不知那伙人会不会在什么地方突然冒出来。如果是人迹稀少的地方，该怎么办？刚才是在校门口，那么多学生和家长，没有一个人出手相助！幸亏保安大叔看见了，否则，她不知道后面还会发生什么。

十几分钟后，田琨赶到了学校。半个小时后，叶琴也到了。

第五章

听了女儿的哭诉，田琨的心揪成了一团。他担心的事情还是发生了！

常老师大为吃惊。这么多事情发生在眼皮底下，自己竟然一无所知。偶尔听到一些传闻，也没有放在心上。田小米的学习成绩依然很好，看不出受到骚扰的迹象啊。这得有多大的勇气和承受能力才能做得到，更何况是一个15岁的女孩子！

校园霸凌事件时有发生，有时候甚至到了令人发指的地步，常老师很清楚。前年，本校就有一名女生不堪受辱，跳河自杀了。

那名女生也是一名尖子生，同学因妒忌，编造了一些莫须有的事情，到处宣扬，打击、诽谤、侮辱她，后来发展到全班同学一起孤立她。有一天，她被几个男女阿飞堵在路上，强行带到一处烂尾楼里，扒光衣服拍了裸照上传到网上。女生从小娇生惯养，哪里承受得住这种打击，精神崩溃了，父母只好给她办了休学。有一天晚上，女生趁家人不备，留下一封遗书，偷偷跑到河边跳河了。

家长将学校诉诸法院，要求严惩施暴者。法院到学校调查事情的原委，根据遗书追根溯源，找到了始作俑者。最后，只是将那名女生做了开除学籍处理。因为她还不到 14 岁。而那些从众者和无意识推波助澜者，根本就没办法拿法律或者法规制裁！唯一能产生效果的，就是惨剧的警示作用，希望某些人良心发现，不要再助纣为虐。

田琨当然知道那件事。当时本市的媒体进行过报道，并针对此事召开了专题讨论，广泛征询市民的建议和意见，人大代表和政协委员纷纷提议，要求对校园暴力立法。但提案中对如何界定校园暴力的程度和制定相应的立法措施，并没有明确的提议，因为，实在难以界定。不过，各界人士充分认识到，校园立法势在必行。

田琨和叶琴当场商议决定，两人每天轮流接送女儿上下学。常老师也表态，在班上多关心小米，及时制止坏学生的不良行为。特别强调要就这次堵截事件，对同学们进行一次深刻的思想教育。小米有些难为情，但想到学校门口那可怕的情形，她不寒而栗，最终答应了。她只想安安稳稳度过最后几个月，顺利参加中考。

常老师向校领导汇报了田小米身上发生的一切，校领导很吃惊，很重视。在全校范围内召开了思想教育活动，并号召同学们自查自纠，追查传播流言的源头。马晓娟姐弟俩一看形势不利，竟然还有公安局的人找他们谈话，赶紧收敛了。

爸妈每天轮流接送田小米上下学。班里逐渐恢复了以前的状态，加之中考临近，同学们全身心投入复习，再也没精力关注闲事了。

两个月后，中考如期而至。田小米不负众望，以优异的成绩考入了市重点中学市一中。班长翔宇也考入了市一中。

考入普通高中的马晓娟心理不平衡了。自己费尽心机，搞了那么多事情，结果，还是没有搞垮田小米！更没有拆散她和翔宇！恶意和醋意又开始在马晓娟心里翻滚。

两个多月来，爸妈轮流接送自己，还要上班，很是辛苦。现在，中考终于结束了，结果令人满意。小米很开心，因为，再也不用回到那个留下噩梦般记忆的校园了。

“爸妈，今天我去图书馆看看书吧。”

在家休息了一段时间，小米有些闷了。

爸爸看看妈妈，两人又同时看着她：“小米，你还是在家看书吧。想看什么书，爸爸去图书馆帮你借回来。”

小米想了想，她不想让爸妈担心，也不想给爸妈添麻烦：“爸妈，还是算了吧。我看电子书，一样的。”

爸爸笑了：“小米真懂事！你先看电子书，等周末，爸爸陪你去图书馆，好不好？”

“好的，爸爸！”

这几天，好几位同学打电话约她逛街、看电影，翔宇约她去市图书馆。她听取了爸妈的建议，推说家里有事没应约。爸妈特意交代，少跟以前的同学来往。那段经历刻骨铭心，用“一朝被蛇咬，十年怕井绳”来形容，一点不为过，小米怎会这么快忘记，怎会不理解爸妈的用意呢？

当时，小米隐约感觉到有人在故意针对自己，但又不能确定这人是谁。现在闲下来了，夜深人静时，她忍着心痛回想起好多细节，马晓娟的一些举动显出了诸多疑点。

马晓娟，可是自己最好的朋友啊！她为什么要这么做？为什么要伤害自己？她想到马晓娟说过喜欢翔宇的话，看她经常有意找机会接近翔宇，而翔宇对她不理不睬，却对自己关照有加。莫非马晓娟妒忌，所以制造了那一系列可怕的事情？化验单事件、公交车事件、破鞋事件、小流氓堵截事件……小米不由打了个寒战。

马晓娟就坐在尹小兰后面，小米和小兰说话时，经常能感觉到马晓娟投来的目光，她转身看过去，马晓娟就会立即露出笑脸，或者急忙低下头去看书或写作业。上体育课、艺术团练节目、课间活动等场合，小米总是能捕捉到马晓娟很多目光和表情，其中包含了太多特别的东西。当时课程繁重，没时间仔细琢磨。现在一一细想，挖掘出许多意思来，有妒忌、不满、愤怒、仇恨……有些东西很复杂，只可意会不可言传。

田小米本性善良，是个光明磊落的孩子，最不喜欢表里不一的人。而马晓娟曾被自己当作最好的朋友呢！田小米心想，她伪装得够深的啊！小小年纪竟有如此手段，不可思议！和这种人来往太没劲，幸亏没有考到同一所学校。以后，应该擦亮眼睛，对这类人敬而远之，最好彻底断绝来往。

马晓娟的弟弟马晓军，是同校初二学生，学校里的一霸，每天上下学几乎和马晓娟形影不离。发生公交车事件那天，马晓军没有和马晓娟、欧阳雨在一起，但田小米从乘客的喊声中，听到了熟悉的声音，应该就是马晓军。破鞋事件，绝对也是马晓军做的手脚……

田小米越想思路越清晰，她觉得自己的分析八九不离十。怎么办？告诉爸妈，告诉常老师，还是假装什么都不知道，让事情就那样过去？这些，都是自己凭感觉和细节做出的分析、判断，即使说了，估计大人们也不好有什么动作。

放暑假了。继父马林虎和妈妈常艳上班后，家里就剩姐弟俩了。马晓娟宽松的校服下面，掩盖的是一具完全成熟的女人胴体。脱了校服，或者换上剪裁合体的衣服，立刻就显山露水了。

自懂事以来，马晓军的眼睛就老往马晓娟身上瞄。甚至半夜偷偷钻她被窝，撩起她的睡衣往身上摸。被马晓娟扇了几次耳光，他便跑去向爸爸告状，结果又被爸爸一顿暴揍。过后，爸爸偷偷对他说："晓军，你姐姐将来就是你媳妇儿。不过，现在你们还小，最主要的任务是好好学习。"

这番话，没能遏制住少年的骚动，反而加重了事态的发展。

有一次，两人单独在家，马晓娟洗完澡一出卫生间门，就被马晓军拖进房间强暴了。那一年，马晓娟 13 岁，马晓军 12 岁。两人都比实际年龄要成熟得多。

马晓军诚惶诚恐挨了好多天，没有等来爸爸的拳打脚踢。原来，姐姐并没有向爸爸告发自己。马晓军渐渐放心了，偷偷瞧姐姐的脸色，发现她跟没事人似的。于是，逮住机会又下手了。没想到这次姐姐拼命拳打脚踢，还把他胳膊咬伤了。那种扭打挣扎，更刺激了他的野性，最终他还是得逞了。

事后，马晓娟拿出手机给他看，原来，她偷偷录了视频。她哭着说，要去公安局告他强奸。马晓军害怕了，告诉了爸爸。这一夜，父子俩低声下气地跟马晓娟母女说尽好话。马晓娟才勉强答应不再追究，但不同意删除视频。当然，马晓娟并不是真要告发马晓军。此后，马晓军父子开始对常艳母女畏惧三分。常艳终于靠女儿熬出了头。

马晓娟想让马晓军做什么事，就会主动给他甜头吃。而马晓军总是鞍前马后，乐此不疲。

"晓军，那个田小米竟然考到了一中，咱们那么整她，居然没把她整垮，想想真是不甘心啊！"

马晓娟枕着马晓军的胳膊，幽幽地说。

马晓军眼珠子一转，兴奋地说：“姐，现在你和她不在一所学校了，不是更好？咱们再整她，就不会有人想到你身上了！”

马晓娟假装恍然大悟，睁大眼睛称赞道：“对啊晓军，姐怎么没想到这一层，还是我弟聪明！”说完，亲了马晓军一口。

马晓军四肢发达、头脑简单，除了吃喝玩乐惹是生非，什么都不懂，根本就不可能意识到马晓娟针对田小米的真正原因，他也懒得去动那个脑子，他的注意力只在马晓娟的身体上。那马晓娟自然不会告诉他翔宇的存在。

马晓军开始有事没事在田小米家附近转悠。他发现，田小米父母上班后，田小米几乎足不出户。周末，有时一家三口一起出门，有时有爸爸或者妈妈陪同。马晓军冷笑几声：“田小米，看你能躲多久，躲得了初一，躲不过十五！总有你爸妈不在身边的时候！”

田小米是个聪明绝顶的女孩子，知道父母亲不可能时刻陪着自己。如果自己的推测确凿无疑的话，危险随时都会降临，她必须采取措施，被动躲避不是办法。

这天，她暗中观察家附近，果然发现马晓军鬼鬼祟祟在周围探头探脑，她迅速用手机拍了视频。她觉得该跟爸爸妈妈说实话了。爸爸是个作家，原来大多数时间都待在家里写作。但这几个月时常早出晚归。小米想，大概是爸爸为了方便接送自己调整了工作时间。

“爸妈，有件事，我必须跟你们实话实说！”

这天晚饭后，小米拉着爸爸妈妈坐在客厅里，打开手机，调出视频给爸妈看。接着，和盘托出了自己的分析和判断。妈妈听得目瞪口呆，爸爸面色沉重，默默点头。

“小米，你分析得很对！爸爸为你高兴，你真的长大了！”

爸爸的反应令小米有些意外。

原来，公交车事件发生后，田琨就意识到不对劲。后来，见小米恢复了正常，学习状态也很好，就没太在意，希望事情就此过去。校门口堵截事件发生后，听了小米的哭诉，爸爸才意识到事情的严重性，每天接送小米上下学，并开始暗中调查。

去医院调查化验单之事并不顺利。他请求院方提供化验室窗口的监控录像，院方借口时间太久，视频已被覆盖。化验室的值班医生吴江，依然推卸责任，说是田小米自己拿错了化验单。

田琨找到公交公司，拷贝了事发公交车当天的监控录像。反复查看，终于发现了端倪。

那天早上，马晓娟、欧阳雨和马晓军一起，在前两站同时上了公交车，马晓军没穿校服。上车后，马晓军和马晓娟、欧阳雨分开了。公交车到了田小米家附近那一站，马晓军和马晓娟看见准备上车的田小米，互相做了个手势。田小米一上车，马晓娟就开始演戏，不明就里的欧阳雨懵懵懂懂被马晓娟带入了状态，吓得连哭带叫，马晓娟偷偷掏出纸巾，按了按眼睛，眼泪鼻涕一起下来了。躲在人群里的马晓军使劲起哄，不明就里的乘客被煽动了起来。田小米晕倒之后，姐弟俩还偷偷递了个眼神，咧嘴一笑，做了一个胜利的手势，然后随人流下车继续演戏去了。

田琨带着录像带到公安局报了案。警察调取了堵截事件发生时校门口的监控录像，几个小阿飞的面貌非常清楚。警察不费吹灰之力，就查出了幕后主使——马晓娟的弟弟马晓军。这些孩子，全都是十四五岁的初中生，除了批评教育一通别无他法。

田琨和警察一起去学校和校领导及常老师进行了深入交流，校方在全校做了大量工作，并单独和马晓娟姐弟俩谈话。之后，姐弟俩收敛了，流言蜚语也逐渐销声匿迹。

田小米仔细回忆了那天取化验单的情形，确定是一位男医生递给自己的。但男医生却一口咬定是她自己拿的！最可恨的是那个看起来慈眉善目的老专家夏吉祥，竟然连自己写的年龄都没看清楚，眼神轻蔑地斜视自己，用讥笑的口气盘问自己，还说要重新做检查……天哪！那手术床……她不想再受那样的屈辱！抓起化验单就跑了。

谈起那天的事，爸爸的脸色就变了，狠狠瞪着妈妈。妈妈一副做错事的表情，低下了头。小米心想，那天，如果妈妈陪着自己，没有错拿化验单，所有的屈辱都不会发生。心里不免也有些埋怨妈妈。

马晓娟姐弟俩，见警察和学校都知道田小米的事情是他们做的手脚，也没拿他们怎么样，不觉得意起来。

从懂事起，马晓娟从来都是要什么来什么，做什么成什么。她有的是心机和手段来达成自己的目的。马家父子不是被她玩弄于股掌之中吗？

田小米却如有神助，一次次逃过劫难。马晓娟来了劲头，暗暗发誓，非要跟田小米斗个高低上下不可！

这天晚上，马家来客人了，是田小米的父母。马晓娟认识。以前，她常去找小米玩、写作业，夫妻俩热情招待过她。

一见田小米的爸妈找上门，姐弟俩心里什么都明白了。但他们配合默契地装糊涂，百般抵赖，装出一副受了莫大委屈的模样。马局长暴跳如雷，赌咒发誓说他家两个孩子都是有家教、懂事听话的好孩子，是田琨夫妻诬陷好人，差点要翻脸。田琨只好拿出公交车上的监控视频，及马晓军在田家附近不怀好意探头探脑的视频，马家人才闭了嘴。马局长装模作样教训姐弟俩一顿，马晓娟妈妈常艳在一旁帮腔。马晓娟说自己和小米是好朋友，当时也是听信谣言，和小米开玩笑的，以后一定注意分寸。马晓军表示不再恶作剧，不再骚扰田小米。

离开马家后，田琨的心情很沉重。马家人，特别是那姐弟俩的表现，让他更加担心。有种人的恶，是骨子里带着的，本性难移，就像狗改不了吃屎一样。

第六章

世上没有不透风的墙。这话一点都不假。

吴江竟然在妻子梁慧和岳母赵云的眼皮子底下和张腊梅玩猫腻，用“色胆包天”“色令智昏”来形容，再恰当不过。那化验室虽然僻静，但也不是孤岛一座，每日里你来我往，声气相通，怎么可能不传出风言风语！

实际上，自升为主任后，吴江带实习生不是一次两次了。只要是女的，梁慧母女都会万分谨慎、详细了解，差不多要挖对方祖宗三代了。不过，没有一个女实习生能让她们产生危机感。几年过去了，吴江没有传出任何绯闻，包括和医院里的女医生、女护士们。母女俩才稍微放松了些。

张腊梅一来，梁慧母女就专门谈论过她，当然是用调侃的语气缓解内心的担忧。七年之痒啊！许多夫妻逃不过的魔咒。不过，一个农村出来的女子，再出众，量吴江也不会为了她做出不计后果的事情来。

张腊梅无疑是出众的，是知道自己需要什么的那种聪明女子，又特别会来事。分配到化验科没几天，闲谈之中就有人有意无意透露了一些吴主任的情况。张腊梅专程去财务科拜访梁慧，带了些家乡土特产。

“师母，能到化验室跟吴主任学习，我真是太荣幸了！您跟吴主任都太优秀了，年纪轻轻就当上了科长、主任！拜托您跟吴主任说说，不要嫌弃我笨，多多指导啊！有做得不好的地方尽管说，我一定加倍努力！”

如果张腊梅不是丈夫的实习生，梁慧才懒得理睬她呢。农村来的土妞，能有什么资本和自己抗衡。偏偏鸡窝里飞出了金凤凰，土豆开花赛牡丹，那张腊梅漂亮得有些不像话，梁慧就不得不小心了。

梁慧家和父母家都在医院家属院里，住前后楼。梁慧一家经常去父母家蹭饭，母女间无话不谈。

“慧慧，那个实习生张腊梅，长得太漂亮了！很会来事，是个眼睛都会说话的人精！”吃完饭，照例是吴江收拾厨房，姥爷和外孙女看动画片，梁慧母女下楼遛弯儿消食。

梁慧撇撇嘴：“还真是，实习不到一周，往我办公室跑了三四趟了，每回都不空手，嘴甜得跟抹了蜜似的！”

赵云瞅了女儿一眼，摇头叹气：“你啊，就是太天真了！要知道，这种女人才是最可怕的，让你觉得她没威胁，你才会放松警惕；让周围的人们觉得她和你关系很好，才不会挑拨是非，传闲话。你要用点心，看紧吴江！”

梁慧轻蔑地笑了。母亲如临大敌的神态令她意外，母亲的话让她有种受辱感：“妈，您老人家有点敏感过头了吧，一个农村出来的孩子，能有多大能耐，吴江又不是傻子！”

“慧慧，你别把妈的话当耳旁风！男人，无论多大年龄，本质上都像个孩子！有时候还就是个地地道道的傻子，你以为呢！还有，要记住，天下没有不偷腥的猫，你的吴江也不是坐怀不乱的柳下惠！”

梁慧的心急跳几下，有些别扭，表面装得不以为然：“妈，您放心吧，我们感情好着呢。”说着，伸手挽住了母亲的胳膊。

母亲最后那句话或许说者无意，梁慧听者有心了。当年，吴江就是她从闺蜜马璇手里抢过来的。说这话的如若不是自己的母亲，她准要较真了。副院长的千金，谁能惹得起？就连被抢了男朋友的马璇都毫无怨言，跟没事人似的照样和她梁慧做好朋友呢。

赵云拍拍女儿手臂：“感情好是一回事，偷腥是另外一回事！有些男人，公认的好男人典范，感情上左右逢源，私底下拈花惹草，精力旺盛得很！如果不暴露，女人一辈子都不会知道真相呢！”

赵云舌头底下压了好多话没法和女儿讲。

现实生活中，好多人实质上都活在虚幻之中，眼不见不烦，重点在“不见”两个字上；心不知不累，重点在“不知”两个字上！如果看见了，知道了，烦恼和痛苦就会接踵而来。这个世界上，无论男女，没几个人能大度到如大海一般容纳百川。

如果一个人，让你觉得他爱你，让你觉得拥有这份爱很幸福，于是生活美好，白头偕老。如果突然有一天，满头华发的你发现他其实一直另有所爱，你如何自处呢？这几十年的幸福感是假的吗？你痛斥对方欺骗了你，一朝否定了所有的美好。人生短短数十载，如果有人愿意花一生的时光欺骗你，让你幸福地老去，你会如何选择？

赵云在心里自问自答的时候，梁慧也在想妈妈说的话，认为，那都是别人的故事。

那晚的梁慧怎么都不会想到，别人的故事，有一天会发生在自己身上，而且是人间悲剧！

田小米化验单事件发生后，在社会上引起了巨大反响。吴江忐忑了好一阵子，一直暗暗关注事态的发展。医院里自然是一致对外、保护内部人员的，更何况是赵副院长的女婿。一段时间后，吴江以为万事大吉了，岂料田琨又跑来要求拷贝化验室窗口的监控视频。保卫科第一时间给他打电话通气，并告诉他处理结果。他假装镇定，心里着实吃惊。没想到这事没完没了，究竟什么情况？

他利用休息时间假扮记者去学校门口打探消息，和门卫大哥聊了好久。这一打听不要紧，惊出他一身冷汗。现在的初中校园竟然如此复杂，真是不可思议啊！他有些后悔，如果当天自己没有只顾着和张腊梅偷情，给错化验单，那田小米就不会遭遇那样的凌辱！但是，现在只能将错就错，一口咬定是田小米自己错拿了。那女孩子得罪了什么难缠的人，揪住她不放，是她自己倒霉。

事情发生后，张腊梅表面比吴江还要紧张、担心，实际暗暗高兴，千载难逢的机会来了！她把田小米换回来的化验单偷偷收起来，对吴江说她撕碎扔了。吴江正心慌意乱呢，根本没在意，更不会意识到张腊梅一开始就对他存了歹心。

张腊梅脱了白大褂，穿上T恤衫、牛仔裤，头发扎成马尾，活脱脱一个俏丽女高中生，兴冲冲跑去田小米所在的学校门口守株待兔了。很快，她就探听到许多情况，记住了每天接送女儿的田琨夫妻的大致形象，以及车型车牌，并跟踪车子找到了田家。有一次，远远看见吴江躲躲闪闪朝学校走来，她急忙闪开。隔了一天，她又去了。心想，如果吴江看见了，就说是为了他才偷偷去学校了解情况的。不过，以她对吴江的了解，即使遇见了，他也会装作没看见，脚底板抹油，溜之大吉。

张腊梅很知心地把事情的真相悄悄告诉了梁慧，一再请师母放心，自己绝对不会对任何人透露半点儿风声。还好心提醒师母，赶紧告诉赵副院长，做好应付意外情况的准备。

梁慧听到了不少丈夫和这个张腊梅的闲言碎语，多次敲打，丈夫均矢口否认。正准备当面锣对面鼓问张腊梅呢，这一突发状况让她改变了主意，这重要关头，不可轻易树敌。

田小米及同学全力以赴冲刺中考的那段时间，也是张腊梅生命中的重要时刻。能否留院工作，即将见分晓了。

张腊梅送礼的名单里当然不会少了梁慧，美其名曰感谢师母。梁慧照单全收，明知故问张腊梅实习结束后的打算，张腊梅坦言想留院工作，请师母指点。梁慧恨得牙痒痒，表面不动声色。吴江给错化验单的事，只有张腊梅这个外人知道。那个要命的把柄握在这种女人手里，就是一颗定时炸弹。张腊梅深知此事的利害关系，好像变得有些理直气壮了。

张腊梅拉着梁慧一起去赵副院长家送礼。赵云推辞了，说留院的事不是自己一人说了算。张腊梅笑了："阿姨，我知道，不会为难您的。您只要不反对我留院就可以了。"之后，就一个劲儿描述发生在田小米身上的惨事，帮忙分析将来的隐藏风险。临走，坚决留下了礼物。

赵云觉得，这女子小小年纪，不是一般的阴险，有种全家都被她挟持、玩弄的感觉。可恨那吴江不争气，轻而易举授人以柄。如果让张腊梅如愿以偿，女儿恐怕家无宁日了，必须想办法阻止她。

赵云把这一想法告诉了女儿，梁慧正有此意。母女俩开始绞尽脑汁筹谋对策。赵云说，首先必须把吴江唤醒，彻底消除他对张腊梅的好感，全家齐心协力一致对外！俗话说得好，夫妻同心，其利断金。

梁慧敲打吴江时，吴江坦然自若。

“慧慧，你还不清楚吗，咱们院里本就是个是非之地，人们巴不得发生些什么事，好让他们瞧热闹看笑话呢！办公室里有个漂亮的女实习生，好事之徒不胡乱猜测还怪了呢，这么多年来，你老公我什么时候传过绯闻，别被人耍弄了，要相信老公！”

捉贼拿赃，捉奸拿双，没有真凭实据，他怎会承认？其实，知道妻子有所察觉后，吴江就想摆脱张腊梅了。今天的一切，是他违背良心，狠心抛弃初恋马璇，多年忍辱负重换来的，不容易啊，他岂能轻言放弃！尤其是化验单事件发生后，张腊梅言谈举止中渗透出一些异常的蛛丝马迹，还专门跑去和妻子说了好多田小米的事情，直觉是个危险的信号。那个小鸟依人般的女子，并不是表面表现出的那样单纯。

他下了决心，这种关系不能再继续下去了，安排好她的工作，就当安抚她，回报她，之后就逐渐了断。

“腊梅，我妻子好像听到风声了，问过我好多次。咱们要小心了！”

一次温存后，吴江鼓起勇气说了出来。话一出口，整个人轻松了不少。

张腊梅乖巧地点头答应：“吴哥，我都听你的。这几次我去慧慧姐那儿，感觉她的表情有些不自然，好像有话要说，可能听到什么了！”

吴江渐渐冷淡了，好久不和她缠绵。张腊梅意识到不对劲，瞅准机会拽住他的胳膊贴上去：“吴哥，最近怎么了，老躲着我？”

吴江叹口气：“唉，我岳母找我谈话了，咱们不能再继续下去了！”

张腊梅的身子顿了顿：“啥时候的事啊，吴哥？”

“前天！”

“前天？大前天晚上我还和慧慧姐去赵副院长家了呢。她们都没表现出什么来啊。”

“她们能对你表现什么，都是有身份的人，趁现在没暴露，赶紧收手还来得及，不然东窗事发，咱们都没好果子吃！”

张腊梅预感不妙。分配工作的事迫在眉睫，这节骨眼上吴江如此表现，几个意思？她脱口而出："吴哥，那我留院的事……"

"你不用担心，我会全力以赴！说好了，之后咱们之间的事一笔勾销，永不再提。你和男朋友结婚，好好过日子去。咱们各自安好，好不好？"

张腊梅的眼泪流下来了，心里的一块巨石却落了地。这不就是自己想要的结果吗？

"吴哥，我爱你！你处处为我考虑，我怎么不清楚，只要对你好，只要你幸福，我都听您的！"

吴江心里一热，或许是自己想多了？这，就是真实的张腊梅，爱自己胜过一切！

吴江没想到，自己随口乱编的借口，竟然成真了！岳母和妻子正在计划和他摊牌。

这天晚上，梁慧一家又去父母家蹭饭。饭后，梁慧破天荒没有和母亲下楼遛弯儿，而是来厨房帮忙。

"老公，赶快收拾，我和妈有话跟你说！"

吴江观察梁慧的表情，并没有兴师问罪的预兆，随口问："什么事儿啊？这么郑重其事的。"

梁慧直起身瞥他一眼，想说什么又咽了回去，摇摇头，叹口气："你呀！唉，先别问了，一会儿再说！"

梁慧的父亲是个寡言的人，做家务活是一把好手，家里大事小情几乎都不用赵云操心。有了外孙女以后，更是宝贝得不得了，外孙女也爱黏着姥爷玩。赵云的心思，就全在女儿身上了。

收拾完厨房，赵云带着两人进了书房，开门见山问开了。

"小吴，我问你，你一定要实话实说，你和那张腊梅到底有没有事儿？"

吴江没想到岳母会直截了当问自己，有点意外，梁慧也拉着脸，投来锥子似的目光，忙挤出笑脸。

"妈，您也听见流言蜚语了？您知道咱们院里……"

赵云摆摆手打断他，梁慧瞪了他一眼。

“小吴，我知道没有真凭实据，即便有事，你也不会承认，现在，先不管你和那张腊梅之间的事，咱们来谈谈你的事！”

吴江还是没有反应过来：“妈，什么事啊？您就直说吧，急人，呵呵。”

梁慧伸手捶了他一拳：“吴江，你脸皮真厚啊，还有脸笑！”

“我究竟、究竟怎么了啊？慧慧，今晚你和妈都有点不对劲啊！”

赵云严肃地盯着吴江：“小吴，你给错化验单的事情，除了张腊梅，没别人知道吧？”

“没有，没有！妈！绝对没有！”

“那张腊梅有没有拿那件事儿要挟你？”

“没有啊！妈，慧慧，你们怎么会这样想？出什么事了？”

“对那个女人，你怎么看？”

吴江轮流看着岳母和妻子。“张腊梅……实话实说，很聪明，很会来事儿，人也长得漂亮，嗯，各科室的人都挺喜欢她。”

梁慧又给了他一拳：“你是不是也喜欢她呀？”

“哎哟，疼！慧慧，下死手啊你！我是喜欢那个姑娘，但并不是你想象的那种喜欢！”

“哼！喜欢还分这样那样的呀，看看，不打自招了吧，怪不得院里到处传你和她的闲话呢！”

“好啦好啦，你俩别闲扯了！小吴，张腊梅跟你说过她想留院的事吧？”

“当然说过啊！我这个主任的评语起关键作用的。”

“坚决不能让她留院！”

吴江愣了，看看岳母，又看看妻子：“妈，慧慧，你们什么意思？”

梁慧又伸出拳头，吴江赶紧跳起来躲开。

“吴江！你装什么糊涂啊？让她留下，你和她朝夕相处，藕断丝连？你是成心要破坏我们这个家，是不是啊？”

“慧慧！我、我不是那个意思，我没有那事儿啊！你和妈……那、那怎么办啊？”吴江紧张得语无伦次。

赵云盯着他沉思片刻，说："那个张腊梅，小小年纪，城府深着呢，绝对不是个省油的灯，你们俩加起来都不是她的对手！"

吴江没想到岳母会这么说，和妻子对个眼神，扬了扬眉毛，一副不以为然的神情。

"我知道你们俩不相信我的话！你们相信妈不会害你们吧，老妈这几十年过的桥，比你们走的路还多，看人准着呢！"

赵云从吴江和张腊梅的神情，及人们的流言蜚语中判断，吴江和张腊梅真有事情。但她不能对女儿说，女儿什么脾性，她最了解了。装不住事儿，闹腾起来不容易劝住，不利于解决目前的首要问题。至于吴江陷得有多深，现在追究都没有意义。那张腊梅如果达不到留院的目的，拿和吴江的事借题发挥，再拿化验单的事儿相要挟，那就麻烦了。

吴江和梁慧都低头看着自己的脚尖。

"小吴，你之前给张腊梅的阶段性评语都非常好，从现在开始，你的评语要变一变。"

"怎么变呢？突然要变，找什么借口啊？"

吴江嘴上应着，心里想着几天前对张腊梅的承诺。怎么办？

"你就跟张腊梅说，院里流言蜚语满天飞，你的实习评语写得太好，估计跟这个有关系，不能再授人以柄，要稍微低调一点。相信那个张腊梅不会有啥异议。"

吴江看一眼梁慧，疑惑地问："这样……有作用吗？"

"当然有了，让你做你就做！怎么，不忍心了？你个没脑子的猪！"梁慧忍不住又发飙了。

吴江急忙解释："我的意思是……我的评语稍微低调一点，对阻止张腊梅……留院，有作用吗？"

他当然不能说知道张腊梅给每个院领导送礼的事儿。赵云自然在送礼之列。给梁慧送礼，是张腊梅自作主张，吴江当时反对了，但张腊梅坚持要送。近一年来，张腊梅一直给梁慧送小礼物，说是借机打探梁慧对自己的态度，判断她是否知道什么。吴江见她没搞出什么事儿来，也就默认了。

女人真是个奇怪的动物，想着这老中青三个女人，吴江在心里感叹。

“妈，慧慧，你们如果觉得那样做有用，那我做就是了！多简单的事啊！”

“张腊梅给院领导挨个儿送礼的事情，你知道吧！”赵云突然问。

“这我不知道，慧慧说给您和她都送了，估计人人有份。”

“那个张腊梅是势在必得啊！留她在院里就是个祸根，化验单那事还攥在她手心里，不过，咱们要小心，要做到万无一失，不然让她察觉了，反倒坏事！”

吴江心想，攥在她手心里的，何止化验单那件事。

“我和慧慧之所以收了她的礼，就是不能让她察觉出是我们在针对她，明白吗？”

吴江唯有点头的份儿，这两个女人已经筹划好了一切，而这些都是在暗中进行的，自己像个局外人，完全被蒙在鼓里。但是，仅凭实习评语上的一些低调评语，是不可能搅局张腊梅的好事的。难道她们还有什么别的计谋？

“妈，慧慧，光凭我的评语……恐怕……达不到目的吧？”

梁慧瞪他一眼：“你只管做好你的事，别的就别操心了！专心干好你的工作，别再给我们捅娄子！”

第七章

这天吃晚饭时，田琨对女儿说：“小米，整天窝在家里，也不是个办法啊！闷坏了吧？”

“没事，爸爸。我看看书，写点东西，玩玩游戏，看看电视，时间过得很快的。”

女儿的懂事让田琨很欣慰。

“小米，爸爸有个建议，你看可行不？”

“什么建议啊，爸爸？”

“你喜欢跆拳道吗？爸爸想给你报个班，利用假期学学跆拳道，一方面强身健体，另一方面，万一遇到什么事儿，你能保护自己！爸爸妈妈总有不在你身边的时候啊！”

叶琴微笑着随声附和。

其实，小米早有此意，闻言高兴地叫开了。

“爸爸，您真神了，好像我想什么您都知道。我正想跟您和妈妈一起商量呢！”

第二天，田琨带着小米在家附近找了家健身馆，给小米报了跆拳道班，自己办了张健身卡，小米上课的时候，田琨就健身。

那天，田琨和叶琴从马家回来后，就跟女儿详细交流了情况。

田琨感叹道：“真是有其父必有其子啊。马晓军遗传了其父的厚颜无耻、阴险狡诈，并且有过之而无不及。马家人个个都是奇葩，给人的感觉很怪异。马林虎像个土皇帝，妻子和女儿就像他的东宫西宫；女儿像当妈的，是主人，趾高气扬、颐指气使；妈像做女儿的，更像个下人，忍气吞声、低三下四；儿子是个小阿飞，看父亲的眼神像看仇人，看姐姐的眼神像小流氓……”

叶琴点头，边思考边说：“那家人给人的感觉很瘆人！根本就不像个正常的家庭！嘴上说得冠冕堂皇、道貌岸然，表情、举止、眼神，却是另外一种感觉，整个家里弥漫着一股很怪异的氛围！那样一个畸形的家庭，怎么可能培养出正常的孩子来？小米，咱们一定要多加小心！”

之后，田琨悄悄做了一些调查，搞清了马家的家庭结构。

马晓娟曾经的父亲姓肖，名大宝，是市食品厂的一名糕点师，一个老实巴交只知道干活儿的矮个子。马晓娟的母亲常艳，结婚前是食品厂的一名临时工，因长得漂亮，经人介绍，嫁给了30岁的正式工肖大宝。

常艳一开始就瞧不上肖大宝，只是相中了他的正式工身份。厂子有政策，正式工家属将来也能转为正式工。婚后不到一个月，常艳就开始找碴儿吵架，不让肖大宝近身。肖大宝人长得丑陋些，但也是个正常男人，得不到满足，再加上旁人挑唆，开始动手了。有一次，常艳被打得鼻青脸肿，跑去找妇女主任告状。妇女主任上门调解，肖大宝就说了实话。妇女主任笑了，拉着常艳到一边咬了一会儿耳朵。从此，肖大宝高兴了，再也没有动过常艳一根手指头。

常艳生了个女儿，粉雕玉琢般一团粉红肉肉，可爱极了。肖大宝宝贝得不得了，真是含在嘴里怕化了，捧在手里怕掉了。他操心孩子，照顾大人，忙得不亦乐乎。把常艳伺候得跟少奶奶似的，十指不沾阳春水。

半年后，常艳上班了，孩子由爷爷奶奶帮忙带。常艳下班回家就往沙发上一躺，等肖大宝做好饭菜端上桌，她吃饱喝足，嘴一抹碗一推，打扮得漂漂亮亮出门了，逛街，打牌，有时偷偷去舞厅跳舞。

肖大宝从小就喜欢做饭，所以才学做糕点。再说，家务活做习惯了，只要常艳高兴，随她去玩，也不管她。直到有一天，厂子里风言风语传遍了，他才最后一个知道，常艳有外遇了。

常艳的外遇对象，就是新近死了老婆的市物资局供销科科长马林虎。

有天晚上，肖大宝带着姐姐、姐夫，堵住了从舞厅出来后，躲在黑巷子里抱在一起难分难舍的两个人。肖大宝揪住常艳的头发就是一顿乱捶，姐姐和姐夫围着马林虎一通拳打脚踢。

事情就这样闹大了。肖家人见识了马林虎的厚颜无耻。

马林虎逃脱之后立刻报了警，说他路遇一醉酒女子，好心上去扶起，正要送她回家，结果莫名其妙被人打了一顿。

肖大宝被派出所拘留了一周，并赔偿马林虎医药费两千元。那时候的两千元，可是肖大宝两个多月的工资呢。常艳借机提出离婚，理由是她长期遭受肖大宝家暴，实在忍无可忍了。肖家三代都是老实巴交的普通工人，哪里拼得过有权有势又狡诈阴险的马林虎！气不过，又丢不起人，只好同意离婚，但坚决要求留下孩子。常艳不同意，说女儿不是肖大宝的。肖家人请人做了亲子鉴定，果然如常艳所言。女孩子的生父究竟是谁，直到办完离婚手续，肖大宝都没搞清楚。左邻右舍嚼舌根子，说估计连常艳自己都不清楚。

离婚半年后，常艳就带着女儿嫁给了马林虎。马林虎非常喜欢这个捡来的女儿，起名马晓娟。

据马家的老邻居说，刚结婚那一两年，马林虎和常艳的感情挺好，常常出双入对去歌舞厅跳舞、唱歌。不知从何时起，也不知为什么，马林虎开始对常艳非打即骂，常艳一味忍气吞声。

常艳在家里的地位每况愈下，就连那两三岁的马晓军都会欺负她，稍不顺心唾沫就吐到了她脸上，还常常把她的腿踢得青一块紫一块的。而马林虎对马晓娟却越加宠爱，经常给她买漂亮裙子，把她打扮成了骄傲的小公主。爸爸对姐姐越好，马晓军对继母就越坏。常艳渐渐沦落成那个家里挨打受气的免费保姆。不过，她在家里低眉顺眼，一出门就像变了个人，摆出一副官太太架子，目空一切。有邻居悄悄说，那女人，就是一副小人得志的样子。可怜之人必有可恨之处，自作自受！

几年后，马林虎升为物资局副局长，分到一套一百三十多平方米的福利房，全家搬到了新楼上。家里人偶尔还会到旧房子转转，住一半天。

新房子四室两厅两卫，两个孩子各住一间，马林虎和常艳住一间，一间是马林虎的书房。马林虎常常在书房里看书、学习文件、休息，或关上门教训马晓军，奖励马晓娟，接待来汇报工作的男女下属。

这些情况，是田琨夫妻去马家拜访那天，马林虎带他们参观房子时介绍的。当时，马林虎的语气里饱含炫耀。

经过几次磨砺，田小米变得坚强了，心理承受能力也提高了不少。经过一个月的跆拳道练习，她长了个头，练出了肌肉，变成英姿飒爽的大姑娘了。

田琨夫妇看在眼里，喜在心里，一直悬着的心，稍微放松了些。

省医院正在进行一场没有硝烟的战争。

院里在流传，某些实习生为了达到留院的目的，不择手段，利用美色勾引领导，拉拢腐蚀年轻干部。此风不可长，此人不可留，否则会败坏院里多年养成的良好风气。

风很快吹到院领导的耳朵里，有人连续几晚彻夜难眠。

有一天一大早，院书记办公室门口放了一袋东西，里面有一封电脑打印的信。信中说：有实习生为了留院偷偷送礼。作为党培养多年的领导干部，怎么可能接受贿赂，必须把贿赂物呈报上来，希望全院进行一次深刻的思想教育，让大家以此为戒，坚决杜绝不正之风！

吴江自然也听闻了，心想，机会来了，找机会严肃地对张腊梅说："小张，那传言怎么回事，你做什么了？"

张腊梅的俏脸瞬间失了血色，"小张"这个称呼太过陌生了！她的泪奔涌而出："吴哥，我、我没做什么啊，这究竟怎么回事？"

吴江拉着脸转身出了化验室内间，坐到窗口递化验单去了。

吴江的背影一消失，张腊梅的泪马上收了。泪是流给男人看的，人都走了，还流什么泪？她站在原地很久，脑子一刻没停，仔细回想每一个环节，天衣无缝啊！究竟是哪里出了岔子，莫不是其他想留院的人在捣乱？留院名额只有三个，能有希望的就是那几个人，谅他们也没有能量做这些事！不过也难说，人不可貌相，海水不可斗量。

张腊梅翻来覆去胡思乱想，不觉到了中午。吴江没再进内间，也不理她，自顾自吃饭去了，直到上班才慢悠悠回来。

她像往常那样，口袋里装了一把巧克力，去别的科室转了一圈，人们像没有看见她似的，转身继续忙活或聊天，不时发出窃笑，有人还不忘偷瞥她一眼。

实习期眼看就要结束了，最后见分晓的关键时刻，竟然发生这样的状况，如何是好？她到底年轻，没经过多少事，乱了方寸。最后心一横，下定决心，只能死死抓住吴江不放。

吴江又坐到窗口去了。张腊梅吃没吃午饭，他问都没问，这反应有些过头了吧。张腊梅隐约感觉不对劲，她故意把仪器、椅子弄得砰砰响，但外面的人像没听见似的。她拿了一摞化验单出来，立在他身后，他头也不回，只顾和窗外的人一问一答。她把化验单放在他面前，转身回了里间。过道斜对窗口的墙上有摄像头，她不能在窗口动手拉他吧？那样，不正好印证了院里的流言，她张腊梅拉拢腐蚀年轻干部。

正在这时，院办公室的小蒋来了，立在门口似笑非笑。

“张腊梅，院办公室汪主任请你过去一趟！”

张腊梅努力摆出一副轻松自在的笑脸，娇声细语回应，边说边频频扫视吴江：“是蒋科长啊，您请进来坐会儿吧。”

小蒋听这娇滴滴的美女叫自己科长，心里很受用，瞥一眼面对窗户坐着的吴江的背影：“吴主任，您在忙吗？汪主任叫张腊梅去一趟。”

吴江头也不回地说道：“没事，我一个人忙得过来！”

张腊梅已走到小蒋身边，轻声问：“蒋科长，汪主任叫我，您知道什么事吗？”

小蒋吸了一鼻子香水味，不由又看了吴江的背影一眼，那背影依然沉默着。他往后退一步，微笑道：“我哪知道啊。快走吧，去了就知道了。”

张腊梅答：“好吧。”语气明快含笑。又转头冲着吴江的背影说：“主任，我去去就来啊，您辛苦。”

话音未落，人就不见了。反倒是小蒋有些意外，看看吴江无动于衷的后背，又看看张腊梅左摆右扭的杨柳细腰，关了门，快步越过张腊梅往前走，一路无话。

汪主任一见张腊梅就放下报纸站起身，笑着招手示意她坐在沙发上，给小蒋使个眼色。小蒋踌躇一秒，把主任的杯子续满水递给主任，又倒了杯水放在茶几上，退了出去。

“小张，你是这批实习生里最优秀的一个，大家都很看好你的。”汪主任字斟句酌地说。

张腊梅笑开了花，赶紧往沙发前端移了移，身体前倾，更加真诚地盯住汪主任的眼睛：“汪主任，谢谢您，您过奖了。”

汪主任被对面的目光逼得侧了一下脸，身子往后收了收，目光落在茶杯上：“小张啊，最近院里议论纷纷，说你为了留院不择手段，贿赂院领导，拉拢腐蚀年轻干部，这太不好了！你很优秀，本来很有希望留院工作，这么做反而弄巧成拙了！”

张腊梅听了顿时花容失色，泪流满面，哽咽道：“汪主任，我没有啊。那些纯粹是无中生有，造谣污蔑！呜呜呜……我不知道谁这么歹毒，竟然陷害我，呜呜呜……”

“张腊梅同志，你不要哭，有话好好说！”

张腊梅的哭是一件极其厉害的武器，没几个男人能招架得住。那曼妙的身姿，娇柔的神态，嗲声细语，梨花带雨，组合成一幅令人怦然心动的画面，能解除男人们的一切防范，只想一门心思保护这个弱女子。

汪主任年近六十，孙女跟张腊梅差不多年龄，刚给安排好工作，却整天只知道玩。爸妈一说她，她就拉出爷爷当挡箭牌，单纯得像个高中生。

“孩子刚从学校出来，玩性未改。就让她玩吧，很快她就会变成大人了，这样简单美好的日子不多了！”爷爷的话总会让他们哑口无言。

面前的张腊梅完全不一样，她没有靠山，一切要靠自己争取。小小年纪，不容易啊。但这种人又是最可怕的，一旦逮到机会，便会不择手段，投机钻营，疯狂往上爬，拼命捞资本，最终有可能滑向贪污的泥潭，不会有太好的下场。他不希望自己的孩子成为这样的人，一辈子陷于钩心斗角的风口浪尖上。

汪主任一生阅人无数，坚信自己不会看走眼。院领导的决策很英明，这个张腊梅不能留。自己虽有恻隐之心，但必须完成任务。

张腊梅很听话，抽抽搭搭止住了哭。

“汪主任，汪叔叔，我一个农村来的穷孩子，上个大学很不容易。我没有靠山，一切都要靠我自己！家里父母亲要养，弟弟妹妹还在上学，盼着我尽快挣钱养家呢，我……”说着又开始流泪了。

汪主任心软了。这孩子也确实不容易啊，那低眉顺眼的无助样子，可怜兮兮的。

“小张同志，本来你是有希望留院的。但最近流言满天飞，传得有鼻子有眼的……唉！院领导安排我找你谈话，了解一下情况！”

“汪叔叔，我没有贿赂院领导，也没有拉拢腐蚀年轻干部……”

张腊梅这段话把汪主任心底的那点同情给彻底浇灭了。如果她坦承送礼之事，承认错误，保证知错能改，或许还有挽回的余地。但是，她睁着一双充满真诚的眼睛说瞎话，满脸天真无邪，令人作呕。

汪主任身体靠在沙发背上，跷起二郎腿，满脸严肃，目光犀利。

“张腊梅同志，你的情况我们了解得很清楚，我代表院里通知你，你没有资格申请留院工作了！”

“什么？汪叔叔，求您帮帮我，我不能失去这次机会，我家里人等着我赚钱养家，弟弟妹妹等着我的工资交学费呢……”

汪主任打断她的哭诉：“张腊梅同志，鉴于你面临的择业问题，院里决定私下通知你，其他人不知道，不会影响你择业。你尽快另作安排！”

第八章

汪主任说完，离开沙发，坐到办公桌后面翻文件去了。张腊梅哼哼唧唧哭了一会儿，见汪主任一副拒人千里之外的样子，知道再耗下去只能是自讨没趣，只好收了眼泪，低头告辞。

一出汪主任办公室，张腊梅就变了。她抬头挺胸，脸拉下来，显出愤恨的表情，眼神透出冷光。心想，看来，有人不希望自己留下来啊，一个弱女子，如何能玩得过那些老谋深算的大人物呢！认栽吗？不，坚决不！

张腊梅红肿着双眼，却面带微笑，袅袅婷婷穿过走道，走出办公楼，和一路遇见的同事若无其事地亲热打招呼。同事们躲闪着，没人回应，斜眼上下打量她，诧异的目光加入些许不解，脸上的表情难以描述。

回到化验室，吴江依然坐在窗前，听见开门声，头都没回，也没出声。张腊梅没理他，径直走进里间，坐在角落陷入沉思。外面不时传来敲门声，有同事借口进来，转悠一圈，观察张腊梅的脸色，没话找话，见张腊梅强打精神应付，搭讪两句，转身走了。门外隐约传来放肆的说笑声。

张腊梅仿佛变成了过街老鼠，曾经答应过她的几位领导避而不见，暗地里偷偷把礼物送还到她办公桌上，往日一见面就夸她的同事变成了陌生人，一起来实习的同学，也故意在旁边含沙射影，讽刺挖苦。吴江几乎不和她说话，实在需要工作交流，也是三言两语。实习期总结评语写得不咸不淡，毫无新意。

张腊梅整宿睡不着觉，心，像被架在火上烧烤。她思前想后，却怎么都想不明白。到底发生了什么事情，究竟是谁要害自己？汪主任谈完话才过去三天，她觉得好漫长，仿佛两世为人一般。

就这样被当作垃圾扫地出门，将来的路该怎么走，去哪里找工作？俗话说，好事不出门，坏事传千里。以后自己怎样见人？传到家乡，父母的颜面何在？

第二天，她穿上衣柜里最昂贵的连衣裙，打扮得漂漂亮亮的来上班。一路哼着小曲面带微笑，脸上画了精致的淡妆，掩盖了往日的憔悴。她在办公室花蝴蝶一般转了一圈，说了声：“吴主任，我有事出去一下！”不等吴江回复，人已到了门外。

她径直来到骨科住院部，进了一间病房。两个小时后，从病房出来，屁股后面跟了两个人。再过了两个小时，她，又变回了之前那个人见人爱的张腊梅。

开学了。田小米和翔宇成了市一中高一（1）班的新生。这个班级集中了全省各地的中考冠亚季军，是名副其实的高才生班。

田小米步入一个全新的世界，以饱满的热情投入到学习中，过去的一切已烟消云散，未来繁花似锦。父母和以前一样，每天轮流接送她。生活按部就班，平静如水。

其实，这些都是表面的现象，内心深处，田小米及家人，一刻也没有放松，隐约的危机感如影随形。有时候，他们觉得很无奈，也很茫然。家人，并非惹是生非之人，知书达礼，正直善良，与人为善，怎么会遭遇那些人和事？女儿小小年纪如天使一般，心灵纯洁得没有一点污秽杂念，这究竟是为什么？

一向自称唯物论者的田琨，夜深人静时，不禁屡次深思不得要领，只好去求助一位远离世俗的朋友。

朋友说：其实，人和人之间的纠葛，是与生俱来的。是前世未了的缘。是福是祸，是好是坏，都是造化。现世的人，只有接受。

田琨似懂非懂。他不知道自己的前世是什么形态，造了什么孽，又积了什么福。他只知道，最爱的女儿面临危险。他不能坐视不管，被动接受，他必须奋起抗争，保护女儿。

马晓娟和马晓军一个上高一，一个上初三，两人的学校相距大约一公里。放学后，马晓军总会去市二中接马晓娟，两人一路打打闹闹，嘀嘀咕咕，说不完的话，关系比以前亲密了很多。当然，马林虎不反对，常艳更不会有异议。在他们的意识中，这两个孩子终究会在一起的，如果两个人有别的情况，反倒会让人紧张。马晓军越来越难以掌控，令马林虎很是头疼，唯有马晓娟能管束住他。

马晓娟心里燃烧着一团火。她不能忍受深爱的翔宇和别的女孩在一起。她要破坏这种局面，夺回所爱。

张腊梅成功留院了，同学们祝贺，同事恭喜。有人提议搞个庆贺仪式，张腊梅起初坚决反对，但看吴江一副事不关己高高挂起的神态，把心一横，同意了。她，就是要做给某些人看，冷眼观看他们如墙头草一般左右摇摆、丑态百出的表现。她恨，恨院里那些老谋深算、虚伪丑陋的人，还有那个前几天还信誓旦旦，转眼就变了心的爱人！来日方长，看以后如何清算这笔账！

田琨在调查女儿被校园同学误会的事情时，发现了一个意外情况，他的妻子叶琴有可能出轨了！

那天，叶琴借口单位有要事要处理，把女儿独自留在医院五个多小时，田小米慌乱之中拿错化验单，才引发了一系列意外事件。

那段时间，叶琴的状态有些异常，两人的关系很糟糕。田小米住院以后，田琨知道了那天的事，忍不住侧面了解了一下。叶琴单位根本没有事情需要她处理。她究竟去了哪里？为什么要撒谎？

田琨不敢想象。他悄悄跟踪了叶琴，没有任何异常。女儿的事对她触动很大，很愧疚，外出的次数减少很多。不过，田琨还是了解到了很多情况。叶琴联系频繁的那个人，就是拆迁返还小区的开发商、市优秀企业家徐锦江。那天，她就是去见徐锦江的。

徐锦江五十多岁，是锦江开发公司老板。估计是交涉楼房拆迁的事情，他们相识后有了多次接触。叶琴虽然是个比较霸道的女人，但男女关系方面还是比较正统的，轻易不会和男人深交，结婚多年，从未发生过让人诟病的行为。和徐锦江的关系大概是个例外。女儿出事以后，表面看来，她收敛了许多，心思也收了回来，踏踏实实过日子了。

田琨不想再追究。他爱她。人非圣贤，孰能无过，就这样吧。像现在这样，夫妻俩齐心协力，共同面对生活中的风风雨雨，呵护女儿，相伴一起变老，多好啊。

这天，田琨送小米上学后返回家中，从信箱取了报纸杂志和信件。有封沉甸甸的信引起了他的注意，封皮上什么都没写。盯着那封信，不祥的预感袭上心头，他观察四周，行人车辆不时经过，各自奔忙，有楼上熟悉的邻居进出，只是随口打声招呼，没什么异常。他快步回家，锁好门回到书房，赶紧打开那封信。

信封里只有一摞照片，妻子叶琴和一个男人——徐锦江。有两人并肩江边漫步的，有一起吃饭、喝咖啡的，有前后走在大街上的，有停车场里同上一辆越野车的……

田琨的心怦怦直跳，头脑发胀，四肢无力。妻子果然有问题啊！但目前最需要追究的问题是，这些照片是谁寄的，为什么要跟踪叶琴，和马家姐弟有关系吗？

田琨心想，这十有八九是马家姐弟所为。一直担心的事情终于发生了。马家姐弟又开始行动了，这次是针对自己全家人的。或许，他们一直就没有停止过，暗中窥视，伺机寻找伤害自己家人的机会。

田琨胡思乱想一上午，一个字都没写。快中午时，出版社来电话催问稿子的进展情况，他随口找了个理由搪塞过去。现在，还有什么事情能比家人的安危更重要呢？

看那些照片里的场景，有晚上的，有白天的，好几张两人穿的衣服都不一样，所以根本就不是同一次拍摄的。

马家姐弟俩都是在校生，他们怎么会有大量时间做这些事情。最有可能的情况是，马家姐弟有同伙！或许，从今天早晨一家人出门，到他回来后走向信箱，这个同伙就在家附近的某个隐蔽处，偷偷观察着一切。说不定此刻还在，等着欣赏他看到照片后暴跳如雷的表现！

田琨拿了根棒球棍出了门，在家附近仔细巡视一遍，没有发现可疑人员和车辆。街道两侧和楼门口附近都有监控摄像头，应该可以很清楚地看见往信箱投信的人。

田琨返回家，无心做饭也无心写作，呆坐着思考下一步的动作。送照片的意图很明显，挑拨他们的夫妻关系，让这个家发生内乱、不得安宁。之后，他们还能做出什么，真不可想象啊！那两个孩子，怎么会如此歹毒？

不能坐以待毙，也不能束手无策，要有适当的应对之道。首先要查看监控，找到那个送信的人。但是，信封里的东西是不能示人的，家丑不可外扬啊！所以，不能报警，只能通过私人关系找人帮忙。

田琨想到公安局刑警队的朋友雷鸣，一个电话打过去，说最近老看见家附近有可疑人员徘徊，但家里没有丢失东西，不想报案，想看看周围的监控落实一下。雷鸣犹豫片刻，答应了，他清楚几个月前田小米身上发生的事情，直觉告诉他这事并非田琨说得那么简单。

下午，雷鸣打来电话，说已经帮他拷贝了他家附近几个监控一周之内的视频，田琨立刻驱车前往市公安局。一见面，雷鸣探究的目光上下打量过来。

“老田，究竟发生了什么事，能不能跟我实话实说？”请田琨落座，雷鸣泡了茶，坐在旁边，目不转睛地盯住田琨。

田琨竭力伪装出来的轻松瞬间消失，双手使劲对搓，表情略显尴尬。他早就料到雷鸣不会相信他说的话，但一见面就直截了当地问，还是让他有些慌乱。既然请朋友帮忙，隐瞒实情是有些说不过去。再说，雷鸣是干什么的，怎么可能隐瞒得住。

“老雷，我，我电话中没有跟你说实话。早上，我在信箱里发现了这封信，信中是些照片！”

说完，从夹克口袋里掏出那封信递给雷鸣。

雷鸣瞪他一眼，接过去仔细看起来：“看来，嫂子有些问题啊！”

田琨脸红了，正不知该如何回应，雷鸣又说话了。

“田哥，对此，你有什么想法？”

田琨整理一下心情，端起茶杯喝了一口。

“兄弟，前几个月，小米身上发生的事情你还记得吧，看见这些照片，不知为何，我第一时间就想到了那马家姐弟。”

雷鸣点点头：“你这个大作家的直觉应该是比较准的，当然，也不能排除其他可能。”

田琨投来询问的目光。雷鸣没有回答，反过来问他：“田哥，你为什么第一时间会想到那马家姐弟？说说你的理由。”

小米发生意外那段时间，雷鸣正在带队办理一宗大案。但，事情的经过他还是抽空关注着。

“小米康复后，我和叶琴去马家拜访过。那家人给人的感觉很怪异，那姐弟俩……”

田琨摇摇头，斟酌措辞。

“那姐弟俩给人的感觉不像十几岁的孩子，很邪乎！马家的家庭构成很复杂，家庭成员之间的关系……有些莫名其妙……”

“哦，是个畸形的家庭！你觉得那马家姐弟还会伤害小米？”

“凭感觉，我觉得他们不会就此罢手！现在我和叶琴每天轮流接送小米上下学……我不知道他们是怎么发现叶琴那些事情的，除非有人一直在监视我们家的人，想想真是不寒而栗！”

“是啊，有些人的恶是与生俱来的，令人发指！和年龄没有多大关系。我们遇见过很多这样的案子，有些人童年时期遭受过强烈刺激，心理阴暗、变态，会做出一些匪夷所思的事情，很难以正常人的思维去判断、衡量。”

雷鸣这番话令田琨更加心慌。雷鸣看了他一眼，接着说道：“田哥，你的做法很正确。每天接送小米，注意防范，收到照片立刻找我。小米和我家乐乐就像亲姐弟，我和小丽都很喜欢她，有什么事儿，我这个做叔叔的肯定不会袖手旁观。我已经仔细察看了你家附近这几天的监控录像，发现了一些情况！”

雷鸣说着招手示意田琨到办公桌上的电脑旁。电脑屏幕定格在一幅画面上，一名骑山地车的男子，包着面纱，戴着墨镜、手套，一副户外自行车爱好者的打扮，正将一封信塞进田家信箱。看此人身形，是个清瘦的男性。另外，发现有辆途锐牌汽车频繁在田家附近走走停停。

“田哥，我们可以从这个人和这辆车着手追查。通过警用系统调取大数据比对，查找起来应该难度不大。还有，嫂子的事情，你打算怎么办？”

“兄弟，不瞒你说，在小米这件事发生之前好长一段时间，叶琴和我的关系很糟糕，她的心已经不在我和女儿身上了，我预感到她有了外遇。那天，她陪小米去医院检查，结果把小米一个人扔在医院，去跟那个徐锦江会面了。这是我后来无意中了解到的。小米的事情发生以后，她收敛了，我们的关系也缓解了很多。我想她应该知错了。我假装不知，也不想再追究，一家人就这样平平安安过下去……”

田琨的声音越来越低，最后竟然有些哽咽了。

雷鸣频频点头，拍了拍他的手臂，安慰道：“田哥，你是个好人，大度、善良，要相信，好人会有好报的！照片的事情，你打算跟嫂子说吗？”

田琨叹口气：“兄弟，我是这样想的。有人送照片的意图，恐怕就是要挑拨我们的关系，搅得我们家不得安宁，进而影响小米。我们岂能让他们得逞？我应该和叶琴摊牌，一家人齐心协力，共同去应对。你说对吗？”

“田哥，你能这样想，我很高兴，也就放心了。下面，我们分头行动！不过，这件事没法立案，不能大张旗鼓地去查。我有个朋友叫李强，原来也是警察，现在开了一家安保公司，资源很广，能力也强，关键是非常可靠，我可以让他帮你！”

“好啊兄弟，太感谢你了！只要能够保护家人，我什么都愿意！”

雷鸣当场打电话约了李强，两人随即离开公安局，去了附近一家茶社。

第九章

田琨和雷鸣、李强在茶舍吃了饭，又喝茶，其间，田琨把事情的来龙去脉透彻叙述了一遍，雷鸣和李强从专业角度分析出各种可能，商量好行动方案，三个小时不知不觉过去了。

三人一出茶社就各奔东西，李强立刻着手跟踪马家姐弟，利用大数据展开调查；雷鸣带走照片和信封，利用局里的设备核查指纹；田琨用手机把照片翻拍保存，打算找机会和叶琴摊牌。当然，照片的事情必须瞒着小米。

田琨在回家途中改变了主意，调转车头往叶琴单位开去，路上给叶琴打了个电话。事不宜迟，不知对方即将有什么动作。他暗我明，说不定有人时刻如影随形跟踪着家人。他想最好立刻行动，利用这段时间单独和妻子把事情说开，然后一起去接女儿回家，免得在家里谈话被女儿察觉。

接到丈夫电话，叶琴吓了一跳。没什么事儿，丈夫很少打电话的，电话中的语气也令她不安。十几分钟后，叶琴安排好工作，匆匆下楼来到地下停车场。

田琨设想了无数次开场白，努力让自己镇定，与妻子心平气和做一次深度交流。相信全天下所有的男人都不愿自己的妻子红杏出墙，给自己戴绿帽子，更何况是一个深爱妻子的男人。田琨内心的痛苦可想而知。但是，事情发生了，而且无可回避，有人想拿这件事做文章。田琨无论怎样身心俱疲，还是要打起精神来应对。眼下，个人的痛苦不算什么，妻子、女儿的安危才是最主要的。

叶琴一上车就急吼吼地问："老田，女儿出什么事了吗？"

她的担忧是真真切切的。

田琨望她一眼，赶紧别过头去，眼里闪着泪光："没有，没有！你别着急。我，我办完事儿，顺路看看你，你工作上能走开的话，我们就一起去接女儿。"

叶琴长出一口气，身体一下子放松了，靠在椅背上，拍拍额头："老田，你吓我一跳，你知道吗？你多久没有给我打过电话了，接到你的电话，我的心都要从嗓子眼蹦出来了！"

田琨的心抖了一下。是啊，自己多久没有跟妻子说过情话，一起看电影，买礼物送给她，或过两人世界了？那些谈恋爱时做惯了的事情，在柴米油盐的琐碎生活里，被渐渐遗忘了。

"叶琴，是有一件很重要的事情，要和你谈，不能让女儿知道。"田琨清了清嗓子，鼓足勇气说了出来，必须利用这段单独在一起的时间，抓紧把事情挑明。

"什么事啊，老田，和女儿有关吗？"叶琴又开始紧张了。

"可以说有这种可能！"

田琨把手机相册打开，调出照片递给叶琴。

叶琴莫名其妙看着田琨的脸，接过手机一看，脸腾的一下红了，赶紧往后翻看，脸又白了。

"这，这……老田，你跟踪我？"

"不是，这些照片，是今天早上在咱们家的信箱里发现的！"

"啊，咱们家的信箱？谁放的？谁拍的？"

叶琴语无伦次，声音抖得像打寒战。

"叶琴，你别紧张，冷静冷静！"

田琨反而冷静了下来，轻言劝导叶琴。叶琴大大意外了，不由偷偷观察丈夫的表情。

"叶琴，你实话告诉我，你和那个徐锦江究竟什么关系？"田琨的语音压抑着气恼。

叶琴低下了头，沉默不语，好久才结结巴巴地低声说：

"老田，对不起！我，我已经跟他分手了！我，我……对不起！"

田琨没有出声。叶琴接着解释："因为拆迁的事，我和另外几个人被邻居推举为谈判代表，跟开发商谈条件，那徐总……徐锦江就是房地产公司的老板……那段时间，你忙着赶书稿……”

叶琴抽抽搭搭哭开了。

“这些照片是什么时间拍的，你清楚吗？”

叶琴低头抹泪，点点头。过了一会儿，她露出一副豁出去的神态，抬头道：“女儿检查身体那天，我把她一个人留在医院去见徐锦江，结果女儿出了那么多事儿，遭了那么大罪，我心疼死了，我恨我自己，就跟那个人提出分手……那，那些照片，就是，就是那几次拍的，我们后来见过三四回，都是谈分手的……不过，老田，我已经好久没有见过他了，我们彻底断了！”

田琨红了眼：“说实在话，叶琴，我很心痛，这么多年，我一心一意爱你，爱这个家，没想到，你竟然……”

叶琴又开始哭了，讷讷道：“对不起，老田，对不起！我知道错了，我是爱你的！我爱女儿，爱咱们这个家！你，你原谅我吧！”

过了好久，田琨长叹一声，伸出右臂扶住叶琴的肩，叶琴顺势倒在他怀里。他抽出纸巾替她擦拭眼泪，再替自己擦擦眼泪。

大敌当前，计较这事就没意思了，更何况他还爱她，她也爱他，都割舍不下这份情，这个家，更不忍可爱的女儿受伤害，还有什么不能原谅的呢！不能让那些等着看笑话的人可了心、如了愿。

“叶琴，我，我也对不起你！这几年，忙工作，忙写书，忽略了你，冷落了你，对不起！”

两人搂在一处流泪，好久才平静下来。久违了的贴心贴肺的亲密，回到了两人心里。

田琨首先回过神来，抬手看看手表，说道：“咱们去接女儿吧，路上边走边说。你收拾一下，别让女儿看出什么来。”

叶琴答应着，含情脉脉看田琨一眼，乖乖拿出化妆盒补妆。有那么一瞬间，她好像找回了谈恋爱时的感觉。

“叶琴，照片的事情是个预兆，必须慎重对待！我已经跟雷鸣谈过了。”叶琴闻言“啊”了一声，脸又红了。“他同意我的看法，还分析出别的可能。”

田琨接着说。

叶琴的脸更红了。雷鸣是田琨的好朋友，两家来往密切，让他知道了自己出轨的事，还是很丢人的。

“我判断这些照片是马家姐弟干的，目的不言自明。雷鸣分析出另外两种可能，其一，有人在故意针对徐锦江，要敲诈我们，也敲诈徐锦江；其二，有人无意中发现了你和徐锦江的事儿，要敲诈我们，敲诈徐锦江。”

叶琴目瞪口呆。没想到，自己这轨出得竟然惹出这么大的麻烦。

田琨看看她，转过头去，并无埋怨：“你和徐锦江联系，把照片的事告诉他，有必要的话，约他一起见个面。”

“约他见面？现在？”叶琴吃惊了，不解地盯着田琨，猜度他的用意。见他面沉似水，目光坚定，不像在开玩笑，也不容反驳。

“现在！马上！”

叶琴慢腾腾拿出手机：“老田，我已经很久没有联系他了。这突然一打电话，他会不会有误解……”

“不要想那么多！赶紧打电话吧！”

叶琴咬着嘴唇左右为难，犹豫不决。

“叶琴，快打吧！马上到学校了。”

叶琴一横心，拨通了电话，大概是想证明自己确实跟徐锦江分手了，她按了免提键。

电话铃声响了好几遍，对方才接起电话：“你好啊小叶，好久不见！怎么今天想起给我打电话了？”徐锦江的声音里透着亲昵。

叶琴尴尬极了，赶紧用公事公办的口吻大声道：“徐总，有件事想问你，你有没有收到一个牛皮纸信封，里面装着照片？”

对方明显停顿了一下，语气紧张：“你怎么知道？难道真是你？你，你想干什么？什么意思？没想到啊……你竟然是这样的人。”徐锦江连珠炮似的一通追问。

“徐总，不是我！今早，我们家的信箱里发现一封信，里边全是照片！”

“什么？你也收到了？这么说，你，你老公知道了？”

“知道了！我什么都告诉他了。他就在我身边，是他让我给你打电话的。”叶琴一口气说完，感觉又轻松又怪异。

对方沉默片刻，很快用冷静、果断的语气说：“哦，你们是怎么想的？咱们见个面探讨探讨？”

叶琴看看田琨，心里有点儿膈应，是男人都会这样吗？大概就这两个男人是另类，不是一般人吧！

田琨没时间研究她的眼神，点头示意她答应。

那徐锦江毕竟是见过世面的人，沉得住气，很快就从叶琴的话语中过滤出了重要信息。他是和叶琴有过一段，虽然念念不忘，但毕竟已经分手。见面虽然难堪，但现在有人拿这件事儿做文章，不得不重视。叶琴的丈夫又能这么大度，几个人坐下来当面说清楚，分析分析，不失为上上策。位高权重的他，处在人们仰望的高点，还能和谁去说这种事儿呢？

早晨，徐锦江一上班就收到一封特殊的信。从打开信封的那一刻起，他就在等电话，他觉得会有一个电话打进来，是敲诈电话。但是，直到下午，他那颗悬着的心都没有放下，却等来了分手情人叶琴的电话。

他正心烦意乱，在心里埋怨她这个祸根呢，哪里还愿接她那不知所云的电话！突然，他脑子一转，浑身一激灵，发照片的人莫非是她？这照片又是谁拍的？那几秒钟，他的脑子里闪过无数疯狂的猜想，最终还是接起了电话。不一探究竟，怎么知道真相？更何况这个女人和自己一样，是照片中的主角。

徐锦江主动提出做东请客，田琨和叶琴推辞，说必须要接女儿放学，在家陪她吃完晚饭才能出来。说起小米，三个人的语气都有些变化。徐锦江显然是知道田小米的遭遇的。最后，三个人约在九点整在田家附近的后街茶社见面。

田琨夫妇俩收拾完厨房，正在检查门窗，叶琴手机收到一条微信。徐锦江已到，发来包厢位置。

见田琨夫妻进门，徐锦江忙起身朝田琨伸出双手，面露尴尬微笑。田琨迅速上下打量他一番，淡定握手，落座。叶琴拘谨跟随身后，低眉顺眼，没有理会徐锦江伸过来的双手。

徐锦江中等身材，微胖，头发花白，修剪成板寸，方脸，脸颊肌肉有些松弛，双目有神。田琨记得，去年曾经在杂志或报纸上看见过他，真人比照片苍老了许多。

三人一落座，徐锦江就对跟过来的服务员一招手，熟练地点了茶和坚果。

服务员一离开，三个人一时无语，眼神、手脚都无处安放的样子，心里的不自然，把包厢内的空气也感染得黏稠了，让人浑身燥热，呼吸困难。

田琨拿起桌旁的遥控器，打开空调。这一点点响动，好像替在座的几位先开了口，把空气疏通了，室内活跃了些。

服务员敲门进来，摆好坚果，排开茶盏，斟好茶汤，鞠个躬离开了。叶琴跟过去锁了门。

“田，田老师，叶琴是个好女人，她很爱您，您很幸运……”徐锦江搓着双手结结巴巴开口了。他觉得自己必须先说点什么，表达点什么。

田琨一扬手，打断了他的话：“我知道，徐老板，咱们说正事吧！”

“好好好！田老师，您先说。”

“几个月前，我女儿遭遇的事情，你应该很清楚吧。”田琨停顿了一下，望着徐锦江的眼睛。徐锦江低下头，眼神落在手上，点点头。田琨感觉到身边的叶琴不安地扭了扭身子，头垂得更低了。

“一次，就一次意外，引发了后面一连串的不幸，让我的女儿遭受了那么大的磨难，唉！那马家姐弟俩还不想罢手，我发现马晓军时常在我家四周偷窥后，我们俩去马家拜访过。那姐弟俩给人的感觉非常不好！”

田琨的声音渐渐提高了，抓起茶盏喝了一口，顺了顺气。

徐锦江的神色恢复正常了，眼里闪着精明的光：“您的意思是，照片那事，是马家姐弟做的？”

“有这种可能。这也就是我们今天约你见面的目的！”

田琨讲述了雷鸣分析的三种情况。根据约定，他没有说出雷鸣的名字，只是说和朋友一起分析的。

徐锦江做思考状："田老师，说实在话，在商海沉浮这么多年，没有一个仇人也不现实！不过，那也不能算仇人，顶多也就是生意上的竞争对手。"

"你觉得，最近有没有什么生意上的竞争对手，会狗急跳墙到用这种方式来逼迫或者勒索你？"

"应该没有！"

"那最有可能就是马家那两个孩子捣的鬼了！说实在话，那两个孩子能做出的事情，根本就不能用常人的思维去衡量，被他们盯上，恐怕就没那么容易放手了！"

听了田琨这些话，徐锦江并没有露出多吃惊的神色，大概叶琴在跟他谈分手的那几次会面中，把这一切都讲过了。

徐锦江点头："早上收到信封以后，我以为紧接着就会来一通敲诈电话，你们也没有接到任何电话吧？"

田琨和叶琴默默摇头。

徐锦江接着说："那他们究竟想干什么，太可怕了！他们都还是学生呢！怎么会有时间跟踪、拍照片，肯定有人在帮他们！"

"是的，我们也是这么分析的，这就是那两个孩子的可怕之处，说不定咱们的一举一动，就连今天，此刻，都在他们的监视之内！"

徐锦江不自觉看了看包厢门。很快意识到，苦笑一声，摇了摇头："活了一把岁数，闯荡江湖几十年，没想到还被两个孩子耍得团团转，搅得心神不宁。不过，他们就是再恶，肯定也斗不过好猎手！"

说到后面，徐锦江紧攥拳头，咬牙切齿地捶了下桌子。桌子发出咚的一声闷响，茶盏跳了一下，叶琴面前的茶盏没喝过，满满的茶汤溢了出来。

"徐老板，市物资局副局长马林虎，你熟悉吗？"

"马林虎？不熟悉，没打过交道！"

和徐锦江毕竟是第一次见面，相互不了解，田琨不想轻易说出对马家的感觉。

徐锦江审视田琨的脸，见他欲言又止，忙说："田老师，有什么话就明说，咱们现在是一条船上的，一个阵线的，要一致对外……"

"马林虎马副局长，就是马晓娟和马晓军的爸爸！他们的家庭构成很复杂……以后有机会咱们再交流！现在的首要问题是，咱们该怎么做？"

其实，田琨心里早有主张，那就是：静观其变。他想看看徐锦江如何决断。

"目前，咱们不妨一切照常，平时该干什么还干什么，看他们还有什么后手。我明天就找几个社会上的朋友，暗地里查查那马家姐弟，看看他们究竟是什么样三头六臂的怪物！"徐锦江说。

第十章

第二天一早，雷鸣打来电话，那信封和照片上，只有田琨、他自己和李强三个人的指纹。看来，送照片的人是有备而来的，有一定的反侦查能力。视频中那个骑山地车的投信人，和在家附近走走停停的汽车，由李强调查，很快就会有消息。

在外人看来，田家三口各自忙碌，生活轨迹一成不变。实际上，许多事情都不一样了：田琨夫妻的心境，在背后悄悄进行的调查，徐锦江的社会朋友……只有田小米还被蒙在鼓里，新环境、新同学、新知识，一切都是那样的朝气蓬勃，令她欣喜。她像往常那样，边吃饭边向爸妈叙述白天发生的趣事，漂亮的脸蛋笑成了一朵花。

田琨有一种恍惚感，一切都好像是梦境。妻子出轨，被人拍了照片，送到家里，而自己竟然和那个男人同桌吃饭、喝茶、聊天！大名鼎鼎的企业家徐锦江，竟然出轨，和自己家人扯上了莫名其妙的关系，还和社会上一些不走正道的人称兄道弟！这些桥段，比自己写出的小说要精彩多了。

过去一天的经历，简直惊心动魄。清晨他从梦中醒来时，一切如常，毫无预感地开始一天的忙碌，送女儿上学，回家，取信。看信时，一切都变了！开始心跳加速，慌乱过后就如陀螺般打开了转。见雷鸣，会李强，接妻子，约徐锦江，接女儿回家，强装笑脸和妻女吃了顿不知滋味的晚饭，又去后街茶社见徐锦江。

深夜十一点多回到家中，洗漱完毕，走到卧室门口犹豫片刻，又转身去了书房，躺在单人床上，浑身极度疲惫，大脑却高速运转，前思后想，彻夜未眠。

自己真像表现出的那么大度，真心能原谅妻子叶琴吗？那为什么今晚要和她分居呢？拍照片送照片的，究竟是一个怎样的人？真是马家姐弟指使人做的？

一帮大人，作家、单位小负责人、刑警队队长、安保公司经理、房地产老板、黑道中人……个个都是有头有脸的，竟然被两个中学生搞得如临大敌！是真有其事，还是杯弓蛇影，自己吓自己？无论如何，这阵仗搞得都太大了！安分守己的平头百姓，怎么会莫名陷入这样的境地，这一切的根源，还是那张化验单！而女儿拿错化验单，根源在叶琴……

天将明未明时，田琨努力删除脑子里乱七八糟的念头，暗暗苦笑，追究这些有什么意义？无论怎样，时光一刻不停，新的一天，不知又会有什么事情等着自己。想想有这些人帮忙，心里还是踏实了很多。

按照习惯，这天，由叶琴开车接送女儿上下学，田琨在家写作。但一夜未眠，田琨脑子乱得很，加之心绪难平，根本写不出东西来。

昨晚丈夫睡在书房，叶琴心里难受了一夜，几乎无眠。她觉得丈夫恨自己，怨自己，嫌弃自己！虽然并没有直截了当说出口，还表现得那么大度、冷静。但是，作为男人，他是有自尊的！他需要时间疗愈、消化，说服自己接受这一残酷的现实，还要打起精神面对丑事带来的后果。对于丈夫的冷落，她应该无怨无悔地接受。

叶琴想早点起床做早饭，听见丈夫已经在厨房忙碌了。她悄悄走过去，看着他宽阔的后背，流泪了。田琨听见抽泣声，转过身来，一脸憔悴，表情平和："叶琴，今天我们一起送女儿上学，然后我再送你去上班。晚上我去接你和女儿。"

等小米起床洗漱完毕，丰盛的早餐已摆在桌上，爸妈分坐两边微笑着等她。小米很高兴，爸妈的关系越来越融洽，家里的氛围越来越温馨。真好啊！虽说前段时间自己受了些屈辱，现在看来，也算因祸得福，值了！

田琨不知道，李强是个大神级的人物。曾和雷鸣一起，在侦办大案要案中立下过赫赫战功。因负伤不能继续留在一线，又不甘心转做文职。而他又非常喜欢警察这份职业，索性离职创办了一家安保公司，时常和雷鸣等原来的同事打成一片，一起对付社会渣滓。几年下来，也帮了老领导、老同事不少大忙。

李强和田琨、雷鸣一分开，立刻就开始行动了。

李强是那种嗅觉极其灵敏的人，天生做警察的料，闻着味儿就睡不着觉。他预感这件事并不简单，必须争分夺秒。他先调取了投信人的活动轨迹，通过大数据比对，一小时后，就找到了此人的详细信息。姜力，27 岁，无业游民，家住飞燕区两道巷子二号，喜欢户外活动，尤其喜欢玩山地自行车。没有任何犯罪记录。

李强联系了辖区派出所所长刘康，刘所长立刻派一名民警老黄带他直奔姜力家。那是位于老城区的一片平房，标准的城中村。姜力正在睡懒觉，其父母在几个街区外开了一家小饭馆，这会儿正是忙的时候。那辆视频中出现过的山地自行车，就那样明目张胆地锁在门廊上。

姜力打着呵欠开了门，见是两个陌生人，转身就往回走："我爸妈不在家，去店里找吧！"他以为两个人是来找他爸妈的。

"姜力是吧。我们是警察，来找你的！"老黄大声说着，人已挤到了前边，和李强一前一后形成夹攻之势。

姜力愣了，侧身贴着墙看看两位，这才感觉出来者神态异常："找……找我？什么事啊？"

"找你肯定是有事了，你是要站在这里说，还是请我们坐下来慢慢说？"

姜力回过神来："哦，两位警察叔叔，请进！"

李强和老黄对视一眼，这小子虽然是个没出息的"啃老族"，但并不像个"小混混"。

一落座，老黄就开门见山，拿出信封朝姜力示意一下。

姜力明白了，急忙解释道："警察同志们，这……这封信跟我没有任何关系，我也不知道里边装的是什么！"

"和你没关系？你哪来的信，为什么要投进那个信箱？"

“哦，是这样的，那天早上，我正在马路上骑自行车，有个人拦住我，说给我五百块钱，让我把这封信塞到那个信箱里……这五百块钱来得也太容易了！所以，我就……随手扔了进去。”姜力振振有词。

“那人长什么样？”

“长什么样？没看清楚啊！他戴着墨镜，戴着口罩，连帽衫的帽子拉得很低。”

“那人有什么特别的地方吗？比如，个子高矮胖瘦，穿什么品牌的衣服，什么颜色，手上、胳膊上有没有文身，是否戴戒指等等？”

一直没有出声的李强忍不住插了话。

姜力看着李强，翻着眼睛想了想：“个子不高，偏瘦，穿一身耐克运动，黑色的，戴了手套。”

“请你带我们走一趟，去你拿信封的地方看一看！”

姜力露出不耐烦的神情：“警察同志们，我又没有犯法，凭什么跟你们走啊！”

“姜力，配合公安机关的侦查工作，是每个公民应尽的义务！再说，这事，你能说跟你没关系吗？”

十几分钟后，李强的车子来到田琨家附近的十字路口。姜力指着一棵大树说：“警察同志，那个男人就是从这棵树下走出来拦住了我……”

站在树下，一探头就可以看见田琨家的楼门。

李强和老黄交流了两句，都认为那姜力十有八九只是个被人利用的送信人，留下来也没什么价值了。老黄上去把姜力批评教育一顿，要了联系方式，便放他走了。李强建议，为了彻底排除姜力的嫌疑，还要查一查他和马家姐弟之间有没有通话记录。

两人仔细观察十字路口周围的情况，发现有好几个监控摄像头。心想，继续查监控，总会找到蛛丝马迹的。

送老黄回所里后，李强和雷鸣通了个电话：

“老雷，咱们推测得对，那件事还真有点意思！”

电话一接通，李强就来了这么一句。他最近有点闲，闲得都要长毛了。来了个有挑战性的案子，全身的细胞都乐开了花，结实的身躯灵活轻盈，走起路来一蹦一跳，一双“豹目”闪着光。

雷鸣在电话那头哈哈大笑，能想象得到那浓眉大眼都跳着舞：“老李，我还能不了解你啊，没意思的事情怎敢劳您大驾！”

张腊梅结婚了。新郎不是她谈了几年的男朋友，而是贾院长的儿子。这，就是她临危不惧、力挽狂澜、扭转乾坤顺利留院的筹码。

贾院长的儿子是个不务正业的残疾人，三十好几了。几年前，他和一帮公子哥儿厮混在一起，不愿意工作，天天酗酒，脾气暴躁，把谈了七八年恋爱、身怀有孕的未婚妻给气跑了。

贾公子受了刺激，精神出了问题，喝完酒就像一头野兽，砸窗撬门扎车胎，欺老打少抱女人，坏事做尽，把个医院家属院搅得人仰马翻、鸡犬不宁。几番折腾，不要说院里的人了，就连贾院长夫妇都失去了耐心。

有天深夜，贾公子又喝醉了，发疯一般满院子打砸抢，几个精壮汉子一拥而上，费力控制住他，捆住手脚抬回家关进屋子。精疲力竭的贾院长夫妇冲了冲臭汗，倒在床上很快沉入梦乡。不料，天刚蒙蒙亮，家门被人擂鼓般敲得山响，几乎吵醒了整栋家属楼的人。

原来，贾公子不知何时挣脱了绳索，偷偷溜出门，又不知为何放着电梯不坐爬楼梯，结果滚下楼梯摔断了双腿。保洁发现时，人躺在血泊中，早就昏迷了。众人手忙脚乱紧急送往急诊室抢救，总算保住了他一条小命，但因失血过多，耽误太久，丢了双腿。

有人传言，那贾公子跑出家门后，在电梯口遇到一夜归女子，强行将其拖至楼梯间欲行不轨，互相拉扯中，被女子推下了楼梯。有人说，听见过几声女人尖叫，喊救命，空洞凄厉，后又变成怪声，很瘆人。半夜三更的，没人敢出门看个究竟。

还有人说，贾公子逃出家门后，怕家人追他，慌慌张张顺楼梯往下跑，因楼梯灯损坏看不清路，失足坠落。责任在院方后勤部，院里应该负担贾公子的医疗费、护工费。

不管是自行跌下，还是被人推下，贾公子是再也站不起来了。身体残疾的贾公子从此成了省医院的常住客。

实习生们跟着主治医师查房时，张腊梅见过几次贾公子。贾公子不犯病时挺安静，面相也不难看。不时拄着双拐，努力撑起膝盖以上半截身子，空荡荡的裤管甩来甩去，在病房内和过道里走来走去看姑娘，常常揪着漂亮女护士调戏。大家都知道他是谁，自然不敢得罪。他虽然残疾了，但生理机能是完全正常的。但，没有一个姑娘愿意嫁他。那不是明摆着往火坑里跳吗？

几年时间里，贾公子整天待在女多男少的医院里，差不多掉进了女人堆里，却只能看不能吃，火烧火燎，饥渴难耐，馋得眼睛里都要伸出爪子来，娇艳欲滴的张腊梅岂能逃过他的魔爪。张腊梅从他那冒火的眼睛里看出了兽性的饥渴，也看到了自己的希望。她不但不像其他医生护士那样退避三舍，反而有意无意接近他，利用休息时间主动照顾他，鼓励他坚强起来。

贾公子被张腊梅迷得颠三倒四，不由自主动手动脚揩油吃豆腐，她不急不恼，就像对待一个不懂事的调皮孩子似的，撒娇嗔怪，应付过去，却怎么都不让他得着实惠。

张腊梅眼看自己留院无望，被众人唾弃，即将被扫地出门。深夜，她给贾公子打了个电话，哭诉了蒙受的不白之冤和自己所处的困境。两人畅聊许久意犹未尽，约了第二天一早面谈。

第二天上班，张腊梅到化验室转了一圈，就去骨科病房看望贾公子。两人关上门低声交谈了很久，贾公子拍着胸脯承诺，他来保护她！张腊梅感动得痛哭流涕，两人惺惺相惜，相见恨晚，当场私订了终身。

贾公子一个电话叫来父母亲，父母亲听了两人的话，喜出望外，贾院长又一个电话急召人事科长来病房，当面交代，马上办理张腊梅的留院手续。并传出消息，张腊梅拥有一颗金子般的心，爱上了残障人士，主动要求照顾他，为医院里减轻负担，体现了一位白衣天使的高尚品质，号召全院医护人员向她学习。张腊梅立刻又变成了那个人见人爱的张腊梅。此喜爱更胜彼喜爱，恭敬谄媚的表情，浮现在某些人的脸上。

一周以后，张腊梅登堂入室做了贾院长家明媒正娶的儿媳妇。那婚房、家具都是现成的，只不过是几年前的风格。张腊梅说她不嫌弃，也不看重这些，她一个农村出来的孩子，拥有这些，已经很知足了。

听了这些话，人们又觉得那张蜡梅真是个没心没肺的傻女子，或许，她是真爱贾公子的。

有人说：你们都错了，张腊梅的目的是留在医院！这，才是她真正看重的！为此，她不择手段，处心积虑，怎会在意那些细枝末节？

不管怎样，贾公子有人照顾了。医生、护士再也不会被他骚扰了。

贾院长夫妇之前备受折腾，几年间苍老了十几岁，现在总算有人愿意接手分担重担，也是长长松了一口气。虽然是正处在流言蜚语中备受争议的张腊梅，但聊胜于无，走一步看一步吧。

这一周多发生的事情，让赵云母女及吴江晕了头，什么都来不及反应，那张腊梅已经披荆斩棘，横扫千军万马，顺利留在医院了，而且成了贾院长的儿媳妇！

这段时间，关于张腊梅的新闻层出不穷，一次次刷新人们的认知，大家表面贺喜恭喜得多起劲，背地里嚼舌根子就有多用力。

无论怎样，张腊梅的目的达到了！

从此，省医院里部分人的工作和生活，就如同电视里演的宫廷剧，钩心斗角，你死我活，精彩纷呈，高潮迭起。

第十一章

在田琨家附近转悠的那辆车，是一辆私家车，车主江威，前几年移民去了加拿大，名下还有一套别墅，在市郊鼎元镇。李强的助手安斌拿着李强传来的地址资料找过去，发现家里没人，但防盗门及大门口挺干净，看来有人经常打扫。安斌想，不知要守株待兔到何时才能见着人呢。没想到晚上九点多，就见一个骑摩托车的男子来到门口，掏出钥匙准备开门。

安斌狂喜，赶紧下车，紧跑几步大声招呼："您好，大哥！"

男子回头上下打量："你是中介？还是看房子的？"

男子身形清瘦，表情严肃。

"您是这别墅的主人吗？"安斌已站在他旁边，喘着气。

男子回过头去，边开门边说："不是，房主移民了。我是给帮忙照看卖房子的。你是？"

"哦，大哥，能耽误您几分钟吗？打听点事情。"

男子停住了："打听什么？"

安斌拿出几张照片递过去："大哥，房主名下是不是有一辆途锐车，这是车子照片，您看看。"

男子接过照片凑到眼前仔细观看。"是有一辆途锐，车牌号也对。不过，前几天被人偷了！"男子又好奇盯住他，"你怎么会有车子的照片？你是做什么的，是警察吗？"

安斌没有回答，追问："车子什么时候丢的？在哪儿丢的？报警了吗？"

男子听对方抛出一连串问题，但并没有回答自己，心生疑惑，不愿交流了，问："你究竟是谁啊？"

安斌知道，不打消男子的疑虑，谈话是没法继续了。

"大哥，我是安保公司的。我们接到一宗案子，调查中发现这辆车多次在现场出现、逗留，所以来了解一下情况。”

男子惊得嘴巴半张：“啊，什么案子？”

“大哥，咱们能不能进去说话？路灯有些暗，再说，三言两语也说不清。”

男子低头看看一直捏在手里的钥匙，又审视一遍安斌：“好吧！”

别墅是中式园林风格，院子足有半亩大。院内假山流水，绿树掩映，曲径回廊，幽静安逸，一条车道蜿蜒向右伸向屋后。

安斌指指后面：“大哥，车库在后面吗？咱们先去看看。”男子答应着转了方向。

屋子后侧右边紧挨着车库，停得下三四辆车，此时空空如也，有间小门可通室内。

“大哥，车子是在这车库被偷的？”

“不是。”男子看他一眼，心想，原来你是想看车子在不在，“那天，我开车去市里接看别墅的人，半路上突然肚子不舒服，急忙把车停在路边，钻进旁边的庄稼地里方便。还没完事呢，听见车子有响动，等跑出来一看，早没影了！”

“那是几号？您报警了吗？”

“当时就报警了。是一周前，9 月 20 号。”

安斌想，报过警了，师父李强怎么没有查到？

“大哥，您确定报警了？”

“这还能有假？江威的父亲是我老朋友，人家信任我，让我帮忙把别墅给卖了，留了辆车方便我来回跑。车子丢了，我赶紧给老友打了电话，接着就报警了。”

安斌低声自言自语，“那怎么会没有查到信息？”

男子没听清，反问：“你说什么？”

“哦，没什么，大哥。”

“那，你还进去吗？”男子的语气和表情都有些调侃的意味。

安斌忙说："大哥，当然要进去参观啊，这样的豪宅，长这么大还没见识过呢！呵呵呵。"

两人进了屋。安斌环顾屋子一周，不住啧啧称赞：真豪华，不愧是有钱人家啊！

男子让安斌落座沙发上，面露得意之色："是啊，名副其实的有钱人！老友说，别墅卖了，就把那辆途锐送我当报酬呢，谁知被贼给偷了，真倒霉！"

安斌说："大哥，算算日子，也有一周多了，您找警察问过消息吗？"

"没问过！问也白问，肯定会说还没消息，让耐心等等，找到会打电话！你看，我每天骑摩托车从市里来回跑，很累的！"

安斌点头表示理解："哦，您家在市里？是挺远的，二十多里路呢！您每天住在别墅吗？"

"大多数日子住在这里。别墅没人看管不行，花草树木干死了，院子、屋里土苍苍的，不好卖啊！本来这别墅价格就贵，又离市区远，来看房的人不少，但没成交，不然房东走之前就卖了。"

安斌想起什么，笑了："也是。大哥，打扰您半天，还没问您贵姓呢？"

男子也笑了："您看咱们只顾聊天了，我也没问你姓甚名谁呢。我姓周，叫我周大哥吧。你呢？"

"周大哥，我叫安斌。房主半年前移民的，有人要买别墅的话，过户怎么办？还有车子的过户问题。"

"噢，这样的，他们临走之前和我去做了委托公证，我直接可以办理。"

安斌"噢"了一声表示明白。男子突然问："小伙子，您前面说车子牵涉一宗什么案子？"

安斌笑着说："周大哥，抱歉，案子还在调查之中，不能透露太多，请您理解！"

男子笑笑："理解！不过，能到你们安保公司的，估计也不是什么大案子。不然，警察早就找上门来了！"

安斌也笑笑："周大哥说得是，明白人啊！"

男子摆摆手："唉，真麻烦！明天，我还是亲自跑一趟交警队，打听一下车子的情况去。"

安斌回到公司里快深夜十二点了。他单身，有时候以公司为家。离开别墅后，他就给师父汇报了情况，特别强调车子被偷了。李强听完没说什么，吩咐他注意安全，早点回去休息，上班再说。安斌有些意外。调查可以说毫无进展，车子被偷的路段在城乡接合带，没监控，查找偷车贼无异于大海捞针。师父竟没有挑刺、分析、提问。心想大概是太晚了，师父累了吧。

早晨，田琨首先走出家门，后面跟着叶琴和女儿。他在门口站了片刻，扫视周围，见人来车往，各自忙碌，没人特别关注他们。又不由自主看看报箱，这个时间段，报纸还没送来呢。他注意到，叶琴也盯了报箱一眼。两人对视，又赶紧闪开，同时看向女儿。小米蹦蹦跳跳走在前面，马尾在脑后欢快地跳着舞。

一路上，田琨时刻注意观察遇到的车和人。以前，大多数时候，周围的一切都是背景，入不了眼，也引不起他过多的注意。现在，感觉时刻都有人在周围窥探、监视自己和家人，这种草木皆兵的感觉太煎熬了。

看着女儿走进校园，再次扬手说再见，消失在一片蓝白相间的校服的海洋，两人才返回车子，向叶琴单位开去，一路无话。到叶琴单位楼下，田琨开口了："注意安全！有什么情况第一时间打电话。"

叶琴"嗯"一声，泪涌了上来，赶紧转身下车。

她强势了几十年，一下子被挫了锐气，挺不起腰，硬不起心来了。才过了半天一夜，人已经憔悴得没了神采。生活怎么会变成这样？好端端的日子，如今搞得跟做了贼犯了法似的，时刻担心被人跟踪、监视！心悬着，精神高度紧张，头昏脑涨。这样的日子何时是个头啊？

徐锦江也度过了一个不眠之夜。一旁的妻子林娟睡得很沉，看来，家里没有受到惊扰。

他把身边的关系理了一遍又一遍。有关系的女人是有几个的，个个年轻貌美，召之即来，为何会昏了头，招惹那个有夫之妇？不然，怎么会发生照片事件。

那田琨的朋友分析得对，做那事的，有可能是自己生意场上的竞争对手，也有可能是田家女儿的同学，现在的有些小孩真可怕，有些做法都赶上社会混混了。

他突然一个激灵，被自己的想法吓了一跳，不会是那田琨自导自演，整了这么一出吧？被人戴了绿帽子，还能那么镇定？ 如果这事发生在自己身上，不冲上去杀人才怪呢！

这念头一冒出来，就挥之不去，各种推测和分析一起冒出来，为它佐证，越想越觉得有可能。他究竟想要干什么？那么做有何意义？难道是想拆迁时多捞点儿实惠？但一面之缘，他直觉田琨不是那样的人。

生意场上的对手吗？最近最大的一个项目，就是飞燕区的城中村改造项目。参加项目招投标的有十几家开发商，难道是这些人中间有人在蓄意报复？招投标项目是私下使了某些手段的，具体和谁结了梁子呢？要安排专人调查一下。

那个项目，就是叶琴家附近那片住宅区的拆迁重建项目。那几栋楼周围有一大片老旧平房，就是所谓的城中村。

看看，事情都是有因有果的。若不是那个项目，就不会认识叶琴；如果叶琴不是业主代表，自己也不会在她身上下功夫。本来想逢场作戏各个击破，达到最小代价顺利拆迁的目的，结果却和叶琴弄假成真，惹出这么一桩麻烦事来。真是，常在河边走，哪会不湿鞋啊！

小贷公司那边最近也有些问题。有几个大客户，不知怎么，突然不约而同要求退出。不过，正在沟通、协调中，还不至于闹到这个地步。

还有谁呢？再远一些，往十几年前、几十年前想想。他不愿意，也不敢想。那么久了，就让它过去吧！

胡思乱想着，不觉天亮了。

徐锦江打起精神起了床，若无其事的洗漱、吃饭，和妻子闲聊了几句家常，告别，上班去了。林娟早已退休，女儿徐欣怡留学美国，前几年在那边成了家。

今天是个特别的日子。徐锦江心里别扭，精神恍惚，一种隐隐的、不得不在的等待挥之不去。照片的事，肯定是有下文的，不在今天，就在某一天，如影随形，终究会尘埃落定。风风雨雨几十年，大风大浪闯过无数次，该来的一定会来，欠下的始终要还。人生一世，该享受的享受了，该经历的也经历了，没什么可怕的。

当然，该做的，还是要做，并且要竭尽全力做到极致。这就是他徐锦江的做事风格。他是不会轻易认输的，更不会莫名其妙被人牵制、威胁。他徐锦江是谁啊，竟然有人敢在太岁头上动土！是不知道马王爷有几只眼吗?

司机章师傅的车子开得一如既往四平八稳，很快就到了集团公司地下车库。一进办公室，先翻看报纸信件，没有发现特别的，心里轻松了点。想了想，按了个电话。之后批阅了几份文件，听取了财务部的汇报，接了几个无关紧要的电话。等的人到了。

来人名叫房志文，五十多岁，身材挺拔。人如其名，文质彬彬，穿着得体，谈吐文雅。打眼一看，不是医生，就是学者。其实，他是名律师，集团公司的法律顾问，也是他最信任的人。

秘书进来泡好茶，退了出去，两人坐定，徐锦江拿出照片，叙述了事情的经过，以及和田琨夫妇的会面。田琨家的信，是有人直接投进信箱的，信封上一个字没写；而他这一封，是指名道姓寄过来的。

房志文一副见怪不怪的表情，很符合他的律师身份。没有惊讶，也没有感叹，更没有评论，沉思片刻，冷静做了一番分析，思路和田琨朋友的大体一致。最后，送给徐锦江四个字：静观其变。

房志文走后，徐锦江静坐一会儿，又拨了个电话。四十分钟后，门口响起了敲门声，秘书进来通报，白严强白总到了。

白严强光头，五短身材，骨架奇大，显得很粗壮，喜穿中式服装，右手腕常年绕着一串念珠，走起路来昂首挺胸，左右摇摆，又四平八稳，给人的感觉很凶悍又很沉稳。小眼睛里藏着精明，厚嘴唇却给人以憨厚感。他经营的岩强建筑公司和锦江集团是多年的合作伙伴。他还有一个身份，就是混社会的。公司的员工里有一帮精心挑选的小弟，能文能武，没事的时候衣冠楚楚做职员，有事就是一伙货真价实的流氓，打架要狠，在社会上名气很大，无人不知。

徐锦江是个优秀民营企业家，为什么要和这样的人交往？有知情人这样问，徐锦江回答，白总讲义气重信誉，对人实诚，合作起来轻松没有压力。这种说辞并不虚假，是白严强真实的一面。

“徐总，这么急召见老白，有何指示啊？”白严强一进门就眼光犀利盯住徐锦江的眼睛，在其脸上转了好几个圈。

徐锦江迎上前，拉住他的胳膊一起来到沙发边，按他坐下，从酒柜里拿出一瓶威士忌，两只酒杯，倒上酒推过一杯。两人轻轻一碰，干了。

徐锦江边倒酒边说：“老弟，咱俩多久没这么喝过酒了？”

白严强左手杵着腿，右手握着酒杯摇晃，目光落在酒杯里，声音低沉：“老哥，总有七八年了吧！”

“最近忙不？”

“不忙！什么事能大过老哥的事，您尽管吩咐！”

徐锦江伸手拍了拍白严强的肩膀：“兄弟！实不相瞒，老哥可能遇到麻烦了！”

白严强面无表情呷一口酒，点点头。他们太熟悉了，从接到电话那一刻，他就知道有事发生了。

徐锦江说故事似的，侃侃而谈。讲完，也不看白严强，专心倒酒，喝酒。

白严强一双小眼透着凶光，说道：“老哥，我会安排人摸一摸竞标的那几家公司的底细，让小弟盯着姓田的和马家姐弟。那姓叶的女的……您有何打算？”

“说实在的，老哥手里过的女人多了，对她还真有些舍不下。但现在这种情况下，不能再有瓜葛了!”

白严强抬头看了一眼徐锦江，又低头喝酒：“老哥，这女人不吉利。远离吧！”

徐锦江明白他所指。白严强是个矛盾体，一面欺行霸市打砸抢，一面诵经念佛拜菩萨，讲究得很。

“是啊，昨晚想了一夜，如果没有那女人，不一定会有这些麻烦事呢!”

白严强又点头：“老哥，拆迁户那边也要留点心，我都安排好。”

“先按老弟的思路办，随时联系。另外，正事不能耽误，是时候启动飞燕区城中村项目了！”

“一切准备就绪，只等您老哥一声令下！”

徐锦江站起来，去老板台边按了铃，片刻，秘书进来，躬身问徐总有何吩咐。

“传洪部长来！”

一会儿，财务部长洪一帆进来，徐锦江端坐大班台后：“马上安排给白总建筑公司转一千万，启动城中村改造项目。”

第十二章

李强一大早就到警局，仔细察看了十字路口的几个监控摄像头的视频，把事发当天的全部拷贝了。查了九月二十号车辆失窃报警记录，是有一个，但信息不符，并不是现场那辆车。

李强回到安保公司，安斌正在电脑前整理昨天的调查报告。

安斌二十四岁，长得眉清目秀，一表人才，浑身透着机灵劲儿。大学所学专业是化学，毕业后到处找工作，四处碰壁，他又不喜欢去学校当“孩子王”。偶然看见安保公司的招聘广告，赶紧来应聘了。他从小喜欢看侦探小说，幻想有一天能叱咤江湖，行侠仗义，惩奸除恶，现在总算有希望如愿以偿了，每天满心欢喜认真工作，虚心学习，非常热爱这个职业。

李强把 U 盘递过来，安斌接住插在电脑上，麻利地调出画面，两人坐在大屏幕前仔细察看。

那姜力没有说谎，他经常在家附近的街头巷尾骑自行车。他家就在飞燕区那片马上要拆迁的城中村内。递给他信封的人隐在大树下，突然闪出来伸手拦住他的车子。那人一身黑衣，帽檐拉得很低，戴着墨镜口罩，身形清瘦。追踪他的来路，在两个街区外失去了踪影。男子周围没有出现那辆途锐汽车。李强心想，看来，还得扩大搜查范围。

李强让安斌倒回树下男子的画面，停下来，问：“安子，看看这男子，眼熟吗？”

安斌不解地看看师傅，扭头盯住屏幕：“师父，看不清脸面呀！”

“昨天晚上你见过的周姓男子，跟这个人有神似之处吗？”

安斌双目圆睁，眉毛上挑，嘴巴撅起半张：“哦？师父！你怀疑那个周大哥？”

李强淡淡地说：“仔细看吧！还有，那周大哥叫什么名字？”

安斌眨巴着眼睛做思考状：“叫，叫周什么来着……哦，他没告诉我，只说自己姓周，让我叫他周大哥！”

安斌意识到不对了。哎呀，自己竟然连对方叫什么名字都没搞清楚，真是，太大意了！莫非那姓周的……

他偷眼瞅瞅师父，李强没说什么，转身去看他电脑上的调查报告。他赶紧放大图像，仔细观摩，和脑海里昨晚那个男子比对。画面中男子上下捂得严实，根本看不出眉眼。昨晚也没有仔细观察，除了同样身材清瘦外，再看不出什么。

“安子，能画出那个周大哥的肖像吗？”李强突然冒出一句。画素描是安斌的拿手戏，两个月前李强相中他，这也是原因之一。

安斌高兴地说：“当然没问题啦，师父，我马上就画！”他边取素描本边想，自己要学的东西真是太多了！师父真厉害，自己怎么就没有觉得那个周大哥有问题呢。

安斌专心画素描，时而抬头思考，时而画画擦擦。李强专心看报告，不时在自己的小本子上写写画画。

整理调查报告，是李强交给安斌的任务，每天必须将调查过程详细地整理出来，这样李强就可以通过研究报告找出蛛丝马迹。有时候，李强带着安斌一起去调查，也要求安斌这么做。安斌很听话，文笔也不错，是个可造之才。李强想着，扭头看了看安斌专注的侧影。

二十分钟后，安斌将一张素描递给过来。李强仔细端详一会儿，用手机拍了照，发了出去。

“安子，过来！”李强把转椅转过来，作出一副交流的姿态。

安斌赶紧往李强身边凑了凑：“师父，您说。”

李强指指电脑屏幕上的报告：“你昨天晚上和那个周大哥交流的过程，全部在这里了？”

安斌投过不解的眼神：“全在这里了，师父。”

李强问：“哦！你觉得有没有什么问题？”

安斌说：“师父，我，我没有问清他叫什么名字！我以后一定注意！”

李强面无表情："还有吗？仔细回想一下。"

安斌瞅瞅师父的脸色，又看看电脑屏幕："师父，我、我真看不出还有什么问题，您就直说吧？"

"安子，如果你听见你丢了的车子出现在某个案件现场的事，你会做何反应？"

安斌半张着嘴，一口气憋在那里似的，右手指点屏幕，惊呼："我肯定会一个劲儿催问我的车子在哪里，什么案件啊，等等，对对对！师父！那周大哥太冷静了，这肯定不太正常！"

安斌想了想，又说："我告诉他车子出现在某个案件现场，他听了有些吃惊，问了一句。但是，进大门后我们就直接去了车库，聊了一会儿，到房间以后又说了几句话，他才想起问我了。还有，我问他车子丢失一周了，有没有问过交警队找到没，他说没问过，每天骑摩托车从市里到鼎元镇。"

李强默默点头。安斌又说："师父，还有一件事，他好像很清楚现在社会上有安保公司这么个机构。听说我是安保公司的，没说什么，带我进了院子。关于车子，他还说，估计不是什么大案子，否则不会到安保公司那里，警察早就找到他了。"

李强上下抖动的二郎腿停了一下，眼睛睁大了些。安斌看在眼里，喜在心上，看来，自己说到点子上了！

正在这时，李强的手机响了一声，一看，眉头皱在了一处，对安斌说："那个周大哥，全名周大海。他家就在飞燕区那片马上要拆迁的平房区，跟姜力家离得不远！"说完，看着安斌，似笑非笑。

安斌眼珠子转了转，兴奋得大叫："师父，这也太巧了吧，怪不得那个口罩男三转两转找不到人影了！如果确定是周大海，就说得通了，他转回家去了呗！"

李强笑着指了指安斌："你小子还算机灵！"

安斌高兴了，又往李强身边凑了凑："师父，姜力家和周大海家离得不远，他们俩会不会认识啊？如果是熟人，即使包得很严实，也能根据身形认出来的，您说是不是？”

李强双手上下翻飞鼓捣着手机发信息，边说：“一切皆有可能啊，这就需要咱们去落实喽！”

通过查通话记录，姜力和马家姐弟没有任何交集。目前看来，照片事件好像和马家姐弟没关系。也不是针对田家人，而是和拆迁项目有关，也就是和徐锦江有关系了。

那么照片为什么要给田家送一份？送照片的意图是什么？谁拍的那些照片？

问题层出不穷，一个接一个。

不管姜力和周大海认不认识，如果确定给姜力照片的人是周大海，那十有八九就跟拆迁有关。假设姜力和周大海认识，两人合谋共犯，也不是没有可能。他们下一步肯定还有动作。

飞燕区城中村改造项目，业主和开发商之间就返还问题谈判了很长时间。据说有少数业主始终不同意返还条件。田琨的爱人叶琴是业主选出来跟开发商谈返还条件的代表之一。而叶琴却跟开发商徐锦江发生了婚外情！或许，这就是对返还条件不满意的业主，比如周大海、姜力等，跟踪调查徐锦江时发现的意外情况。他们可能会以此为条件，要挟徐锦江让步。

给田家送照片，肯定是怀疑作为业主代表的叶琴和徐锦江沆瀣一气，损害了业主利益。同时，把她出轨的事曝光给她家人，借以威胁、报复她。一石二鸟，手段高明，用心毒辣。

那辆途锐车经常出现在田家周围，也就说得过去了，说不定还经常出现在徐锦江周围呢，要查一查。周大海之所以说车子丢失，就是怕有人顺藤摸瓜查到自己身上。

看来，有必要再次“拜访”周大海和姜力了。

经查，周大海和姜力的通话记录里，没有彼此的电话号码。把事发当天两人所有的通话记录一一核对了一遍。姜力那天只有两通电话，一通他打给母亲，一通母亲打给他。周大海的电话有五通，两通推销电话，三通咨询别墅情况的电话。

正在这时，他们获得了另外一条信息，周大海去飞燕派出所询问途锐车的情况。一核对信息，原来，他报案时把车牌报错了一个号码，所以李强没有查到车子的失窃信息。查了当时的报警电话录音，确定是周大海说错了号码。他解释说，可能是当时自己着急慌乱，报错了。

通过系统大数据比对周大海和口罩男的形体特征，是很难断定两者为同一人。

李强和安斌带了周大海照片去见姜力，问姜力是否认识，姜力说没见过。

“姜力，这位周先生也在这一片住，怎么可能没见过？”

姜力扫一眼照片：“我常年在外上学，这两年才回来，跟周围的人没什么交集。”

李强又拿出一张照片，是田琨和叶琴的合影：“这两个人，你认识吗？”

姜力拿过去看看：“这两个人，好像见过，就在这一片住，大概是前面马路边那栋楼吧！”

李强心想：“看来，你小子还真留心田琨家了！”

“哦？你怎么对这两个人印象这么深？”

姜力不以为然地笑笑：“谈不上印象深。这一大片平房，中间就那四栋楼房！楼里住的人都好像高人一等似的，趾高气扬的，开着车进进出出，挺显眼的！”

“就因为这个，你对他们印象这么深？那几栋楼里边住着的也有几百户人家吧。”

“我经常在那条路上骑自行车，大概过来过去见过几次面吧，总之有印象。这，不犯法吧？”

李强笑了：“你知道这两人是谁吗，就是你塞过信的那家的夫妻俩！你是因为那封信，才注意他们的，还是因为认识他们才投的那封信？”

姜力愣了愣，一摆手：“哎呀，你们搞什么！我再次声明啊，我跟那封信没有任何关系！我不认识他们，就是有点儿印象，你们可不能胡乱猜测啊！”

“姜力你别急！我们不就是在调查那封信的事吗！还有，这片儿马上就要拆迁了，你们对开发商的返还条件满意吗？”李强突然抛出新问题。

姜力抬眼看他，撇撇嘴：“我们小老百姓，不满意有什么用，胳膊能拧过大腿吗？”

李强面无表情地收拾照片：“哦，开发商通知了没有，什么时候拆迁？”

姜力懒洋洋地站起来，摆出送客的架势：“通知还没发。传出风声了，应该在十月初。如果下次你们再来，这片平房就不存在喽！”

李强跟着站起来，随意问：“也好啊，旧的不去，新的不来嘛！那开发商是不是叫锦江房地产公司？”

姜力明显不耐烦了：“好像是吧，不是很清楚！”

离开姜家，两人在破旧的平房中间穿了两条巷道，来到周大海家。来前电话联系过，周大海正好在家。

安斌敲了敲门，屋里有人应了声“来了”，开门的正是周大海。

安斌笑着说：“周大哥，这位是我们安保公司的经理，我的师父李强。今天特来拜访您。”

周大海握了握李强的手：“两位请进。”

周大海家约有六十多平方米，进门是客厅，左右两边各是一间卧室，厨房是搭在门口右侧的一个小房间。房子虽旧，但收拾得很整洁。

周大海的老伴儿一见来客人了，急忙放下手里的毛线，让座泡茶，抽空看周大海一眼，周大海使个眼色，老伴儿摆好茶杯，招呼道：“你们慢慢聊啊。”说完，转身出去了。

周大海面沉似水：“两位，还有什么要问的？”他的语气颇有些不耐烦。

李强从包里拿出姜力的照片递过去，问道：“周大哥，您看看，这个人您认识吗？”

周大海接过照片看看，递了回来："不认识。怎么了？这人是谁？"

"他叫姜力，也住在这一片，没见过他吗？"

"没见过。"

李强又递过去田琨夫妻的照片："周大哥，这两人你认识吗？"

周大海接过去看看，不动声色递了回来："不认识！"

"因拆迁返还的事情，你们和开发商谈判，业主开会时没见过面？"

"这一片儿有好几千人呢，哪能个个都认识啊，或许见过，但没注意！"

周大海的话好像也在理，无可辩驳。李强收起照片，又问："周大哥，丢失的车子有消息吗？"

周大海马上露出想起什么的样子："唉，说起这事儿，还真怪我！那天一着急，把车牌号给人家警察说错了，怪不得这么多天没音信！这人老了，记性越来越差，真耽误事，我昨天去派出所把信息改过来了！"

李强笑了："那就好，应该很快就能有消息！"

周大海微笑点头，"但愿，我这把老骨头，每天骑摩托车跑几十里路，真够呛的！"

"周大哥，路上要注意安全啊！你可真是个重情义的人，为了朋友的事不辞辛苦！"

周大海的笑意又多了些："老友相托，肯定要全力以赴，再说，我也不是白帮忙的，那辆途锐车，就是给我的报酬啊，哈哈哈！"

李强和安斌也跟着笑了几声。安斌说："那江家别墅可真漂亮！周大哥，有买主了吗？"

"没有！"周大海的情绪又低落了些，"看了不少人，不是嫌远，就是出不起价！"

李强问："周大哥，听说十月初你们这平房就要拆了，还不如给房主说一下，你们先搬去别墅住！也省得你来回跑几十里路。"

周大海面无表情看两人一眼，收回目光，环顾屋内："那样不太好啊！万一有人要买，会耽误人家事儿的，我们搬来搬去的也麻烦！我已经看好房子了，凑合着住一年半载的没问题。明年十月份，返还的新房子就好了。”

李强和安斌对视一眼，安斌想，是时候告辞了。李强突然又提出一个问题：“周大哥，您的孩子呢，在哪里上班？”

周大海迅速看李强一眼，眼神很复杂，有审视，有责怪，有愤怒。复又低下头，好像在努力组织语言，好一会儿，才硬邦邦地说：“他在外地工作！”

屋内气氛瞬间有些尴尬，两人告辞离开。

安斌很奇怪，师父明明知道周大海的儿子在看守所，昨天反馈回来的详情，为什么要故意那样问呢？师父的路数，有时候还真是摸不透啊。

这一趟，把原来的假设全部推翻了，姜力和周大海根本就不认识，并且，他们对田琨一家也不熟。安斌有些灰心丧气。

第十三章

田琨的手机收到李强传来的两张照片，姜力和周大海的。两人你来我往微信交流。李强问他认不认识这两个人，田琨回答不认识。李强又说，问问叶琴。这两个人都住在附近的平房区，业主开会的时候是否见过。

田琨又把照片传给了叶琴。叶琴回答，开业主会时好几百人呢，没太注意。田琨说出两人的名字，让她回忆返还谈判时是否发生过特别的事情。叶琴很快回信息，说有十几户人家，因对马路边铺面地补偿问题不满意，现在仍然在和开发商僵持。其中好像有家开面馆的姜姓人家，对周大海没印象。

李强收到田琨反馈来的信息，一拍大腿，大喊："这就对了嘛！"

吓了开车的安斌一大跳。

"师父，什么事儿这么高兴？"

"姜力父母是开饭馆的，是吧？应该没错！可以断定，照片事件跟田琨的女儿没关系，是拆迁户针对开发商徐锦江的！"

安斌兴奋了："师父，咱们下一步的调查方向，是不是要转向那些拆迁户啊？"

"机灵鬼，这次你说错了！这件事情是朋友拜托帮忙的，以为跟孩子有关，确定不是的话，估计咱们就不用再继续查喽。"

"哦，知道了师父。"安斌的情绪低落下去。这样的话，又没事做了，闲下来的滋味不好受啊！

几天过去了，没发生任何事情，田琨逐渐有些放松。

听了李强的反馈和雷鸣的分析，照片事件跟女儿没关系，他为女儿担的那份心放下了。但另一份心还揪着，那就是妻子叶琴。如果事态进一步发展、恶化，这个家必定会受到牵连，女儿还是会受到影响。

田琨给雷鸣打了个电话："老雷啊，确定照片事件跟小米没关系，这是个大好消息。但是，下一步，如果有人拿照片做文章的话，事情暴露，对女儿还是有很大影响的。我想请李强兄弟继续调查，找出拍照片寄照片的人，劝说他们不要再拿照片说事儿，你看如何？”

雷鸣沉默片刻，心想，还能有什么办法呢？只能如此了，真心为这个老哥担忧啊。“老哥，目前也没有其他更好的办法。你直接和李强兄弟联系吧。需要帮忙的，我会全力以赴！不过，我估计，那开发商徐锦江会走在咱们前头，把事情压下去。”

这天晚上，白严强给徐锦江打了个电话。除非不得已，他们一般都是在夜深人静时联系的，而且，用的都是秘密号码。

“老哥，小弟跟了田琨和叶琴几天，他们每天接送孩子，各自正常工作，没发现任何异常。那马晓娟、马晓军姐弟俩，也没发现什么情况，就两个调皮捣蛋，没教养的孩子而已。估计事情就是飞燕区城中村那十几个钉子户中的人干的。”

徐锦江低声说：“十月初要准时动迁，那十几户的补偿问题，必须尽快达成协议！低调一些，实在不行就同意他们的要求吧！在这儿上，千万不能出差错，不能因小失大！”

白严强连连称赞：“老哥说得对！今时不同往日，形势大变，老百姓的自我保护意识提高了很多，不适合蛮干、硬干了。”

这几天，徐锦江也想明白了。送照片的人并没有勒索，也再无动静。那意图就渐渐显露出来了，在即将动迁的节骨眼儿上出现这种事，他早就该想到这一层了。秃子头上的虱子，明摆着的事，是他想得太复杂太遥远了，反而忽略了眼前的危机。照片就是他们的武器，妥妥当当摆在他面前，把什么都表达得一清二楚，不需要再做什么，而且是颗定时炸弹，控制器就握在他们手里。如果动迁时他们的要求得不到满足，这炸弹就要爆炸了。他们，是那十几个人，或许几百个人，几千个人。

破财免灾吧！徐锦江终于说服自己，对那看得见摸不着的对手无声无息地低了头。

“老弟啊，那些照片终究是个隐患……你看如何是好？”

电话那头安静了一会儿：“老哥，咱们先稳着，把拆迁的事搞定，开始正常挖地基盖楼了，再消停处理那事，您看如何？”

“老弟，又和我想到一块儿了，就这么办！先不要惊动对方。”

徐锦江这头和白严强商定计谋，那边田琨和李强也在探讨下一步的行动方案。

田琨把自己的担忧告诉李强，并将几个月前女儿的经历简述一遍，拜托李强密切关注马家姐弟的动向，保护女儿。女儿平安快乐地长大，就是他田琨下半辈子最大的心愿。

十月份到了，开发商和建筑公司共同组成的拆迁工作组进驻飞燕区，召集业主代表开会，传达了省委、省政府关于城中村改造项目的批复，表述了项目的重大政治、经济意义，通知项目规划区域的居民限期搬迁。有业主代表提出，十几户临街商铺的补偿问题没有落实，搬迁工作不会彻底，工作组有何打算？工作组负责人态度诚恳，答应马上召集那十几家业主开会。当晚，果然召集那十几家业主开了会。具体过程没人打听，和他们无关。

开发商答应了那十几家商铺业主的要求，并且给所有住户补贴五万块钱用以租房过渡。安置房尚在建设当中，住户大都要临时租房，或者跟住在别处的家人一起凑合，等到明年十月份，新房才能到手。部分住户有情绪的症结就在这里，他们不愿意自掏腰包去租房。开发商的做法，让所有人心满意足，欢天喜地答应了。

第三日，城中村项目区域到处贴上了花花绿绿的动迁通知。十月十日正式开始，月底之前搬迁完毕。搬迁工作开始大规模有条不紊地进行，那十几家按兵不动的店铺业主也开始忙忙碌碌收拾，搬迁工作一切顺利。

往日热闹繁华的街区迅速破败，人去楼空，垃圾遍地，野狗成群结队在街头巷尾窜来窜去，就像占领了敌方阵地的匪兵，气昂昂兴冲冲，迫不及待四处搜寻战利品，抢占地盘。

田琨一家是十二号搬家的，搬到老城区父母家的老院子，那是一栋独门独院的砖木结构平房。这附近有几十户这样的独门独院，是早期市教育局奖励给奋斗在教育战线二十年的优秀教师的福利。小院青瓦白墙，绿树掩映，很是典雅，小米节假日经常来看爷爷奶奶，非常喜欢这里的环境，戏称小院为“老城别墅”。

田琨的父母高兴极了。老人家住惯了这独门独院的平房，不习惯住楼房，无论儿子儿媳如何劝说，就是不愿意上楼住。现在儿子一家搬回来，三代同堂尽享天伦之乐，老两口整天乐呵呵地想方设法给一家子改善伙食。

唯一不方便的，就是小米上学、叶琴上班的路途绕远了些。田琨大多数时间在家写作，独院安静优雅的环境反而对他有益。更重要的是，可以借机陪伴父母一段时间。等新房到手装修好之后，一定要劝父母搬去楼房住，方便照顾，他特意跟开发商要了相邻的两套楼房。按照拆迁规定，返还比例是1∶1.5，他们补了四十平方米的钱，要了两套八十多平方米的。田琨想，等小米上大学以后，需要安心创作时，就到小院来住。

从走进贾公子病房的那一刻起，张腊梅实质上就已经离开化验科了。几天之内，人事处给她办好了留院手续、人事关系、薪资关系等所有手续，还捎带着联系相关部门给她和贾公子领了结婚证。

张腊梅还是穿着那条衣柜里最漂亮的连衣裙，回化验室收拾私人物品。吴江不知以怎样的表情面对张腊梅，脸上红一阵白一阵的，半天憋出一句：“你终于如愿以偿了！”

张腊梅笑了，笑出了眼泪。多少次，他们的肉体坦诚相对，而灵魂却从未谋面。吴江梦魇一般的这句话，一下子戳穿了双方精心营造的假象，露出赤裸裸的真相。

“怎么，没有如你的愿，失望坏了？”张腊梅的声音娇柔甜美，朝吴江转过脸，泪珠滚落脸颊，双眸晶莹闪烁。

当初，吴江就是陷落在这样的眸子里的。他一时迷乱，错不开眼珠子。不知怎么，张腊梅已在他怀里，紧紧环住他的腰，几秒钟后松开，拎着东西一扭一扭地走了。

吴江呆呆站在原地，那销魂勾魄的身体仿佛还在怀里，柔弱的双臂还环着他的腰。她说了句什么，他没听清，他被突如其来的拥抱冲击得头昏脑涨，四肢发软。

“谢谢你，将来，我会好好报答你的！”张腊梅的耳语渐渐清晰了。

张腊梅成了贾公子的妻子兼专职护士。她每天尽职尽责护理贾公子，几乎二十四小时不离开。以前三个护士和护工做的工作，张腊梅一个人包圆儿了。贾公子高兴得合不拢嘴，人也变得老实听话了。贾院长夫妻喜上眉梢，仿佛年轻了好几岁。院里那些盼着看热闹的，渐渐没了兴致。看来，张腊梅还真心要和那个残疾人过日子呢！

半年后，张腊梅再度成为省医院的新闻人物——她怀孕了！

所有人都替贾院长一家高兴，有人嘴上贺喜，心里暗暗嘲笑，谁知道那孩子是谁的呢！

破罐子破摔了好几年的贾公子主动要求安装义肢，他要做父亲了，他要重新站起来，担负起为人夫为人父的责任！

他和张腊梅结婚，是有私心杂念的。他有自知之明，健康女子没人愿意嫁给他，残疾女子他们家也不会接受，他这一生就这样了。他每天一副玩世不恭的样子，实际是在掩饰受伤的心灵。不刷刷存在感的话，他会胡思乱想，一天都活不下去。

张腊梅的出现让他眼前一亮，他身体残疾，但脑子好使得很，清楚她是怎样的人，想要什么。他们说到底是各取所需，他心安理得享受她的服侍，她该做，他应得。如果自己不残疾，贾家儿媳的身份，那一百二十多平方米的豪华婚房，能轮到她张腊梅吗？

几个月过去了，张腊梅一如既往任劳任怨。他有些琢磨不透。她真的爱自己吗？她究竟在想些什么？更让他意想不到的是，张腊梅竟然怀孕了！

贾院长夫妇一听到儿子这话，喜极而泣。儿子要重新做人了！张腊梅真是贾家的大贵人、大福星啊！

贾院长使出浑身解数，很快为儿子定制了义肢。儿子还说，等装了义肢，适应了，就搬出病房，回家里住。

贾院长对张腊梅说："腊梅，照顾子毅辛苦你了！现在你怀孕了，安排个护工吧，小心磕碰着孩子。"

张腊梅莞尔一笑，甜甜地说："妈，这是我该做的，您放心！我身子结实着呢。小时候在家常干活，这点事儿不算什么。再说，别人照顾子毅我不放心。"感动得贾院长鼻子发酸，一个劲儿夸赞她。

张腊梅的话很快传了出去，人们互相递眼神，嘴里赞不绝口："哎呀，真是没想到啊，腊梅是个这么有情有义的好姑娘！贾院长，您老上辈子积了德啊！"

但有人心想，等着瞧吧！

贾公子听了张腊梅的话，心里一热，感觉自己真的爱上她了。一家人对张腊梅越加关照，看她的眼神，从最初的怀疑和探究，到现在彻底换成了感激和欣赏，还有了些许不易觉察的巴结。

义肢很快到了，贾公子迫不及待装上，开始用心练习走路。这时，张腊梅的肚子已经显山露水了。贾公子终于搬出盘踞了三年多的护理病房，回了自家新房。张腊梅名义上还是贾公子的护理护士，在家里，有时候实际上是贾公子在照顾她了。当然，这都是关起门来的事。家里有人的时候，张腊梅还是挺着肚子忙出忙进，紧张得贾公子的眼神一个劲儿追着她的肚子转。客人感叹，小两口情深意浓，令人艳羡啊！

张腊梅在贾家的地位，随着她肚子的变大，变得越来越重要。贾院长夫妇不时买些高级食材送上门，亲自下厨烹调美味佳肴，一家人围坐吃饭，谈笑风生。每次，张腊梅必定要挤进厨房帮忙的，也必定会被贾院长轻轻推出来，按在沙发上休息。吃完饭，善后工作则是贾子毅的。他已经能干很多力所能及的家务活了。人们进进出出遇见一表人才的贾公子，再也没人戏称他贾公子，而是叫他几乎被人快遗忘的名字——贾子毅。

这一家三口做梦都不会想到，那个不起眼的农村土妞，就这样成了他们家的宝贝。他们和所有的人一样，仿佛彻底屏蔽了她的历史。她，就是贾家的一分子，受人尊重，被人重视，备受赞誉。

这年春节，贾院长一家三口陪着张腊梅回了一趟农村老家，一个叫作柳家村的村子。当司机开着宝马进村子时，村民几乎倾巢出动，夹道观望，里三层外三层把宝马围在中间，看看摸摸，叽叽喳喳，热闹得像每年正月十五闹社火。

张腊梅的父母焦黑的脸庞笑成了菊花，手忙脚乱把早就准备好的吃食一盘一盘往外端。她的三个弟弟妹妹穿上新衣服，跑前跑后帮忙。贾院长一家堆着笑脸，耐着性子吃了几口，闲聊几句，说了些夸赞张腊梅的话，前后坐了一个小时就撤了。

对张腊梅家人来说，这就够了！女儿在省城最大的医院工作，还被明媒正娶成了医院院长的儿媳。女婿文质彬彬，仪表堂堂，对女儿百般疼爱。院长夫妇对身怀有孕的女儿百分百满意。还有什么比这更高兴的事呢，虽然没有正式操办婚礼，但大家都忙，新事新办，不讲究那么多了。亲家承诺，等孩子满月时大办一场，请他们全家都去省城。张家人祖祖辈辈面朝黄土背朝天，如今靠张腊梅终于熬出头了。

对于张腊梅来说，贾院长一家能赏脸去山高路远的农村老家一趟，已经足够了。

她结婚之事是瞒着家里人的，领了结婚证就算结了婚。她不能让父老乡亲知道她嫁了个怎样的人，那是连没文化的农村妇女都要嫌弃的。现在，皇天不负苦心人，她终于把几乎废了的贾公子改造成了有模有样的青年才俊，不细看，根本看不出他的双腿残疾。

几天前，她在贾子毅耳边吹风，说生孩子时想接母亲来伺候月子，贾院长那么忙，不能给她增加负担。贾子毅把话传给父母，很快，贾院长主动提出要去认认亲家，这才有了这次农村之行。

几年后，张腊梅一路过关斩将，顺利挤进了省医院的核心位置。当然，这是后话。

第十四章

田小米和翔宇在新的环境里很快崭露头角。

新学期开始时，班上进行了一次模拟考试，结合中考成绩选拔班干部。田小米和翔宇以绝对优势分别当选了学习委员和班长。两人延续了初中时期的合作关系。

不知不觉中，田小米对翔宇的感情发生了微妙的变化。以前，她对他有好感，纯粹的好感，是对同样出类拔萃者的欣赏，两人之间的交往多是班级事务。田小米对众多追求者表现出的关注里的另一层意味，佯装不懂，包括翔宇。

在田小米最艰难的那段时间，翔宇默默陪伴她，支持她，关心她。那时刻追随她的目光带着信任和无限疼惜，穿透无边无际的黑暗，抚慰她孤苦的灵魂，给她内心注入巨大的能量，让她有勇气蔑视屈辱，克服困难，倔强地支撑下来。几个月的磨砺，患难见真情，她那颗少女的心萌动了一丝新鲜的情愫，有他高高大大的身影在身边在心里，她感觉温暖、安全、轻松。

那是一段怎样的日子啊！田小米永世难忘，又不堪回首！

锥心蚀骨，四面楚歌，炎炎夏日如坠寒冬腊月，阳光灿烂却如漫天风雪，全身每一个细胞都被寒冷浸透，被屈辱填满。她努力用漠然结起厚厚的壳包裹自己，以不知从何而来的无畏面对一切。她每天疯狂看书学习，把自己搞得筋疲力尽，头昏脑涨，希望大脑和心灵没时间和精力感知劈头盖脸的污秽，却不止一次彻夜难眠，在漫长的犹如世界末日般的黑暗中，不止一次想到了一个字，死。这个原本距离她十五岁的年纪太过遥远的字眼，顽固地纠缠在脑海，释放出轻松自由的气息魅惑她、拉扯她，甚至提供了无数条结束生命的方式供她反复咀嚼把玩，权衡选择。她默默祈祷黑暗不要消散，就这样永远笼罩着天地万物，将一切禁锢在寂静无声中。她不想再暴露在光天化日之下，承受莫须有的、无法承受之痛。

她仰面朝天摊开四肢躺在床上，深深呼吸，身心无比瘫软，心想，就这样吧！永远不要再睁开双眼了，放弃所有的伪装和强颜欢笑，离开这个残忍的世界，离开那些要将自己逼上绝路的人，让他们内疚、悔恨。但是，他们会吗？

每当此时，她的眼前就会浮现父亲殷切的脸庞，翔宇深情的双眸，然后，很奇怪，总会出现母亲渐行渐远的背影，小米知道，那背影颤抖着，在流泪。失去自己，他们该有多么痛苦啊！

十五岁，花样的年华，大千世界，她还没来得及游历；街上橱窗里漂亮的时装，她还没有体验过；大江南北的美食，她还没机会品尝；就连才开始相爱的翔宇，手都没有拉过一回。太亏了！她的志向是做一名女科学家，研究人类的起源和未来的发展方向。她从小就觉得自己与众不同，肩负伟大使命降临这个世界，她一直是最优秀的，聪明美丽，一帆风顺，鲜花掌声，一路走下去，将会为人类做出斐然贡献！但是，突然间一切都变得面目全非，狰狞可怖。她怀疑过去的一切，怀疑自己的感觉，质疑自己究竟何故来这个世界一遭，她短暂的生命，难道真的就这样不明不白结束在屈辱里？放弃自己和这个并不友善的世界，心甘吗？

混沌不堪地臆想每次进行到这里，她就会静下心来，沉沉坠入虚空，在半梦半醒之间迎来透过窗幔的晨曦。一切都仿佛死而复生，动起来，发出各种自觉不自觉的声响。她亦如带着前世未全遗忘的记忆经历了一番轮回，睁着迷惑的双眼活过来，胆战心惊活过来。踏入炼狱一般的门外，开始又一次度日如年的煎熬。

她关闭所有感官，用力装出麻木冷漠，如处无人之境，拼命沉入书本题海。唯如此，她才感觉自己活着。而那些恶毒，浸透了每一处空气，怎么都不肯放过她。她和它们，每时每刻都在做生死博弈。她那原本娇弱的心灵，就这样，经历了七十多个日夜痛苦的反复蹂躏，变得千疮百孔、坚硬如铁，没人能感同身受。爱她如生命的父亲不能；养育了自己身体的母亲不能；爱她的翔宇，也不能。

好在，终于熬过来了，她终于把那些不堪抛在了脑后。新的生活，鲜活澎湃，她强迫自己全身心投入其中，任何人都看不出她有何变化，包括父母，包括翔宇。

田小米的跆拳道课由假期的一周三节变成了周六一节。开学后，翔宇也报了跆拳道课。这样，一周七天，他们有六天都有机会在一起。

一直都是田琨陪着女儿上健身房的。小米报了跆拳道课，田琨报了健身课。父女俩是有目的而为之的，因此学得异常认真刻苦。没想到，聪明伶俐的小米在体育项目上也显露出过人的天赋，经过几个月的训练，小米已破例晋升为绿带。田琨看在眼里，喜在心里。女儿的跆拳道每升一级，安全系数就增加一分，田琨的心就宽慰一寸。

这天晚饭后，小米帮妈妈收拾完厨房，端着一盘水果敲响了书房的门。田琨在房里应了声“进来”，语气里含着笑意。他知道是女儿。叶琴一般都会边敲门边喊“老田”的。

“爸爸，和您商量个事情。”小米推开门，倚在门边歪着脑袋说。

“小米，进来说吧。”田琨笑着看向女儿，双手离开键盘，转椅带着身体转了九十度。

田小米双手藏在背后，迈着舞步轻盈旋进来，一个转身，左手端着西瓜盘呈在爸爸面前，右手用银色小叉子叉起一块，递到爸爸嘴边。

“爸爸，先吃块西瓜。甜不甜？”

“真甜！”田琨有滋有味嚼着西瓜，笑眯眯瞅向女儿，“这么乖，有事求爸爸？”

田小米把果盘递给爸爸，在单人床边坐下：“没有的，爸爸！是这样，明天开始，我自己去健身房。您忙您的，不用再陪我去了。”小米的神情里有几分自豪。

田琨清楚女儿的意思。以她现在的跆拳道水平，几个小混混近不了她的身。但是，现在住的地方距离健身房有些远啊。

“没事啊，反正爸爸也要去健身的！女儿你进步那么快，对老爸也是一种督促呢！”田琨笑着点点头，转身去敲键盘。

“爸爸，我可以照顾自己的，您和妈妈每天接送我上学，太辛苦了！去健身房您就不陪我了！”

田琨明白了。女儿不想再和他一起去健身房，女儿大了，也知道心疼父母了。田琨看着女儿的笑脸，想了想，说：“好吧！最后这几堂课上完，以后我忙的话你就自己去。咱们小米长大喽！”

第二天上午，田琨和女儿照常来到健身房。

田琨留意观察，果然见一位高高帅帅的男生出现在女儿身旁。田琨的心情有些复杂。女儿有男生陪着，肯定会安全些，但早恋的担忧也同时冒出来，最怕那无中生有的伤害再次找上女儿。不堪想象啊。

田琨再也无心练拳，思考着如何跟女儿敞开心扉谈一谈。他隐在少年跆拳道班教室后，透过玻璃窗仔细观察室内的状况。男生显然是个白带，但悟性极高，学得很认真，长手长脚力道十足，一招一式像模像样。课程结束后，女儿在指导男生，两人交流、对练时，眉目之间默契和谐，身体动作自然流畅，没有一丝扭捏作态。一瞬间，田琨觉得自己想多了。

田小米没想到，翔宇进步神速，已经可以和自己对练了。当然，翔宇能在短期内取得如此优异的成绩，和小米的无私奉献是分不开的。她把自己总结的经验和感悟毫不保留传授给翔宇，而翔宇可以举一反三，融会贯通，甚至有些地方青出于蓝。假以时日，两人很快就能旗鼓相当了。

在一个配合完美的对练之后，小米一抬头，发现了立在玻璃窗外叉着腰微笑观战的爸爸。小米展开笑颜，对田琨挥挥手，又转身对翔宇说了句什么。翔宇抬头看过来，帅气的脸上浮起笑意，两人互看了一眼，不约而同向门口走来。

田琨莫名有些紧张，搓搓手，双腿不由左右踏步，仿佛要拔腿逃走。他是鼓足勇气站在玻璃窗外的，他就是要让女儿看见，要看看女儿的反应。女儿和男生大大方方走过来了，他却有些心虚。

“翔宇，这是我爸爸。爸爸，我同学，翔宇。”

田琨微笑着迎住两个热气腾腾的年轻人。小米自然地做了介绍，翔宇弯腰伸过双手:“叔叔好！”

田琨的手不知怎么就被翔宇握住了，忙不迭地说:“你好，你好!”

对面是一张近乎完美的帅气脸庞，貌似某个电影明星，眉宇间凝聚着真诚和坦率，双手坚硬有力，男子汉气息若隐若现。

田琨笑着看看女儿：“小米，是你的同班同学吧？好像见过一面。”

田琨永远不会忘记那段黑暗的日子。女儿住院时，翔宇代表班级去医院探望。他不知怎么就冒出了这么一句，话已出口，覆水难收了。

气氛瞬间有些微妙。田琨马上镇静下来：“翔宇，你也喜欢跆拳道？我看你悟性极高，应该很快就能赶上小米了。”

翔宇笑了，看看小米：“田叔叔，都是小米指导得当，让我站在巨人的肩上，少走弯路！”翔宇一本正经说得慢条斯理，惹得两人都笑了。

“爸爸，您说得不错。老师也是这么说的。如果翔宇的技艺能和我不分上下，就会破例让他考试晋级！”

“走，咱们去休息室歇会儿，喝点东西。”田琨完全恢复了一贯的镇定，找到了情绪定位。当他是女儿众多同学中的一位即可，没什么可别扭的。

其实，田琨不止一次见过翔宇。好多次，他在校门口等女儿时，看见这个高高大大的男孩像保镖一样，默默走在女儿左右，一直目送女儿上车才转身离去。女儿能够从那场灾难中平安穿越，可以说翔宇功不可没。田琨也年轻过，他懂得。

进了休息室，围坐舒适的休闲区，田琨要来功能性饮品，三人边喝边聊。

田琨提起了话头：“翔宇，你怎么想到学跆拳道了？”

翔宇略一思索，毅然抬头：“说实话，田叔叔，我来学跆拳道，主要是为了小米！”说着看看小米，小米脸上飞起红晕，低下了头：“我不能让小米再受委屈，我要保护小米！”

话说开了，田琨反倒感觉一阵轻松。现在的孩子真是大方啊。他想着，长出一口气，笑了："谢谢你，翔宇，你有这份心，叔叔感谢你。不过，你还是个学生，首先要好好学习……"

"爸爸！"小米打断他的话，嗔怪地瞪着他。他突然醒悟过来，怎么和几十年前自己的父母一个腔调，不禁哑然失笑。

"哈哈哈！对对对！你们俩都是尖子生，优秀班干部，学习从来不让大人操心。叔叔多虑了，多虑了！"

翔宇很阳光地笑笑："叔叔，我理解您的想法。您放心，我和小米互相督促，学习肯定没问题的！我是担心小米，怕有人再惹是生非……"

田琨警觉起来，轮流看着两人："怎么了？发生什么事了吗？"

翔宇和小米对视着，目光和表情在迅速交流，千言万语都在短短的几秒钟内交换完毕。

小米朝爸爸侧了下身，靠近了些："爸爸，没事，您别担心。"

田琨更加确定有事发生了："翔宇！你说，发生什么事了？"

翔宇看看小米，严肃地点点头："小米，还是告诉叔叔吧！"

大前天，也就是周三，下午第二节课间休息时，小米从卫生间回来，在过道被两个男生拦住。

小米早就从迎面而来的两人推推搡搡的调笑中看出了不怀好意，没搭理，径直走了过去。两男生的声音从身后追过来："哎哟，装得一本正经的，田小米，我们有好东西，看不看？"

田小米的心咕咚一下，狂跳不止，担心的事又要发生了！她不动声色继续往前走。一男生窜到她前面，手里挥舞着手机："田小米！哥们儿跟你说话呢，怎么不理人啊？装什么纯洁？"

田小米站住，侧身靠着墙，直视俩男生的眼睛。两人没想到小米大大方方站住了，眼神表情那么的冷静威严，一时愣了。

"你们好！你们是几班的？给我看什么？"

瘦高男生看看矮胖男生，伸出手机在小米眼前晃晃："这化验单上的田小米……是你吧？哈哈哈！”

矮胖男生也歪嘴瞪眼笑得前仰后合。校服松松垮垮挂在两人身上，被他们穿出一身痞气。

田小米掏出手机，迅速拍了两人的照片。等男生反应过来，小米已走出去十几步远。两人头对头嘀咕几声，急忙撵过来。远远站在教室门口的翔宇发现不对劲，朝小米跑过来。小米一见翔宇，眼泪不自觉流了下来。

“怎么了，小米？”

小米用一根手指狠狠拭去泪珠，往后一指：“不知是几班的，手机上有化验单照片……”

翔宇看看追过来的男生：“小米，别怕！你先回教室！”

小米站住，盯着翔宇：“翔宇，你要干吗？我去找老师……翔宇！翔宇！”

翔宇已迈开长腿朝男生迎了过去。路过的同学不知发生了什么，站住，好奇地围聚起来。小米担心地看着翔宇，踌躇片刻，转身飞快地跑了。

小米慌慌张张带着班主任陈老师出现在走廊时，见翔宇一手搂着一个男生的肩膀，有说有笑走了过来。同学们见没什么看头，纷纷四散。

陈老师莫名其妙看看小米，小米愣了愣，莞尔一笑：“陈老师，我……”

“陈老师，一场误会！这两个同学是六班的，我们认识！”翔宇放开俩男生，两人鞠躬问了声老师好，瞥了小米一眼，撒丫子跑了。

“翔宇，小米！怎么回事？”陈老师打量着俩人，语气缓和关切。他们是他班上的班干部，好学生，无论如何是不会调皮捣蛋的。刚才，田小米慌慌张张跑去办公室，说有别班男生要找翔宇麻烦，他来不及思考就被田小米拽到了走廊。

“没事，陈老师！一点小误会，都说开了！”翔宇对小米使个眼色。

“没事就好！赶紧回教室吧，马上上课了。那俩学生，托关系进的咱们学校。”陈老师斜视两男生跑去的方向，一片蓝白相间的校服在晃动，已分辨不清他们的背影，扬扬下巴，“以后，远离这类落后生，不要受他们影响，听见了吗？”

这节课是自习课。翔宇和小米拿着课本、作业本，到教室最后排的空座位上并排坐下，假装讨论难题——他们经常这样做。

“翔宇，你真认识他们？”

“很巧！真认识。”翔宇看看小米，“别担心。我问出了化验单的来路，已经让他们删了图片。”

“又是马晓娟、马晓军捣的鬼？”

“是的。马晓军托人找到那两个人，承诺每人给一千块，让他们在一中散布化验单、制造流言……”

田小米一听，眼圈又红了。

“幸亏那俩笨蛋还没来得及动手就遇见了你，想先吓唬吓唬你。如果已经传播开，就有些麻烦。现在没事了！”翔宇嘴里说得轻描淡写，眼神有些飘忽。

“我怕马家姐弟不会善罢甘休。”小米的担忧不无道理。她太了解那对姐弟的品行为人了。想起他们的所作所为，她不寒而栗。

第十五章

田琨听完两人的叙述，变了脸色。担心的事情还是发生了！

“翔宇，你怎么会认识那两个男生？他们不会找你麻烦吧？”

翔宇低头把玩饮料瓶，犹豫着说：“田叔叔，说实话，他们俩的爸爸都是我爸的下属，小时候我们经常一起玩，这点面子他们还是会给我的。”翔宇抬头看看田琨，“我爸是市教育局的。”

“哦。不要给你招来麻烦就好。”田琨沉思着点点头，“谢谢你帮了小米。那事情就算彻底解决了？”

“不客气叔叔，也是巧合。那两人答应我不会再掺和。就怕那马家姐弟不肯罢休！”

翔宇道出了深埋在田琨心底的担忧。遇到那马家姐弟，真是女儿小米命中的劫难啊！

“他们答应过我们不再无事生非的！小小年纪，心怎么那么坏呢？”田琨不由得有些愤愤然。

“是啊叔叔，那种人没有心，见不得别人好，让人痛苦他们就高兴。损人不利己。”翔宇附和道。

田琨不由多看他两眼，翔宇年龄不大，眼光挺独到。

有一阵没出声的小米，终于说话了：“爸爸，那马晓娟喜欢翔宇，翔宇不喜欢她。她迁怒于我，还妒忌我处处比她优秀，到现在都不肯放过我！想方设法陷害我，侮辱我！”

小米有些不一样了。上高中才几个月，好像完成了一次无形的飞跃，不再是那个娇弱的小女孩了。田琨心里有些失落，也有些许不悦，还有些说不清道不明的东西梗在心里，总之感觉挺复杂。几乎每天朝夕相处，女儿从来没有和自己聊过这些，包括和翔宇结伴同往健身房。

田琨努力调整情绪，在心里自己劝自己：孩子总要长大的，面对现实吧。

再说，在自己不能涉足的校园里，有个高大威猛的男生保护女儿，未尝不是一件好事。

话说开了，问题就摆在了桌面上，三人都没了顾忌。麻烦缠上身，躲避不是办法，每天提心吊胆地过这种被动挨打的日子，更不可取，要想彻底解决问题，一劳永逸，是该好好想个对策了。

“我再去拜访一次马局长吧。让他和两个孩子好好谈谈。”

“叔叔，马家的家庭结构很复杂。说实在话，家教不怎么样。估计谈了也白谈。说不定还会适得其反！”

“翔宇，你对马家很了解？”

“爸爸，翔宇特意拜托朋友暗中了解了马家姐弟。还发现了一些事情。我们想……”

小米和翔宇互相看看，低下了头。

“你们怎么想？说出来咱们探讨探讨是否可行，可不能胡来啊。”田琨的语气有些着急。孩子们血气方刚，不知好歹，可别做出令人后悔莫及的事来。亏得自己今天放低姿态，和两人敞开心扉做了这次平等交流。

“叔叔，我们想以其人之道，还治其人之身。我了解到，那马家姐弟俩的关系不清不楚，我们拍些照片，找些证据，吓唬他们，如果再想欺负小米，我们就曝光照片！”

“啊？”田琨大吃一惊。这两个孩子，竟然想出这样的办法。他一时反应跟不上，不知如何回应。

见两个年轻人投来询问的目光，田琨叹口气：“说实在的，对付那种未成年人渣，也没有更好的办法！你们这思路倒是个不是办法的办法，让他们想象一下被人凌辱的滋味，或许能管用。不过，你们不要轻举妄动，容我考虑一下。”田琨转向女儿，“我和你雷叔叔商量一下再做决定，好吧？”

马晓娟这几天成了热锅上的蚂蚁，寝食难安。她怀孕了。

那年夏天的一个下午，她被继父马林虎欺辱了。母亲发现床上和她短裤上的斑斑污迹，厉声追问，她吓得向母亲哭诉，反被母亲辱骂毒打一顿。过后，母亲又抱着她痛哭流涕，劝她为了母女俩的衣食住行、表面风光的生活忍了。

马林虎对马晓娟动手动脚由来已久，这次终于忍不住做了那不伦之举，心里很忐忑，见常艳母女风平浪静，一副逆来顺受的模样，便很快释然了。

从此，马晓娟成了继父的泄欲工具。而她用计拿下马家父子，巧言令色，左右逢源，将他们玩弄于股掌之间，借机抬高了可怜的母亲在家里的地位。她心里清楚，实质上，她彻底沦为马家父子俩的玩物了，而且，可能一生一世都难以摆脱。她恨透了那父子俩，巴不得他们双双下地狱，死无葬身之地。

马晓娟长期吃避孕药。不知怎么，竟然怀孕了！难不成妈妈买到假药了？

这天傍晚，趁马家父子不在家，她把妈妈拉进卧室，将验孕棒狠狠摔在她怀里，数落道:“你一天到晚干什么吃的，买个药都买不好，害人精！现在怎么办，你说！怎么办？”

常艳被女儿骂晕了，看看验孕棒，好半天才回过味儿来，辩解道：“我一直是在社区超市旁那家药店买的啊，同一个品牌，好几年了都没事……”

她突然住口了，一丝耻辱感漫上她麻木的意识。她低下头搓着双手，抬起眼皮瞅瞅女儿，女儿没看她，垂着头坐在椅子上，肩膀一抽一抽哭开了，啜泣很快变为号啕，哭得伤心欲绝。

常艳也流下了眼泪。半晌，默默走过去，双手搭在女儿肩上，轻轻抚摸。她心乱如麻，是自己害了女儿啊！

“滚开！”女儿突然爆发了，像斗鸡一般跳起来，满脸仇恨，涕泪交流，鬓发凌乱，狠狠瞪着她，使劲推她一把。

常艳趔趔趄趄后退几步，瘫坐地上。满腹的心酸，哗啦啦抖落一地。她真希望自己能像女儿那样，肆无忌惮号哭一场。但是不能，她竟然一滴眼泪都没有了。

怎么会这样，日子怎么过成这样？从何时开始，这个家变得不伦不类，没大没小，面目全非？到底哪里出了问题？现在怎么办，怎么办？

在女儿撕心裂肺的哭喊声中，她坐在地上，两手紧紧抓住弯曲的小腿，塌着腰，垂着头，呆住了。

不知过了多久，门突然被推开了，同时闯进一声大吼："鬼哭狼嚎的，干什么？怎么了？"

最后的"怎么了"几个字塌软了下来。马林虎立在门口，来回扫视母女俩。听见屋内变了声的号哭，他下意识以为是常艳发出的。等看清是马晓娟，立刻换了一副嗓音和神态。

没人理他。哭的那一个依旧声嘶力竭，地上瘫着的依然呆若木鸡。马林虎狠狠瞪常艳一眼，骂骂咧咧走过去，搂住马晓娟的肩膀，扭过来，盯着她的脸。那张惹他怜爱的漂亮脸庞，此刻涕泗横流一塌糊涂，扭曲丑陋。但在他眼里是梨花带雨，娇艳无比。他心疼地连声追问："晓娟，乖女儿！怎么了？告诉爸爸，爸爸替你出气！"

屋内的情形让他判定，母女俩发生了战争。

在他面前一贯温顺的马晓娟突然发疯了，抡起胳膊朝他劈头盖脸扇过来。他挨了好几下，边躲闪边往门口退。

"哎！哎！晓娟！你疯了吗？"

坐在地上的常艳开口了："你女儿怀孕了！哈哈哈……"常艳东倒西歪捶胸顿足，破锣似的声音似哭非哭，似笑非笑，异常瘆人。

马林虎像被施了传说中的定身术，高高举起护在面前的双手定格成一个滑稽的姿势，不相信自己的耳朵似的，边趔趄后退，边歪头冲常艳大喝："你说什么？"

他的身体和声音一起，被马晓娟推出房间，嘭一声巨响，关在了屋外。

"爸，怎么了？"马晓军回来了！

马林虎气喘吁吁地站在门外，双手叉腰，来回看看儿子和房门，转身去了客厅。马晓军莫名其妙凑近卧室门，侧耳倾听片刻，嬉笑着踱到客厅："爸！啥情况啊？怎么这动静，鬼哭狼嚎似的！"

常艳拖着长音的哭诉声断续传来："我的天呐，呜呜呜……我上辈子造了什么孽啊！呜呜呜，哎呀，我的个天呐，活不成了啊，这日子何时是个头啊……啊啊啊……呜呜呜……”

马林虎欲言又止，歪过头望向窗外，片刻又猛然回过头，对儿子使个眼色，大声说：“去，让她们别再号了，不怕邻居听见啊，丢人现眼的！”

马晓军连跑带颠过去，拍着门叫：“别号了！不怕邻居听见啊，丢人现眼的！”

马晓娟的哭声戛然而止，厉声呵斥母亲：“闭嘴吧你，哭丧似的！我还没死呢！”

常艳立刻止了哭。

马晓军推门探头，见姐姐脸冲墙躺在床上，继母正从地上爬起来。他几步跨到床边，推了推马晓娟的背：“姐，怎么了？”

马晓娟没出声。马晓军又推，马晓娟冷冰冰大吼：“滚！”

“吃枪药了，神经病！”马晓军讪讪地自言自语。如果常艳不在，他肯定就挤到床上动手动脚了。

马晓军回头看看继母，见继母正瞪着一双血红的眼珠子恶狠狠盯着自己，不由一怔，赶紧灰溜溜闪出了门。

马林虎已经恢复了平静，威严地瞅着儿子：“晓军，过来！”

马晓军晃着膀子走过去，坐在沙发上迷惑地望着父亲。今天这个家里的人都有些异常，那一向低眉顺眼的受气包继母竟然变成了要吃人的母老虎。

马林虎用下巴指指马晓娟卧室，责怪道：“怎么那么不小心，怀孕了！”

“啊？我姐怀孕了！”马晓军笑得弯下了腰。“我当什么事呢，地震了似的，简单得很，打掉呗！”

“哼，你说得轻巧！”马林虎气哼哼瞪儿子一眼，“你姐才刚十六岁，高中生哎！万一传出去，不是把她毁了。”

马晓军嬉皮笑脸地挪到爸爸身边：“爸，您神通广大，人脉通天，找个安全可靠的医生做，不是易如反掌嘛！”

“你想得太简单了，现在的人，巴不得看别人笑话呢。你爸我大小还是个局长，我丢不起那个人！”

马晓军眼珠子一转，又凑近了些：“爸，你可以跟熟人说是那个女人……”马晓军朝某个方向抬了抬下巴，扬了扬眉毛。

马林虎立刻心领神会，露出笑脸，一拍大腿：“对啊，还是我儿子聪明！”他马上又沉思起来，“不行啊，那医生又不是瞎子，一个四十多岁，一个十六岁，冒名可以，顶替……恐怕不容易！”

“爸，这事好办。让她陪着去，两人都戴上口罩，糊弄不过去就给医生塞个红包，您看怎样？”

马林虎投给儿子一个赞许的目光，叹气点头，靠在沙发上：“也只能这样了！”又拍拍儿子的肩膀，“去，把她们给我叫过来！”

马晓军直接推门走进卧室，见姐姐还面墙躺着，继母坐在床边，刚才两人显然在低声说着什么。见马晓军进来，都没出声。常艳冷着脸扭过头去。

“姐，爸让你们出去一下，他有话说！”从懂事起，他就没有叫过常艳“妈妈”。

常艳看向女儿，女儿的背影动了动，没出声也没起床。常艳想了想，起身出了门。

马晓军目送常艳出了门，急忙跟过去锁上门，扑到床边抱住马晓娟。

马晓娟奋力挣脱，推开他，骂道：“滚开，畜生，不要脸！”随后爬起来走了出去。

马林虎一见常艳就先发制人，大发雷霆：“你怎么搞的，没给买药吗，这么简单的事都做不好，还能干好什么？”

常艳一屁股坐在沙发上，双臂环抱胸前，跷起二郎腿，用轻蔑的眼角斜着他，冷笑几声。

马林虎没想到常艳敢用这样的神态回应自己，虚张的声势泄下去不少。他摸不透她葫芦里要卖什么药。但，他岂能容忍这样的怠慢？他必须占领绝对优势。

他跳起来了，作势要扑过去打她。她也跳起来，伸长脖子大骂：“不要脸的东西，还有脸说人！连自己的女儿都下手，和畜生有什么分别？一天到晚装得人模狗样的，无耻！畜生！流氓！”她语无伦次，声音越来越高，前面的一番哭喊已让她的嗓音嘶哑变形。

马林虎气急，跳起来抡圆胳膊狠狠扇过去。说时迟，那时快，马晓娟冲过来，伸开双臂横在两人中间。马林虎扬着胳膊定住了，看看马晓娟，看看儿子，退两步，垂下手臂跌坐沙发上。又昂起头盯住常艳，手指头点着，狠狠地骂：“翻天了你，吃了熊心豹子胆了你，竟敢满嘴喷粪！看以后我怎么收拾你！”转脸看着马晓娟，笑着说：“晓娟，坐下！晓军，你也过来。爸爸有话跟你们说！”

马晓军的喉结一上一下，脸色发白，眼神阴戾地盯父亲一眼，转身进了自己卧室，重重关上了门。

马林虎瞪常艳一眼：“你脑子进水了？快坐下，我们现在的首要问题，是赶紧想办法解决问题，哭闹有什么用。”

常艳看看女儿，见马晓娟坐下了，也默默坐了下来。刚才，母女俩就在偷偷商量计策。常艳的一番表演，就是商量的结果。怀孕已成定局，无可回避。她们要有效利用这次意外，离间马家父子，进一步控制他们，提高母女俩的家庭地位。马晓娟不能白白承受身体的痛楚，也不能轻易被这禽兽不如的父子俩恣意玩弄。她们忍辱负重，就是要等马晓娟长大，等天赐良机。她们发誓，终有一天，要让马家父子血债血偿。

马晓军果然中计了。

马林虎把马晓军想出的主意说了一遍。马晓娟又开始低下头抽抽搭搭，常艳面无表情沉默着。马林虎轮番看着两人：“你们倒是说话啊，哭什么，哭能解决问题吗？”局长的威严又回到了马林虎的身上。

第十六章

俗话说，隔墙有耳。在马家战火四起的这天傍晚，这句话真是应了景。

翔宇的朋友权朝阳的同学张义峥，就住在马家隔壁，张、马两家大人素来有些嫌隙，两家孩子也玩不到一起去，马晓军时常欺负他们。马家大大小小的事情，左邻右舍几乎都有耳闻。前几年，马林虎时常在家谩骂殴打常艳，张家人在一墙之隔幸灾乐祸听墙根。有时候，还偷偷扒开门缝看西洋景。

这一夜，马家闹得鬼哭狼嚎异常激烈，早就吸引了左邻右舍的好奇心，纷纷趴在自家门边竖起了耳朵，有胆大的蹑手蹑脚缩在马家门外偷听。虽然没听清具体闹什么，单凭那不顾一切地哭喊吵闹，便可以断定极不寻常。

田琨和女儿、翔宇分开之后，马上跟雷鸣见了面。雷鸣听了两个年轻人的主意，笑道："田哥，没想到啊，咱小米长大了，能有这样的机智，咱们也可以放心些了。还有那翔宇，好像挺不错。看老哥你那表情，对这未来的姑爷蛮合意的嘛，呵呵呵！"

田琨苦笑道："老弟，咱不开这样的玩笑，我那开明是硬装出来的！你知道我当时心里多纠结吗，我应该严厉批评他们的，他们不该交往过密……但是……唉！不过，那小伙子真的挺不错，小米在学校有人帮着点，总是好事。再说，那小伙子是班长，学习很好，小米是学习委员，从初中开始，两个人就是搭档，互相督促……"

田琨瞅一眼含笑点头的雷鸣，住了口，自嘲地摇摇头："老弟，你家乐乐还小，暂时体会不了老哥我的心情啊！以后你就明白了，孩子大了，不由爹娘啊。不如放低身段，和他们平等相对，尽量走进他们的世界，这样，他们才能敞开心扉，和咱们正常交流啊！"

雷鸣点点头，坐直身子，正色道："言归正传，老哥。我和当时约谈过马家姐弟的办案民警朱浩然陪你，一起去一趟马家。孩子们的主意也可行，以其人之道，还治其人之身！不过，告诉孩子们不要再插手，交给李强去做，他专业，经验丰富。有必要我会暗中帮忙！”其实，他心里依然有担忧，有些话又不能对田琨实话实说。心想，但愿这一次双管齐下，能够彻底打消那马家姐弟心中的恶念。

雷鸣拨通了李强的电话，把议定的对策详细复述了一遍。李强爽快地答应了。

实际上，李强几乎已经把马家的底细挖了个底朝天。他知道，马家姐弟都未成年，不用一些非常手段，是治不住他们的。从警十多年，安保公司又做了好几年，见识过无数例五花八门的未成年人犯罪案例，他担心商定的对策收效甚微，治标不治本。他清楚，雷鸣一定会有同感。但目前，这些是唯一能做的。

雷鸣让局里的同事帮忙给马林虎的手机上了手段。李强和安斌继续分别跟踪马家姐弟。

翔宇是个很有主见的孩子。既有一个好学上进的优质同学圈子，也能和小混混称兄道弟。后来，他对田琨说，小米遭受屈辱时，他眼睁睁看着却无能为力，从那时起，他就开始暗暗琢磨办法了。

有天晚上，家里来了一位满脸横肉、手臂有文身的矮壮男子，一看就是个混社会的。

男子着一身唐装，收敛了浑身上下的暴烈之气，眼睛很小，一笑，就眯成了条缝，若无视他手臂上的文身，像是个憨厚之人。

“翔局长，我叫权虎，是市政协都主任推荐来求您的！”来人一进门就伸出双手，点头哈腰自我介绍。

翔建设露出笑脸，握了握对方的手，说道：“请进！下午都主任给我打过电话了。”

两人落座，权虎开口了。

“翔局长啊，我家孩子在学校和人打架，那孩子跌倒摔伤了，学校要开除我儿子，求您跟校长递个话，不要开除他，否则，孩子就毁了！唉！”

翔建设脸上露出轻微的嫌恶，但毕竟是朋友介绍来的，只好表面客气地应付：“唉，权老板你不知道，现在，各学校对打架斗殴的学生都特别反感，万一出个什么事，方方面面的影响太坏了啊！”

翔宇刚从房间出来上卫生间，听见父亲和男子的对话，心中一动，走过来插了一句：“叔叔，你孩子是哪个学校的？”

翔建设见一向不理会大人事情的儿子表露出兴趣，便招呼他：“儿子，过来坐。”

男子急忙起身，伸着双手笑眯眯迎前两步。翔宇走过来，认真地和他握握手，坐在沙发上。

“我家孩子在市第六中学，初三（5）班，叫权朝阳。”男子一双机敏的眼睛轮流看着父子俩。

“哦。”翔宇点点头，心想，正是自己的母校，马晓军还在那里上初三，在六班，“权叔叔，您儿子为什么打人？”

男子难为情地低下头，挠挠头皮，

“我儿子说，有几个大孩子经常欺负他们，他气不过，还了手，没想到推搡中，一个孩子跌倒摔折了胳膊，他家长不依不饶，我们赔礼道歉、出医药费，他们都不满意，一定要逼着学校开除我儿子。”

翔建设道：“权老板，详情真是你说的这样？”

权虎急忙正色道：“翔局长，我说的句句实话，不信您可以落实一下。”

翔建设沉默不语。

“说实在话，我家孩子本性不坏，我和他妈都没文化，不知怎么教育他！我一天到晚忙，疏于管教……”权虎从父子两人的反应看到了希望，进一步表述。

“我从小家里穷，念不起书，初中毕业后在社会上混了几年，后来，成家有了孩子，开始慢慢收心做些正当生意。我希望我的孩子不要步我后尘，好好学习，将来有个好前途，做个对社会有用的人。希望翔局长您多费心，帮我孩子一把！”

翔宇笑着盯住权虎：“权叔叔，我说句话，您不要生气啊，您说之前混过社会，肯定认识几个狠角色吧，找几个人威胁那家长，想必不难办到吧！”

权虎看了看两人的反应，摇摇头：“说实话，如果按照那种方式解决问题，也不是不可以！但是，我不想再那么做。一来我已经洗心革面，不想再蹚江湖那摊浑水。我要通过正当途径解决这件事，也给孩子做个榜样！二来那家人也不是善茬儿，我不想把事情搞大。”

翔建设和儿子对视一眼，微微点头。

翔宇说：“爸，您了解一下，如果真像权叔叔说的那样，他儿子是自卫，那大孩子是意外受伤，能帮就帮一把吧！都不容易。”

权虎感激地看着翔宇，连连点头称谢。

翔建设看着儿子的眼神有些意外，也有些高兴。近一两年，儿子很少和自己交流，感觉越大越和自己生分了。能有个机会和儿子拉近距离，他觉得很值。加之听了权虎一番话，也有些动容。都有孩子，能体谅做父母的心。再说，事情并不难办，举手之劳，挽救一个孩子，也算行善积德吧。

“权老板，可怜天下父母心啊，能帮就帮孩子一把。我明天一上班就落实这件事，放心，如果真像你说的那样，应该问题不大！”

权虎喜出望外，急忙站起身，连连鞠躬：“谢谢翔局长，谢谢翔公子！您一家都是大好人啊，好人有好报，翔公子将来肯定前途无量！”

说着，从口袋里掏出一个厚厚的牛皮纸信封，恭恭敬敬放在茶几上。

翔建设急忙起身，拿起信封塞回权虎手里。权虎坚决推辞，感激话不断。

翔建设严厉地说：“权老板，这个千万要不得，再这样，你儿子的事情我就不管了！我好心帮你，你不能害我犯错误啊！”

权虎一愣，看着手里的信封，讪讪站着：“翔局长，这是一点小心意。不然，这么麻烦您，我过意不去啊！”在他的记忆里，办事儿不收礼的，大概是头一遭。

翔宇开口了：“权叔叔，您就放心吧！我爸和别人不一样，答应了的事，就一定会办的，不是为了钱！”

翔建设说：“是啊，权老板，你就放心吧，如果我为了钱帮你儿子，这种善心还有多少意义。”

权虎感动得眼眶泛红：“翔局长啊，我儿命好，遇见了您和您家公子！大恩大德，永世不忘！如果您家里有需要我做的事儿，尽管吩咐，我两肋插刀，义不容辞！”

权虎一激动，江湖义气显露无遗。

翔建设笑了：“权老板也是性情中人啊，认识了就是朋友，有机会和都主任一起坐坐聊聊天。以后，不要再称呼小儿公子，他叫翔宇，我们称呼他小宇。”

翔宇也笑了：“权叔叔，以后就叫我小宇吧。”他想了想，又说，“叔叔，您儿子的联系方式告诉我，有空我和他沟通一下，教他学会自我保护，也珍惜这次难得的机会，好好学习。”

权虎赶紧掏出手机，调出儿子的号码，又和翔宇互加了微信。凭直觉，这孩子有意识结识自己，肯定有想法。

翔建设不动声色观察儿子的一举一动，心里泛起疑惑。以前有客人上门，儿子总是躲进房间，叫都叫不出来。更别说主动结交一个江湖习气很浓重的人。是儿子长大了，还是发生了什么事儿。

翔建设深知为官之道，为人之道。未雨绸缪，朋友多了路好走，这些朴素的道理，他体会得很透彻。他能够稳步攀升到局长一职，跟他的交际能力有很大关系。他为人正派，乐于助人，又不贪财好色，经过多年筛选，结交了一帮各行各业的朋友。

父子俩又和权虎交流了一些详细情况，记录了对方孩子的姓名。权虎离开后，翔建设盯着儿子的眼睛问：“小宇，跟爸爸说实话，你是不是遇到什么事了？”

“爸，您怎么会这么想啊？”

“小宇，爸爸还不了解你吗，爸爸也年轻过！有什么事，能不能跟爸爸说说？”

“爸，我真没什么事！放心吧，有事我肯定会跟您说的！”

说完，翔宇转身回了自己房间。

翔建设盯着儿子的背影消失在门后，若有所思。

第二天一上班，翔建设一个电话拨到了市六中校长办公室。

事情解决后，权虎带着儿子权朝阳专程来翔建设家登门致谢。权朝阳一见翔宇，崇拜得不得了。从此，翔宇又多了一个死心塌地的朋友。

马林虎家内乱的事情，第二天就传到了翔宇耳朵里。

田小米被两个同学堵在过道威胁的那天晚上，翔宇给权虎打了个电话。电话刚一拨通，权虎就接了起来。

“小宇啊，给叔叔打电话，是不是有事儿啊？”

“是的，权叔叔，我同学被人威胁，想请您帮个忙。”

接着，他把马家姐弟欺辱小米的事情简单叙述了一遍。

权虎立刻表示全力以赴："小宇，小事一桩！你放心，权叔叔请人帮忙搞定！你说，你想怎么做，把马晓军一顿暴揍？”

翔宇赶紧说："权叔叔，违法的事儿，咱们坚决不干！先跟踪马家姐弟，拍些照片、视频、录音录像都可以。坚决不能触犯法律！”

田琨和女儿、翔宇三人在跆拳道馆畅聊的那天晚上，权虎回过话来，马晓军和他之前社会上的一个朋友有关系。他们可以从中协调，让马晓军姐弟不再为难田小米。

翔宇想起田叔叔临走之前的忠告，告诉权虎暂停行动，等他电话。然后拨通田小米的电话。

“小米，你在哪里？田叔叔在身边吗？”

“翔宇，我和我爸都在家呢。”小米有些奇怪，“翔宇，怎么了？”

“小米，能不能让田叔叔接一下电话，我有话要和叔叔说。”

田琨接过电话，小米凑在旁边要听，田琨躲进书房关了门。小米噘着嘴坐在沙发上假装生闷气去了。

翔宇告诉田琨拜托权虎帮忙的事，以及权虎的提议。田琨心里一惊，没想到这孩子为了小米，做到了这一步。幸亏叮嘱得及时！万一让社会上那帮人插手，搞出什么乱子就不好收场了。

“翔宇，你为小米做到这一步，真的很感谢！但是，翔宇，一定要听叔叔的话，千万不能跟社会上的人有瓜葛！那些人做事没轻重，万一搞出什么事就麻烦了！听话，你和小米专心学习，不要再操心这些事，有我和你雷叔叔、李叔叔呢！”

安抚住翔宇，田琨立刻给雷鸣和李强打了电话。三人交换了看法，一致同意田琨的做法，坚决不能让孩子们再参与此事，尤其不能让社会上的人来插手。

第二天就是周末，是雷鸣和田琨商定好去马林虎家的日子。

上午十点，雷鸣、民警朱浩然和田琨三人来到马林虎家门口。家里明明有人声，敲了半天，却没人开门。

朱浩然只好边敲门边大声叫喊：“马局长，请开门！我是派出所民警朱浩然！”

敲门声和叫喊声招来四五个邻居，围拢过来探头探脑，各个喜形于色，神神秘秘。

马家人大概察觉到了门外的动静，再不开门怕会引来整栋楼的关注。

马林虎亲自开了门，满脸不高兴地埋怨：“警察同志，什么事呀，大周末的不让人休息！你看看，左邻右舍都给招来了，好像我们家发生什么事了似的！”

他的目光在田琨的脸上停留了一会。心想，看这架势，八成是儿女又欺负那田小米了。

三人鱼贯而入。朱浩然解释道：“马局长，大周末的，我们也想休息啊，但是，你家孩子又惹事了，我们不得不登门拜访！”

马林虎一听,眼睛瞪得溜圆:“什么?我家孩子又惹事了,什么事啊?”

马林虎就那样站在客厅和三人瞪眼，也不让座。家里几个房门都关得紧紧的。

朱浩然笑着说：“马局长，三言两语说不清，总不能让我们就这样站着说话吧。”

“那，三位请坐吧！”马林虎满脸不耐烦，下意识四周看看。

“马局长，叫你家孩子和你爱人出来吧。”

“哦，家里就我一个人，他们都出去了。”

雷鸣开口了：“马局长，刚才我们在门口都听见说话声了！你家孩子三番五次欺凌同学，作为家长，不好好管束，迟早会出问题的，请你叫他们出来吧！”

马林虎略一思索，气呼呼冲着大门边一扇门大喝一声：“赶紧给我滚出来，一天到晚地净惹祸，不让人消停！”

好一会儿，马晓军慢腾腾晃了出来。马林虎骂骂咧咧，作势就要冲过去打人。三人急忙起身拉住。

朱浩然说：“马晓军，你是不是花钱收买了市一中的两个学生，在学校散布田小米的流言，传播那张假的化验单？”

马晓军脖子一梗：“你说什么？我不明白！”

朱浩然将几张纸放在茶几上，对马晓军说：“这是那两个学生的证词，你看看吧！”

马林虎抢先一把抓在手里，迅速扫了一遍：“我说警察同志，这种东西怎么能当真呢，你能保证不是他们诬陷我儿子？”

“马局长,他们为什么要诬陷你儿子?为什么不去诬陷别人?我们已经查了给他们手机上发化验单的电话号码，就是你儿子的！这是他们的通话记录和短信内容。”

朱浩然又将两张纸扔在茶几上。马林虎拿起一看，脸色逐渐灰暗，眼神逐渐狠毒，突然跳起来，狠狠踹了马晓军一脚：“你这个畜生！怎么不让人省心，人家招你惹你了？你为什么又要惹事？”

雷鸣三人迅速反应过来，拽住了马林虎。马晓军狠狠瞪父亲一眼，扭头不语。

“马局长，冷静一点，好好跟孩子交流！”

雷鸣说完，转向马晓军：“马晓军，你说实话，为什么要这么做，是不是你姐姐马晓娟指使你的？”

马晓军恶声恶气地说：“没人指使我，我就是看她不顺眼！”

“我女儿上高中了，和你根本就不在同一个学校，怎么招你惹你了？无中生有诬陷别人是犯法的，你不知道吗？”田琨终于忍不住了，厉声道。

马晓军冲他翻翻白眼，没吱声。

雷鸣说：“马局长，请把你的女儿叫出来！”

马林虎的眼神飞快朝里面一扇门一闪，冲儿子说：“晓军，去，把你姐姐叫出来！”

马晓军不耐烦地去敲门，好久，屋内人就是不开门。朱浩然走过去，对着门说：“马晓娟，你今天如果不想出来，明天，我们去学校找你。”

几秒钟后，马晓娟开了门。常艳也从另一扇门走出来，双臂环抱，立在过道，冷漠地看着客厅。

这次，马晓娟完全没有了田琨和叶琴见过的那种乖乖女神态。整个人萎靡不振，脸色蜡黄，憔悴不堪。不只是她，马家人各个神情异常。

马晓娟痛快承认了。她妒忌田小米，所以指使马晓军替自己出气。那轻描淡写、理直气壮的无所谓神态，彻底惹恼了田琨。雷鸣见田琨变了脸色，急忙按按他的胳膊。

“就因为别人比你优秀，你就妒忌成这样，千方百计一次次用卑鄙下流的手段欺负人家？换位思考一下，如果那个人是你，你会做何感想。这次发现得早，没有造成恶劣后果，我们才采取批评教育的方式。如果再有下次，我们会在全校师生大会上公开你们的恶行，你们很可能被开除学籍！情节严重的话，会直接送你们去少管所接受改造，听见没有？”

马家姐弟唯唯诺诺低头认错，再三保证绝不再犯。马林虎也一再表态，一定严加管束孩子们。常艳不知何时又不见了。

田琨觉得，这家人最反常的就是常艳，和上次见面时相比，简直判若两人。她吊着脸子躲着不露面，马林虎表现出极大的克制，自始至终没有呵斥、谩骂她。

雷鸣三人敲门之前，马家人正闹得不可开交呢。

昨天，马晓娟确定怀孕，母女俩大闹一场。今天，变成了马家父子之间的战争。

第十七章

从马林虎家出来，三人不由松了一口气。这个家的气氛莫名其妙，令人作呕。此时已是中午十二点多，田琨拉着雷鸣和朱浩然在物资局家属院门口找了家饭馆，点了几个家常小炒，给每顿饭无面不欢的雷鸣点了面，自己和朱浩然点了米饭。三人边吃边聊，总体来说，对今天的战果还是比较满意。正在这时，田琨和雷鸣的电话先后响了。

田琨的电话是女儿小米打来的。翔宇说，马家的邻居反映，马家人昨天晚上吵架了，闹得很凶，天塌了似的，问爸爸和雷叔叔，马家之行是否顺利。

雷鸣的电话是市局技术科打来的，刚才，马林虎打了好几个电话，联系到省医院妇产科医生苏菲亚，说爱人常艳怀孕了，要做流产，希望下午就给安排手术，并一再表示重谢。

三人觉得奇怪，四十多岁的常艳怀孕，按常理来说也不足为奇，奇怪的是马家人的反应，特别是马晓娟的异样状态……马林虎和常艳关系欠佳很多年，突然怀孕，实在有些不可思议，一家人还为此事吵闹得不可开交，至于吗？

“怀孕的难道不是常艳，而是他们的女儿马晓娟？”

雷鸣和朱浩然异口同声说出猜想。三个人都恍然大悟，纷纷点头，互相对眼神，笑了，是发现有人贼喊捉贼的那种笑，是终于逮着对手马脚的那种笑。真是现世报啊！这样一来，马家人的反应就说得通了。马家人特殊的家庭结构及各类传言，让他们相信，推断十有八九准确。

雷鸣拨通李强的电话，让他和助手安斌寸步不离盯住马家人。利用各种手段搞到证据。他们三个就在饭馆里盯住家属院大门，随时和李强、安斌保持联络。

一会儿，李强和安斌到了。几人简单交流几句，李强和安斌开车进了物资局家属院，去马家楼门口附近蹲守。

两点整，李强打来电话，马林虎和常艳、马晓娟三人出了门，马林虎开车。车子刚出院门，马晓军出了门，打车直奔省医院。马家人倾巢出动，足以说明怀孕之人在他们心中的地位有多重要。

常艳和马晓娟在省医院门口下了车，两人都戴上口罩、帽子，捂得严严实实。马林虎开车走了。常艳拎着一个鼓鼓囊囊的提包走在前面，马晓娟低着头，躲躲闪闪跟在后面。到挂号处，马晓娟缩着头坐在角落，常艳排队挂号。种种迹象显示，怀孕者定是马晓娟无疑。

安斌按捺住兴奋，隐藏在身上的摄像头不动声色从各个角度拍摄常艳母女的视频，还不时用手机拍些照片。

妇产科门口的椅子上坐着两三个女人。马晓娟埋下头不敢看人，常艳敲门进去，一会儿出来，把马晓娟拉了进去。很快，一位女白大褂推着两人出了门：“这样坚决不行，必须以患者的名义挂号……我们要严格按规定操作！流产手术是有风险的！家属要签字……转告马局长，我们会保密的！”

女白大褂边对常艳解释，边带着母女返回挂号处插队重新挂了号。安斌挤在旁边偷偷录视频，挂号单上赫然写着三个字——马晓娟。看来，马家人想让常艳和马晓娟玩移花接木，结果医生怕担风险不吃那一套，坚持让真正的孕妇——马晓娟重新挂了号。

安斌跟到妇产科门口，微型摄像机在不停地工作，他手里拿着手机假装在发信息，拍了张马晓娟走进妇产科的照片，发给了李强。这时，安斌发现马晓军探头探脑出现在附近招手让常艳过去，见马晓军嘀咕了几句，就转身走了。

两个小时后，妇产科门开了，女白大褂叫常艳进去。一会儿，马晓娟裹得像粽子，一手捂着肚子，一手由常艳搀扶着，慢慢走出门。马林虎的车子等在医院门口。马晓军从车上下来替她们开了门，还不忘搭手搀扶马晓娟一把，神情异常温柔。

“这下可好了，真是老天有眼啊！”田琨长吁一口气，“有了这些证据，就不怕马家姐弟再兴风作浪了！”

转眼又叹口气：“唉，那么小的孩子，怎么那么歹毒！竟然逼得我们一帮大人绞尽脑汁对付他们！”

朱浩然不以为然摇摇头：“田哥，你是不知道啊，有些孩子坏得无法用语言描述，做下的事根本就不像个孩子能做出来的，对他们仁慈，就是对善良之人的残忍啊！”

“老哥，前几天的电视新闻看了没？”雷鸣冲朱警官点点头表示赞同，又扭头看着田琨，“某省有个女孩子，还是名好学生，就因为父母不给她换新手机，在父母饭碗里掺了安眠药。等父母睡熟后，用刀各扎了父母十几刀，脖子都快割断了。残忍得你无法想象！第二天早上，女孩子浑身是血大哭着敲邻居家的门，说父母被人杀死了。邻居跟着她进屋一看，被满屋的血腥吓得连滚带爬跑出了门。警察来时，女孩子呆呆坐在沙发上，不哭也不闹。大家都说她受刺激了，太可怜了。她的爷爷奶奶把她接回了家。警方调查了好久一无所获。有一天，有位办案民警发现女孩子大手大脚花钱，买手机、买新衣服，每天若无其事正常上学，觉得这孩子的反应太异常，改变了调查方向，最终才真相大白。而那女孩子还是个十四岁的初中生啊！”

田琨听得毛骨悚然，不自觉打了个寒噤：“还有那样残忍的孩子？我最近赶稿子，还要操心小米的事，太忙了，很少看电视。”

朱浩然附和道：“田哥，这种案例举不胜举。有个单亲家庭的孩子，嫌母亲管束太严，勒死母亲，用胶带把尸体缠成木乃伊放在床下，伴着尸体过了一个多月！期间编造各种谎言自如应付家人、母亲的同事、朋友的询问。这些孩子，对自己的父母都能下得了死手，更何况外人！看看那些案例，再对照马家姐弟的所作所为，就不难理解了。”

三人都陷入沉默。这个世界自古就不是单一纯粹的，有白有黑，有圆有缺，有涨有落，有冷有热。人性多变，有善有恶，好比大自然孕育了世间万物，有滋养生灵的五谷果蔬，也有伤人性命的畜生毒物。

半晌，雷鸣清清嗓子：“老哥，不要多想。咱们做这些是不得已而为之，是自我保护，也是变相保护马家那两个孩子。听任他们继续处心积虑无事生非，损人害己，最终未成年人保护法也保护不了他们。我们的出发点是善意的，是救人不是害人！这就是咱们和那些人的区别。”

马晓娟请假在家休息了三天，到底年轻，第四天，就若无其事和马晓军一起出门上学了。两人出家属院刚走了几步，马晓军的手机响了，是微信。马晓军打开一看，倒吸一口气，脸色瞬间变得灰白。

“怎么了晓军？”马晓娟柔声问。最近马晓军表现很好，让她刮目相看。前几天，为了她差点和父亲打起来。在马晓军的干涉下，马林虎应该能稍微收敛下脏爪子了。

马晓军盯着姐姐的眼睛犹豫一下，还是把手机递了过来。马晓娟急忙接过，只看了几秒，就像被电击一般将手机扔出去老远。

马晓军捡起手机，边看边狠狠骂道：“这是哪个不要命的，找死啊！等找到他，我非宰了他不可！”

马晓娟一跺脚一扭腰，转身就往回走。马晓军追在她屁股后面喊：“姐，咱不去上学了？”

原来，马晓军手机上收到了一段视频，正是马晓娟从妇产科出来的那一段，紧接着赫然出现一张手术单，上面的几个字来了个大特写：马晓娟，人流手术。

马晓军用手机拨过去，提示已关机。他一连拨打了好几天，都是如此。看来，机主已经弃用了那个号码。马家人这才意识到，全家人都处在别人的监视之中。

是谁发的视频？究竟想要干什么？敲诈勒索？毁了马晓娟？

如果是她马晓娟得知了别人类似的丑陋秘密，是绝对不会心慈手软的，不要说整个学校，全世界都有好戏看了！

马晓娟脑海里时刻萦绕着当初整田小米的经过。现在，被整的主角变成了自己，在学校，在大街上，她被万人唾骂，嘲笑欺辱。马晓娟吓得几乎夜不能寐，惶惶不可终日，不敢去学校，甚至家门不出，楼门不迈。

马林虎无奈，只好以马晓娟身体不适为由申请办理了休学手续。马晓军断定，那视频是田小米家的人干的。但无凭无据的，也不敢声张。

一个月过去了，两个月过去了，视频没有扩散，事态也没有后续发展。度日如年的马家人渐渐平静下来。马林虎突然明白，那是一种无声的警告！是对手埋在他家的一颗定时炸弹，控制器就掌握在时刻监视着他家的、无形的影子手里。如果子女再胡作非为，终将被炸得粉身碎骨。

随着时间的推移，笼罩在马家姐弟心头的恐惧渐渐消退。他们又蠢蠢欲动了。

一天，马晓娟当着田琨的面，在市一中门口截住田小米，满脸真诚地拉住田小米的手："小米，好久不见，怪想你的。我以前不懂事，做了对不起你的事，请你原谅！"说着，眼泪汪汪抬头看着田琨，"田叔叔，请你们一定要原谅我，好不好？"

田小米警惕的神情缓和了些，看看爸爸，田琨凛然道："过去的就让它过去吧，希望你们姐弟俩不要再做害人的事。好自为之！"说完，拉着小米转身上了车。

望着绝尘而去的车子，堆在马晓娟脸上的笑容瞬间消失了。

这一幕，被躲在传达室的翔宇看在了眼里。原来，翔宇刚和小米走到校园中间，高高大大的他目光越过一片起伏的脑袋，远远看见马晓娟姐弟俩在树荫下交头接耳，田叔叔的车就停在校门口，小米是安全的。他急忙躲进门口的传达室，悄悄观察那姐弟俩的动静。

这时，马晓军从不远处的树荫后闪出来，跑到马晓娟面前："姐，怎么说，是他们吗？"

"'过去的就让它过去吧，希望你们姐弟俩不要再做害人的事。好自为之！'听那姓田的说的这些话，不是他们还能是谁？他的言下之意在威胁咱们，如果再欺负他女儿，就要曝光那视频。哼，肯定是他们！君子报仇，十年不晚，走着瞧！"两人边走边咬牙切齿低声咒骂。

马晓军不知突然感觉到什么，回头看一眼，停下脚步喝道："你是谁？想干什么？"

马晓娟一惊，猛然回头，见一高大帅气的男孩面无表情站在后面。

"翔宇，怎么是你，你……你跟踪我们？"马晓娟的脸红一阵白一阵的。

没等翔宇出声，马晓军醋意十足地说："姐，你们认识？"说着看看姐姐，望望翔宇，试图从两人的表情中窥出对自己不利的端倪来。

"这是我初中时的班长，翔宇。"马晓娟很快冷静下来，给两人做介绍，"翔宇，这是晓军，我弟弟。翔宇，你干吗跟着我们？"

"我刚从校园出来往家走呢，怎么能说我跟着你们，倒是你们俩，怎么会出现在这里？"

"哦。"马晓娟心想，索性挑明了说，看翔宇如何反应，"我是来找田小米的。"

翔宇严肃地说："那几个月你把田小米欺负成那样，现在又想要什么花招？"

马晓娟冷笑道："哎哟，田小米是你什么人啊，这样护着她！"

"马晓娟，路见不平有人铲！做人不能违背良心、伤天害理，否则不会有好结果，小心遭报应！"

马晓军朝翔宇跨前一步，昂着头瞪着眼："你他妈的找死啊，教训谁呢？小心老子连你一块儿收拾了！"

马晓娟退后两步，抱着胳膊点着脚，歪着脑袋看热闹。

翔宇笑了："个头不高，口气不小啊！这么说，你们承认又想找田小米的麻烦了？你们刚才说的我听见了。我先申明，我不是有意偷听的，是你们说话声太大了，你们说谁威胁你们，要曝光视频……还有'君子报仇，十年不晚'……"

马晓军的气焰立刻灭了，马晓娟也放下了双臂，两双眼睛紧张地在翔宇脸上来回搜寻。

"你，你说什么视频？你知道……视频？"马晓军结巴了，语无伦次。

马晓娟的脸变得煞白。

“要想人不知，除非己莫为，马晓娟，你为什么休学，好多同学都知道！做人做事留后路，于人于己都方便！奉劝你们，规矩一点，善良一点吧！”翔宇说完，扬长而去。

时间过得飞快，张腊梅生了，是个健健康康的大胖儿子。张腊梅的母亲胡秀英专门来伺候月子。

贾子毅在医院保卫科上了班。是张腊梅给贾院长出的主意，贾子毅双腿截肢，在社会上不好找工作，肯定是高不成，低不就的。即使通过关系找到合适的工作，她也不放心让他去，一方面走路不方便不安全，另一方面，怕他万一再受到不良诱惑重蹈覆辙。在医院里又专业不对口，只有在保卫科监控室里看监控，不需要专业技术，也不需要跑来颠去，最适合他。贾院长觉得她分析得很在理。院里为了照顾贾子毅，也是给贾院长面子，按照正式工的待遇给贾子毅办理了入职手续。有妻有儿的人了，总要养家糊口的。

贾家真是双喜临门啊！贾院长夫妻高兴得整天合不拢嘴。儿子本来身心都已残废，变成了一个拖累父母、祸害集体的害人鬼。是张腊梅妙手回春，不但挽救了儿子，还把他变成了一个对家庭、集体、社会有用的人！张腊梅还给他们贾家续起了一脉单传的香火。大恩大德啊！

贾院长夫妻毫不避讳对儿媳妇张腊梅的喜爱，逢人就对她赞不绝口。贾子毅整个成了老婆奴，对张腊梅越来越迷恋，简直一步都离不开她了。

张腊梅的妈妈胡秀英到贾家第一天，就知道了女婿双腿截肢，是个不折不扣的半截人。她见女婿出门上班去了，偷偷骂女儿傻，好好一个如花似玉的大姑娘，竟然嫁了个残疾人！

张腊梅笑了，是那种轻蔑的嘲笑：“妈！你懂什么，你女儿是个农村出来的土妞，无权无势无靠山，凭什么能在省城嫁入当官人家。如果不是贾子毅残疾，我给人家提鞋人家都不要！你以为你女儿有多少资本可以选择，走到这一步，我付出了多少努力你知道吗，我容易吗？”说着，张腊梅已泪流满面。心中积累许久的委屈，这一刻如洪水决堤，一泻而下。

胡秀英愣了，怅然环视富丽堂皇的房间，抹一把泪，安慰女儿别哭了，月子里哭对眼睛不好。说完赶紧出去忙活去了。

第十八章

胡秀英抹着泪走出女儿房间，右眉心的那颗黑痣在浓眉间时隐时现。她在客厅愣了会儿神，开始忙乎了。她先去厨房炖了鸡汤，又开始里里外外打扫卫生，洗早晨换下来的衣服、被单。婴儿的小衣服、小被单，她坚持要用开水烫一下，再用手仔细清洗，然后晾在阳台上，让太阳晒干。或者端下楼，晾在树荫之间的晾衣绳上。尿布是一次性的，用完即扔，干净卫生又方便，不像以前，都是用绵软些的旧衣服、破旧床单洗干净剪成条条当尿布。城里的孩子就是幸福啊，她边干边感叹。

每次她出门晾衣服，或者去门口的菜市场买菜，都会碰到院里的家属。大家殷勤地跟她打招呼，拉住她说些家长里短的话，称赞她的女儿，询问小宝宝的健康状况，有意无意说一些贾子毅以前的情况。她受宠若惊，操着一口家乡话慌乱地回答。她是个聪明的女人，有些人的笑里、话里是藏着东西的，她能感觉到。

有人告诉她，贾子毅以前的种种不是，后来是她女儿救了他，把他改变成了个正常人。后来，她找机会问起女婿以前的事，张腊梅说："妈，您别担心，都已经过去了，他现在已经改邪归正了。"

看着女儿那冷静的神态，她第一次觉得女儿真的长大了，再也不是那个需要爸妈保护的乖乖女了。女儿走到这一步，付出了什么，承受了什么，她不敢想象也难以想象。

胡秀英是女儿预产期前一周来省城的。贾院长专门安排司机去接她。张腊梅提前打了电话，吩咐爹妈安排好家事，做好准备，但别带任何随身衣物。其实，知道她要去省城给女儿伺候月子的那天起，全家人就在做准备了。胡秀英从来没有到过省城，更何况要离家一个多月。丈夫和几个孩子都全力支持，说能照顾好自己。以前胡秀英偶尔去串个亲戚，一家老小都嚷嚷着吃不上喝不上的，满心的不情愿。

几乎全柳家庄的乡亲都赶来给胡秀英送行，羡慕不已。说万一以后去省医院看病，就去找咱们腊梅行方便了。胡秀英两口子喜上眉梢满口答应：“那是自然，那是自然！”

车到了，张腊梅挺着大肚子等在家属院门口，直接让司机送她和妈妈去商场，给妈妈买了几套衣服鞋袜，里外换了新，身上穿的旧衣服当场扔了。又买了全套洗漱用品，还去理发店剪了头发，烫了一个中年妇女时下最流行的发型。回家又让妈妈透透彻彻洗了个澡。

人靠衣装马靠鞍，这话一点都不假。经过一番精心捯饬，胡秀英彻底改头换面，变成了另外一个人，连她自己都认不出镜子里的那个人了。理发店的服务员都说母女俩长得真像，可见，收拾打扮后的胡秀英还是很耐看的。除了皮肤黑点，她已跟城里的老太太们不相上下。贾院长夫妇和贾子毅见面第一眼都没认出她来，现在的她和那个头上包着头巾，身穿宽松的老式裤褂，脚穿黑色布鞋的形象差得太远了。

家里的冰箱、洗衣机、微波炉等高端电器，胡秀英只用了两天，就全部能够熟练使用了。

每天晚上都有人来串门，当然是不会空着手的。这个拎着一只鸡，那个提着一筐鸡蛋，有的拿来几条鱼，有人送来新鲜的水果、蔬菜……家里的冰箱总是塞得满满当当。

贾院长夫妇每天都要过来看看孙子。偶尔提前过来帮衬着做顿饭，全家人一起吃。他们对亲家母十分满意。贾子毅爱屋及乌，对岳母也非常好，饭后总是抢着洗碗拖地。

胡秀英渐渐就心平气和，心安理得了。女儿说得对，如果贾子毅不残疾，这贾家儿媳的位置，能轮到女儿吗？看看现在多好啊，女儿嫁得好，工作好，生得好，贾家人都把她当宝供着。那女婿虽然残疾，但不碍事，他的工作清闲得不得了，整天坐着看监控，工资还不少。不像农村，要下地干重活的，没了腿，就真的废了。

张腊梅生了个宝贝儿子，她知道自己在贾家扎下了根。用不了几年，贾家就该由她当家做主了。

现在，她跟所有的产妇一样，除了给孩子喂奶，就是吃了睡，睡了吃。在二十五年的人生历程中，她从来没有这样重要过，也从来没有这样被人端饭递水伺候过。当然不包括母亲。贾院长不时也会端饭倒水，给孩子热个奶。特别是贾子毅，只要在家，就赖在她和孩子身边不挪窝，找事儿忙来忙去，赶都赶不走。

张腊梅希望他走得远远的，自己好静下心来思考问题。她柔情蜜意地娇嗔着赶他走："子毅，快去休息，明天还要上班呢！你是我们母子俩的依靠，累坏了身体，我会心疼的。你放心好了，妈妈会照顾好我和宝宝的。"贾子毅的一颗心都快被她融化了。

张腊梅暗自庆幸，自己嫁给贾子毅这招险棋赌对了，她力挽狂澜，大获全胜。不但留在了省医院，还在贾家扎牢了根。贾子毅恢复以后，完全没有了以前那种公子哥儿的骄蛮奢侈，变得踏实务实，一心一意要和自己过日子。贾院长夫妇也被她彻底征服了。他们都老了，过几年就要退休，这个家就要全靠张腊梅这个儿媳妇了。

现在，张腊梅站稳了脚跟，接下来，必须深思熟虑，稳扎稳打，一步一步完成自己的计划。她要让那些欺辱过、欺骗过、轻视过她的人们看看，她张腊梅有多大的能耐。

赵云、梁慧、吴江一家人，胆战心惊密切关注着张腊梅的一切动态。见张腊梅春风得意马蹄疾，一路扬鞭奋蹄，势不可挡，轻松闯入省医院这块风水宝地，好像连老天爷都在帮她。

赵云慌了，清楚不能再针对张腊梅了。现在，张腊梅的背后可有贾院长撑腰！她时常去贾院长办公室走动走动，顺便夸夸张腊梅和贾子毅。

以前，为了留院，张腊梅曾拼命巴结梁慧，跟前撵后"慧姐慧姐"叫个不停。赵云授意梁慧，假装和张腊梅之间没有发生过任何嫌隙，继续维持她们之间的姐妹情。梁慧隔三岔五就去看看张腊梅，带些好吃的，教她保养身体，准备婴儿用品，一副贴心贴肺的大姐姐模样。张腊梅也不时挺着大肚子去梁慧家串门，遇见吴江就大大方方称呼“吴科长”，聊一些以前化验科的趣事。有几次还顺嘴提到了田小米：“吴科长，可要小心点儿呀，千万不要再给错化验单了！像之前那个田小米……如果患者追究起来，就不得了了！”说得吴江和梁慧面面相觑，心慌气短。

趁梁慧不注意的空档，张腊梅就对吴江抛媚眼，那是只有吴江才能看得懂的眼神。张腊梅是真心爱过吴江的，吴江算是她的初恋。吴江也是真心迷恋张腊梅的。张腊梅那高高隆起的腹部，变得笨拙粗壮的腰身，在他眼里都是那么美好，令他心疼。

张腊梅曾经怀过他的孩子，如果没打掉，此时肚子里的孩子就是他吴江的了。每当此时，他就赶紧偷偷掐大腿一把，暗暗告诫自己，千万不可露出马脚，让梁慧发现，就家无宁日了。

张腊梅和梁慧的闺蜜马璇也成了好朋友。三人经常一起去逛街购物、看电影，好得如胶似漆。

孩子刚满月，一天，一家人在一起吃饭，张腊梅提起哺乳期结束后自己的工作问题。

贾院长说：“子毅已正常上班，再不需要专职护理。腊梅你在化验科实习了一年，业务熟悉，最好是回化验科上班。”

“妈，腊梅不能再回化验科！”贾子毅一听妈妈要安排妻子回化验科，立刻表示反对。

贾院长从饭碗上抬起头，看着他反问：“为什么，你有好的建议？”

贾子毅答不上来，赌气说：“不管去哪里都可以，就是不能回化验科。”

贾院长知道儿子是吃醋。儿媳妇之前和吴江传出过流言蜚语，但那毕竟是传言。

“子毅，你听妈分析，腊梅对化验室业务很熟练，只有去化验科才有前途，你懂吗？”

贾子毅眨巴着眼睛想了想，不出声了。

他知道母亲的安排是合理的。母亲再有几年就要退休了，利用这几年时间帮张腊梅往上走一走，是能够办到的，机不可失啊。

但是，他自卑。自己是个残疾人，那吴江长得一表人才，孤男寡女每天在一起，时间长了，保不住会发生点什么，他想要防患于未然。张腊梅在被窝里撒娇卖萌，连哄带骗，再三保证和吴江保持距离，才算做通了他的思想工作。

张腊梅生了个大胖小子后，有人见了贾子毅，又是一番真假难辨的羡慕妒忌：

“子毅，你媳妇儿可真是你们家的贵人啊，你可要好好对她，要不是她，你小子早就毁了！说不定，现在还在祸害咱们院里的左邻右舍呢，哈哈哈！更别说生儿育女传宗接代了，真是羡慕死人了！”

赵云和梁慧最怕的，就是张腊梅回化验科上班。吴江嘴上反对，心里窃喜。那样，他和张腊梅就可以鸳梦重温，暗度陈仓了。

真是怕什么就来什么，传言，张腊梅要回化验科上班了。

胡秀英本来是伺候月子来的，等女儿出了月子就回老家。

张腊梅对公公婆婆说：“爸妈，我想和您二老商量个事，我妈要回去了。家里事情挺多的，咱们赶紧找个保姆吧。据说现在合适的保姆不好找呢！”

贾院长夫妻对勤快能干的亲家母很是满意，试探着问：“腊梅啊，你妈妈能不能留下来继续帮忙啊？如果你妈妈同意，我们愿意支付工资，也算是帮帮我们，你看怎么样？”

“爸妈，我妈恐怕不能再待下去了，家里要种地，还要照顾弟弟妹妹呢！我爹又不会做饭。这四十多天，不知他们怎么凑合呢！”说完，张腊梅苦笑着摇摇头。

贾院长只好到处托人找保姆。见了好几个，都不满意。

这天，贾院长夫妇商量了一下，决定直接跟亲家母摊开了说：“亲家母，我们想跟您商量件事。”

胡秀英右眉心的黑痣随眉毛跳了跳，笑着说：“亲家母、亲家公，有事就说吧，都是自家人，就甭客气了！”

贾院长亲热地拉住胡秀英的手，笑着说：“亲家母，您看呀，您把腊梅和孩子照顾得那么好，真是太感谢了！眼看腊梅要去上班，保姆也不好找，再说，找到了那毕竟也是个外人，不像您啊，用心照顾孩子。您能不能留下来继续帮着照顾孩子，我们会付工资！”

胡秀英斜着眼嗔怪道：“哎呀，亲家母，一家人，说什么工资不工资的，见外了！我也喜欢小外孙，我也想好好照顾他们，但是家里实在是不行啊！”

“亲家，我们找保姆也是要付工资的。您帮着照顾孩子，我们更放心，给腊梅的弟弟妹妹些生活费，天经地义的，不是见外。家里的地就别种了，一年到头又落不下几个钱。我们老家也是农村的，知道农村的苦。腊梅的弟弟妹妹以后升学、工作上有用得着我们的地方，我们一定会全力以赴，我们说到做到！您和亲家公商量一下，好不好？”

这正是张腊梅母女想要的结果。有些话是要说明白的，说出来就有了分量，并且要看谁先说出来。张腊梅的计划就是先让妈妈顺理成章留在身边，然后弟弟妹妹也学医，将来工作方面贾院长是出得上力的。

胡秀英去省城后，一向只知道干农活，饭来张口、衣来伸手的老张学会了做简单饭菜，张腊梅的弟弟妹妹也都大了，主动帮忙分担家务。家里的土地承包给别人种药材了。张腊梅每月寄钱回来，家里日子过得越来越轻松滋润。张家终于熬出头了！

孩子三个月时，张腊梅上班了。她还是那么漂亮，身材婀娜，皮肤白净，浑身紧绷绷。不同的是胸脯变得鼓鼓的，一走路颤颤巍巍，性感迷人，勾魂摄魄。

在化验室，张腊梅一副清心寡欲的样子，对吴江不理不睬，若即若离。中午，她每天都绕道去监控室接丈夫贾子毅，两人一起说说笑笑回家吃饭。晚上不值班的时候，她喂完孩子就跑去监控室陪丈夫。

医院里的人见小两口恩恩爱爱的，表情和眼神渐渐变了。

张腊梅对每个人都很热情，从不说人坏话。包括另外那个留院的、曾经排挤过她的同学——夏吉祥老专家的实习生黎丽丽。那曾经找他谈话的办公室汪主任，起初见了她有些不好意思，而张腊梅大大方方跟他打招呼，有一次，还主动帮他解围，说那是他的工作，是对事不对人的，她很理解他，也很尊敬他。汪主任没想到张腊梅小小年纪竟有如此的胸怀，很快也就释然了，对张腊梅刮目相看，赞不绝口。

第十九章

日子无风无浪过得飞快，转眼一年过去了。

飞燕区城中村改造项目拆迁安置房开盘了。开发商在业主群里发消息，让大家带上户口本、拆迁协议、返还协议，去小区售楼部排队办手续领钥匙。

田家的这项任务自然落在了叶琴身上。

“小米，快点来吃饭，今天妈妈送你去学校。”

小米正在卫生间洗漱，含含糊糊地问：“妈，今天不是我爸送我吗？爸，您今天有事吗？”

田琨父母、田琨夫妇都已坐在餐桌旁，叶琴正在盛粥：“今天早上妈妈要去开发区拿新房的钥匙，已经请好假了，就先送你喽，让爸爸安心写书。”

小米从卫生间蹦出来：“哦？咱们马上要住新房啦！”

爷爷笑着说：“看把咱们小米高兴的，快来吃饭！奶奶蒸了你最爱吃的小笼包。”

奶奶扶了扶眼镜，往小米面前的小碟子里夹了个小笼包：“小米，快趁热吃，搬到新房就吃不着奶奶的小笼包喽！”

注意力在饭菜上的几个人都朝爷爷奶奶转过脸。田琨道：“爸、妈，咱不是早就说好了吗，要一起搬过去的！”

“哎呀，我和你爸商量了一下，我们住惯这平房小院了，不喜欢楼房，总觉得楼上憋屈！”奶奶的声音里含了些委屈。真是老人小孩，人老了，有时就跟个孩子似的善变、幼稚。

“爷爷奶奶，必须要搬，没得商量啊！住习惯就好了嘛。楼房比这平房要方便，我爸妈和我也好照顾你们啊，再说我还想常常吃奶奶的小笼包呢！”

叶琴喝口粥，笑着说：“爸妈，我们可以理解您二老的心情，这小院住了几十年，习惯了。但是，楼房有电梯，不用爬楼，比这儿方便，水、电、煤气、暖气一应俱全。主要是我们方便照顾您二老，别再坚持了，一起搬吧！”

田琨咬了一口小笼包："这样吧爸妈，咱先搬过去，这小院儿里什么都不动，楼上全置办新的，您二老如果住不惯，咱再搬回来，好不好？"

爷爷笑着没出声，看看老伴儿。奶奶说："好吧，如果住不惯，可别拦着我们啊！"老两口过了大半辈子，家里大情小事几乎都是奶奶做主的。

田琨和叶琴相视一笑："好好好，爸妈，不拦着，不拦着！"

小米边吃边哼着不成调的小曲："终于要住新房啦，今儿个真高兴，真啊真高兴！"

叶琴赶到售楼部门口时，前面已排了一条长龙。叶琴有些心急，单位十点多钟还有个会要开，看这情形，恐怕要延后了。

这时，有个穿制服的工作人员径直走到她面前，毕恭毕敬地问："请问，您是叶琴女士吗？"

叶琴扭头一看，不认识啊，随口答道："是啊。请问你是？"

工作人员弯腰鞠个躬，保持职业化的微笑："您好，叶女士，我们董事长请您过去一趟。"

"你们董事长？……"

叶琴马上意识到这董事长是谁——徐锦江！

叶琴顺着工作人员手臂示意的方向看过去，见西装革履，戴一副墨镜的徐锦江正在和身旁的三个人谈笑。那三人都是飞燕区拆迁项目中的业主代表，纷纷招手示意她过去。

叶琴的心颤动了一下，急跳不止。随着时间的流逝，那个人的身影已渐行渐远。和他的那段往事，快淹没在记忆的海洋里了。她以为自己已心如止水，没想到，这次一见，心却如此慌乱。

大庭广众的，他怎么能这样？叫自己过去干什么，是想重温旧梦吗？不不不！坚决不能再重蹈覆辙。不对，他叫得不止自己，还有那三位业主代表呢，是自己心里有鬼，想多了。

叶琴心里乱七八糟，表面冷静，礼貌地小声对工作人员说："请跟你们董事长说，我单位还有事，抓紧办完手续要回去，就不打扰了！"

工作人员点头说声“好的”，走开了。叶琴长吁一口气。假装观察前面的队伍，眼角余光扫一眼徐锦江。工作人员正跟他讲话，他扭头朝这边看，说了几句什么，工作人员又转身走回来。

“叶女士，我们董事长安排我带您和几位业主代表直接去 VIP 室办理交房手续，请跟我来！”

叶琴犹豫一下，推辞道：“不用了，谢谢！我就在这里和大家一起排队。这不，马上就排到了。替我感谢你们董事长。”说完，不再理会工作人员，低头随着人流缓缓移动，边拿出手机通知助理，会议改期到明天上午。

不时有邻居过来打招呼。搬迁后大家各自四散，一年来，大多数人都没见过面，此刻相遇分外亲热，遇到谁都能絮絮叨叨几句闲话家常，就连以前有过小摩擦小矛盾的左邻右舍也不例外。

叶琴心里很恼恨徐锦江，她心里的疙瘩还没有解开。那摞照片像烙铁一样，在她心上留下了深深地烙印。她觉得一定就是排在这长龙里的某个人做的。他和她的一举一动都在人家的眼睛里，徐锦江怎么能在大庭广众之下叫她过去？她怎敢在众目睽睽下接受他的好意？

她感觉后背火辣辣、沉甸甸的，一股被人盯视的感觉陡然升起。她回头四下张望，到处是人，来回走动，说笑，高谈阔论，高声打招呼。没人注意她。好多人家倾巢出动，那欢喜劲儿，一望便知。一家有一人去排队，其他人就满院子转，遇见邻居就拉住闲聊，这儿一堆，那儿一簇，皆是兴高采烈的样子。

熟悉的、不熟悉的人，见她看过来，对她点头微笑。喜庆事使人心情大好，看什么都特别顺眼。

叶琴看见很多熟悉面孔，是楼上楼下的邻居们，大家互相询问这一年来的情况，聊得最多的是子女上学、工作、婚配等头等大事，其次是家里老人是否健康，婆媳之间是否和睦……

这些话题是永恒的，也是永远聊不完的，上有老下有小的这层人，主要关注点都在小的和老的身上。

叶琴觉得，人们问起女儿小米，那神态和语气都有些别样的东西。她很怕有人再重提旧事。

还是有人提起了话头："叶主任，小米还好吧？"

"很好！谢谢关心！"

"唉，小米可真是个好孩子，聪明伶俐，心地善良，每次楼上楼下遇见都会很有礼貌地问候打招呼……那么好的孩子，怎么会遭那样的罪呢？"

有人紧接着响亮地叹口气："哎，现在的孩子复杂得很！哪像我们小时候那样单纯，听说是小米的同班同学搞的鬼，因为小米处处比她优秀，所以就造谣生事，诬陷咱小米，真是太过分了！"

另外一个说："听我女儿说，你家小米学习很好，是班上的学习委员呢！叶主任，您说，医生给孩子递错化验单，给孩子造成那么大的伤害，是不是也算医疗事故啊？"

几个人七嘴八舌附和："是啊，是啊！凭什么平白无故让咱们孩子受那样的折磨，应该找医院赔偿精神损失，他们不答应就去告他们！"

叶琴心烦意乱："谢谢！谢谢邻居们，事情早就过去了，就不要再提了。谢谢大家关心！"

邻居们见叶琴表露出不愿再交流的意思，纷纷散去。

好在前面的队伍缩短得很快，转眼，她已经坐在工作人员办公桌边了。

"叶女士，请跟我来。"漂亮的女办事员麻利地核对完她的资料，便将两串钥匙交给她，微笑着对她说。

叶琴没多想，跟着她走进里间办公室。她以为每个人的流程都是这样的。等她意识到，人已立在徐锦江面前。

女办事员说："徐董，叶女士来了。"转身示意她坐下，又对徐锦江弯腰说，"董事长，我去忙了。"

徐锦江一本正经地点头，挥手，女办事员转身出去，带上了门。

叶琴立在那里，呆若木鸡，连脑子也木掉了。目光随着女办事员转向门口，身子动了动，要随她出去的架势，不知为何却没有迈开脚步。

徐锦江露出笑脸，起身，递过一小瓶矿泉水："快请坐，热坏了吧，快喝口水！让你别排队了，还不听，还是那么犟！"

她愣愣站着。他把水塞进她手里，推着她的胳膊，让她坐在沙发上。

他身上淡淡的古龙香水味和烟草味混合成独特的气息，扑面而来，令她一阵眩晕。

他坐在她身边，凝视着她。她不敢抬头，下意识去拧矿泉水瓶盖，却怎么都拧不开。他轻轻淡淡一笑，伸手抽过去，轻轻拧开，递到她嘴边。

她偏了偏头，躲开了些，伸手接住水瓶，慌乱地瞄他一眼，立刻闪开了。

"叶琴，我很想你！"

徐锦江浑厚的男中音有些微微颤抖。

叶琴仰头猛灌一口水，呛得连连咳嗽。徐锦江急忙起身，抽出两张纸巾，凑近，很自然地搂住她的肩，帮她擦嘴。

她急忙站起身，慌里慌张地说："你，你……我……我们不要再这样了……我，我走了！"说着，人已挪到门口。

徐锦江一步跨过来，抓住她的胳膊猛一甩，她已歪倒在他怀里了。

他的双臂紧紧裹住她。她激烈挣扎，连踢带踹，无济于事。

"叶琴，叶琴，你听我说！这一年多来，我真的想你，想死你了。没有一天不在想你！"

徐锦江像个青春冲动的年轻人似的，喃喃细语。呼出的气，哈在她头上、脖颈上，痒痒的，热热的。她渐渐平静下来，一阵恍惚，不知怎么，浑身瘫软地搂住他的腰。

女儿小米出事的那段时间，她是真心要和徐锦江断绝关系的。她感到自己内心的丑陋，她真真切切痛恨自己。如果不是自己把女儿一个人撇在医院，去和徐锦江约会，女儿就不会遭受那样的屈辱。

她以为事情过去一年多了，人们都已淡忘。但刚才邻居们一番话，又把那痛心的记忆拉回了眼前。人们是不会轻易忘记的，尤其是可以让别人痛苦的话题。在此生很长的一段时间里，人们都会用他们的好心，把那痛苦的经历一遍遍回放，一次次撕开别人心里的伤疤，往上面撒盐。可怜的女儿，是不是也会时常遇到这种有意无意的伤害？那噩梦般的经历，说不定会伴随女儿一生！叶琴不寒而栗。

但是，此刻，她在徐锦江的怀抱里，怎么又会情不自禁产生这样的感觉——这一年多来，心里空着的那一块，变得充实、踏实了。

徐锦江，可以说阅人无数，阅女人无数。每天身边走马灯似围绕着各色美女，青春貌美，性感温柔，他一向是来者不拒的。他清楚她们是各取所需，是过眼云烟。他唯独忘不了的是叶琴，这个四十多岁的中年女子。论年龄，拼脸蛋，她无论如何都无法和那些女孩子相提并论。但是，她顽固地盘旋在他脑海里，挥之不去。他有意识花天酒地，用美色麻痹自己。但繁华落尽，夜深人静时，她总会从心底深处走出来，搅得他寝食难安。

有时候，他暗自嘲笑自己，年过半百，历经沧桑，竟然会陷入这样的迷局，鬼使神差似的身不由己。

近年来，他越来越迷信，把好多事情都归结为因果报应。对叶琴的这份无法自拔的迷恋，就被他归结为前世未了的怨情孽债。

在一个无眠之夜，徐锦江突然如醍醐灌顶般想通了、悟透了。

在这个世界上，他徐锦江呼风唤雨，为所欲为，该享受的荣华富贵享受了；该得到的、不该得到的财富和荣耀，拥有了。有生之年，还有多少值得他魂牵梦萦的东西呢？如果有，就要去努力争取，不能给此生留下遗憾。

叶琴在徐锦江怀里晕乎了一会儿，意识很快将她拉回到现实："老徐，那些照片……究竟是谁干的？"

去年，为照片的事，和丈夫在后街茶社见过徐锦江一面。其后，徐锦江打过三四回电话，发过四五次信息，她都没理会，渐渐地也就没了音信。她下意识躲避和他接触，是下了决心要彻底一刀两断的。丈夫跟她分析了照片的来处，是针对徐锦江的开发项目的。她无形中被人当成了要挟徐锦江、获得个人利益的武器！她羞愧难当，悔不当初，更不好意思跟丈夫打听事件的后续发展。

两人在一起那段时间，叶琴一直都称呼徐锦江“老徐”，此刻不由自主叫了出来。

徐锦江说过，他最喜欢听叶琴这样称呼他。那温柔亲昵的声音，有一种老夫老妻的味道，撩拨得他的心麻酥酥，甜蜜蜜的。

徐锦江的身体明显硬了一刹那：“叶琴，别管那些照片了，没事了。”

叶琴抬起头，美丽的眸子里满是恐慌，两手撑在他肩上，用力推开他：“跟我说实话，老徐！究竟是谁干的，找到人了吗？你是怎么解决的？”

一连串追问，把徐锦江心里的欲火彻底浇灭了。他一屁股坐在沙发上，从茶几上拿起烟盒弹出一支，点着，猛吸一口。白色的烟雾，从他的嘴和鼻孔喷出来，萦绕在面前。他眯着眼，透过袅袅烟雾望着前方某一点，面沉似水，一语不发。

叶琴呆呆望着他，她从来没有见过他这种神情。面前的这个男人，有太多不为她所知的面孔。他的世界，她不懂，也无法涉足。他所处的环境，对她来说神秘莫测，高不可攀。他的过往，对她来说，更是一团谜。

当初，因拆迁之事偶然相识，机缘巧合发展成一段孽情。她就是被他的执着追求和身上的神秘气质所打动，陷入情网的。给可爱的女儿造成无法弥补的伤害，还授人以柄，被人跟踪，偷偷拍了照片寄到家里，威胁到家庭。幸亏丈夫宽宏大量，原谅了自己。

本以为那段经历已成往事，岂料自己又一次心猿意马！她的脑海里不停闪出女儿和老公的身影。不能，坚决不能再伤害他们了！

叶琴拎起包，转身就走。徐锦江像从梦中惊醒，跳起来一把拉住她。

“叶琴，你听我说！送照片的人至今没有再出现。估计是那十几家钉子户中的人干的。他的目的已达到，不会再闹事，应该没事了，你放心！”

叶琴缓缓转身，低着头说：“不管怎样，我们不能再继续，不能再伤害我女儿和老公！”

说完，她整理一下头发和衣服，头也不回开门出去了。

徐锦江没有再拉她。是的，她的面前横亘着一座大山，由她的女儿和老公组成的“家”这座大山。

徐锦江根本就没有打散各自的家庭和叶琴一起生活的计划。

至于照片的事，他当然不能跟叶琴讲实情。那件事始终梗在他心里，从来就没有放下过。那是一颗定时炸弹，时刻威胁着他的一切。为了找到这个人，他绞尽脑汁，动用了很多力量，包括白严强的黑社会关系，并且至今依然没有停手。所经历的曲折过程，都可以写成一部长篇小说了。

他怎么能把这些告诉叶琴呢？他徐锦江是个顶天立地的男子汉，理所当然要为所爱的人遮风挡雨，创造安稳舒心的生活环境。让她们不为生活所苦，不为烦恼所困。和妻子谈恋爱时，他就常讲，男主外女主内，女人不要插手男人的事情。所以，妻子从不过问他的生意，他早已习惯把所有的烦心事装在心里。所以，他要在叶琴面前展现的，是他徐锦江的无限风光，他无论如何是不可能让那件事吓到叶琴的。

去年，照片事件发生后，迟迟没有下文——没人敲诈，也没人勒索。为了拆迁项目按时动工，他不得不和白严强密谋，使出一招缓兵之计，悉数答应那十几家商铺业主的要求，感觉有些窝囊，算是破财免灾吧。果然，照片事件如泥牛入海，没有再泛起波澜。由此进一步断定，做事的十有八九就是那十几户中的某个或某几个人。那十几户人家，很不幸都进入了徐锦江和白严强的侦查范围。

第二十章

去年，飞燕区十七个商铺业主不同意拆迁补偿协议，经屡次协商，依然无果。眼看九月底了，项目启动日期迫近，徐锦江和白严强着急了。按照以往的思路和做法，他们是不会这样姑息谦让的，他们有的是心狠手辣的绝招。更不会轻易让步，让步是以金钱为代价的，代价太大。

照片事件让一贯敏锐的徐锦江意识到，这次非比寻常，遇见对手了！这让他斗志倍增，准备调动所有智慧和力量与之展开较量。但是，当前面临的局面异常严峻，政府反腐倡廉、打虎除恶力度之强、决心之大史无前例。许多威霸一方、不可一世的“老虎”纷纷落马，嚣张跋扈、祸害四方的涉黑、涉恶人员或被抓或潜逃，一时间风声鹤唳，草木皆兵。百姓额手称庆，扬眉吐气，自我保护意识大大增强。在这个节骨眼上，绝对不可再故技重施。

那天，十七个人是陆续到达集团门口的，等全员到齐才一起进的门。显然，他们是互相联络好的。每个人脸上都有一种成竹在胸的傲慢。除此之外，各人又有所不同，有的神情笃定，神态安然，有的蔑视一切，雄赳赳气昂昂的，不一而足。

小型见面会的地点定在锦江集团的 VIP 室。室内，各种酒水、餐点摆满一条长长的餐桌，十七位业主被迎宾小姐恭恭敬敬带进来，跟来参加自助餐会的贵宾似的。六位西装革履的青年男女分立四处招呼，请大家随意饮酒、品餐，自由交流，见面会一小时后正式召开。

其实，此刻，徐锦江和白严强就在徐锦江的办公室里，围在 VIP 室的监控屏幕前，听录音、看视频。十七个人从走进锦江集团大门的那一刻起，一举一动都在他们监视之中了。

当十七个人被请进摆满美酒、美食的 VIP 室时，面容微变，互相注目，交换不解、疑惑。有人脱口而出：“什么情况，难道想收买我们不成？”

说话的是飞燕百货超市的老板陶三宝。陶三宝说完哈哈大笑，部分人跟着嘻嘻哈哈，漫不经心地四处转悠，拿起白酒瓶、红酒瓶查看品牌，目光在一盘盘精美点心、冷盘上扫过，像一个个审视战利品的凯旋将军。

工作人员微笑道：“各位业主，实在不好意思。董事长临时有要事需要商议，正在开会，一小时后结束。为表歉意，特意准备了酒水餐点，请大家随意。”

大家一听，开始喧哗：“什么意思，让我们跑这么远来开会，人又不出现，我们很忙的，还要操心店里的生意呢。要不，我们先走了！”

“是啊，什么意思嘛，真是的！”有人虽然说着，身体却不由自主向餐桌靠近。

有人作势要转身离开。

工作人员拦住去路：“请各位业主少安毋躁，既来之则安之。大家抽空来一趟不容易，还是等等吧。”

陶三宝又开口了：“大家听我说，咱们听人家安排，吃着喝着等着。看他们葫芦里要卖什么药！”说完扫一圈工作人员，一仰头，大步流星走向餐桌，“我就不信了，这酒菜里有毒不成。”说完，抓起一块桃酥塞进嘴里，又操起了酒瓶，嘴里叨咕着：“呵呵，竟然还备了白酒！”

人们嘻哈笑闹，气氛活跃起来。有人随他过去，拿起小碟开始夹菜，倒酒，拿水果。没多会儿，白酒红酒都开了瓶，所有人都上了手，开始吃吃喝喝。很快，由最初的三五成群交头接耳，变成了乱哄哄的吵吵嚷嚷场面。

十七个人里面有九个是女人。可见在大多数人家，女人是当家做主、有话语权的。如果不是开会通知中反复强调，每家只能一人出席，恐怕家家户户的女人都会到场助阵。

那个咋咋呼呼、大声野气的女人，是开蔬菜水果店的，原名蓝彩花，大家戏称她“蓝菜花”。她男人是个一棒子打不出个响屁的主儿，吃饱喝足只知道干活儿，一天到晚可以一句话不说。当然，他喝的是茶，不是酒。他们家，喝酒抽烟的是女人“蓝菜花”，当家做主的自然也是她。

“咱们不吃白不吃，不喝白不喝，商量好的条件坚决不能让步！”

这会儿，她已喝下去半斤白的，大饼脸红透，跑了两次卫生间，裹在身上的碎花连衣裙快要被撑破了。

“对，坚……坚决不让步，不……不能被这些糖衣炮弹给打败了！”

附和她的是街尾开豆腐坊的，名叫何秋生，瘦高个，许是长期捂在暗房子里点豆腐的缘故，面色灰白，病恹恹的，人送绰号“何豆腐”。此时，他灰白的面色变得紫红，一手握着一瓶白酒，一手端着高脚酒杯。

“你们两口子一唱一和的，挺默契嘛！菜花、豆腐，一个白胖一个黑高，真是绝配，哈哈哈！”

这个酸溜溜的声音是理发店老板郭长江的，人送外号“郭三刀”。

左邻右舍都知道“蓝菜花”和“何豆腐”有染，几乎是明目张胆的。“蓝菜花”在家里的地位自不必说，憨头男人大气都不敢出。别看那“何豆腐”一副病秧相，打起女人来可凶猛了。几年前，女人听长舌妇讲了男人和“蓝菜花”的事，坐在当街蹬着脚不依不饶哭闹，招来几乎半条街的人看热闹。男人气急败坏发起狠来，打断了女人一条胳膊。女人在床上躺了三天，就吊着伤胳膊做豆腐了，从此整天一副苦大仇深的样子，黑着脸埋头干活儿，再也不敢说男人半点儿不是。

“蓝菜花”立刻接话了：“郭三刀，放你娘的臭屁，说谁和谁两口子呢？你个狗东西，狗嘴里吐不出象牙来。”说着，三角眼在人堆里扫射，盯住一个白色的背影，高声道，“哎哟，‘白娘子’，快管一管你家男人！”说完一阵尖笑，前俯后仰的。

被称为“白娘子”的，是雅丽美容院的老板娘白雅丽，是个颇具争议的传奇女人。姓白，肤白，又喜好穿白，据传年轻时美若天仙，和演《白蛇传》的演员赵雅芝有些相像。只是红颜命薄，丈夫十多年前失踪，至今音信全无。公安怀疑她丈夫发生了意外，介入调查了好久，后来不了了之。如今，她虽然徐娘半老，但风韵犹存，依然有不少男人围着她转，长期照顾她的生意。

“郭三刀”招惹“蓝菜花”，两人开始打嘴仗时，她就悄悄往人堆后面挪。她最怕这种无聊的荤玩笑波及自己。她是个薄脸皮的人，从事的行业容易招惹是非，也容易被人误解，加上寡妇门前是非多，所以尽量和所有人保持友好距离。就这样千防万防，还是传出不少闲言碎语。

“郭三刀”对“白娘子”的心思路人皆知，巴不得人们把他和“白娘子”往一块儿扯。见“蓝菜花”果然把矛头对准了他和“白娘子”，心中暗喜。“白娘子”假装没听见，低着头脊背都不转，那楚楚可怜的背影又让他心疼。于是，提着酒瓶冲到“蓝菜花”面前：“蓝菜花，你不要满嘴喷粪诬赖好人，人家是正派人，哪像你这个骚货！”

“你妈才是骚货，假正经，狐狸精！害人精……”“蓝菜花”不依不饶，立即反击，眼睛不时瞟向那道白色身影。

有人拉住了双方：“够了够了，喝点酒就没了分寸，差不多得了啊！”

“蓝菜花”乘机伸长腿踹了“郭三刀”一脚。“郭三刀”不干了，挣扎着要踢回去。“何豆腐”挤在“蓝菜花”身后声援。

“假正经，那点儿老底谁不清楚啊，沾上她的男人准没好下场！哼哼，郭三刀，你老小子小心着点儿！”

四五个人使劲拉住三人：“好了，不怕人笑话！一把年纪了都，来干啥的，忘了吗？”

这边乱作一团时，那边几个人在冷眼旁观，一副哀其不幸，怒其不争的表情。

其中有个人很显眼，给人鹤立鸡群的感觉。他面容清俊，灰白的头发整齐梳向脑后，一副黑框眼镜架在鼻梁上，一双眼睛在镜片后熠熠闪光。不高不矮，体态匀称，穿一身淡蓝色府绸中式服装，很有些仙风道骨。他，就是文辉书店的老板许文辉。太极拳打得行云流水，很有功底。传言，三四个精壮小伙子也近不了他的身。不少人慕名而来，拜他为师。

从神态意蕴来看，给人一种直觉，他和那“白娘子”属于同一类型，丢在人堆里，一眼就会被人挑出来。奇怪的是，没一个人拿许文辉和“白娘子”开玩笑。

徐锦江的目光盯在“白娘子”身上，好久不挪动。

他仔细观察，发现许文辉和白雅丽的目光不时穿越晃动的脑袋和肩膀，胶着、纠缠，而身体却始终有意识保持着一定距离。徐锦江心想，或许，他们也是暗度陈仓的一对。

据调查，许文辉是外省人，十几年前带着妻子瑶倩来到本市，盘下了一家店，开了个书店。生意不温不火熬着，夫妻俩的日子也平平淡淡地过着。遗憾的是，两人始终没有一男半女。这种事情搁在哪儿都是引人注目的。女人们纷纷议论，探听消息，要推荐医生给他们瞧瞧，逼得温文尔雅的夫妻俩哭笑不得。一日，特意宴请左邻右舍，公开了一个秘密：瑶倩因为一次流产，彻底失去了生育能力，所以请大家不要再替他们操心。人们唏嘘感慨，称赞许文辉是个有情有义、有担当的好男人。

从一进门，许文辉就摇着扇子环顾四周，若有所思。慢慢地，隐含不悦的表情渐渐变了，目光平和地看着那几个喧闹的人，嘴角似乎牵着一缕微笑。他之前的状态是要起步上前，制止那几个人的，不知为何却改变了注意。徐锦江放大屏幕仔细审视，原来，旁边一个年轻人偷偷扯了扯他的衣角。

那个年轻人，是姜家饭馆的老板姜达威的儿子，飞燕区出名的山地车爱好者姜力，是个帅气的大学生。街坊四邻时常见他骑着山地车满社区乱转，不工作，也不去父母的饭馆帮忙，整天无所事事，标准的啃老族。这时，他一副吊儿郎当的神情，端起红酒杯呷一口，眼光从几人身上收回，盯住酒杯壁，似在慢慢品酒的同时估量着酒的年份。

隔着两个人，是位瘦高的六十岁左右的男子，周大海。他的左手端着一盘水果，右手拿着银色小叉子，正将一块火龙果塞进嘴里，目光斜视，一脸漠然。

徐锦江认识周大海。十多年前合作过。那时候，周大海经营一家建材公司，给锦江集团的建筑工地供材料，生意很红火。后来，他儿子犯了法，等他觉察，公司的周转资金已被糟蹋殆尽。

周大海全家就靠夫妻俩经营的豆浆油条早点铺勉强度日。这早点铺是周大海家唯一的一套房产里临街的一间屋子，他们当铺面经营了很多年，自然不同意按住宅标准返还。周大海本人，每天四处打广告找买主，帮移民海外的故友卖别墅，晚上就住在别墅照看。早点铺大多数时候都是老伴儿在打理。

看见周大海，白严强的表情有些变化。可以说，自始至终，他的注意力都在周大海身上。当初他和周大海之间的纠葛，徐锦江心知肚明。白严强为了能和锦江集团合作，几年之间吃掉好几家建材公司，几乎独霸本市的建材行业。其间机关算尽，手段百出，非常人可想。

照片事件发生后，白严强指示手下留意拆迁户们的动静，着重调查十七户商铺业主的背景。发现周大海就是十几年前被他和徐锦江联手干掉的大海建材公司的老板，赶紧给徐锦江通了气，授意手下留心周大海的一举一动，但没有发现任何端倪。

他们怀疑照片事件有周大海的份。不过，他一个人做这件事，恐怕没那么容易。他没有那种智慧，也没有那个时间。

究竟是谁？

姜力？不过是个玩世不恭、胸无大志的啃老族而已。

许文辉？难说。这人深藏不露，难以捉摸。

虽然之前和这两个人没有过节，但这次拆迁无疑是动了他们的奶酪。几个人连起手来威胁他徐锦江，不是没可能。

调查中，没有发现三人有过多来往。此时，也看不出他们有太多交流。

最令白严强意外的，是发现一个叫莫雷的人，外号“雷哥”。是他的同乡，曾经的好兄弟，十几年前一起合伙开过公司，后来……白严强不愿再想下去。

据查，莫雷在飞燕区开了一家小旅馆，叫莫家旅馆。白严强清楚，以莫雷的手段和关系，跟踪一个人，拍些照片，是轻而易举的事情。

别看这些人打打骂骂，吵吵嚷嚷的，整天在那几条街上上演着各种丑剧、闹剧，好像有深仇大恨、不共戴天似的。有时候又像孩童嬉闹，今日打，明日和。在共同利益的驱使下，他们一定会空前团结，一致来对付他徐锦江的。

谁是那个领头的人？

能让这么多各具特色的人，马首是瞻，唯命是从，那一定是个很不一般的人。

许文辉和莫雷，一文一武，能力过人，是最佳人选……

不知不觉两个多小时过去了，徐锦江和白严强把十七个人的言谈举止挨个研究了一番，最终得出这个模棱两可的结论。

这次见面会的主旨，一早就确定了。他们不能再延误时间，这些视频录音，会被作为宝贵资料保存下来，时不时要拿出来观摩一番。总有一天，他会找到那个人，一泄心头之愤。

当徐锦江出现在VIP室门口时，众人正吃喝到兴头上，没人觉察已过去了多久。一位漂亮的女工作人员拍着巴掌大声招呼："业主们请安静，我们董事长来了。"

众人停止动作，回过头来。徐锦江微笑着环视大家："各位业主，临时有事，让大家久等了，实在抱歉！今天请大家来，是要跟大家通报一声，各位的要求原则上集团同意了，明天就开始给大家办手续，感谢各位业主对锦江集团的支持！"

众人愣了，慢腾腾互相转着迷糊的脑袋，醉眼蒙眬互相问："说什么，答应咱们的要求了？"

"何豆腐"用胳膊肘捣了捣"郭三刀"的手臂，低声说："早说不就得了，还整这么一出！"

"郭三刀"兴奋得眉毛直跳舞，咯咯笑了："搞这么大阵仗，以为要跟咱们谈条件呢！这就痛快答应了？早知道，咱再加点条件。"

"得了，得饶人处且饶人，不要太过分了，人家徐总也不容易！"

说这话的是许文辉，慢悠悠摇着扇子，脸上、身上波澜不惊。

第二十一章

飞燕区的拆迁居民们终于拿到了新楼房钥匙，重新做邻居了。小区就叫“飞燕小区”。小区里除了六栋拆迁返还楼专门安置拆迁户，还有十栋商品楼，听说早已售罄。

经过半年多的混乱，小区渐渐安静下来，整洁起来。绝大多数人家都装修完毕，陆续搬家了。

田琨家是一年以后搬家的。

田小米原来以为拿到钥匙就可以搬家了，兴奋了好多天。三个月后装修完毕，开始往家里搬运大大小小的家具、家电。一切都收拾妥当了，大人们又说甲醛味道很大，需要除甲醛。之后还是不放心，又搁置了大半年。小米高二这年的暑假，全家终于搬进了新楼房。小米一家在旧城区的独院平房里住了整整两年。

世上的事情往往就是这样，你所期盼的，带给你的，并不全是你想要的。说不定，有时候，还会带来一些别的东西。

田小米到底还是个孩子，一门心思盼着住新楼房，以为过去的事情已成云烟，自己已然长大，变得坚强勇敢，没什么能够伤害得了自己。

在小区院里，楼上、楼下，不时会遇见两年没见的邻居，亲热地打招呼，闲话积攒了两年的家长里短。田家女儿田小米两年前的遭遇，常常成为人们闲扯的主题，被人们指指点点、议论纷纷。有时，当着田家人的面，最后总会扯到这个话题上。

“多好的孩子啊，怎么会遇到那样的同学，遭那样的罪，真是老天没长眼啊！”好心的邻居说着，努力挤出悲伤的神色，手指在眼睛上按按。

田琨夫妻会立刻收起笑脸，正色道：“大哥大姐！希望这是您最后一次提起这事儿，以后千万不要再提了，早就过去了，还提它干吗。”说完站在原地，严肃而镇静地盯着对方的眼睛，好像要逼出他们心底的龌龊，直到对方讪讪离去或者转换话题。

爷爷奶奶买菜、遛弯、院内纳凉时，时常遇到邻居们。邻居们终于对上了号，两位鹤发童颜的老人，原来是田小米的爷爷奶奶，谈兴就更浓了。

“大哥大姐，一看两位就是有文化的人，你们全家都是好人啊，儿子儿媳很优秀，孙女更不用说了。”

老人们很高兴：“谢谢，谢谢！您家住几号楼几室？几个孩子？孩子们都好吧？”

对方就开始介绍家里的情况。家庭幸福的高高兴兴夸赞，家庭不和谐的怨声载道发泄。很快，两位老人认识了很多邻居。

有个别邻居，在田琨夫妻那边讨了没趣，来老人这里找补了，话题总会绕到田小米身上。

“田老师，您孙女儿小米真是个好孩子，没想到却遭受了那样的磨难……真是命中的劫难啊！”

老人家大吃一惊：“你说什么，我孙女发生了什么事？”

“哎呀，大哥大姐，你们不知道啊！哎呀哎呀，看看我这臭嘴，真多事！”

当初，小米住院的事情上了本市日报，田琨和叶琴怕老人受刺激，偷偷去爸妈家里把那天的报纸藏了起来。后来，爷爷奶奶偶然看见了，急坏了，追问，田琨轻描淡写敷衍了过去，还带着小米回小院住了几天。老人见孙女好好的，也就放了心。好多事情，他们都被儿子、儿媳和孙女蒙在鼓里。

说话的人闭了嘴假意要离开。老人家被勾起了焦急，哪里肯放手，拽着一个劲追问。那人拗不过，就把道听途说的一摊子乱事一股脑儿倒给了老人。

老夫妻俩听得胆战心惊，心疼得流泪顿足。那人有些慌神，万一老人家有个三长两短的，可担待不起啊，便急忙找个借口撇下老人溜走了。

田老师两口子和学生打了一辈子交道，教过的学生成千上万。

老人心想，好在孙女心理承受能力强，性格倔强，没受什么影响。后来，背着孙女和儿子、儿媳交流了很久，感慨万千。善良的老人家，从此多了一份担忧，不时祷告，祈愿孩子们平安无事。

有些事情虽然过去了，因为新奇、出格，短期内并不会被人们彻底遗忘。有些人会放在心里，见到当事人暗自观察、琢磨，或跟亲近的人念叨几句，或在是非圈子边竖起耳朵听听，丢下一句两句，表示合群、知情，满足一下好奇心也就作罢。生活的重担压在心上，阴暗的、幸灾乐祸的心理解决不了温饱，减少不了房贷车贷。在这个物欲横流的世界，有更重要的事情等着他们去做。

有些人会以好心为借口，以无意为退路，不时把别人的隐私翻出来，津津有味地咬耳朵。好像别人的痛苦是滋润他的养分，贬低了别人就是在抬高自己，他人的丑陋能衬托出自我的美好，东拉西扯是非是他能力的体现。

其实，这类型的人，往往自己的生活过得一地鸡毛，狼烟四起，时常成为人们的谈资。他们把太多时间和精力，用来替别人操那不着边际的闲心。你看树荫下的三五成群，夜幕下的交头接耳，都是在用嘴巴撕扯往昔，咀嚼当下，张王李赵，大人小孩，明明暗暗，是是非非，都在那看不见的暗潮中潜移默化地流动。

俗话说，时间会冲淡一切。这，是真的。但，时间不会彻底消灭一切。这，也是真的。有些事情一旦发生，会如影随形，跟随你一生一世。甚至，生生世世。永远有多远，一生的时光算不算？

搬家后，田小米每天都能在院里遇见初中时的同校同学。每当有人提起那段往事，小米总会变脸，正色制止。渐渐地，鲜有人当面提了。私底下的议论，谁也不知会持续多久，只能假装不知，等待时间让它风平浪静。

一切都会过去的，田小米心想。一切都会好起来的。

田小米和翔宇在一起时，时常主动谈起马家姐弟。那姐弟俩是她心中的疙瘩，暗夜的噩梦。他们俩一直都在密切关注马家姐弟。

这天放学后，田小米刚进小区门，旁边追来一位同学，气喘吁吁又兴高采烈地喊：“田小米！听说了吗，特大新闻啊！”

田小米心里一惊，同学那神态、语气里传送来某种信息，好像她带来的

“特大新闻”跟自己有莫大的关系。

“什么新闻啊？一惊一乍的。”田小米故作镇静。

女同学将手搭在她肩上，嘴巴凑过来，低声说：“小米，你真不知道啊，马晓娟家出事了！”

田小米并没有表现出惊讶来，头都没回，脚步也不乱：“我真不知道啊，出什么事了？”

“马晓娟的爸爸死了，据说是马晓军杀死的！”

田小米和女同学同时站住了，转身面对面，表情各异，两双眼睛睁得老大，互相打量着，像是要看到对方眼睛深处，努力探出隐藏的秘密似的。

女同学首先败下阵去，目光游离到田小米脸蛋上、头发上：“你不相信吗？是真的，小米！”

女同学见田小米还是半信半疑，暗暗着急，连连点头。

“你……你从哪里听说的？这种事情，可不敢胡说啊。”田小米追问。马家出事，并不令她意外，意外的是马晓军会杀死自己的父亲。

“我哪里敢胡说啊，这种事情……好可怕啊！我有个同学就住在物资局家属院里，刚给我打电话了。他们家楼下停了好几辆公安局的车，救护车把马晓娟爸爸拉去医院了，据说已经没气了……”

女同学急吼吼说着，有些语无伦次。信息量太大了，她急于表达，就像满瓶的水，倒得过猛，反而噎住了。

“到底是怎么回事啊？你别着急，慢慢说！”

田小米很快冷静下来，拉着女同学的胳膊，坐在路旁的凉亭里。

这女同学一向很敬佩田小米，而田小米高高在上，很少搭理她。此时见田小米离自己这么近，亲密地挨着，眼巴巴望着，有点受宠若惊，暗暗长出一口气，命令自己镇定：“小米，是这样的，我那同学就在马晓娟家楼下住。说是警察盘问马家人时好多邻居都听见了。马晓军说，他和父亲起了争执，父亲来打他，他胡乱抵挡，推搡中他父亲跌倒，把鱼缸碰到地上摔碎了。马晓军怕父亲爬起来打他，就急忙跑出了家门。马晓娟和她妈妈说，当时她们都不在家。回家一看，发现他爸被鱼缸的碎片划破好多处，脖子上的大血管上插了一大块碎玻璃，还有好几块都扎在要害处了，人流血过多，已经没气了。急忙打了110和120，给马晓军打了电话。等马晓军回来，院子里已停满了警车，围满了看热闹的人。”

田小米听完，平静地说道：“这分明是意外吗，怎么能说马晓军杀了他父亲。”

女同学脸上露出那种只可意会的表情，挤眉弄眼地说：“那些话是马晓军的一面之词。有邻居说，听见他们父子俩争吵了很久，马晓军恶狠狠地说，‘我真想杀了你这个老不死的畜生！’听听，这话那像个当儿子的说的？还有，有邻居看见那马晓军刚跑出院子没多大工夫，警车就到了，他身上、手上还有血！”

“马晓军身上、手上有血？那就是说，他看见父亲受伤了，救了，但没有救活，害怕，就跑了？”

女同学摇头，很着急的样子，又睁大眼睛说：“还有一种可能……就是，他杀了他父亲！”

女同学说着前后左右看看，怕有人偷听似的：“有人怀疑，马晓军见父亲跌倒受伤，起了杀心，索性捡起地上的鱼缸碎片，插在他父亲的脖子上！眼睁睁看着他父亲的血流得差不多了，才跑出去的。”

田小米站了起来：“好啦，好啦，赶紧回家吧，你肯定添油加醋了不少。真有你的，想象力真丰富，都可以编小说了！”说完转身就走。

女同学跟在后面喊：“小米，小米，我没有编！我同学就是这么说的，他们院里都已经传开了。”

小米转身摆摆手：“好了，赶紧回家吧，拜拜。”

田小米的心情比较复杂。马家姐弟给她的伤害刻骨铭心，马家出事，她应该高兴才对。父亲曾说过，马家姐弟变成那样，和他家的家庭结构和家教是脱不了干系的。悲剧，早就在那个畸形的家里酝酿，发生是迟早的事情。只是，形式和时间不为人所知，也不可控制。那个家的人，不是伤害别人，就是伤害自己，或者自相残杀，最终不会有好结果。

究竟真相如何？拭目以待吧。

田小米长叹一口气，默默往家走。说实在的，她心里有一丝幸灾乐祸的成分。真是恶有恶报啊！她赶紧摇摇头，驱散了那一丝不合时宜的想法。无论如何，人命关天，那样的悲剧还是不应该发生的。

田小米走了一会儿，改变了主意，转身拐进花园小径，从双肩包里掏出手机，给翔宇打了个电话。

翔宇也很吃惊，说跟同学打探一下。五分钟后，翔宇的电话来了，证实了田小米听到的部分消息。马林虎的背部、胳膊及大腿，被鱼缸碎玻璃割伤多处，最致命的是颈部大动脉上的伤，因失血过多已死，马晓军、马晓娟、常艳都被警方带走讯问。

田小米的电话接二连三响起，听着信儿的同学纷纷打电话互相通告消息，交流推测，演绎出无数个版本。这些人里面有田小米初中时的同桌尹小兰、同学欧阳雨。现在，她们和小米在同一所高中上学。

无一例外，大家的语气里都有一份掩饰不住的兴奋。许多同学都曾被那姐弟俩欺负得很惨，一直敢怒不敢言。扬眉吐气的这一天，终于由老天爷派送来了！

两年前，马晓娟姐弟俩在公交车上欺辱田小米的事情发生后不久，又发生破鞋事件。尹小兰和欧阳雨意识到，自己被马晓娟利用了，但是，她们不敢反抗，怕自己也沦为被人欺辱的对象。上高中后，她们暗自庆幸终于可以脱离马晓娟的控制。谁知那马晓娟阴魂不散，时常威胁她们监督田小米的一举一动。后来，马晓娟传出流产丑闻，休学了，两个人才算解脱。每次想到田小米对自己的各种帮助，俩人羞愧不已，经常主动找田小米，把窝在心里的话都说了。田小米也不计前嫌，几个人重归于好。因田小米在尖子班，学习任务重，所以与她们很少见面。曾经的同桌尹小兰对田小米的感情在这次重归于好后又增加了几分，视她为最好的朋友，也当作学习的榜样，处处维护她。

第二天，报纸上刊登了“马家惨案”。内容简洁地叙述了事情的经过，不带标志性语言，更没有判定是意外还是谋杀。结尾是一句“血案的性质，警方正在调查之中”。

翔宇的朋友张义峥近水楼台，不时把左邻右舍的议论、推测传过给翔宇。

据邻居说，发生惨案的那天晚上，常艳和马晓娟母女一直都在家里。根本就不是她们说的事发以后才回的家。警方查看小区内的监控录像证实了这一点。母女俩浑身是血，地上到处都是她们的脚印，凌乱不堪。她们说，当时着急，想救人来着。

马家发生打闹是晚上八点多钟，马晓军跑出家门是十点五十分左右，而警方接到报警电话是十一点过五分。经法医鉴定，彼时，马林虎已死。那段时间，马晓军在家里干什么？

常艳和马晓娟为什么要说谎？既然都在家里，为什么不劝架？马林虎受伤以后，为什么不在第一时间施救？莫非是他们三人串通一气，合谋杀了马林虎？马晓军可是马林虎的亲生儿子啊，有多大的怨恨，能驱使他对父亲下死手？

马晓军推倒父亲，怕父亲爬起来后打他，跑出了家门。那么，在家里的常艳和马晓娟又做了些什么呢？她们是站在旁边，眼睁睁看着马林虎流血致死，还是在他身上又捅了几块鱼缸碎玻璃？

所有的传言都有鼻子有眼，有待警方查证。马家隐藏在暗处的丑陋，一下子被惨案撕开了遮羞布，暴露在光天化日之下。马林虎长期打骂妻子常艳，对继女马晓娟不轨，马晓军深爱没有血缘关系的姐姐马晓娟，三个家庭成员积怨已久，各有各的理由杀人泄愤。

真相究竟如何？除了马晓娟、马晓军、常艳和已离开这个世界的马林虎之外，没人知道。

次日下午，常艳和马晓娟回家了，马晓军以过失杀人罪被正式拘留。

据说，常艳的身体本来就虚弱，加上血腥场面强烈刺激，精神恍惚，夜夜噩梦缠身，终于病倒了，从公安局回家的第三天就住进了医院。马晓娟每天陪在医院伺候。马林虎家的人只好出面，和物资局的人一起张罗着给马林虎办了后事。

马家往日里虽然打打闹闹，状况不断，却也是齐齐整整的一家人。一夜之间，亡的亡，抓的抓，病的病，七零八落的，好不凄惨。人们不禁唏嘘不止，惨剧激起了人们的怜悯之心。

这一天，马林虎的哥哥马林豹来医院看望常艳。一番虚情假意的问候后，直接抛出了来意，说弟弟马林虎名下有两套房产，现在弟弟过世了，按照《继承法》之相关规定，尚在人世的父母和他这个哥哥及子女，都有权继承房屋的一部分，希望尽快去办理手续。

常艳气得直哆嗦，流泪不止。马晓娟破口大骂，将马林豹赶出了病房。听到事情经过的病友和医生、护士，纷纷谴责马林豹，马林豹只好灰溜溜地走了。

常艳在医院住了半个多月，身体还是很虚弱，但精神好了些，坚持出院回家休养。

常艳回家的当天晚上，马林豹夫妻俩带着一双儿女找上门了。

不等他们开口，常艳就拿出几张纸递给马林豹。几个人不解，凑作一堆看，又一个个传看，刹那都变了脸色。那是一份遗书及公证书的复印件。

“姓常的，这肯定是假的！我弟弟还那么年轻，怎么可能留遗嘱。再说，他早就和你没感情了，更不可能这样写遗嘱，我们要去调查，要去鉴定！”

或许是身体虚弱的缘故，常艳始终安静地坐着，全然没有以往的泼辣。马晓娟冷着脸站在几个人面前，干脆利落地说：“请便，尽管去查吧，现在，请你们离开我家。”

马林豹的一双儿女跳了起来，冲到马晓娟跟前，四只手轮翻指着常艳和马晓娟，唾沫星四溅：“你们还想独霸我们马家的财产，你也不撒泡尿照照，看看你们是什么货色。”

马晓娟退后两步。好汉不吃眼前亏。她迅速在手机上按了几下：“是

110吗？有人在我家骚扰我们，请赶紧过来，这里是……”她的声音里带着惊惶的哭音，楚楚可怜。

挂了电话，她立刻换了一副表情，昂着头，蔑视着面面相觑的几个人。

“是等着警察来赶你们走，还是拿着遗书复印件滚蛋？”

两个不知轻重的孩子还想冲过去动手，被马林豹一把拉住。

马林豹看了看妻子，指着常艳骂道：“你个害人精，你们给我等着！”

几个人心想，这母女俩能痛快拿出遗书复印件让他们去落实真伪，想必遗书是真的，在人家家里再纠缠下去，也不合适，等警察来了更尴尬。弟弟尸骨未寒，做哥哥的举家前来争遗产，传出去太不光彩。于是，骂骂咧咧摔门而去。

听见响动的邻居们纷纷前来劝慰，没有一个不骂那马林豹一家狼心狗肺的。有两个平素和常艳比较合得来的女人，陪着她流泪。

事情的经过总是要交代的，不然，好心的邻居们也不安心。

事情的经过是这样的，那天吃晚饭的时候，大家都好好的。饭后，母女俩在收拾厨房，那父子俩不知为何又开始争吵，声音越来越大，好像是马晓军跟父亲要钱，父亲不给。父子俩经常吵架，习惯了。母女俩若去劝架，反倒会被骂，甚至被打。所以，母女俩赶紧干完活，各自进房间锁上门。

父子俩吵着吵着，开始乒乒乓乓砸东西，她们更不敢出门了。后来，安静了，她们以为一场战争终于结束，也没在意，继续睡觉。常艳一觉睡醒，出去上卫生间，发现马林虎倒在地上，血流了一地，急忙叫起女儿，俩人手忙脚乱查看，人已冰冰凉，惊慌中搞得现场一片凌乱，手上身上都是血，满屋子都是血脚印，把她们自己也吓坏了。报警时之所以说晚饭后出去了，就是怕说不清楚。

第二十二章

深夜十一点多，救护车一路抛下悲伤的呜呜鸣叫，急促穿行在灯火阑珊的空旷大街上。两辆警车闪着警灯一路相随。

值班医生等在医院门口，一边跟着担架跑一边试探伤者脉搏，摇着头，脚步一刻没停，随着担架跑进急诊室。

十几分钟后，急诊室墙上的灯熄了，门开了，医生手上身上全是血，脚步沉重地挪出来，头摇得缓慢而坚定。

围在急诊室门口胡乱转圈的常艳、马晓娟、马晓军快速对视一眼，僵硬的身躯像被一下子抽去了筋骨，酥软下来。常艳一屁股坐在长条椅上哭出了声，马晓娟蹲在母亲身边低头按眼睛，马晓军面色蜡黄，木然看着继母和姐姐，靠着墙慢慢滑坐地上，头伏在撑在膝上的双臂上。

警车上的是市刑警队大队长雷鸣和三个手下，从马家一直寸步不离跟到现在。马家三口人的表现，自始至终丝毫不落，全落在雷鸣的一双大眼里。他们的状态根本就不像正常的家人真心为死者悲痛、紧张、担忧，就连马晓军的表情里都鲜有悲伤。医生对马林虎已死亡的权威宣判，反倒让他们如释重负般松了一口气。三人短暂的目光交流后，各具情态的反应更加剧了雷鸣的警觉。

雷鸣使了个眼色，王锦涛走向马晓军，谢文东和周胜利走向常艳母女。雷鸣跟医生去了办公室。

周胜利搀扶起常艳，轻声说："常女士，请跟我们去局里一趟，详细做一下笔录。"

"你们不是都已经问过了吗，还要问什么？"常艳脸上的一丝感激马上消失，翻着白眼质问，边看着女儿和继子。

马晓娟异常的冷静，一双眼睛紧盯着马晓军，脸上眼里没有丝毫哭过的痕迹。

“不是都已经说清楚了吗，是意外，意外！”马晓军梗着脖子大喊，“你们有完没完啊。”

他的目光努力越过王锦涛的脑袋，恨不得追随医生和雷鸣的背影，拐个弯去一探究竟。

谢文东耐着性子解释：“这是流程，请你们配合。在你们家，因为时间紧张，只是做了一下简单的了解，必须要去局里进行详细询问。尸体也要带到局里，由法医做详细查验、鉴定。”

过道里会聚了八九个病人和陪同人员，交头接耳朝这边张望。有几个穿白大褂的，也在不远处探头探脑。

其中一个女白大褂，正是张腊梅。

目前，张腊梅和吴江分别负责白班和夜班，是她主动提出来调换的。为此，贾子毅没少在父母和岳母面前夸奖张腊梅懂事、贴心。贾院长夫妇除了高兴，更没得说了。

马家出事的消息，早就凭借人们的嘴巴连成的无形传输线传到了省医院。值班的医护人员中很快就传遍了。

张腊梅表面不动声色，心里暗自揣摩，五味杂陈，借机偷偷把急诊室门口的情景仔仔细细观察了一番。

对马家姐弟和田小米的那段纠葛，她记忆犹新。她曾煞费苦心，暗中调查了田小米和马家姐弟。当时，她心里有过一丝愧疚，但很快便丢在了脑后。若不是她和吴江沉迷私情疏于工作，导致吴江给错化验单，怎么会有机会让马家姐弟给田小米制造那一场磨难。

不久，她张腊梅就被人算计，差点儿偷鸡不成蚀把米，自顾不暇了。若不是她孤注一掷舍出自己，把宝押在残疾贾公子身上，现在，自己不定在哪里苟活呢！

真是，冥冥之中，因果不虚啊！

两个穿白大褂的刑警推着马林虎的尸体往外走。

常艳胡乱挥舞双臂，发疯般撞开周胜利，扑过去，边哭边喊：“天哪，人都没了，你们还不让安生，有完没完啊，要往什么时候折腾啊，天哪……”

两个护士走过来，面带同情低声劝阻：“女士，这里是医院，请你保持安静！”

常艳依然声嘶力竭大喊大叫，马晓娟和马晓军乘机推推搡搡，骂骂咧咧，阻挡担架离开。夜色中寂静的医院，被几个人闹成了喧嚣的菜市场。

四个保安气哼哼跑过来，帮刑警把三人推出医院，送上了警车。

半小时后，马家一家四口，包括马林虎的尸体，被带到了市公安局。尸体由法医进行鉴定，常艳、马晓娟、马晓军分别被带到询问室。

三个人对惨案经过的描述与之前无异。马晓军和没有血缘关系的姐姐马晓娟、一向不往他眼皮子底下夹的继母常艳，惊人地团结。不知实情的人们看见他们的表现，会毫不质疑那是一个和睦的家庭。

“那么大的鱼缸被摔碎，里面的水全流在客厅里了，但我们并没有看见很多水，为什么？”

三组刑警进行了例行询问，之后，都向被询问者抛出了新的问题。

马晓军说他不知道。他离开的时候，地上全是水。

常艳愣了愣，说；“是我们收拾的……那么多血水，好可怕……”

“是什么时候收拾的血水？报警前还是报警后？”

常艳意识到要慎重对待这个问题，双眼在两位警官脸上搜索了几个来回，低头思考片刻，说：“是报警后！”

“你说的‘我们’指的是谁？”

常艳眼珠子转了转：“我和我女儿。”

“你和马晓娟谁先发现马林虎被玻璃割伤了？”

“是我。我出卧室上卫生间，发现他躺在一摊血水中，吓坏了，赶紧叫醒了我女儿。”

“那时候，马林虎还活着吗？”

常艳的头和手慌乱摆动，声音发颤：“不不不，他一动不动，我们摸了他的胳膊，冰冰凉……早就死了！血，还在流……我、我赶紧打电话报警，又给120打了电话，然后就收拾地上的水。”

“你们不知道要保护现场的吗？”

“我，我，我们吓坏了，脑子都木了，哪里能想到什么保护现场，那么多的血水，泡着家具……”

“你们是用什么东西收拾血水的？”

“用……抹布、拖布、笤帚、簸箕……”

“你们动过马林虎的尸体吗？”

留在马家勘查现场的同事传过话来，在马家的拖把、笤帚、抹布上，以及卫生间等地，到处发现血手印、指纹。

“动了……血不停地流……我们想帮他堵住伤口……”

省医院的主治医生提供了一条很重要的信息，马林虎身上的几处割伤有些奇怪，好像他不止一次跌在碎玻璃上。背部、臀部和颈部的伤，有可能是仰面朝后跌倒时造成的；胳膊和大腿外侧的，应该是侧身扑倒时造成的。身上还有多处擦伤。任何一个方位跌倒，都不可能造成所有部位的割伤，除非是人为的。也就是说，有人拿着碎玻璃故意捅在他某些部位。

“这种假设太可怕了。”在主治医生的办公室，主治医生吞吞吐吐对雷鸣说，“在家里的都是他的亲人，怎么可能做出那样的事呢？”

雷鸣没有回答，默默点点头，他不能对医生多言。他想，正常的家庭是不可能，而马家的三个人，是很有可能的！

此时，法医正在对尸体做全面检查。为配合询问，不时把发现的新情况传给雷鸣。

马林虎身上的短裤、汗衫被血水渗透，经过两个多小时的蒸发，除了身体下面的少部分，基本干透了。

在马林虎的皮肤和衣裤上，发现了很多指纹。经比对，除了他自己的，家里三个人的都有。

马晓军自述和父亲互相推搡，有过身体接触。马晓娟和常艳承认动过马林虎，发现指纹均属正常。三个人的鞋上、衣服上的血迹，经检验都是马林虎的。

常艳和马晓娟收拾过地上的血水，沾上血迹，在情理之中。马晓军被叫回家之后，地上已经没有大量血水，而马晓军鞋子上的血印渍几乎到鞋背。说明马晓军的脚在一寸多深的血水中踩过。也就是说，马晓军离开家的时候，马林虎已经受伤，流了很多血。

“马晓军，有证据证明，你看见你父亲受伤了，却置之不理，离家而去，如何解释？”

马晓军面不改色，解释道：“是的，我看见我爸受伤了，流血了。他爬起来又要抓我。我怕他打我！见他也没多大事，就跑了。”

“你见你爸爬起来要抓你，你又推倒了他，是吗？”

马晓军低下头想了一会儿：“当时……我很慌乱，记不得推没推。”

“你和你爸推搡的整个过程中，你继母和姐姐在哪里？”

“她们都在自己卧室里。”

“始终没出来吗？”

“没有！”

马晓军回答得很干脆。

“你发现你爸受伤了，没叫你继母和姐姐吗？”

“没有！”

“据说你和你爸经常吵架，你继母和姐姐都不来劝架吗？”

“嗯。刚开始劝，后来就不劝了。都躲在房里，不出门。”

“你就那样跑出家门，没想过你爸会有危险吗？”

“我，我爸爬起来后，我看见他流血了，他最喜欢的鱼缸摔得稀巴烂，他非常生气，抓住我的话，会把我往死里揍！所以……我，我没想那么多……”

三个人的解释都合情合理。省医院主治医生的疑问好像也得到了解答，马林虎确实不止一次跌倒在碎玻璃上，多处受伤，流血过多而死。

刑警问马晓娟："你继父死了，并没有发现你很伤心。难道你继父对你不好吗？"

马晓娟抬起眼睛看了刑警一眼，脸上浮起冷笑："很好！他对我好得不是一般！"

"哦？这语气不对呀，能说一说吗？他对你怎么好得不是一般？"

马晓娟双臂环抱胸前，斜警官一眼："我说警官同志，你到底想听什么呀，这和他的死有关系吗？"

"马晓娟，请你端正态度！认真回答我们的问题！"

马晓娟姿势不变，扭过头一声不吭。

"听说你继父马林虎对你非常好，比亲儿子马晓军还要好。是不是？"

马晓娟脸上露出鄙夷："没想到啊，你们当警察的也这么八卦！心理阴暗！你们想听什么？想说什么？你们的意思是我继父的死和我有关系？"

"我们没有那个意思，只是实事求是询问情况，你照实说就好。"

刑警并不生气，一板一眼地说。

"我继父是意外致死，他亲生儿子都是这么说的，难道你们不相信他的话吗？"

"我们重事实，讲证据。谁的话都不可能全信！请你配合我们。我再问你，据说马晓军和他父亲吵架，并不是因为什么钱的事情，而是因为你，对不对？"

马晓娟一扬下巴，送出一串冷笑："笑话，他们父子俩吵架，跟我有什么关系啊。你们做警察的，就能无凭无据、胡乱猜测侮辱人？"

"有邻居从你家门口经过，听见了屋里的吵闹声。马晓军在骂：'你这个老畜生，还对我姐下脏手，我要杀了你。'我们问你的话并不是无凭无据。"

马晓娟面色一沉："我不知道你们在说什么，他们肯定听错了！"

"马晓娟，我们收集到不少反馈，说马林虎多年来一直对你非常好，好得超出了父亲对女儿的正常范畴。你刚才也说了，不是一般的好！马晓军很喜欢你，不许父亲再欺负你，所以经常和父亲吵架，是不是？"

马晓娟脸上难得地浮起一层红晕，低下了头。

“马晓娟，我们希望你说实话，如果真像传言那样，你是受害者。”

马晓娟沉默片刻，说：“是能怎样，不是又能怎样。那畜生都已经死了，还能拿他怎么办。”

两位刑警互相递了个眼神，为了观察出异常，按照案件推理故意问道：“你恨不得他死，是不是？当你和你母亲发现马林虎受伤，你们根本就没有救他，而是眼睁睁看着他流血而死，是不是？还有一种可能，你们恨他，趁机拿碎玻璃在他身上刺了好多下，是不是？”

马晓娟急了，跳起来大叫：“你们胡说，污蔑，造谣！你们有证据吗？再胡说八道，小心我去告你们！”

当刑警问常艳同一个问题时，常艳直接跳起来破口大骂。那神态，和马晓娟几乎一模一样。

当警察问马晓军同样的问题时，马晓军暴跳如雷。

在明察秋毫的雷鸣眼里，这几个人的虚张声势里隐藏着胆怯和心虚。

法医得出了马林虎死亡的确切时间，和马家三口人的叙述基本吻合。常艳和马晓娟身上的疑点基本都被抹去，警方只好放她们回家。而马晓军因“过失伤人致死”的罪名被拘留，因他未满 16 岁，又是死者的亲生儿子，后被送到少年管教所，接受管教三年。

警方对马林虎的死始终都有疑问。只是没有证据，也找不到突破口，只好以意外死亡结案。

“马家惨案”迅速传遍本市每个角落，街头巷尾、男女老少都在纷纷议论。社会上流传着很多个版本，流传最广最让人感兴趣的，是马家三口人利用马林虎意外受伤的机会，合谋杀害了他。因三人都有杀人动机，嫌疑巨大。

马林虎家暴，私生活糜烂，时常对常艳非打即骂，多年来视她为保姆，恣意凌辱。更可恶的是，对继女马晓娟存心不良，甚至当着常艳的面侮辱幼小的马晓娟。常艳母女敢怒不敢言，又无力摆脱马林虎的魔爪，只得忍气吞声，屈从其淫威之下苟且偷安。

马晓军从小喜欢马晓娟，懂事之后更是迷恋她。无意中发现父亲对姐姐的不伦之举后，多次抗议，表明自己的感情。马林虎表面答应成全他和马晓娟，背地里依然伺机对继女上下其手。马晓军恨透了父亲，时常找碴儿吵架。那天晚上，终于爆发了一场空前吵闹，最终演变成肢体冲突。大概是马林虎没有想到亲生儿子真会和自己对着干，情绪激动下拳脚无眼，马晓军被打急了，开始还手，意外将父亲推倒在鱼缸上。鱼缸摔碎，马林虎跌倒，被碎玻璃划伤，马林虎越加暴怒。马晓军一时恶从胆边生，和父亲奋力扭打，你死我活。

在卧室的常艳母女听到响声异常，出门查看。马晓军大喊："姐、妈，快来帮我！"

马晓军情急之下的一声大喊，扯出了一个不容置疑的事实：那个人，早已成了他们三个人共同的敌人，不同戴天。

马晓军情急之下的一声"妈"，唤醒了常艳，也感动了她。自懂事起，马晓军就没有这样称呼过她。常艳的保护欲在听到这声"妈"后油然而生，同时从她心底深处喷发出一股巨大的仇恨：多好的机会啊！一不做二不休……母女俩对视一眼，千言万语瞬间交流完毕。

马晓娟高喊："晓军，我们来帮你！"马上扑上去，三个人合力按倒马林虎。马林虎身上的多处割伤、擦伤，估计就是这样造成的。三个人眼睁睁看着马林虎身上多处鲜血喷涌，痛苦挣扎，失血而亡。

或许，三人经过周密计划，形成攻守同盟，各自在马林虎身上补了几下，彻底宣泄了多年淤积于心的怨恨，也彻底葬送了那只盘踞在每个人头上、为非作歹的恶虎。

三个人见马林虎已死，急忙制订了下一步计划：马晓军马上离家外出，常艳和马晓娟报警。之后假装一无所知，收拾地上的水，搞乱现场，应付警方的调查。

有人脑洞大开，为传言脑补了很多细节，真实得像亲眼看见似的。人们私下里津津乐道传播着，没一个人同情死者，都说他罪有应得，自作自受。

总而言之，传言归传言，警方没有找到任何证据，证实传言的真实性。但也没办法阻止人们的嘴巴。

知道真相的，恐怕，只有马家那三个人了。

第二十三章

人非圣贤，孰能无过？或者说，人性的弱点，何曾放过这世间的任何一个人。

“马家惨案”很快传遍大街小巷。当然，第一时间就传到了田家人耳朵里。因为，有人清楚田家人曾深受马家人伤害。传话者是带着替他们打抱不平的口气说的。

尹小兰把马家左邻右舍的各种传言，源源不断献宝似转给田小米。田小米并没有在尹小兰面前表露出真实的内心想法。她已不是两年多前那个单纯的傻女孩：掏心掏肺对人好，一门心思帮衬人，人前人后没秘密。她早已明白，这个世界是残酷的，人心是多变的，人性是复杂的。她的善良里必须带点锋芒，才不至于轻易被灼伤。

“真是善恶有报啊，不是不报，时机未到；时机一到，加倍回报。”翔宇一副老成持重的语气，一丝冷笑一闪而过，压低声音说，“马林虎的遭遇固然令人同情，再怎么样，他也罪不至死！更悲惨的是，竟然死在自己儿子手里，真是一言难尽啊！”

田小米默默看着他。这时候，他俩在市图书馆阅览室的一张靠窗的桌子边，相对而坐。周围零星几个人埋头在书中或笔记本电脑前，专注得旁若无人。

“翔宇，我觉得事情没有传言那么简单。马晓娟的手段咱们领教过，玩死人不偿命。那马家父子俩说不定都被她玩了，老的玩死，小的玩进监狱。她的目的达到了！”

翔宇看着田小米的眼睛，表情由吃惊、询问，很快到心领神会，频频点头：“这确实是马晓娟能做出的事。这下，她解脱了，但马晓军在少管所劳教三年就出来了，她还是摆脱不了马晓军。”

田小米微微颔首，沉思片刻，表情凝重：“是啊，马晓娟其实挺可怜的。

在那种家庭环境中长大,她的心理早就变态了,为了能摆脱非人的畸形生活,她很可能早就在处心积虑筹划那一天。你看，她根本就不爱马晓军，却能把马晓军迷得晕头转向，指使得团团转，一刻都离不开她。她从小就会察言观色,忍辱负重,把继父马林虎哄得开开心心,对她比对亲生儿子马晓军还好、还要信任。据说，马林虎几个月前立下遗嘱，他名下两套房产、车子及所有存款，都由她和马晓军共同继承，条件是她必须和马晓军结婚，生儿育女。否则，她们母女净身出户。马林虎的目的，就是要把马晓娟永远留在身边!马晓娟不知用了什么招数，让马林虎做出这样的决定，实在难以想象！”

翔宇有些目瞪口呆：“小米,你怎么会知道这些？”他停顿一下，“哦,我知道了。田叔叔的警察朋友还能有什么不知道的。马林虎的哥哥马林豹带着全家，跑到医院和马晓娟家，逼马晓娟母女分财产的事早就家喻户晓了。人们无不谴责马林豹一家无耻，弟弟尸骨未寒，就图谋分财产。之后，马林豹找到律师和公证处落实以后，心不甘，把遗书的事也传开了。同时也传出马晓娟母女许多坏话。五花八门，千奇百怪。”

翔宇说到这里打住了话头，瞅一眼田小米，有些不好意思。

田小米说：“对啊，马晓娟怀孕做流产手术那事，应该就是他们大肆宣扬出去的。还说马晓娟怀的孩子是马林虎的，她同时勾引马家父子两个人，是个手段高明的女子。马晓娟肯定以此事威胁马林虎，不然，马林虎怎么会突然立下那样的遗嘱。”

翔宇说：“小米，你觉得传言有没有几分真实？”

田小米说：“我觉得……应该有真实的成分。那马林虎是什么人啊，据物资局的人和他家邻居私下说，马林虎品行低劣，对上级阿谀奉承，对下属飞扬跋扈，出了名的无赖。他还不到 50 岁吧，怎么会想到立遗嘱，还立下那样的遗嘱，很奇怪啊！”

翔宇轻轻拍了下巴掌：“是啊，咱们也别多想了！事实如何，也许只有马家人清楚了。随着时间的推移，真相总有一天会大白于天下的。话说回来，这三年马晓军不在，马晓娟又名誉扫地，估计也做不出伤害别人的事儿了……”

翔宇看着田小米，田小米明白他的意思。

“但愿如此吧！”

田小米沉思和忧郁的神情，把一丝不安传递给了翔宇。

有时候，生活中的磨难和大起大落，会彻底改变一个人。或者从此洗心革面，审视自我，重新开始；或者自暴自弃，就此沉沦，坠入万劫不复的深渊了。

“我怀的孩子是你的！”

听到马晓娟这句话，马林虎惊讶极了。很快，他脸上露出笑容，有惊喜、激动、得胜者的自豪……马晓娟一时分辨不清。她感觉得到马林虎搂着她的双臂，更加用力了。

休学在家的日子很无聊，很难挨。她想去上学，想当个好学生，想凭借自己的聪明才智考上大学，冲出这个牢笼似的家，摆脱那禽兽似的父子俩，带着可怜可悲的母亲，去过一种干干净净的新生活。

可是，那父子俩在一点一点摧毁她，像绳索一样捆绑着她，越来越紧，越来越紧，快让她无法呼吸了。时间过得好慢，好难熬啊！好不容易熬到初中毕业，希望考上高中，熬过三年，考上大学，就可以脱离这个家，远走高飞了！可是，连老天爷都在捉弄她，她竟然怀孕了！

说实在的，她不知道怀的是那个做父亲的，还是那个做儿子的……

在发现怀孕的那一刻起， 她就在心里琢磨，身体的疼痛和随之而来的流言蜚语，是无论如何也逃不过了。天下没有不透风的墙。曾经被她伤害过的人们，知道了这类丑事，会实施怎样的报复，可想而知啊！

不能白白承受这些！要充分利用这一切，达到自己的目的！

手术后，马晓娟的身体恢复得很不好，一直很虚弱。马晓军时常逃课或迟到早退，总之是想方设法赖在家里，赖在她身边。马林虎时常训斥儿子，或者义正词严地规劝他，为了前程，要好好上学。

马林虎留在家里的时间也多了起来。有时候上班途中借取拿东西跑回家，就是想看看儿子上没上学，周末也时常留在家里。父子俩对马晓娟身体的恢复情况，表现出极度的关心。

以前，常艳就是个家里不花钱的保姆，每天默默洗衣做饭操持家务，稍不如意，父子俩非打即骂。父子俩漠视她，做什么都不避她。

近两年来，因为女儿的缘故，她在家里的地位日益升高，逐渐有了话语权。不知从何时起，成了家里举足轻重的角色。

马林虎的目光不时落在她脸上，眼神相对："那坏小子上学去了吗？"

常艳会心领神会地说："上学去了！"或者摇着头朝女儿房间扬扬下巴："在女儿房间呢！"

两人之间的那种默契，活脱脱一对为调皮的儿女操碎了心的无奈父母。她的表现让马林虎觉得，她跟自己是一伙的，一条心为着一双儿女。

有时候，马林虎会走进厨房，看一看她为女儿准备的伙食，再打开冰箱看一看食材存货，轻柔地埋怨："怎么又忘了，要给女儿好好补一补身子的，吃这些怎么能行呢。"

说着拿出皮夹，抽出一沓钞票塞在她手里，搂搂她的肩："快去，给咱女儿买些好吃的，钱不够，尽管跟我说！"

常艳总是甜甜地笑笑："好的，好的，听你的。那……我去买东西了，女儿你照顾着点。"

马林虎总会假装不耐烦地挥手："哎呀，知道啦，真啰唆，快去快去！"说着，便迫不及待朝马晓娟房间走去，全然不知常艳投在他背上的刀子似的目光。

此时，常艳就万分急切地盼着马晓军回家。有那么几回很凑巧，马晓军逃课，和父亲前后脚回家了。

马晓军进门鞋一脱，书包往鞋柜上一扔，就直冲马晓娟房间。常艳急忙拉住他的胳膊，挤眼又摆头："晓军，你爸在呢！"

"什么，那个老不死的，我……"

马晓军看一眼鞋架上父亲的鞋，咬牙切齿地挣扎着就要往前冲。常艳死死拽着他的胳膊，把他推进厨房。压低声音说：“晓军啊，你这样冲进去，你爸肯定又要打你，再说，你爸也是关心你姐的身体……”

马晓军跺着脚，甩开她的手，转着圈找称心称手的武器，最后抄起一把砍骨刀，“那个老不死的下流东西，看我不剁了他，什么关心我姐的身体，他就是存心不良！”

常艳紧紧抱住他的胳膊：“晓军，你还小，怎么能打过你爸，再说，他是你爸，你怎么能打他。”

常艳边说边留意门口的动静。这响动，那边屋里的人应该早就听见了。

马晓军气急，提高了声音：“他是什么爸，简直枉为人父，禽兽不如！你也是，眼睁睁看着自己的女儿受欺负，你还是个当妈的吗？”

常艳头抵在马晓军臂膀上哭了，抽抽搭搭地说：“晓军，我是为了你好，也是为了这个家好，毕竟你爸是一家之主，他挣钱养活咱们一家人……”

正在这时，门口响起马林虎的声音：“晓军，你这是干什么呀，动刀动枪的，不像话！”

马晓军的胳膊扬在半空，手里的砍骨刀闪着寒光，双眼血红瞪着父亲。常艳惊慌仰头看着马林虎，更紧地拽住马晓军。

马林虎不容儿子开口，从容走过来夺下砍骨刀，放回刀架。

“你这孩子，怎么这么不懂事啊，你姐的身体恢复得不好，做爸爸的关心她，怎么了，不应该吗？看看，把你妈吓成啥样子了！”

说着拍拍常艳的背，一副好丈夫神态。马晓军低头看继母，常艳急忙拧巴一下身体，背对马林虎，递给马晓军一个意味深长的眼神，松开了手。

马晓军狠狠瞪父亲一眼，一言不发转身跑出门，直奔马晓娟房间。

马林虎投给常艳一个赞许的目光，顾左右而言他：“还没顾上去买东西吧，走，一起出门！我去上班，你去给女儿多买些好吃的！”

马晓军对父亲的怨恨日益深厚，且在马晓娟面前表露无遗。

马晓军也不止一次问马晓娟：“姐，你实话告诉我，你怀的孩子真是我的吗？”

马晓娟总是低头抽泣，不语，逼急了，就生气：“马晓军，你啥意思啊，是谁的你还不清楚吗，我周围哪里还有别的男人啊！”

马晓军涨红了脸：“姐，我不是那个意思，我是说，我爸……”

马晓娟低下头，不出声了。

马晓军好像明白了，低声咒骂：“那个老不死的下流东西！他再欺负你，告诉我，看我不弄死他！”

马晓娟主动搂住他：“晓军，有你这句话，我心里好受多了！”

马晓军旷课的次数越来越多。班主任不止一次给马林虎打电话，每次，马林虎都会伺候马晓军一顿老拳。有一天，马晓军提出和姐姐一样，休学。

马林虎不同意：“晓军，你姐姐休学是不得已。再说，你姐下学期上学正好跟你是一级，你们姐弟俩一起上下学，多好啊！马上要中考了，你如果现在休学，又比你姐低了一级，你想过没有？”

马晓军想想也是。只好硬着头皮，三天打鱼两天晒网。学校领导看马上要中考了，马晓军留在学校调皮捣蛋的日子不多了，也就推一天算一天，推出校门了事！

马林虎并不是真心替儿子着想，他有私心。儿子越来越叛逆，越来越不听话，如此下去，将来老了，他靠谁养老呢。

马晓娟打掉的孩子如果是自己的，说明自己宝刀未老，可以再留个后代。他迷恋马晓娟，一心要把她留在身边。但他毕竟还是有所顾忌的。唯一顺理成章的法子，就是让她和马晓军成家……

他不止一次问过马晓娟，马晓娟总是低头抽泣，不语。他好像明白了。但得不到马晓娟肯定的答复，总是心有不甘。

这天是个周六，马晓军被朋友约去打球，一时半会儿回不来。马林虎急忙用一沓钞票把常艳指使出去，反锁了门，打算和马晓娟好好交流一番。

当他听马晓娟说孩子是自己的，一时百感交集。紧紧搂住马晓娟就要动手动脚。近一个月来，马晓娟以身体健康为由，没让他得逞过。

马晓娟奋力推开他："你说，我该怎么办啊，晓军天天缠着我，万一哪天发现了，伤害你和我，怎么办？"

马林虎的心情果然大受影响，松了手："那浑小子，越来越不让人省心！我是这么想的，过两年，你假装和他结婚，偷偷给我生个儿子，我就把家里的一切财产都留给你和孩子！"

马晓娟又开始抽泣："你说得好听，我成什么人了，不怕天打雷劈啊。"

马林虎搂住她轻言软语："晓娟，我的心肝，我是真的舍不得你，我会好好回报你的！"

马晓娟不吭气了。马林虎以为她动了心，又要动手动脚。

马晓娟抬起头，冷冷看着他："你说，如果我答应你，你怎么安置我，将来你老了，我和孩子怎么办？"

马林虎急忙问："心肝宝贝儿！你说，你想怎么样，都依你！"

马晓娟缩着身子低下头："我，我能有什么好办法，你好好想一想吧！"

马林虎想了想，说："这样吧，宝贝儿，我立个遗嘱怎么样，将来只要你和晓军结婚，偷偷给我生个儿子，我就把房产存款全都留给你，怎么样？"

"这……怎么能这样写遗嘱呢，那不是露馅儿了吗？"

"不是不是，当然只写结婚的事，生孩子的事，只有你知我知！"

此后，马林虎又和马晓娟就立遗嘱一事交流了好几次。

在马晓军又一次借机滋事时，马林虎对马晓军说："晓军，我在给你姐做思想工作，将来必须和你结婚，你姐答应了！"

马晓军愣了。

"你看你现在这个样子，动不动就打架闹事，你姐怎么会心甘情愿和你结婚，都是老爸三番五次替你做思想工作，她才答应的。还有，我要立遗嘱，如果你姐和你结婚，将来就把财产都留给你们俩！"

马晓军的眼神活泛起来，冲着一旁低头含羞的姐姐问："姐，爸说的是真的吗？"

"是真的，爸希望我们结婚以后好好过日子，一家人和和睦睦在一起！"

马晓军狐疑地看看继母，又望望父亲，两人都含笑点头。他感到一丝恍惚，这是一种多么奇异的感觉啊！好像不应该在这个家里出现的情形，带给他万分陌生的感官刺激。他有些茫然，有些无所适从。

和姐姐永远在一起，是他的梦想。姐姐的承诺，令他很高兴。以前，父亲偷偷这样规划过他和姐姐的未来，在一家人面前郑重其事地摊开了讲，还是头一回。他粗线条的大脑来不及做过多反应，心里的邪火不觉消下去大半。

在他眼里，姐姐聪慧绝顶，美艳动人，是个高不可攀的女神。世上所有的女生跟姐姐相比都黯然失色，引不起他任何兴趣。不管用什么方法，只要能让姐姐留在身边，他就满足了。他是家里的独生子，有没有遗嘱，对他来说没什么分别。但遗嘱能有效地约束姐姐和自己在一起，立就立吧！

就这样，有一天，马林虎请了个律师来家里，一家四口商量立了遗嘱，又一起去公证处进行了公证。

马林虎心里暗暗高兴。家里的这三个人，不是孩子就是傻子，还不由着他翻手为云覆手为雨，他是以游戏的心态做这件事的。他还不到 50 岁，年富力强，百年之后的事情，遥远得不在他的计划之内。但立遗嘱这件事，一石二鸟、一箭双雕，既笼络了马晓娟，又稳住了儿子。自己可以好好享受几年左拥右抱的艳福和无波无澜的太平，足矣。至于将来，视情况再定，遗嘱当然是可以修改的，也是可以作废的。是改、是废、是留，还不是在他马林虎一念之间！

第二十四章

飞燕区的居民们搬进了飞燕小区。原来的平房和旧楼房，升级为崭新的楼房，破败沧桑的灰暗街道被宽敞明亮的柏油马路代替。小区内的健身广场，每天早上和傍晚，都会被广场舞大妈大姐们的舞乐声充盈。花园林荫已初具规模，假以时日，将会有一片片花坛和一条条林荫小道交相辉映。小区的整洁亮丽也促使居民们的衣着和精神面貌逐渐鲜亮起来。人们每天喜气洋洋，认识新邻居，寻找旧相识，聊不完的往事，述不完的家常。

渐渐地，新鲜劲儿随日子变得麻木，不再时时处处刺激人们的感官；欣喜如丝如缕缓缓沉淀下去。柴米油盐酱醋茶，是正常人永远无法舍弃的，无师自通的忙碌又悄然占据了人们的身心，无始亦无终。旧日的一切，一天天退出了家长里短。行色匆匆的面孔重新露出焦虑、愁苦的底色，偶尔羡慕一下随处可遇、活蹦乱跳，不知人间疾苦的孩童，边自嘲地摇头叹气：未来一步步在向他们逼近，不知不觉中，他们很快会变成今日的自己，能无知无畏是多么奢侈而短暂的一种经历啊。

谁能熬得过岁月的厚颜无耻呢？张着贪得无厌的无形大口，最终把什么都一口吞下。宇宙间所有的发生和演变，争夺和拥有，生离和死别，高低和沉浮，在它眼里都渺小、虚幻得不值一提。

飞燕区的十七家商铺业主，因为团结一心共同经历了一场和开发商的博弈，并大获全胜，变得亲密起来。他们之间比那些随大流怕出头的旁人无形中多了一种情谊，比初中、高中、大学及各类短期培训班的同学情还要特殊一些；是另一种同生死共患难的战友情，是为了共同的利益结成的关系，更纯粹、更直接、更暖心。

小区的围墙是一家连一家的商铺围绕而成的。十七家业主的店面虽然点缀在几十间铺面之间，但他们的气息是相通的，神情是倨傲的。大家不时相约一处，吃喝玩乐畅聊一番。后来，书店老板许文辉提议大家定期聚会，由十七家店主轮流做东。“雷哥”第一个表示赞同。很快，一月一聚成了习惯。这个团体，在人们眼里渐渐成了一股势力，类似于帮派，没人敢招惹身后立着十六个靠山的十七个人当中的任何一个。人怕齐心啊，有人如此感叹。

入住不久，地下停车场的保安中有个叫张红卫的，无意中发现一些奇怪现象。开发商徐锦江的车子不时会出现在地下停车场。徐锦江有三辆专用座驾，时常更换使用，也就更换着出现。小区的物业公司是锦江集团旗下的，老板来视察工作，是再正常不过的事了。说奇怪，是因为徐老板并不是去物业公司所在的 A 栋楼的位置停车，而是在 D 栋楼，有些神神秘秘。

保安张红卫好像明白了什么，对同事感叹：“有钱人就是任性，到处是家，狡兔三窟！”

说者和听者嘿嘿一阵笑。那些人有钱有势高高在上，正大光明的任性和神秘莫测的私生活，不是很正常的嘛。消息就像一阵风，有意无意间迅速弥漫开了。

要想人不知，除非己莫为，尤其是那些带着些荤腥气的隐私。那秘密会被人添油加醋再加发酵粉，迅速膨胀着一路传播开去。很快传到了某些人耳朵里，出于各种阴暗的不可告人的心态和目的，某些人暗暗为徐锦江老板操上了心。

不怕贼偷，就怕贼惦记。地下停车场那保安张红卫很快发现，徐锦江老板去 D 座时都是亲自开车。电梯附近有一个专用停车位，遥控电子车位锁，人一下车就直接进电梯。有时白天来，有时晚上来，好像没什么规律。

张红卫是飞燕区原居民。夫妻俩原来都是市食品厂职工，双职工家庭，曾经风光无限，羡煞一众人。厂子十几年前破产改制后，靠到手的一笔安置费无所事事舒服了几年，有限的存款和优越感被生活的巨轮磨蚀殆尽。生活还要继续啊！无论多么心不甘情不愿，谁也拗不过生活的大腿。夫妻俩只好加入打工大军，到处朝不保夕讨生活。五十多岁的人了，能做的也就是保洁、保安之类的工作，日子过得很是清苦。

飞燕小区建成后，招收物业人员时，很多小区老居民挤破头去应聘。有文化有经验的做管理员、收费员等，有一技之长的做水电工、园林修护工等，身无长物的，只好做保洁、保安等工作了。张红卫做了保安，他的妻子就在小区院里做保洁。

张红卫是个标准的中老年“愤青”，内心似乎有一股难以泯灭的仇恨，好像他的好日子是被那些发了财致了富的人夺去的，那些人欠了他们家天大地大的情分。没人偿还这份情，他就针对所有碰到手里的人，整天家里家外牢骚满腹。老伴儿被他折腾得神经衰弱，见了他跟老鼠见了猫似的，能躲多远躲多远；邻居、同事多次被他理所当然地揩油，不让一根烟，更别说回请一次客。渐渐地，他变成了个惹是生非的无赖。

后来，有人感慨，徐锦江的秘密被张红卫这种人发现，只能说是他的不幸。更有一些人说，这叫天道轮回，恶人自有恶人磨。

这天，张红卫值夜班，一个人在岗亭里面对地下停车场的监控视频，低头玩手机正玩得昏昏欲睡时，两束黄灿灿的光束由远而近，马达声惊跑了趴在他眼皮上的瞌睡虫。岗亭旁停了一辆途锐车，一看，开车的是周大海。

周大海是整个飞燕小区里，目前唯一一个不计前嫌和他套近乎的人，他也不知为什么。以前，他对周大海的印象，大概和周大海对他的印象一般无二，面熟、点头之交。周大海属于那种曾经辉煌过，现在落魄潦倒的人，张红卫心底对他有种同是天涯沦落人的感觉，也有一丝幸灾乐祸夹杂其中。见面怜悯地扫几眼，淡漠地打声招呼。

前几天，周大海来停车，主动和他打招呼，目光对上目光时，身体不动，有种长谈的架势。张红卫对着周大海的笑脸笑了笑，邀请他聊一会儿。那夜也和今晚一样，夜深人静，月黑风高，张红卫一个人值班。周大海停好车子后直接来到岗亭，和张红卫挤在一处，闲聊许久。张红卫断定周大海是听见了关于徐锦江的传言，来打听第一手信息的。但周大海压根儿就没提那件事，只问些工作是否顺心，身体是否健康，小区周围哪家菜好吃，哪家老板人缘好之类的闲话。最终还是他自己憋不住，压低声音耳语般神神秘秘起了头。周大海像第一次听见一样，表现出适度的惊讶，眼神、表情都像是在赞许他的机智聪明，那无声的鼓励有种神奇的魔力，让他满嘴跑火车，不知不觉间竟闲扯了两三个小时。

最后，周大海告辞时，握着他的手，仰面朝天，望着悬在半空的一弯月牙，长叹一声，优雅而伤感地感叹：人逢知己，夜色也醉人啊！

张红卫当即觉得那句话很顺耳，很暖心，很贴切，只是自己口干词穷，半张着嘴心里感动着，就是接不上茬儿。后来好几天，他脑海里都是周大海的神情和那句感慨。反复琢磨、体味，暗自思量，周大海还真是个文明人呢！能和这样的人交朋友，也不赖。

这晚，周大海明显是有备而来的。他隔着车窗和岗亭玻璃窗，递给张红卫一个内装油亮牛皮纸包裹的透明塑料袋，浓郁的烧鸡香味立刻从车窗漫进岗亭，钻进张红卫的五脏六腑，勾得他口腔里瞬间浸满口水，喉结无意识地急促上下滚动，眼睁睁看着又一个纸袋递过来，裹着一股酒香。他浑身的细胞都跳开了舞，红光满面，眉眼挤成一堆："哎哟，周大哥！咋这么破费呢。"

周大海笑眯眯一扬手："老弟！准备好！我马上上来！"说着开车去了停车场。不一会，周大海上来了。监控屏幕前，烧鸡摆在小桌铺开的报纸上，两个纸杯紧挨着酒瓶立着，和张红卫一起，快活地等待着淡黄色的液体辛辣刺激地进入口中。张红卫搓着双手立在门口，受宠若惊地迎接周大海，握住他的双手拉进岗亭："来来来，周大哥，咱哥俩好好聊聊，下次一定让小弟请客啊！"

话一出口他就意识到了，在他这里不可能兑现的承诺，溜出来得早了点儿，还有些颠三倒四。他不好意思地快速瞥一眼周大海，在心里狠狠埋怨自己：激动什么，真是的，没见过烧鸡没喝过烧酒吗？

周大海依旧一副波澜不惊的笑脸："不用客气，老弟，都是朋友送的。"

很快，两人推杯换盏就着烧鸡放开了心怀。周大海依然自始至终没提徐锦江，这让张红卫很憋闷。这段时间，因他的重大发现，很多人好像才发现他这个人的存在，开始将缥缈的、具有穿透力的目光拉回来，定格在他的脸上身上，有意识找机会套近乎。他清楚，人们无非就是想从他口中听到原汁原味的趣闻而已。要保持这种好不容易找回的、难得的存在感，必须源源不断提供更多信息，满足人们的好奇心。否则，他很快就会被再次遗忘，散落在记忆的地下室积满尘埃，无人问津了。

“老弟啊，你说，现在有钱人很多，是不是？”半纸杯酒下肚，周大海的愁容盖住了笑脸，整个人沉浸在郁闷情绪中，“我帮朋友卖那别墅，天天有人去看，就是卖不出去！我从那些人的表情看得出来，好多人都看上别墅了，就是不成交，说到头还是没实力，你说对不？还不好意思说买不起，对别墅挑三拣四、品头论足一番，然后就没下文了。唉！”

张红卫赶紧替自己和周大海斟酒。这半纸杯酒足有二两多，这一杯下去，酒就所剩无几了。张红卫揪下两只鸡腿，递给周大海一只：“来来来，周大哥，咱吃着喝着，别尽想那烦心事儿了！”

周大海接过鸡腿啃了一口，喝口酒：“老弟呀，你看我每天装模作样，穿戴齐整车进车出的，实际上，连个说知心话的人都没有，也就是在老弟你这儿呀，才能倒倒肚子里的苦水！”

张红卫抓起纸杯和周大海的纸杯碰了碰，喝口酒：“周大哥啊，咱俩可真是同病相怜啊，你看我以前在厂里，多风光啊。可现在沦落到在这里给车子做看门狗……”他气哼哼咬一口鸡腿，口齿不清地说，“一个月挣得那点辛苦钱，吃不饱，饿不死的，唉，世道不同了啊！”

周大海放下酒杯，对张红卫竖起大拇指：“老弟说得好，时代变了啊，干什么的都是一阵风！你看我老伴儿弄那早点摊，以前在咱飞燕区一条街上，那是鼎鼎有名的，可现在你看，这小区周围早点摊都要四五家，生意能好到哪里去啊。”说着又端起酒杯，朝张红卫扬了扬，张红卫急忙端起杯碰了碰，两人一扬脖子干了，“老弟呀，说实在的，我还很羡慕你呢。你看这保安的工作，又清闲又舒服，风吹不到雨淋不着，旱涝保收，真要感谢咱们小区的开发商徐老板呢！”

张红卫涨红了脸，摇了摇头：“周大哥啊，你这话差矣！”说着，朝周大海面前探了探身子：“老哥，那徐老板可不是省油的灯啊，他因为咱们飞燕区的拆迁工程，赚了多少黑心钱，你知道吗？”

周大海抬起迷蒙的双眼：“老弟，人家是商人，赚钱，那不是天经地义的吗，怎么能说是黑心钱呢。”

张红卫愤愤道：“你看咱飞燕区那块地，现在正在建商业广场，几栋三十多层的高档商住楼，十几层是商铺，那地段，商铺、房子得卖多少钱一平方米啊。还有，地铁五号线规划要从那里经过，你想想，那房价还不飞上天呀。人家补偿给咱们的那点儿钱，是九牛一毛啊，我的周大哥！”

周大海愣愣地看着张红卫，说：“哦，原来是这样啊，我还真没想过。怪不得拆迁期快到的时候，他们爽快地答应了咱们业主们的要求，老弟真是聪明。”

张红卫受到了鼓舞，兴冲冲提起酒瓶，把酒分倒在两只纸杯里，抓起自己那一只，象征性碰了碰另一只，不等对方反应，一口干了，往前挪了挪凳子，凑在周大海耳边：“周大哥，我有个想法，咱们合作一把。”

周大海努力睁大迷蒙的双眼，舌头有些打结，慢腾腾地问：“老，老弟啊，什么想法啊？”

“老哥，记得我上次跟你说的事吗，那徐老板的隐私？最近我发现，他是来和咱们小区的一个女人秘密幽会的。咱们计划一下，敲他一笔如何？”

“嗯？你，你说什么？”周大海停了一霎，挺直腰抬起头，“我，我说老弟啊，这种事可不能乱说，那种事更不能做，那是犯法的！”

话一出口，张红卫有种一不做二不休，豁出去的感觉，抓住周大海的胳膊：“周大哥，你别着急，听我说。”

周大海的酒醒了七分，拨拉开张红卫的胳膊，站起身：“张老弟啊，我不想听你说了，我也不想知道你的所谓计划。我，我就当是你喝醉了说醉话，说出的话也被风吹走了。我，我什么都不知道，什么都没听到！告辞了！”

张红卫嚷嚷着：“周大哥，你别走啊，你听我说！”边说边伸手拉住周大海的胳膊，周大海使劲甩开他，挤出岗亭，趔趔趄趄走了。

张红卫眼睁睁看着周大海消失在夜色中，转身关了岗亭门，气哼哼坐在桌前，抓起纸杯看了一眼，扔在桌上，又拿起酒瓶摇了摇，蹾在桌上，撕了块鸡肉塞进嘴里，狠狠嚼着，口齿不清地咒骂：“真是个胆小鬼，什么男人，没出息！”

第二十五章

张腊梅和马璇、梁慧两人始终保持着好闺蜜关系。她脾气好，性格好，会来事儿，马璇和梁慧都很信任她。马璇和梁慧之间的关系很微妙。两人曾是很好的闺蜜，就因为梁慧抢了马璇的男朋友吴江，两人闹得不可开交，最终闹绝交了。

张腊梅把两人又撮合到了一块儿，还给马璇介绍了个男朋友，关系渐入佳境，最近已经在谈婚论嫁。马璇自然非常感激张腊梅，对她掏心掏肺言听计从。对梁慧的那点儿怨恨也好像彻底消失了。她认为如果没有梁慧当初撬走吴江，自己怎么会有机会找到这么优秀的男朋友呢，该感激梁慧才对呢！

刚开始，吴江胆战心惊地暗暗观察张腊梅的动静。见张腊梅把马璇和妻子梁慧撮合到了一块，三个人时常形影不离，担心了好一阵子。他不知道张腊梅葫芦里卖的什么药，他预感不好，总觉得张腊梅存心不良。随着时间的推移，什么事都没发生，渐渐也就安心了。有时候听见梁慧谈起张腊梅和马璇，也是一副云淡风轻的样子，好像以前什么事都不曾发生过，不觉有些愕然，心想：女人这种动物，真是不可思议啊！

张腊梅在检验科，梁慧在财务科，而马璇是护士，三个人在不同的工作岗位，想要凑到一块儿活动很不容易。所以，只要有机会一起玩，三个人都不会轻易放过。

这天晚饭后，三个人相约去逛新开张的商业大厦，买些换季衣服。张腊梅和马璇先到了，在商场一楼的咖啡厅里等梁慧。

“腊梅，有没有听见你们检验科最近有啥新闻啊？”

马璇长张腊梅两岁，小梁慧三个月，排在老二，言谈举止间一副姐姐的神态。

“我们检验科？没有啊，璇姐，你听见什么了？”

张腊梅一副懵懂的样子，璇姐叫得很亲热。

“我听说呀，慧姐那口子……最近和那小实习生……那个叫付小红的，不清不楚的！”

张腊梅睁大了眼睛，左右看一看：“璇姐，这话可不敢乱说。我们检验科的事儿，我都没听见，你咋会知道？可别让慧姐听见了，要出大事儿的！”

马璇嗔怪地瞪张腊梅一眼：“腊梅，姐还会骗你吗，你和那吴江不是一个班，整天除了工作，就是操心妹夫和孩子，还常常跑去监控室陪妹夫，消息自然闭塞。告诉你吧，腊梅，这事儿，是那付小红的同学、在我班上实习的陈静偷偷告诉我的！”

张腊梅往前凑了凑，低声说：“真的假的，璇姐？”

马璇得意地说：“腊梅，当然是真的，姐还会骗你吗。”说着，瞥张腊梅一眼，“我还不清楚吗，那吴江就是个花花肠子。腊梅，你长得这么漂亮，当初你在他手下实习的时候，他没有动过你的心思？”

张腊梅一听，立刻斜她一眼，假装生气了：“璇姐，你怎么拿我开玩笑啊，你说那陈静告诉你的，陈静怎么会知道啊，难道是付小红告诉她的？这种事，哪有自己往外传的，我不信！”

马璇神秘地笑笑，说：“现在的年轻人啊，真是了不得，你还别不信，腊梅，真是那付小红亲口告诉陈静的。说吴江主任对她可好了，承诺要帮她办留院呢！”

张腊梅笑了，说：“不会吧，我不相信付小红能那么傻，跟别人说这种事儿。”

“大概她以为和陈静关系很好，陈静不会泄露出去吧。说不定，她其实就是在向陈静炫耀呢。”马璇一脸不置可否的表情，“谁知道那些小姑娘怎么想的！”

张腊梅端起咖啡杯呷了一口：“璇姐，无论如何，不要在慧姐面前透露这些，不然的话，慧姐那脾气，肯定炸了！”

马璇靠在椅背上，双手抱在胸前，眼睛看着别处，鼻子里哼哼两声，说：“知道了，腊梅，你哪是妹妹啊，简直就是我们俩的姐姐嘛！”

张腊梅笑了，刚要说什么，突然俯在桌上，朝马璇身后扬扬下巴：“璇姐，慧姐来了。记住，千万别说啊！”

马璇急忙扭头一看，梁慧正急匆匆跑进来，边朝两人挥手。

两人住了口，看着梁慧一步步走近。

“哎呀，抱歉抱歉，迟到了，孩子缠着我不放，真是的，好不容易摆脱了，就赶紧跑过来了。”

梁慧边说边放下包包，坐下来。

“慧姐，给你要杯咖啡吧，歇会儿，咱们再去逛，好吧？”张腊梅站起身，边往吧台走边说。

“嗯，好，好！”

梁慧看看张腊梅的背影，又看看马璇：“璇子，你们俩神情不对呀，怎么啦？”

马璇急忙摆手：“慧，慧姐，没什么！”

“远远就看见你们俩聊得热火朝天的，一看见我表情都不对了。有什么事？快说！”

马璇看着缓缓走近的张腊梅的眼睛，张腊梅感觉到马璇的神情，做了个鬼脸，吐了吐舌头。

梁慧猛回头，盯住张腊梅，正好看见张腊梅的鬼脸。更加确信这两人有事瞒着自己，一把拉住张腊梅：“腊梅，你说，你们俩刚才在聊什么？是不是跟我有关，快告诉我！”

“慧姐，没有，真没有！不信，你问璇姐！”

马璇和张腊梅对个眼神，看着梁慧：“你看慧姐，我说没有吧，你还不相信！真的没有，我俩在闲聊，你多心了！”

服务员端着一杯咖啡走过来，轻轻放在桌上，问：“三位女士，还需要什么吗？”

张腊梅和马璇急忙异口同声地说：“不需要了，谢谢。”

梁慧越加疑惑，看看这个，望望那个，突然一拍桌子，面前咖啡杯里的咖啡被震得溢出许多："你们两个究竟在隐瞒什么，还拿我当姐姐吗，快说！"

马璇对张腊梅摊摊手耸耸肩，无可奈何地撇撇嘴。张腊梅低下头，双肘撑在咖啡桌上，拿小勺叮叮当当搅着咖啡，不语。

梁慧拿出财务科长的威严，紧紧盯住马璇。张腊梅那事不关己的表情，表明跟自己无关，主角是马璇。

"慧姐，其实也没什么，道听途说而已，你也别当真，别打听了。"

"少磨磨叽叽的，快说！"梁慧狠狠瞪马璇一眼，端起咖啡喝了一大口，像给自己壮胆，又像压惊。

马璇看看低头搅咖啡的张腊梅，又望了望梁慧，俯身往她身边凑了凑，低声说："慧姐，其实也没什么。传言，姐夫和那叫付小红的实习生，有些……流言蜚语。"

梁慧猛然抬起头，瞪着马璇："你听谁说的，啊？什么时候的事？"

马璇直起身子挪开了点："慧姐，你看你，我就说是流言蜚语吧，你就别问了！"

梁慧觉察出自己的态度太过生硬："好好好，璇子，我不着急，你慢慢说，怎么回事啊？"

马璇喝了口咖啡，咬着唇停顿一会儿，勉为其难地说："好吧，慧姐，我都告诉你吧。那天，我在卫生间，听见外面有两个人在低声议论，说姐夫对实习生付小红很好，要帮她留院之类的……我也没听清说话的是谁和谁，等她们走了之后我才敢出来，就……就这些。"

梁慧的脸色阴沉得快要落下雨来，眼神变得凶巴巴的："那个不争气的东西，看我回去怎么收拾他！"

张腊梅抬头看看马璇，两人迅速交换了一个眼神。两人的嘴角，闪过一丝不易觉察的冷笑，同时扭头看向恼怒的梁慧。

张腊梅先开口了："慧姐，璇姐说了，那都是人们的传言。你回去不要生气，和姐夫好好沟通，说不定就是人们在捕风捉影。"

马璇接着说："是啊，慧姐，你不要生气，落实好了再说。"

三个人再也没有心思逛商场了，咖啡没滋没味地见了底，她们呆坐了一会儿，便打道回府了。

第二天一上班，马璇和张腊梅就相约去财务科找梁慧。梁慧眼窝深陷，头发蓬乱，一脸的憔悴。

"慧姐，怎么样，姐夫承认了吗？"一见面，马璇就凑到梁慧跟前，低声问。张腊梅也投来关切的目光。

"我审问了一夜，他就是不承认，说是有人存心陷害他。"

"你看，慧姐，我就说是人们捕风捉影吧，姐夫不是那样的人。"张腊梅长吁一口气，笑着说。

马璇说："无风不起浪，那传言有鼻子有眼的，不可能纯粹是胡说吧。再说，谁会承认啊，没凭没据的。"

张腊梅急忙跑过去关上门，捣捣马璇的胳膊："璇姐，你小声点儿，隔墙有耳，你不知道啊。"

马璇点点头，压低了声音："慧姐，你打算怎么办，就这样算了？"

"我怎么可能就这样算了，无风不起浪，他吴江如果洁身自爱，怎会有人那样编派他，那付小红是个小姑娘，不会往自己身上泼脏水吧。"

张腊梅和马璇频频点头，做思考状："是啊，慧姐，你想怎么做，我们两个肯定帮你！"

梁慧挠挠蓬乱的短发，烦闷地捶捶桌子："我心里乱死了，不知道该怎么做！"

张腊梅说："慧姐，要不……你跟赵院长商量一下，阿姨经验丰富，又是长辈，肯定会有办法。"

"最近我爸身体不好，我妈没日没夜地陪着，身心俱疲，我不想再拿这事儿烦她。"

"也是啊，这样吧，璇姐，咱们也有好几天没去看两位老人家了，晚上，咱俩跟慧姐一起去看看吧，记着，千万不要提起那事儿，听见没？"

“好好好，我知道，我的腊梅姐！”

马璇的玩笑话把两人逗乐了，梁慧的情绪也缓解了些，两人起身告辞。

“慧姐，你好好上班，别胡思乱想了，别搞得天下本无事，庸人自扰之了，我们上班去了啊，晚上见！”马璇拉着张腊梅走了，边说边笑。梁慧站在门口侧耳倾听，只听到马璇在猜测张腊梅身上那条漂亮花裙子的价格，一连几次都没猜对。

梁慧心事重重地坐回办公桌前，想着刚刚离去的张腊梅和马璇。自己怎么会跟这两个女人成为好朋友呢？

马璇是吴江的前女友，自己从她手里抢走了吴江。从那以后，两人的闺蜜关系就彻底破裂了。什么时候，又和好如初了呢？

张腊梅，曾经是吴江的实习生，聪明、漂亮、迷人。好长时间，都是她梁慧的假想情敌。她和母亲想方设法阻止张腊梅留院，没想到，人家不但成功留院，还嫁给了院长公子。这么长时间过去了，张腊梅不可能对她们母女的所作所为一无所知。

她们俩真的忘了过去发生的事情吗，真的实心实意和自己做好朋友？这两个人，原本都有理由对自己抱有怨恨啊！

梁慧想到这里，突然觉得孤独得可怕。丈夫真的背叛了自己吗？张腊梅和马璇所谓的闺蜜情，是真的吗？爱情和友情，哪个靠得住？她想到了母亲，她唯一能依靠的，可以全身心交付的，只有自己的母亲了！

想到这里，梁慧眼里涌出泪花，急忙拨通母亲的电话。母亲正在家里照顾父亲。

赵云立刻听出了女儿语气中的不悦，一个劲追问。她心一乱，答应中午回家详谈。

再过一年多，妈妈就要退休了，自己将失去母亲手里握着的权力的庇护。漫漫人生路，将会有多少艰难险阻需要自己独自面对啊！

梁慧悄悄跟母亲说了听到的传闻，母亲沉思片刻，说：“我就知道，那吴江迟早会出事，这一天终于来了，你打算怎么办？”

梁慧流下了眼泪："妈，我不知道该怎么办啊，他死活不承认，说别人诬陷他。"

赵云轻蔑地冷笑几声："贼无赃，硬似钢，捉奸捉双，抓贼拿赃。没凭没据的，他能承认才怪呢！"

"妈，那你说，咱们该怎么办？"

"这样吧，晚上我安顿好你爸，去你家，咱们好好审审他！"

梁慧应了声好。突然想起早上张腊梅和马璇说过，要来家里看爸爸："妈，不行啊，张腊梅和马璇晚上要来家里看爸爸，怎么办？"

赵云审视着女儿的脸："小慧，吴江的事，不会是她们两个说的吧。"

"是马璇说的，张腊梅原先不知情。"

"女儿啊，你太单纯了，还是离她们两个远一点吧。人心难测，特别是女人心，海底针啊！"

梁慧不安地看着母亲的脸，低下了头。她当然清楚母亲指的是什么。当初，就是自己暗使诡计，抢走了好朋友的未婚夫。

赵云知道自己的话又戳中了女儿的心病，急忙改了口："小慧，你一会儿到办公室就给她们打电话，说晚上家里有事，改天再来。"

梁慧答应着，眼神茫然地落在对面的地板上。

赵云狠狠瞪了她一眼，有种怒其不争，哀其不幸的意味。心想，这孩子什么时候才能长大呢，真让她这个做母亲的揪心啊！

吴江昨晚一夜无眠。妻子的拷问让他莫名其妙。自从经历了张腊梅，他吴江可以说对别的女人心如止水了。那样聪明可人的张腊梅，这世间能有几个。他对她念念不忘，不时逮着机会示好，而张腊梅一副清心寡欲的样子，若即若离的，对他的示好毫无反应。他实在摸不透她的心思。

实习生付小红，就是个胸大无脑的花瓶，他怎么可能动她。

妻子梁慧言之凿凿，说医院里都传开了，说他对付小红非常着迷，还答应帮她留院，他搞不清楚怎么会传出这样的流言。他想好了，明天一上班，就直截了当问付小红。

早上一上班，他就把付小红拉到一边，问："小红，有没有听见人们瞎传，说我对你很好，答应帮你留院？"

付小红张着一双浓妆艳抹的大眼睛，假睫毛扇子一样扇了几下："吴主任，你说什么呀，谁说的，我不知道！"

说完转身就走。吴江又追了一句，问道："你真不知道吗？不是你乱说的吧？"

付小红头都不回地说："吴主任！吴大叔！我还是个姑娘家，怎么可能往自己身上泼脏水啊。"

吴江被顶撞得无语应答，愣愣站在原地。付小红回头看他一眼，招呼都不打，拉开门出去了，不知去干什么，十几分钟后才回来。之后又有别科室的医生、护士来串门，和付小红窃窃私语一番，走了。吴江在她们眼里好像成了透明人。

吴江好不容易挨到中午，跑去财务科找妻子，财务科锁着门。吴江不知道妻子回家了，还是去了别处，想打个电话，转念一想，还是算了吧，晚上回家再好好解释。自己没做过的事，心虚什么。

吴江在心里安慰着自己，默默去食堂打了饭，回了检验科。他觉察到周围的气氛有些异常，人们远远望着他窃窃私语，等他一走近，就都迅速四散而去。就连平日里比较要好的几个医生、护士，也都奇奇怪怪的。

他装出轻松的样子，拉住一个人问："周医生，大家怎么都神神秘秘的。"

周医生挤出个笑脸："是吴主任啊，没什么！您忙着吧，我还有事，先走了啊。"说着转身就走。他那奇怪的眼神还不忘在他身上流连那么几秒，脸上是一种莫名的兴奋。

吴江一连与三个人打招呼，他们都神色莫名，语焉不详，撇下他匆匆而去。

这一天，吴江过得异常郁闷。付小红对他爱理不理的，不时出出进进，不知在忙什么。就连化验室门口的椅子也空落落的，化验标本少得异常。

吴江给妻子打了个电话，电话响了一声就直接挂断了。他想去财务室，又怕一路遇见莫名其妙的人和那种眼神。好不容易挨到下班，便急急忙忙赶回了家。

家里冷冰冰的，没有饭菜的香味。妻子和岳母的脸和眼神也冷冰冰的，像两个法官似的，正襟危坐在沙发上，紧盯着自己，从头到脚打量了好几个来回。

岳母没有让他坐下来的意思，直截了当地问："吴江，你给我老实回答，你和那实习生付小红怎么回事。"

吴江看看妻子，妻子斜着眼，狠狠瞪过来，正脸都不愿意给他。

"妈，我昨晚都跟小慧说了，我和那实习生没有任何关系，也没有说过那样的话，您一定要相信我！"

"哼哼，无风不起浪，你没有做过，怎么会传得满城风雨。"

吴江急得直跺脚，凑到梁慧身边，就要坐下。

赵云一声大喝："吴江，你给我站着，谁允许你坐了，你这个不争气的东西！你给我老实交代，究竟怎么回事。"

吴江窘迫得脸通红，只好站在妻子身边："妈，小慧，我再说一遍，我真的什么都没做，什么都没说！你们怎么就不相信我呢。"

"你觉得我们没凭没据，是不是？你就可以不承认，是不是？我告诉你，吴江，你不要太过分了，这几年来，我们亏待过你吗？把你从一个小科员捧到主任的位置上，你就是这样报答我们的吗？你有没有良心啊？你以为你是谁啊？过了几天舒服日子，就在那里勾三搭四的，搞些见不得人的勾当。"

赵云的声音越来越激昂。

第二十六章

吴江唯唯诺诺地说："妈，您先别生气，听我说呀。我真的没有做过，也没有说过，今天，我还问那个付小红了……"

一直怒目而视的梁慧打断他的话："你问付小红？你怕是找她串供吧，你可真不要脸，我们一家人的脸都让你丢尽了。"

"小慧！不是、不是的！我问她听见流言没有，是不是她自己无意中说错了什么。她说她没听见，她不可能往自己身上泼脏水！"

赵云冷静了片刻，伸手制止女儿："吴江，你知道这件事情的严重性吗？全院都传开了啊，下午，贾院长还打电话问我呢！"

"妈，那完全都是污蔑，我对那实习生……怎么可能说那样的话，做那样的事。我爱小慧，只爱小慧一个人。妈，可以调查啊，我不知道是什么人，要这样诬陷我，究竟是什么目的！"

赵云和女儿对视一眼，吴江的表情、语气不像是装的。究竟是什么人，在散布那样的流言。

赵云冲吴江摆摆手，示意他坐下。吴江赶紧坐在梁慧身边，拉住她的手。梁慧赌气甩开，吴江迟疑一下，又握住，梁慧没有再动，两行泪顺着她的脸颊落到了胸前。

"吴江，如果你说的是真的，咱们就要认真对待。这有可能是个阴谋，针对的不只是你，还有咱们家，甚至是我这个副院长！"

吴江的脸色渐渐恢复了正常，若有所思地问："妈，你觉得是谁在操纵这件事，他为什么这样做？"

赵云摇摇头："不知道啊，来，咱们好好回忆一下前后经过，理理头绪。"

吴江暗暗松了一口气，这一关总算过去了。只要岳母和妻子相信自己，想办法解决问题，事情总会水落石出的。毕竟，岳母还算是一院之长，虽然只是个副的，但权力也不小。

三个人讨论到了半夜，还是理不出头绪。老伴儿打电话问她多久回家，赵云只好起身，临走还不住地叮嘱："你们两个要一心一意，不要再起内讧，我预感来者不善，是在故意针对咱们家！听见没有？要稳住阵脚，明天看看事态的发展，咱们再决定怎么办！还有，千万要瞒着你爸，知道吗？"

吴江和梁慧手拉手站在门口，紧张地看着赵云，连连点头。

赵云推断得不错。转天一早，医院的汪主任打电话，让吴江去他办公室。吴江急忙向赵云汇报，赵云安抚他，去吧，不去说不过去，去了实话实说吧！

一见面，汪主任就单刀直入，问他和付小红的关系，吴江一番解释。汪主任笑着说："刚才赵副院长给我打了电话，说和你交流过了，是有人捕风捉影，造谣生事。我叫你来，就是落实一下情况。你别多想，清者自清嘛！我们会抓紧调查的，你放心回去上班吧，不要有顾虑啊！"

吴江满脸堆笑一个劲儿点头，弯腰握手告辞，退出汪主任办公室。在过道里碰上了几个医生、护士，吴江没事人似的和他们打招呼，大家表情奇怪地应付两句，匆匆而去，边走边回头看他，互相咬着耳朵。

吴江刚回到检验科，屁股还没坐稳，梁慧的电话打来了："老公，不知是谁，在咱们医院内部群里发了一段视频，你快看看！"

梁慧的声音异常紧张。吴江来不及多想，挂了电话，急忙打开微信群。一段视频，前后三十多秒，看得清清楚楚，正是自己给田小米递化验单的那一段。视频上还有字幕，说省医院检验科吴江主任玩忽职守，给错化验单，导致少女田小米遭受不白侮辱，身心俱损。

吴江脑子里轰一声炸响，整个人都蒙了，他下意识伸手去删除视频，瞬间明白是徒劳。他茫然盯着群里刷屏似的各种表情，呆住了。

转发视频的人说话了。原来是医院的一名男护工，家属是医院的保洁。院里为了方便通知一些休假、发福利等事情，所以保洁和护工也都在群里。

护工说，他休息的时候刷视频，无意中看见了这段跟医院有关的视频，就赶紧转到了群里，提醒领导们抓紧解决。他本来是想转给领导的，但是没有领导的微信，只好转在内部群里了。

事情搞大了，群里的视频已无法删除，医院里上上下下无人不知，无人不晓，吴江一下子被抛到了风口浪尖上。院领导紧急展开班子会议，决定立刻报案，说视频是伪造的，给医院造成了极其恶劣的影响，严重损害了省医院的形象，要求立刻找到发视频的人，删除视频，追究责任。

市公安局网监处的人很快就找到了发视频的人，是个学生，说在马路边捡到一部旧手机，手机上只有一段视频，出于好奇和正义感，就把视频发到了网上。学生一看警察找上门，吓坏了，赶紧交出了旧手机。

旧手机里面除了那段视频什么都没有。技术科的人恢复了原始数据，推测机主是个老年人，通讯录里只存过十几个电话，连短信都很少发。顺藤摸瓜找到登记手机号的年轻女士，一问，机主果然是她的老父亲。老人说，手机丢了有一段时间了。

看到这里，连公安局网监处的人也束手无策了。视频经过技术验证，不是伪造的。

视频中的受害人田小米看到那段视频时，是在公安局里，田小米证实了视频的真实性。在人证、物证齐全的形势下，吴江只好承认了。

在省医院的强烈要求下，视频被删除了。但视频传播极快、极广，影响极其恶劣。社会舆论纷纷谴责吴江，指责医院包庇内部人员，无视人民群众的生命安全及名誉，要求严惩当事人吴江。

田小米的律师提出要求，医院及吴江本人必须正式向田小米赔礼道歉，并支付精神损失费二十万元，并要求严惩吴江，以儆效尤。

媒体将两年前田小米的遭遇披露了出来，从各种角度阐述了田小米的惨痛经历。公交车侮辱田小米的事件，导致田小米晕倒住院，田小米父亲田琨，要求医院查出责任人，承担责任，被医院搪塞。由此，又扯出了公交车事件的始作俑者马晓娟姐弟，延伸到校园暴力、家庭教育的严重性。刚刚沉寂下去的“马家惨案”，又被媒体翻了出来。

一时间，大街小巷的人们都在议论此事，有媒体站出来做总结，正义可能会迟到，但永远不会缺席。

田小米并没有太多冤仇得报的喜悦。事情过去已经两年多了，她已经选择了遗忘。如今，事情莫名其妙大白于天下，医院和吴江正式道了歉，并最终赔偿精神损失费十万元，田小米全家确实有一种扬眉吐气的感觉。但媒体的言论、走向不受控制地四处蔓延，又将全家推到了聚光灯下。每天，不知什么时候就会有记者堵住他们采访，连年迈的爷爷奶奶都不放过。全家人的工作和生活受到了严重的干扰。这不是他们全家想要的。

另一方面，有些媒体好像站在田琨家一边，几乎将马家姐弟恶魔化。生拉硬造到了令人不齿的地步。田琨有一种深深的担忧，担心那些不负责任的文章会激化马家姐弟和女儿之间的矛盾，将女儿再次推到危险的境地。

田琨将自己的担心跟雷鸣讲了，雷鸣表示赞同。于是，田琨以全家人的名义委托律师，在媒体发了一条公告，明确禁止媒体再拿女儿田小米的事情作引子，自作主张编撰不切实际的文章，伤害当事人，涉及无辜，否则追究法律责任。

公告一出，媒体立刻偃旗息鼓了。

不久，省医院传出消息，田小米化验单事件的当事人，省医检验科主任吴江被开除党籍，免去检验科主任职务，降为一般科员。

等舆论渐渐平息下去，院领导研究决定，立刻组织人员调查视频泄漏事件。查了一周多，最终不了了之。因为，早在事情发生之初，院领导就授意保卫科销毁了那段视频。

这天，办公室的汪主任一个电话把张腊梅召了过去。张腊梅一进门，汪主任就笑眯眯迎上来，握了握她的手，请她坐下。

张腊梅莫名其妙看着汪主任。汪主任笑了：“张腊梅同志，嗯，院领导研究决定，由你代理检验科主任一职，履职一段时间，看你的工作表现，能够胜任就转正。你有没有信心啊？”

张腊梅急忙摆手：“不行啊，不行啊，汪主任，我哪能胜任啊。”

“张腊梅同志，你就不要推辞了，检验科不能群龙无首啊！你的工作表现领导们都看在眼里，同事关系也处得非常好。院里已经决定了，你就不要再推辞了。”

张腊梅欲言又止。汪主任说：“张腊梅同志，你有何顾虑，不妨说出来！”

张腊梅清清嗓子，说：“汪主任，吴江主任是我的师父，吴主任……出事没多久，我就……不太好啊，好像我在图谋这个位子……”

汪主任收起笑脸，严肃地说：“张腊梅同志，这是组织决定，不是谁图谋就能坐上那个位子的，你这个小同志啊，想太多了！”

张腊梅又说：“汪主任，既然是组织决定的，我也不好推辞，但我有一个要求，可以吗？”

“有什么要求，你说。”

“检验科的管理工作我可以做，但不要公布我代理主任这件事儿，也不要给我调工资，好不好？”张腊梅不好意思地看看汪主任，低头笑了笑：“一方面，我怕我能力有限，不能胜任；另一方面，我怕大家对我有想法……”

汪主任一拍大腿，爽朗地笑了：“张腊梅同志啊，你就不要多想了，好好干工作吧，要相信领导的眼光和判断力，相信群众眼睛是雪亮的。你一定能够胜任检验科主任这个职务的。”

汪主任起身走到电话旁，按了个号码。一会儿，人事处处长焦阳来了。

“焦处长，我已经和张腊梅同志谈过话了，你马上发人事任命通知吧！”

焦处长笑眯眯看着张腊梅点点头，握住她柔若无骨的小手：“张腊梅同志，祝贺你啊！”

张腊梅对着汪主任和焦处长一再鞠躬，连声道谢。

“张主任，以后工作中有什么问题尽管找我们，我们会全力配合你的！”

这段时间，赵云一家人被打了个措手不及，毫无招架之力。吴江被开除党籍，免去主任职务，这是全家怎么都没想到的结果。梁慧父亲最终还是知道了，又气又急，健康状况越加糟糕。赵云知道自己大势已去，也就借口老伴儿需要照顾，很少出现在办公室了。

吴江出事以后，张腊梅依然一如既往对梁慧好，安慰她，陪伴她，和她一起去看望病榻上的老父亲，一家人对张腊梅自然是感激不尽。只有吴江，偷偷落在张腊梅身上的目光多了一种成分。他总觉得自己倒了这么大的霉，和张腊梅有千丝万缕的联系，但苦于没凭没据，也不好招惹她。只在心里暗暗发誓，一定要找到那个陷害自己的人，让他付出代价。

张腊梅当了代理主任后，第一时间跑去告诉梁慧："慧姐，汪主任找我谈话，让我做检验科代理主任！我推辞了，我真不想这样。但是，汪主任说了，是院领导研究决定的，我……慧姐，你可不要想歪了啊。"

梁慧心里很不舒服，表面不动声色："腊梅，我听我妈说了，是院领导研究决定的。检验科不能没有负责人啊，不是你就是别人。你不要多想了，服从领导安排吧！"

马璇明显表现出幸灾乐祸，偷偷对张腊梅说："腊梅，那吴江是自作孽不可活啊！我早就说过，那种良心喂了狗的人，迟早会遭报应的！你看看，报应来了吧。你呀，人太好了，还是离他们家远一些吧，省得招惹闲话。"

"璇姐，话不能这样说，那犯错的又不是慧姐。我觉得吧，慧姐也挺可怜的。"

马璇气急败坏地指着张腊梅："腊梅啊腊梅，你呀，我该怎么说你好呢，我听说，当初为了阻止你留院，她们母女俩可没少下功夫！"

张腊梅立刻正色道："璇姐，饭可以乱吃，话可不能乱讲，慧姐家现在倒了霉，咱不能落井下石啊。好了好了，璇姐，我知道你是为我好。这事，咱们以后再聊，好吧。"

田琨的担心不无道理。

休了一学年学的马晓娟又上学了。马晓娟早就想好了，这次重返校园，要低调做人，本本分分好好学习，争取考上大学。

她当然看到了媒体上的相关报道，还有意识搜索浏览了所有相关文章。

她同样被推到了舆论的风口浪尖上，班上的同学纷纷议论，就连学校领导都找她谈话了解情况。

马晓娟气坏了，内心又开始不平衡。她没有一点点反思，反而把那些侮辱性的文章，以及校园里的种种不公待遇，通通算到了田小米头上。对田小米除了妒忌，又增加了一层仇恨。你田小米凭什么那么优秀，要风得风，要雨得雨，家庭和睦，那么多人爱护，就连老天爷都帮着你！凭什么？

马晓军不在身边，没有可指使的人，周围的同学们也都排斥她、疏远她，她清楚自己现在什么都做不了，也不想现在对田小米怎样。目前的主要任务是学业，家里再没人骚扰、羞辱，机会多难得啊！可以沉下心来好好学习，等考上大学，等有一份好的工作，再做打算不迟。这可是将来摆脱马晓军唯一的机会。君子报仇，十年不晚！

马晓娟一遍遍安慰自己，默默承受着同学们的欺辱。把全部的精力心思都用在了学习上，很快，她的成绩在全年级脱颖而出，高三那一年，还当上了学习委员。

她得知田小米和翔宇一起考到了厦门大学，暗暗发誓，一定也要考去那里。她爱翔宇，她要追随着他，想方设法得到他，得不到就毁了他。她恨透了田小米。

田小米和翔宇一起考到了厦门大学，高兴极了。田小米觉得，远离家乡，到了千里之外，那如噩梦般的记忆和马家姐弟一起，会被远远抛在身后。新的环境，新的开始，一切都是那么的美好。

当上代理主任不到半年，张腊梅就正式升为主任了。从此，她的生活顺风顺水，一路高歌猛进。

吴江跌入了人生的低谷。被免职、开除党籍后，他性情大变，开始破罐子破摔。在家里对妻子大吼大叫，对她父母也失去了以往的尊重。在医院窝窝囊囊待了不到半年，便辞职下海经商去了。

赵云还有半年多才退休，实质上相当于已经退休了。她所有的时间和精力都用在照顾老伴儿上，几乎不去上班。院里从上到下没人提出异议。大家私下议论，吴江事件对赵副院长的打击太大了，赵副院长为医院辛劳一辈子，就这样熬到退休，也没什么不应该。

梁慧变得沉默寡言。丈夫垮了，母亲退休了。她没有了主心骨，没有了靠山。虽然还在财务科科长的位子上，但已失去了人们的尊敬和爱护。周围的人都换了一副嘴脸，变得漫不经心，轻蔑漠然。她不得不学着隐忍，小心翼翼看别人脸色行事，奉承领导，巴结上司。吴江下海经商后，常常夜不归宿，稍不顺心，张口就骂。有一次吵架，甚至动手抽了她一耳光。她找母亲哭诉，母亲只是长叹一声，默默陪着她掉了几滴泪，没了下文。

第二十七章

张红卫和周大海深夜喝酒聊天之后，好久都没见着周大海。有几次明明看见周大海的车子，但人家并没有打招呼，车窗都关得严严实实。张红卫百思不得其解，不知道是不是自己说错了什么，做错了什么，得罪了周大哥。为此，张红卫郁闷了很久。

张红卫依然留心着徐锦江的动静，他也不知为什么，就是控制不住自己。他偷偷在一个小本子上记录下徐老板去D座的时间，慢慢琢磨。功夫不负有心人，还真让他摸到了规律。

张红卫急切地想见到周大海。但始终没看见周大海的车子。这天，张红卫值完夜班回家补觉，大概是心里有事的缘故，一反常态没有睡个昏天黑地，睡了几个小时候就自然醒了，他转悠着找到了周大海家的早点铺。此时已是中午时分，早点铺早已关门，他在门口徘徊了一会儿，回家了。

他心里那个计划，只跟周大海说过。他想，周大海避而不见，大概就是因为他说了那个计划。这更让张红卫觉得周大海可靠，是那个计划最合适的合作者。他要找到他，劝说他一起行动。

这天晚上八点钟刚过，周大海的车子来了，张红卫一见那朝思暮想的车牌号，急忙打开岗亭玻璃窗，冲车窗大喊。周大海把车窗玻璃打开一条缝，露出一双询问的眼睛。

“周大哥，我找你好几天了。上次喝多了，有些失态，周大哥多担待啊。车子停好上来，咱俩聊一聊。”

周大海淡淡地说：“张老弟，我也喝多啦，什么都不记得了！我家里有点事，先回去了。”说完，直接关了车窗，开车下了地下停车场。张红卫抱着一线希望，期待周大海改变主意。等了好一会儿，不见人上来，气哼哼骂了一句：“什么人呐，有什么了不起。”

从此，周大海变回了陌生人，见了张红卫也不打招呼，眼睛望着他，眼神却空落落不知落在哪里。张红卫寻不到他的眼睛，揣摩不透他的心思，如此三番五次，也就渐渐冷淡了那份急切的心思。

周大海的远离，让张红卫警觉起来。他的计划本来就不成熟，在那个深夜，在酒精的刺激下，在那样一种融洽气氛的催化下，突然就从潜意识冒出来，脱口而出。他以为周大海会欣然同意，没想到，周大海却被吓跑了。周大海是不想搅和到那种危险的事情当中去，他是个实在人，过着平淡清贫的生活，每天为卖不出去的别墅发愁，为惨淡经营的早点铺忧心，他是个承受不起再一次大起大落的人啊。

张红卫就这样在心里一次次替周大海开脱。终于有一天，他好像理解了他，不再咒骂他。他想，一定要完成自己的计划，独自完成。有了钱，要请周大哥好好喝次酒。

首先，必须要周密计划。徐锦江的行踪规律，他已摸得一清二楚。下一步，要想方设法找到和他幽会的女人，那个女人肯定是小区里的，并且住在D座。这事是有些难度。上班时间随时都有车辆进出，他只能守在岗亭里，下了班就在家补觉，要想找到那个女人，就得牺牲休息时间耐心去蹲守。

张红卫将自己的值班表和徐锦江的行踪规律仔细做了比对，发现有时候他正好轮休，真是天赐良机啊。

这天是个周三，张红卫值夜班，白天休息。他早就查过了，徐锦江曾在中午十二点半左右来过三次，大概率今天还会来。他定了闹钟，十一点半被叫醒，匆忙吃了点东西，穿上提前从衣柜里翻出来的旧衣服，戴上帽子、口罩，捂得严严实实的出了门，直接钻进了电梯。有个邻居奇怪地看着他，像要打招呼的样子，他扭头盯着电梯按键板上不断闪烁的红箭头，一言不发。邻居有些疑惑，不敢断定是否是他，临出电梯还看了他一眼。张红卫想，看来，下次伪装得要更细致一些。

他直接下了地下停车场，顺着墙根快速向D座电梯口移动。B座和D座之间隔着C座，曲曲弯弯大概有一百五十米左右的距离。地下停车场几个监控摄像头的位置，他熟悉得跟自己的手掌纹路一样。他躲着摄像头来到D

座电梯口，徐老板的专用车位还空着。他看看时间，十二点十五分，犹豫一下，摘下帽子和口罩装进上衣口袋，果断进了电梯，随手按了十五层。

这几栋楼是由十楼的大平台连在一起的，十楼以下是商铺，十楼以上是住宅。徐老板的金屋不可能设在十层以下，他为自己的判断暗暗得意。之所以进电梯，是他灵机一动，想利用几分钟的时间熟悉一下环境。知己知彼百战百胜的道理，他还是很清楚的。

大概是上班日的缘故，又正值中午饭点儿和上下班时间，电梯里人挺多。张红卫有些心急，等电梯下到地下停车场，怕会错过徐锦江。他有些后悔进电梯，同时也奇怪，这人来人往的，徐锦江怎么会选这样一个时间段来幽会。

电梯好不容易回到地下停车场，他急忙跑出去一看，徐锦江的专用车位还空着。看看时间，刚好十二点半。那徐锦江不会碰巧不来了吧，还是等等吧。他左顾右盼，发现左侧有一辆高高大大的福特越野，便躲在车子侧后方，他想徐锦江的车从右边入口开过来的话，是看不见他的。正在这时，右前方传来汽车轰鸣声，他急忙弯腰躲在福特越野后面，一看，来人正是徐锦江！

张红卫等徐锦江停好车朝电梯口走去，急忙闪身出来，大大方方跟了过去。徐锦江没想到后面来了人，扭头看他一眼。他淡定自若摆弄着手机，也似无意撇了徐锦江一眼。电梯到了，徐锦江走进去随手按了三十六，他按了三十五。电梯到一楼停了，上来七八个人，徐锦江退到了最后面，张红卫侧身靠在电梯左边，始终低头看手机，男男女女隔开了他和徐锦江。电梯停停开开，人们出出进进，等到三十层以上，只剩了四个人。张红卫收起手机，懒懒散散站着，盯着电梯上框的显示屏。电梯停在三十三层，又出去两个人。他扭头看看徐锦江，徐锦江正好看过来，两人互相咧咧嘴点点头。一个念头在他脑中闪过，徐锦江那么大个老板，名声赫赫，本人也没多大架子啊。电梯停在三十五层，他悠闲走出去，右拐。电梯在身后咔嚓一声关闭，他边走边回头看，四下无人。他知道每层楼都有摄像头，做戏还是做全套吧！万一徐锦江觉出不对劲，查看监控，自己不就暴露了吗，他有些后悔跟得太紧。他不紧不慢拐过去，敲一户人家的门。如果家里有人就说找某某某，如果没人就转身下楼，幸好那家没人。他转身来到电梯旁，此时电梯刚下到一楼，要上升到三十五层，得等好一会儿。他假装打电话，电话不通，急得来回踱步，突然看见了楼梯口，转身走过去，顺楼梯爬上三十六层，在楼道转了一圈，边假意打电话和某人询问楼层和门牌号，好像是个迷了路或找错地方的陌生人。

三十六层是顶层。这一层的结构和三十五层有所不同。左边有三户人家，右边过道被一扇紫红色的大铁门隔断，大铁门另一面，应该是其他三户人家的位置。想来那徐锦江的金屋，应该就在那扇大铁门后边。

楼道里空无一人。张红卫不敢久留，闪身躲在楼梯间，假装发短信靠墙站着，透过门上的玻璃窗，观察紫红色的大铁门。几分钟过去了，没人出入。此地不宜久留，他想，于是，顺着楼梯下到三十五层，乘电梯来到地下停车场，席地坐在福特越野后面，等待。

大约一个小时后，徐锦江出现了，直接上了车，走了。张红卫闪身出来，回到电梯口，直接上到三十六楼。一出电梯就遇见一中年女人，他左顾右盼一番，问：“大姐，请问小伟家住这里吗？”

那大姐急着坐电梯，随口说：“不知道，不清楚！”一口南方口音。

他在楼道转来转去，最后去敲一扇门。有个苍老的声音在门内问：“谁呀？”同样的南方口音。

“大哥，打扰一下，请问那个大铁门是小伟家吗？”

门内的人表示没听清，他又重复一遍。

“那大铁门里面是一个老板的办公室，你找错地方了！”

张红卫明白了。这紫红色的大铁门后面，就是徐锦江的根据地，是他金屋藏娇的地方。此行收获不小啊，他喜滋滋回家补觉去了。

等张红卫一觉睡醒，回想此前跟踪徐锦江的经过，后悔了。在地下停车场福特越野后面蹲守的那一个多小时，应该坚守在三十六层楼梯口的那扇门后，那样，和徐锦江约会的女人，应该已经被自己拍到了！他越想越后悔，后悔得捶胸顿足。

他努力回想并解释自己的行为，他那时为什么会离开三十六楼？他是保安，他知道每层楼都有摄像头，他和徐锦江同乘一部电梯，在开始和结束的两段时间单独相对，他怕徐锦江感觉到什么，注意到他，万一去查摄像头，以后的事情就不好开展了。说不定会给徐锦江留下印象，顺藤摸瓜找到蛛丝马迹。说到底，还是做贼心虚吧，他自嘲地摇了摇头。

大楼保安里有个熟人，叫老史，在监控室里看监控，最好找他套套话，看每层楼的监控是否都正常。想到这里，张红卫一下子来了精神，一骨碌爬起来，直奔小区监控室。老史正好在班上。张红卫说："史老哥，能不能帮个忙，有个朋友家打扫卫生，临时挪出来放在楼道里的花盆丢了，让帮忙查一下监控，看是哪个邻居顺走了。"

老史说："这个简单。哪栋，几层，什么时候？"

张红卫的脑子转了转，看来，每层楼里的监控都是正常的。这样，工作难度就加大了。于是随口说了个D座三十六楼，今天中午一点，说完，心不由自主怦怦直跳。那句话好像是自己冒出来的，没经过大脑，还精准指向那个要命的地方。

老史二话没说，手指在键盘上啪啪啪一阵敲打。指着一方屏幕扭头对他说："张老弟啊，实在不好意思，D座三十六楼没监控视频！"

张红卫闻言又惊又喜，凑到大屏幕跟前盯着那一片雪花的小屏幕看了又看，屏幕下方一行小字证实，确实是D座。

"哎呀，史老哥！怎么这么巧啊，什么时候坏的？"

老史靠在椅背上，双手枕在脑后，伸了个懒腰："那个三十六楼的监控啊，好像压根儿就没有启用，据我所知，一直都是这样。"

张红卫问："史老哥，怎么会这样，这不是偷工减料嘛，那三十六层不就少了一种保护，其他楼层都有监控吧？"

老史斜眼瞅着他，调侃道："张老弟，怎么那么紧张，那三十六楼的是你什么朋友，相好的啊？"

"开玩笑呢，史老哥！我这种人，谁能看上呀，就一个普通朋友，知道我在咱小区当保安，随口托我查一下。其实也没啥，就几个花盆而已！主要是加深对邻居的了解，知道以后怎样打交道。”

“也对，人心隔肚皮，知人知面不知心啊！连个花盆都拿，这种人也确实该防着点。不过，也有可能是被混进去捡垃圾的人顺走的。”

“就是，这不就想着查一查，弄个心里明白嘛。”

“可惜啊张老弟，那层楼没有监控，没法帮到你。”

“没关系，史老哥。谢谢你啊，麻烦你了。”

张红卫心里挺高兴，跟老史道了个谢，哼着小曲儿走了。那层楼没有监控，只要守在楼梯口的木门后面，不就可以拍到那个神秘女人了吗。

张红卫年轻时是个狠人，倔强一根筋，认准了一件事，不择手段也要干成。一旦开始，就要求个结果，无论好坏。

现在，张红卫觉得自己找回了从前的意气风发。初次行动大获全胜，他高兴啊。回家破天荒没有呵斥老伴，和颜悦色指使她炒了两个菜，烫了一壶酒，他要好好犒劳自己一番，吃饱喝足，高高兴兴值夜班去。

他好酒，好了一辈子。年轻时还因喝酒惹过不少事儿。他很珍惜现在这份保安工作，因为没有太多选择。按理说，上班时间是不能喝酒的。但夜深人静时，一个人很无聊、冷清，就控制不住馋虫，多次在值夜班时喝酒，还被领导批评过两回。上次和周大海又喝酒又吃烧鸡的，不知谁私下打了小报告，第三天，就被柳队长叫去狠狠训了一顿。

人逢喜事精神爽，今儿个必须喝两盅。老伴儿见他心情好，斗胆劝两句，也没影响他的好兴致。老伴儿狐疑地嘟囔着转身又搞保洁去了。他美滋滋就着小菜呷着酒，想着计划成功后，马上辞掉保安工作，去看看大千世界，游山玩水，吃喝玩乐，好好享受余生。

夜里凌晨三点多钟，小区保安室的电话铃急促地响起，是小区里的一位住户打来的，说家里来了远路上的客人，车子进不了地下停车场，岗亭里也没人值班。

胖胖的保安队长柳队长赶紧往岗亭打电话，没人接。气喘吁吁跑去一看，岗亭里空无一人，一看值班表上“张红卫”三个字，气不打一处来，放客人车子进停车场后，他气呼呼一屁股坐在岗亭里的椅子上，椅子吱吱扭扭不堪重负，竭力配合着胖柳队长骂骂咧咧等张红卫。那家伙绝对又喝多了，找地儿方便去了，或者胆大包天擅离职守，跑回家睡大觉了，那都是张红卫曾经干过的事！胖柳队长越等越来气，铆足了劲要好好收拾他一顿。

半个小时过去了，张红卫没回来；一个小时过去了，张红卫依然没回来。胖柳队长彻底没了耐心，指使手下找遍了地下停车场的角角落落，无果。又亲自带人火速赶往张红卫家被窝里捉人，一路发誓赌咒，要当着他老伴儿和大家的面开了他。

天光大亮后，张红卫凌晨三点神秘消失的消息已不胫而走，迅速传遍了飞燕小区，并以人们无法估量的速度和方式，向城市的角角落落飞速扩散。飞燕小区里里外外，到处都是窃窃私语的人群，男女老少、大人小孩，无不面色凝重，神情紧张。有人提醒慌了神的家属报警。辖区派出所的五名民警很快赶到，小区二十多名保安和十几名热心居民，协助民警展开了一场声势浩大的寻人活动。搜寻范围从小区里各处，逐渐扩展到小区外五公里。

时值中午，参与搜寻的民警增加到三十多名，自愿帮忙的市民超过四十名，百十号人直忙到华灯初上，依然一无所获。

就这样，张红卫莫名其妙消失不见了！

当晚，张红卫消失前值班的那个岗亭，没人愿意，也没人敢去值班。岗亭孤零零立在惨淡的月光下，显得那么的阴森恐怖。像一口深不可测的神秘洞穴，进去一个，吞噬一个，进去两个，吞噬一双，尸骨无存，消失无踪。物业只好请派出所拉起警戒线，暂时封了那一处出入口。进出地下车库的车辆，通通走另外一个出入口。

当天下午，有个中年男子向警察提供了一个细节，昨晚他去参加同学聚会，凌晨两点半左右进的小区，路过地下停车场入口处时，差点儿被什么东西绊倒，这才注意到岗亭里外一片漆黑。他喝得有些多，嘟囔了一句，怎么停电了，也没太在意，摸索着回了家。

由此推断，张红卫大概就是那个时间段出事的。就那样，活不见人，死不见尸，无声无息地消失了。

第二十八章

两天过去了，张红卫依然音信全无。

事发突然，又无头无绪，实在蹊跷得很。张红卫家属坚决要求市公安局立案调查。派出所驻小区的值班民警欧阳宇协同市局的警官尚智勋，走家串户开始调查。并在小区内外显眼处张贴告示，请知情者踊跃提供线索。

张红卫家。尚智勋警官手里拿个小本子，问面前的几个人：

“请你们回忆一下，事发前，张红卫有没有什么异常举动？”

张红卫的儿子和儿媳茫然摇头，一起看向他们的母亲。他们住在市中心，住在这里的只有父亲和母亲。

张红卫的妻子木然坐在床沿低头抹泪，此时感觉到众人齐刷刷投过来的目光的压力，擦把鼻涕，抬起头，鼻音浓重地说：“没有发现有啥异常的。就他出事的那天，也就是星期三，做晚饭时，叫我给他炒了两个菜，烫了一壶酒，自个儿边吃边喝，还哼着小曲儿，好像很高兴。我大着胆子劝了他两句，晚上还要值班，喝了酒被领导发现，又要挨批。他一反常态没骂我，自顾自吃喝。我吃完饭就出门上班了，下班后溜达了几圈，跳了会儿广场舞，回来他就不在家了。桌子上乱糟糟的，满屋子酒气。”

“你大概几点回家的，他是去值夜班吗，从几点值到几点？”

“我……大概十点半回的家。他应该是去值班了。这周他都是夜班，一般是晚上十一点接班，早上七点交班。”

“那晚，你再见过他或者和他通过电话吗？”

“没有，从那以后，就再也没有他的音信了。呜呜呜……”

张红卫的妻子又开始哭泣，儿子儿媳也低头抹着泪。

欧阳宇安慰一番，等他们平静一些，接着问：“请你们好好想想，除此之外，还有什么异常的地方吗？”

张红卫妻子想了想，突然弯腰从床底下拉出一个塑料盆，指着盆里的衣服说道："今天早上我才发现的，不知什么时候，他从箱子底下翻出了这几件好多年前的旧衣服……"她伸出两根手指，提起衣服，找到口袋，小心翼翼伸进几根指头，夹出一团东西，"你们看，口袋里还装着这个……口罩、帽子！"

欧阳宇点点头："好，你放下吧！"又扭头对张红卫的儿子说，"麻烦你给我们找个塑料袋，把这几件衣服、口罩和帽子都装起来，我们需要带回去检查！"

张红卫的儿媳妇急忙跑去厨房，一会儿拿个塑料袋回来，递给丈夫。

欧阳宇戴上白手套，接过塑料袋，提起衣物装进塑料袋，挽起口。

尚智勋接着问："张红卫的随身物品，比如身份证、手机、银行卡、衣物、洗漱用品等等，都在吗？"

张红卫的妻子急忙回答："我都检查了，银行卡、衣物、洗漱用品什么的都在，身份证和手机他一向都随身带着……"

尚智勋低头写了一行字，沉思片刻，对欧阳宇点点头，起身说："今天就先了解到这里。如果想起什么，或者发现什么，立刻给我们打电话。"说着，把一张写了两人电话的纸片递给张红卫的妻子。

尚智勋和欧阳宇拎着塑料袋来到小区监控室，落实周四凌晨两点多停电一事。老史说，是停电了，就停了二十来分钟。当时值班的人正给物业值班室打电话，让联系电工去查原因呢，电工还没到，电又来了。监控上看得清清楚楚，D座有二十几分钟黑乎乎的，整栋楼没有任何视频。

老史突然想起事发前一天的事情。犹豫片刻，说："尚警官、欧阳警官，有件事情不知对你们破案有没有帮助。"

"史老哥，尽管说，有没有帮助由我们来判断！"

老史搓搓手，抠抠鼻子，挠挠后脑勺，心有余悸似的："两位警官，这……其实，当时……我就觉得不应该帮他查！我就觉得有些奇怪……"

两警官互相看看，一起转向老史："史老哥，别磨叽了，有什么情况，快说！"

老史一哆嗦，猛一挺腰：“两位警官，其实也，也没什么，那天上午，张，张红卫突然来找我，要，要我帮他查一下三十六层的监控……”

老史一双混浊的眼睛泛了红，快速来回瞅着两位警官严肃的眼睛。

尚警官追问：“是哪一天？查三十六层监控，为什么？”

“是星期三，下午四点左右。他，他说，有个朋友住在三十六层，前两天家里大扫除，把花盆搬到过道里，结果让人顺走了。那朋友托他帮忙查一下监控，看是哪个邻居顺走了。说就为了看清楚邻居的为人，以后打交道要留心一点！”

尚智勋和欧阳宇又对个眼神，一起回头看老史：“你确定是星期三？具体几点，你帮他查了吗？”

老史抹了一把额头：“就、就……张红卫失踪前一天，十六号，星期三，下午四点半左右。查是查了，但是，三十六层根本就没有监控！”

老史说完，长出一口气，腰身放松了些。

“三十六层没有监控？为什么，不应该每一层都有吗？”

老史自如了些：“是啊，其他层都有，就三十六层没有，啊不，有，但没有启用。来，我打开监控，两位警官亲自看。”

老史急忙敲键盘，调出D座三十六层的图像，一片黑白雪花在不停闪烁。

尚智勋在小本子上写了点什么，抬头盯住老史：“老史，三十六层住的都是什么人？”

老史头摇得跟拨浪鼓似的：“这我就不知道了，具体情况得问物业。”

尚智勋又在本子上写了点什么：“老史，你仔细想一想，张红卫那天还说过什么没有，他的心情如何？”

老史转着眼珠子想了想：“也没说什么，就让我帮他查监控。他，好像挺高兴的。哦，对，他听说三十六层没有监控，便说，那三十六层的住户不就少一层保护。”

临走前，欧阳警官对老史说：“史老哥，谢谢你，你提供的线索很有价值。如果再想起什么，请第一时间联系我们。”

正在这时，绰号“胖柳”的保安队长听见风声赶过来，立在门外侧耳倾听。见两位警官要出来，急忙探出身，说：“两位警官，前段时间流传着一些传言，据说是张红卫传出来的，我召集保安们去我办公室，两位详细和他们聊聊？”

尚智勋说：“现在是上班时间，保安们各司其职，怎么好擅离职守，你这做队长的，考虑欠佳啊！”

胖柳队长点头哈腰地说：“尚警官批评的是，我也是着急，想尽快配合警官们破案，你看这事儿，闹得小区里人心惶惶的！”

尚警察拍拍胖队长的肩膀：“谢谢柳队长配合我们的工作，这样吧，我们去欧阳警官的值班室，你让保安们一个一个来值班室聊一聊，坚决不能耽误工作！”

“是，两位警官。”胖柳队长腰一挺，屁股一撅，敬了个不标准的礼。三人都笑了。

老史在后面嘿嘿赔着笑，搓着手，小心翼翼地问：“两位警官，柳队长，我……再不用去欧阳警官值班室了吧？”

欧阳警官回头看着他，眼光一闪，问：“史老哥，柳队长刚才说的，张红卫前段时间传出的什么传言，你知道吗？”

老史急忙摆手：“不不不，我不知道。我一把年纪了，都快退休了，也不爱凑热闹，除了值班就是回家休息，真的什么都没听见。”

柳队长看着警官们时，笑得双眼眯成两条缝，转眼瞪一眼老史，摆摆手：“好了老史，你好好查看一下这段时间的录像，有什么发现及时和警官们汇报！”

离开监控室后，胖柳队长说，“两位警官，那老史是个胆小怕事的人，马上要退休了，听见了也装作没听见，多一事不如少一事吧。不过没关系，咱们问其他保安。”

“好，柳队长。你去召集保安，安排好，按我们说的做！”

说完，两个人直奔欧阳宇的值班室。欧阳宇边走边给物业泉经理打了个电话，让查一查 D 座三十六层的住户信息。

很快，泉经理回过来电话，三十六层靠东的半层，近六百多平方米，都在锦江集团名下。西边三户住户的信息也发了过来，都是在附近日杂市场做生意的温州人。两个人想起前面老史说的话，让泉经理安排个物业人员，拿上张红卫的照片，去 D 座三十六层住户家问一问，看有没有人认识张红卫!

尚智勋笑着对欧阳宇说："我断定，那张红卫跟老史撒了谎，他根本就不认识三十六楼的人，不过本着不放过任何细节的原则，还是查一查的好。"

欧阳宇说："对！"

事实果然如两位警官推断，D 座三十六层那三户人家，根本就不认识张红卫。锦江集团的紫红色大铁门后面没人应声，好像没人。

尚智勋和欧阳宇一直忙到晚上六点多钟，才和小区其他二十四名保安挨个聊了一遍。

胖柳队长所说的传言，大致搞清楚了：锦江集团的老板徐锦江在小区里金屋藏娇，不时会来这里幽会。张红卫的失踪和那些传言有关吗？张红卫找老史查三十六层的监控，难道是在监视徐锦江，他认为那里就是徐锦江金屋藏娇的地方？

这时，胖柳队长打来电话，说老史发现情况，让两位警官速去监控室。

星期三，也就是十六号，中午一点，穿着一身旧衣裤，戴着帽子、口罩的张红卫独自来到 D 座电梯口，摘下帽子口罩，乘电梯上到十五层后返回地下停车场，又跟着锦江集团的老板徐锦江进了电梯，张红卫在三十五层下了电梯，徐锦江直接上了三十六层。张红卫在三十五层东张西望一会儿，敲了敲一户人家的门，之后又探头探脑走进楼梯间，爬上了三十六层。在那里干了些什么，谁也不知道。几分钟后，张红卫又出现在楼梯间，躲在门后，朝里张望了一会儿，顺楼梯下到三十五层，乘电梯下了地下停车场，然后藏在一辆福特车后面。一个多小时后，徐锦江开车离开后，他又返回电梯，直达三十六层，十几分钟后又出现在电梯里，下了地下停车场，躲躲闪闪躲着监控，溜回家了。

种种迹象表明，张红卫在跟踪徐锦江。结合前面了解的情况可以断定，张红卫回家以后睡了一觉，下午四点左右去监控室找老史查三十六层的监控，之后又回家，让老伴儿炒菜做饭，吃饱喝足之后去值夜班，当晚凌晨两点多钟，神秘失踪了。

仔细观察电梯里的张红卫和徐锦江的反应，两人好像不认识。在进电梯到出电梯的这段时间，徐锦江三次注意过张红卫。

尚智勋和欧阳宇汇总了收集到的线索，决定立即上报。徐锦江是本市优秀民营企业家，锦江集团是本市龙头企业，纳税大户，事关重大啊！

局领导当即做了批复：按流程走。

第二天早上八点钟，尚智勋和欧阳宇聚在欧阳宇的值班室做了详细交流，沟通完毕尚不到九点。尚智勋一个电话直接拨给徐锦江。

“徐总您好，我是市公安局的尚智勋，有一些情况需要当面向您核实，您上午有时间吗？”

“尚警官您好，我早上有个会，十一点半有时间，您来锦江集团办公室谈，可以吗？”

两人看看时间尚早，就在小区里转悠一圈，在小广场和几位跳完广场舞休息的大妈聊了几句。大家都说那张红卫毛病很多，脾气暴，经常动手打老婆。他老婆是个老实人，人缘比较好。

十点半，尚智勋和欧阳宇驾着警车离开飞燕小区，直奔市中心，半个多小时后，来到云雾河边一栋有着蓝色玻璃外墙的二十六层气派新楼，这就是锦江集团大厦。两人把车直接开进停车场，向门口的保安亮明身份，保安打了个电话，堆着满脸假笑带两人乘电梯直奔二十六层。电梯门开了，徐锦江满面笑容立在电梯旁。

“徐老板，飞燕小区有个保安，叫张红卫的，失踪了，您知道吗？”双方客套了几句，尚智勋开门见山。

徐锦江收起笑脸，摇摇头，叹口气，说：“飞燕小区是我们集团建的，物业公司也是我们集团的，那保安张红卫也算是我们集团的人，我怎么会不知道呢！”

“徐总，对张红卫这个人你了解吗？”

“了解？哪里谈得上，我都不认识他！”

欧阳警官说：“我们查看了上周三中午一点半，飞燕小区D座的监控录像，发现您和张红卫同乘一部电梯，你好像特意看了他好几眼。”

徐锦江面无表情，扬了扬眉毛：“哦，是吗？我没什么印象。”

尚智勋问：“徐老板，您去飞燕小区D座干什么？”

徐锦江说;“哦，两位警官有所不知，飞燕小区 D 座三十六层东区，是我们集团的一处办公区，集团有一部分业务在那边办理，我有时候会去处理一些事务。怎么，两位警官，有什么问题吗？”

尚智勋避而不答，抛出另外一个问题：“徐老板，张红卫是D座那边地下停车场的值班保安，你经常出入，没注意过他吗？”

徐锦江呵呵一笑：“两位警官，飞燕小区二十多名保安，我哪能个个都认识啊！”

欧阳宇问：“徐老板，据说，前段时间，飞燕小区的保安中间传出一些关于你的流言蜚语，您听说了吗？”

徐锦江撇撇嘴，摇摇头:“没有听说过。说实话，活了大半辈子，在生意场上摸爬滚打几十年，关于我的流言蜚语多了去了，我要是都在意，还能有今天吗？”

欧阳宇又问：“据说，最先传出流言的正是那失踪了的保安张红卫！”

徐锦江一扬眉毛，哼哼两声：“哦？所以，你们怀疑那张红卫的失踪跟我有关系？”

欧阳宇说：“徐老板，目前，我们并没有怀疑谁。案件正在调查过程中，所有牵涉到的人员，我们都会进行例行询问。”

徐锦江不置可否地摇摇头，手指下意识在沙发扶手上轻轻弹着：“两位警官，你们问了这么多问题，都是在探查我和张红卫的关系。我再说一遍，我不认识张红卫，他的失踪也跟我没有任何关系。至于他传我什么流言蜚语，那，还请两位警官尽快查清楚，帮我澄清，在此，先谢谢两位警官了。”

一直在一旁察言观色的尚智勋插了一句：“徐老板，自始至终您都没问那流言蜚语的内容。难道您就不好奇吗，还是您早就知道？”

徐锦江淡淡一笑，一副无所谓的样子：“你们不是说了，那是流言蜚语，流言蜚语还能有什么内容，无非就是男女之间那点事嘛，无聊！我一天正事都忙不过来，哪有闲情逸致去操那份儿闲心，俗话说得好，流言不攻自破，清者自清！时间会证明一切的，呵呵呵。”

欧阳宇从公文包里拿出一台笔记本电脑，打开，推到徐锦江面前。

“徐总，这几段视频请您仔细看看。很明显，张红卫是在跟踪你。从你在电梯里注视他的眼神来看，你是认识他的，对吧？”

徐锦江仔细看了视频很久，右手摩挲着下巴，沉思道：“看我当时的表情，只能说我好像有些疑惑，大概觉得在什么地方见过他吧！嗯，也有可能，停车场的保安，出入时会打个照面，应该是觉得面熟，多瞅了几眼吧！”

尚智勋和欧阳宇互相看看，徐锦江的表情沉稳、自然，对答如流，毫无破绽。

尚智勋问：“徐老板，您说，作为您集团的一名保安，他为什么要跟踪你呢？”

徐锦江的眼神离开电脑，靠在沙发上，瞥两位警官一眼：“为什么，我也想知道啊，恳请两位警官尽快帮我调查清楚！哼，我集团的保安，我给了他一碗饭吃，他反倒跟踪我，无中生有四处散布我的流言蜚语。你们说，这样的人，有感恩之心吗，不过话说回来，这样的小人物，还不值得我为之烦恼！我再强调一遍，他的失踪跟我没有任何关系，请两位警官尽快找到他，洗脱我的嫌疑！”

徐锦江毫不掩饰对张红卫所作所为的厌恶、反感。这是人之常情，并不能说明什么。

尚智勋和欧阳宇不想就此放弃，换了个话题，说：“徐老板，我们的目标是一致的。请您配合一下，说一说您周三晚上至次日凌晨的行动轨迹，可以吗？”

徐锦江不满地看了两位一眼，满脸有完没完的不耐烦。

“那天晚上，我大概十点左右离开集团办公室，司机送我回的家，我很快就睡了，直到凌晨四点多，集团保安部长的电话把我吵醒，说有个保安在岗亭值班时不见了。你们如果不相信，我叫司机来，你们核实一下。”

两个人对视一眼，尚智勋笑着说：“那倒不必，徐老板说的话，我们怎能不信。还有一件事，我想冒昧问一下，D 座三十六楼的楼道里为什么没有监控？”

徐锦江叹口气，平静地看着两位警官：“当初决定把三十六层都作为集团办公区域，没想出售。楼道里安装了监控，但想着没必要启用，后来把这事儿给忘了，这确实是我们的疏忽。”

欧阳宇问：“徐老板，我们能不能去三十六层的办公区域参观参观？”

“当然可以。不过，那边的项目还没有正式启动，大多数时间没人的，我们有事情时才会过去一下。”

之后，徐锦江亲自陪着两位警官去了一趟飞燕小区，到 D 座三十六层的办公区转了一圈。办公区装修豪华，设施齐全，只是空无一人。细心的欧阳宇发现，紫红色的大铁门上方，有一个隐藏的摄像头对着楼道，但是徐锦江说摄像头没有启用。

第二十九章

尚智勋和欧阳宇仔细察看了十六号晚上进出地下停车场的所有车子，车主大多是飞燕小区的住户，没有发现有价值的线索。从距离地下停车场北门口岗亭十几米远的楼墙上，找到一个摄像头，隐约看见，地下停车场停电以后，岗亭中的张红卫起身朝停车场下面张望再三，左右伸长脖子，在努力听谁说话似的，看神态还有语言交流。然后，他打着手电走出岗亭，走走停停，进入地下停车场，从此没了踪迹。

请市局网监处的同事通过大数据查看了徐锦江的行踪，证明他没说谎，那天晚上司机送他回家以后，再没出来过，直到次日早上八点多。

尚智勋对欧阳宇说："说实在话，徐锦江真要对那张红卫做什么，根本用不着亲自动手！"

欧阳宇回答："是啊！不过，该落实的还是要落实。"

尚智勋用笔敲着面前的小本子："一个大活人，在人们的眼皮子底下消失得无影无踪，生不见人，死不见尸的，太蹊跷了！"

欧阳宇转向他："尚哥，咱们来设想一下，假设有人想让一个人消失在一栋楼里，他会怎么做？"

"对！我们来设想一下，他拉下电闸，把张红卫骗下地下停车场，二十七八分钟之内没有摄像头能拍到他们，要让张红卫消失，他能怎么做？"

"可以绑架他，弄晕了，塞进地下停车场的某辆车子，或者抬到楼上的某个房间里，控制住、藏起来。或者直接杀了他，藏进车子，或者楼上某间房子里。当然是不动刀不动枪地杀他，不留痕迹。最简单的是勒死、捂死，几分钟搞定。"

"尸体长久放在房间肯定不合适，要想抛尸，还得搬下楼，动静太大，太招摇。如果在房间里处理尸体，分尸之类的，容易留下蛛丝马迹，不合适，最方便的就是直接塞在某辆车子里，找机会神不知鬼不觉运出去，随便怎么处置了。”

两人不觉兴奋起来，不约而同伸出手，打了个响指。异口同声叫道：“仔细查车子！”

随即，欧阳宇又有了想法：“十七号全面撒网找人的时候，曾申请过调警犬，但当时市局的几只警犬都被刑警队带去别的地方执行任务了，如果当时有警犬帮忙，估计……这次，咱们申请调警犬协助调查？”

尚智勋点头附和：“好，我来打电话申请！”

张红卫值班的地下停车场北入口处拉着警戒线，所有车子都从南门进出。进入地下停车场，车子就随便往哪停了。这几天进进出出的，不知有多少车子要彻查，工作量实在太大。好在地下停车场主要服务小区业主，外来车辆很少，相对比较好查。

局领导听了尚智勋的汇报，说：“这个办法，第一天大搜捕时就应该用，只是当时确实没警犬可调用。现在，恐怕已是马后炮了。不过，做了总比不做强，批准了！”

结局可想而知，尚智勋和欧阳宇，加警犬训练员和一条警犬，在D座楼上楼下找了一天一夜，没有发现任何线索。

“我就不相信了，一个大活人，就这样人间蒸发了。”欧阳宇气恼地说。

尚智勋来回踱着步，沉思冥想：“欧阳，我觉得咱们俩的思路没错！那张红卫就是进入地下停车场以后消失的。不管他遭遇了哪种情况，都跟地下停车场出入的人和车有关。这样，咱们把近半个月，地下停车场南北出入口、楼上楼下及周围的所有监控视频都拷贝回来，仔细研究，我就不信找不出蛛丝马迹！”

欧阳宇说：“好，尚哥，也只能用这个笨办法了，大海捞针，一点一点地筛查。我这就去拷贝视频。”说着转身就要出门，手搭在门把手上了，突然想起什么，扭头问道：“尚哥，你说，有没有可能，那张红卫是自己躲起来了？”

尚智勋闻言一愣，迅速看过来，目光闪烁：“对啊！我们主观断定，张红卫是被消失的，由此推断出各种可能。怎么就没有怀疑过，也有可能他是自己躲起来的，他为什么要躲起来？好多天过去了，他躲在哪里？对，他带着身份证，带着手机……手机早就查过了，一直是关机状态！欧阳，你快去拷视频，我查一查他的身份登记信息！”尚智勋有些兴奋，顺着脑海里冒出的思路自言自语般说了一大串。

欧阳宇不由得也有些振奋。思路一变天地宽啊！话说回来，无论哪种思路，筛查视频都是必需的，也是最直接的途径。他加快步伐朝监控室走去，边走边想，这个神秘的失踪案，快把两个人弄魔怔了。

时间过得飞快，马晓军进少管所快一年了。

刚进去时，马晓军一向娇生惯养的公子哥儿做派没人买账。一头乱蓬蓬的齐耳黄发，一进去就被管教剃成了个和尚头。他每天不知深浅惹是生非，梦想继续像在学校里一样称王称霸，结果被人明里暗里整得鼻青脸肿，不到半年工夫被里面的人揍了不下几十次，这才知道这个世界天外有天人外有人。渐渐地，他满身的毛刺被拔得拔藏的藏，不再动不动扎人，学会了忍气吞声，见风使舵，阿谀奉承，才慢慢熬出了头，沉静下来。少管所也是个小社会，适者生存。

他刚被分配到监室，有个左脸一条疤的小个子就盯上了他，讥讽他：“吆！看谁来了，为了女人大义灭亲的英雄啊，啊哈哈哈哈！”

他恶从胆边生，一跃而起，把小个子掀翻在地，骑在身上，扬手就要揍，拳头却被人接住了，挣扎了好几下没挣脱，嘴里骂骂咧咧：“哪个龟孙子，找死啊！”仰头一看，一满脸凶相的粗壮小子恶狠狠瞪着他。那身形，确实长得着急了些，根本就不像个少年。

凶悍的粗壮小子开口了，声音也是粗壮的：“你个龟孙子才找死呢，竟敢骂老子！”

话音未落，马晓军不知怎么就滚在了地上。几只臭烘烘的脚乱石一般劈头盖脸砸下来。流里流气的声音发出一阵阴阳怪气的狂笑。

“什么女人，是他姐姐，嘎嘎嘎，是乱伦！”

“父子俩争风吃醋大打出手，儿子杀死了父亲，哈哈哈，真刺激！”

“他那姐姐是个拖油瓶，他亲妈死了，他爹给他娶的后妈带来的。他爹想母女通吃，谁知儿子看上了拖油瓶，为了得到她要了老子的命！”

马晓军拼命挣扎，越挣扎落在身上的臭脚越密集。他感觉自己快透不过气来，心想，不装死就真被踩死了，于是抱着头蜷作一团一动不动。粗壮小子说：“好了，别搞死了，给他个下马威，看他以后还敢不敢狂！”

疤脸踹了他最后一脚，啐了一口浓痰在他头上：“大哥发话了，不然，要你的狗命。敢惹大哥，哼，以后小心着点!”

马晓军在冰冷的地上躺了好久，浑身散了架似的火烧火燎，没人搭理他。那些人各干各的，说荤笑话，赌牌，睡觉，放屁，打嗝，好像他这个人根本就不存在。天色渐渐昏暗下来，他慢慢爬起来，偷偷扫一眼四周，有人见他看过来，抬抬眼皮，面无表情。他找到一个空位，一瘸一拐怯怯挪过去，把那好像不属于自己的身体轻轻搁在床板上。旁边臭味刺鼻，原来紧挨着厕所，他顾不得计较太多了。床上真舒服啊，这是他坠入沉沉梦魇前最后的感觉。

从这天起，他成了整个监室的人肉沙包，谁不顺心不顺眼，就会一个眼神召集几个人，扭住他一顿乱揍。大家解闷的段子全是关于他家的，每天换着花样翻新，延伸出无数个版本。总结归纳，都是说马晓娟手段高明，色诱马晓军父子，又挑唆父子内战，最终整死一个，搞进监狱一个。母子俩如愿以偿霸占了马家全部财产。

有人不知通过什么渠道，弄到马晓娟一张照片，故意刺激他。马晓军气得牙痒痒，热血上涌，浑身的骨头咔吧乱响，眼露凶光，却不敢声张，那凶光也被耷拉下的眼皮子遮住了。他只能在心里暗暗发狠：狗东西们，等着瞧！

好不容易挨过一个多月，人们才渐渐对他失去了兴趣。监室里来了新人，大家的注意力转移了。有人开始和他交流，好像之前的一切都不曾发生过。

马晓军知道了粗壮小子的名字：廖军，富二代，十五岁半，入室偷窃意外伤人致死，劳教三年。廖军的父母做生意，家里富得流油，父母常年飞机来飞机去，生意做到了大江南北。给不了他大量陪伴时间，只给得了他大笔零花钱。他时常旷课、行窃，完全是癖好，找刺激。

疤脸小个子叫何家同，十五岁，父母几年前离异，各自寻到了新生活，爹不疼妈不要的他，跟着奶奶生活，被调皮小孩欺负急了，一天突然爆发，豁出命把带头的坏小子打得跪地求饶，自此一发不可收拾，打架斗殴成了家常便饭，奶奶根本管束不住他。很快，他辍学了，成了附近的孩子王。一次打架，断了人一条胳膊，误了时机，接回去残了，他自己脸上也永远留了一道疤，得了个绰号“疤脸”。那家人有权有势，最终，他被判劳教两年。

马晓军看出来了，这两个人分别是这间监室的老大老二。要想出人头地，不再任人欺辱，必须搞定他们。男子汉大丈夫，能屈能伸！马晓军主意一定，立刻开始行动。之前，他记恨廖军和疤脸指使人欺负自己，一直对他两人恨而远之。现在献出笑脸，主动往两人身边凑。廖军不领情，他坚持热脸贴冷屁股。

一天晚上，廖军终于接受了他孝敬的一条新毛巾，斜他一眼，笑了，露出几颗被烟熏得黄黑的牙齿：“你小子，才回过味儿来？”

疤脸跟着一笑，脸上的疤痕鼓成一条暗红的肉虫，丑陋无比：“这就对了嘛，跟了咱老大，看谁敢欺负你。”

马晓军连连称是，一脸媚笑。从此，每餐打了饭，他先把碗里的肉丝、肉块全部挑出来，恭恭敬敬拨到廖军碗里，才躲到一旁开始吃饭。大家像得到了命令，很少欺负他了。

马晓军的叔叔马林豹来看他，先骂了常艳母女十几分钟，最后才问马晓军在里面怎么样，习不习惯，好像他马晓军是来度假的。马晓军耐下性子等叔叔骂完，要求叔叔尽快想办法送几条好烟进来，他有用。

马林豹面露难色就要推辞，马晓军赶紧说：“叔叔，我要疏通关系，尽快出去。咱们联合起来，把咱马家的财产夺回来。叔叔，您在外面也帮我找找关系，让我早点出去。”

马林豹一听，立刻眉开眼笑，说：“晓军，你总算清醒了。那常艳母女俩阴险毒辣，害了你和你爸，还霸占了咱马家的财产，咱们一定不能让她们得逞！”

马林豹的声音越来越激昂，猛然意识到了，又压低声音，凑近了些：“晓军，你说，你要什么烟，叔叔马上想办法给你送进来，外面我也想办法找找关系！”

不久，管教把马晓军叫到办公室，交给他两条好烟，几件新衣服。自然，这些烟和衣服，都被马晓军孝敬了嗜烟如命的廖军。廖军粗壮，穿不了的衣服就赏赐给疤脸。

常艳母女俩每个月都来看他，他要什么就带什么来。每次，马晓娟都泪眼汪汪含情脉脉，常艳千叮咛万嘱咐，要他保重身体，好好改造，不要惹是生非，早日出去。那个家，她们母女俩先替他守着，她们母女俩下半辈子全靠他了。任谁见了，三人都是和睦情深的一家子，就连马晓军自己也恍惚了，好像他和这母女本来就那么贴心。那些说马晓娟坏话的人，吃了母女俩送进来的好吃的，得了母女俩送进来的好东西，立刻变了口风，赞不绝口，艳羡起马晓军了。

马晓军的努力卓见成效，廖军和疤脸接纳他同桌吃饭了。对他们那些人来说，这可是无上的荣耀啊。谁还敢再欺负他马晓军，现在轮到他欺负别人了。

马晓军心想，只要让叔叔觉得自己听信了他的话，和他一条心，说不定会想办法把自己提前弄出去，可以少在这地方受些罪。这方面，他知道马晓娟母女没能耐，也没资源。叔叔的话和那些传言，他现在不能不信，也不想全信。失去自由的这些日子，他变了，变得爱动脑子。这也是没办法的事，每天除了劳动改造，就是发呆、睡觉、胡思乱想。他把这几年的过程反反复复前思后想，想明白了很多。

如果姐姐是清白的，真心爱自己，将来结了婚，一定好好待她。如果确定她母女处心积虑谋财害命，一定要让她们血债血偿。但是，母女俩的表现又让他感动，让他觉得姐姐是真心爱自己的。从什么时候起，继母对自己亲热起来了，自己对她也有了一份依赖，想来都是因为姐姐的缘故吧。父亲的所作所为实在令人不齿，还丝毫不顾忌他这个儿子的感受。

难道是父亲的死，让她们觉得和他成了不可攻破的同盟？是的，他们是同盟，那是不可与人语的秘密。泄露了，他的改造期就可能翻倍。姐姐是那样聪明，她会跑得更远，爬得更高，更难以企及了。不敢想象啊！

无论如何，双方都不能得罪，都要稳着，不能让他们觉出一丝不妥。自己身陷囹圄，对外界的一切都无能为力。只有自由了，才可以施展手脚搞清一切。

马晓军那几个月动的脑子，比过去的十几年加起来都多。他杂乱无章想得脑壳疼，想得夜不能寐，明白了以上道理。最后他安慰自己：虎落平川，趴低些。日月常在，静待机会吧。好在已经熬过了至暗时刻，日子过得飞快。

他不知道的是，常艳母女俩每个月的少管所之行，是多么痛苦的一件事。她们要尽可能满足马晓军的一切要求，需要提前几天鼓起勇气，一次次演练，以求在马晓军面前尽量表现出爱和亲密来，稳住他。马林豹一家虎视眈眈，到处散布她们母女的种种谣言，明摆着一副不夺回财产誓不罢休的架势。她们不能给马林豹可乘之机，唯有死死抓住马晓军这颗救命稻草，才有可能保有一席立足之地，不让所有的艰辛付诸东流，不使忍辱负重的回报与自己失之交臂。

一月一次的探视还好伪装，见面总共半个小时。其余的日子母女俩别提有多畅快了。但马晓军总有回来的一天，马林虎的遗嘱写得很清楚，只有马晓娟和马晓军结婚，才能名正言顺继承财产。真要和他结婚吗？马晓娟不寒而栗。未来，她马晓娟还有自己想要的未来吗？

第三十章

飞燕小区是徐锦江心头的一根刺。不，应该说是飞燕小区的那十七户商铺业主，更确切地说，是十七户商铺业主中的某个人或某几个人。

两年前，摆在他面前的那一摞照片，始终搁置在他心尖上，生了刺似的，扎得他痒痛难忍，夜不能寐。当时，迫于形势的压力，他不得不违心答应那十七户业主的要求，砸出大笔银子，换来了拆迁项目按时动工。他知道，那笔银子，跟即将落成的商业广场带来的经济效益相比，简直是九牛一毛。他徐锦江咽不下去的是那口气！纵横江湖二十多年，他徐锦江什么没见过，什么没经过。功成名就，万人之上的今天，他怎能吞得下那样的威胁和屈辱？在作出决定的那一刻，他就在心里暗暗诅咒，假以时日，一定要让那些人付出代价，也是从那一刻起，他的部署就开始了。

邀请那十七户业主到锦江集团开会，就是那个部署的开头。十七户商铺业主一个不少全部到场，各个胸有成竹，从身到心全副武装披挂上阵，一副誓与锦江集团战斗到底的架势，在遍布监控摄像头和美酒佳肴的VIP室，来了一场各具情态的集体表演。

当时的监控录像和那摞照片，是他近两年闲暇之时常常把玩欣赏的东西。照片里有他思念的女人。每次看着她，他就觉得那笔银子花得值，他心中的恨就会消减一分。这就是爱的代价啊！这份感情虽然姗姗来迟，在他五十多岁的时候才悄然降临，但它总算来了。他终于品尝到了真爱的滋味，那种魂牵梦萦，柔情似水的感觉，是他大半辈子没有体验过的。得到她，此生无憾了。

她是个好女人。经过长时间痛苦的挣扎，才勉强同意他的追求。和他在一起时，常常满怀对家、对丈夫的愧疚，深陷自我责备之中。

那一次，在他的一再催促下，为了赶去和他约会，把女儿田小米一个人丢在医院，结果出了意外，拿错化验单，被学校里心怀叵测的同学利用、误导，遭受一连串欺凌，导致女儿承受那么多不该承受的屈辱。那是个多么优秀的女孩子啊，品学兼优，乖巧懂事。从小生活在长辈们的精心呵护中，被鲜花和掌声簇拥着一天天长大。她内疚、伤心，忍痛提出分手。突然，不知从何处冒出那些照片，扰乱了他和她本就凌乱的内心。她的丈夫知道了，她异常紧张。他们私下里和他联系，都觉得接下来会有一场敲诈勒索。会有山崩海啸般的流言蜚语淹没各自的家庭，把每个人拖入痛苦的深渊。谁知对方迟迟按兵不动。她的丈夫田琨是个罕见的好男人，大度，智慧。他原谅了妻子，也原谅了他徐锦江。为了女儿，几个人相约在一起喝茶，商量对策。没有等来敲诈勒索。他渐渐明白了，那信是冲着他来的，冲着他锦江集团的旧城区拆迁改造项目来的。她使那封信有了分量。寄照片的人很了解他徐锦江，很清楚他对她的感情。也很清楚发生在她女儿身上的不幸。那个人巧妙地利用了一切，他徐锦江的感情，叶琴的声誉，那个叫田小米的小女孩的痛苦！是可忍，孰不可忍！

叶琴暗地里求他，尽快平息此事。甚至哭着说，只要不让女儿再受到伤害，让她做什么都可以。他心疼了，心软了，他怎么可能趁她之危。在社会上，面对敌人，他徐锦江从不手软，可以卑鄙，可以无耻，可以为达目的不择手段。而面对自己深爱的女人，他的男子汉气魄陡然上升。他跟白严强暗中商议，派出大批手下四处查访，锁定的目标就是飞燕小区那十七户诉求未得到满足的商铺业主。时间一天天过去，没有找到确切的目标，但请高人定下的拆迁动工黄道吉日日益逼近，白严强急了，徐锦江急了。而那十七户业主依然是铁板一块，死不松口。徐锦江这才意识到事情的本质，对方不是要敲诈勒索，而是在威胁。那摞照片，就是他们的武器，早就妥妥地摆在他徐锦江面前了。答应了那十七户商铺业主的要求，说不定一切都将逝去得无波无澜，风平浪静。果不其然。

那些监控视频，徐锦江反复琢磨了不知多少遍。飞燕小区的二十六名保安里，有一多半都是他安插的自己人。那十七户商铺业主的一举一动，都在他的监视之中。飞燕小区 D 座三十六层的紫红色大铁门围起的，是他给那个隐藏极深的对手布好的陷阱。他不时亲自开着车，一个人神神秘秘去那里，就是在配合演戏。他要多方出击，猫玩老鼠，轻轻松松钓出那个神秘的对手。

令徐锦江意外的是，首先上钩的竟是个自己集团招聘的保安——张红卫！当张红卫自作聪明，四处宣扬他发现的新大陆时，徐锦江第一时间就获悉了。他授意胖柳队长，不动声色继续观察。那张红卫一天上蹿下跳的各种折腾，都在徐锦江的眼睛里，他又气又好笑。转念一想，随他去折腾，说不定还能招来什么人呢。

果然，有一天，他发现一个可疑之人和张红卫搭上了线——周大海。他和张红卫深夜喝酒吃肉，聊得热火朝天。没想到，两人不但没了继续来往的下文，还渐渐形同陌路了。徐锦江纳闷了好几天，让人重点跟踪周大海，也没发现可疑之处。那个周大海，纯粹就是个穷困潦倒的失意之人，每天为卖不出去的别墅和生意惨淡的早点铺愁肠百结。深夜和张红卫喝酒聊天，大概也是酒后一时兴起，一番交流之后，感觉对方不是可持续交往之人，就渐渐远离了。

周大海，徐锦江是比较了解的。十几年前曾经合作过。后来，周大海的儿子被白严强的手下勾引沾染上赌瘾，几乎败光家财，建材公司被他徐锦江和白严强合谋挤垮吞并，致使周大海落魄到靠妻子的早点铺勉强度日。周大海的一位故友移居加拿大前，托他帮忙看管、出售别墅，据说，卖出去之后，会付他一笔不菲的答谢费，并将留给他代步用的途锐车赠予他。

对于周大海，徐锦江内心是有愧的。当初调查那十几家商铺业主时，周大海是第一嫌疑人。他想，假如周大海知道是他徐锦江和白严强合谋害的他，会忍气吞声十多年吗？如果他是个血性男儿，肯定会伺机报复的，那封信就是他报复的利刃。据后来仔细观察，那周大海大概是上了年纪的缘故，早已心如止水，安于清贫。再说，以他对周大海的了解，周大海也定不出那样不动声色的计谋。

十几家商铺业主中，另外一个和他徐锦江有过节的，就是那个人称“雷哥”的莫家旅馆的老板，莫雷。

和莫雷的关系，说来话长，皆因白严强而起。

二十多年前，白严强和莫雷一起从偏远的山区到省城讨生活。两人凑合初中毕业，文化层次太低，只能打最脏最累的零工。后来经好心的同乡介绍，在一家建筑工地做了小工，这算是他们找到的第一份相对稳定的工作。每天在建筑工地上披星戴月累得一身臭汗，挣的几个可怜钱仅够填饱肚皮。就那样混了好几年，也没混出个名堂来。

有一次，工头不幸被空中运砖架上落下的砖头砸中头部，血流如注。工友们都慌了神，愣在原地不知所措。莫雷和白严强不约而同看对方一眼，扯下脖子上脏兮兮的毛巾包在工头头上，迅速抬起，飞也似的奔去医务室。半吊子医生抖抖索索包扎伤口，边战战兢兢地说："赶紧送医院，我没办法救他的命！"

不巧，工地上的车子都出去了。两人一交流，一人背着工头，一人飞跑出去打车，马不停蹄把工头送到附近的市医院抢救。后来，医生说幸亏送来得及时，再迟几分钟，伤者就有性命之忧。工头自然对救命恩人感激涕零，他人还在病床上躺着，那两个年轻人就已经被提拔为小组长了。

工头是有来历的，建筑公司是他大舅子开的，他说话很管用。两人从此交上了好运，成了工头的左膀右臂，过命的小兄弟。闲暇时常跟着工头出入酒店、酒吧、舞厅等娱乐场所，开了眼界，长了见识。衣着、谈吐也一天天脱胎换骨，渐渐城市化了。

有一天晚饭时，三人喝了点小酒，兴奋了，又去舞厅潇洒。工头是冲着一个女人去的，认识好几年了，每次去都找她跳舞，一曲十块，花了不少钱。这晚，他们到的时候，女人在跟一个满头卷毛的年轻男人跳舞，工头在她面前转悠了好几回，女人都假装没看见，和卷毛有说有笑，形影不离。工头很窝火，一个劲儿灌啤酒。白严强和莫雷一仰脖子灌了一瓶啤酒，又各握着一瓶，一起晃晃悠悠朝那对男女走去。此时，女人和卷毛已经坐下。女人看他们一眼，有些惊慌。卷毛看他们一眼，不动声色回头，手里的酒瓶碰碰女人的酒瓶，继续喝酒，身子悄悄往女人身边靠了靠。

白严强满脸堆笑，坐在女人身边，莫雷笑容满面，坐在卷毛身边。

“美女，我大哥想请你跳一曲。”白严强对女人说。

没等女人说话，卷毛挺起腰身说：“哎哎，没看见我在和美女聊天吗。”

莫雷按了按卷毛的胳膊：“我大哥和这位美女是老相识，想请她跳支舞，不过分吧。”

卷毛“咚”一声把酒瓶蹾在桌上：“今晚我包了她的场！”

女人赔着笑脸拍拍白严强的肩膀，又看着莫雷：“两位兄弟不要动气，麻烦跟工头大哥说声对不起，一会儿我过去赔不是。”

卷毛腾一下跳起来：“什么东西，一帮乡巴佬！还想和老子抢女人，活得不耐烦了，也不打听一下，我卷毛是何方神圣！”

他话音未落，莫雷手起瓶落，卷毛立即满头满脸啤酒混血水，痛苦得扭头瞪莫雷一眼，一跟头栽倒在地。女人的尖叫声被突然升起的震耳欲聋的迪斯科音乐淹没。莫雷一把拉起白严强，又冲到呆若木鸡的工头身边，拉起他，一手一个拽着，穿过疯狂扭动叫喊的人群快速逃离。

三人老老实实在宿舍窝了好多天，见风平浪静，一切如常，这才又大着胆子出去娱乐，但再也没敢去那家舞厅。工头派人暗中打听卷毛的情况，只是受了点皮外伤，不要紧。工头的大舅子认识卷毛的老板，那小老板时常有求于他。几个人约在一起喝了顿大酒，象征性赔了点医药费，冤仇就化解了。不打不相识，几个人还成了铁哥儿们。工头对莫雷赞不绝口，说他有勇有谋，胆量过人，是个可造之才。不久，又向大舅子推荐莫雷和白严强去做另一处工地的负责人。

莫雷是个有心人，几年摸爬滚打，暗中积攒了不少人脉，学到不少经营之道。一天，工头带他去见大舅哥，几人畅聊到半夜，最后决定合伙成立一家建筑公司，大舅子做法人，占大部分股，工头让莫雷凑点钱入股，大家一起发财。莫雷很高兴，偷偷问工头，为什么不要白严强。工头说大舅子阅人无数，看不上白严强。说他太油滑，做人做事不踏实，暗地里和社会上的小混混搅在一起，身上有股邪气。莫雷担心白严强知道此事会有想法，自己也想拉着这个一起出来闯荡世界的伙伴共同发财，再三动员工头做大舅子的工作，明确表示白严强不加入，他就不加入。最终，大舅子勉强接纳了白严强。但暗地里不止一次对工头和莫雷说：防着点儿白严强！

强强联手的建筑公司成立以后，生意红火，日进斗金。两年下来，莫雷和白严强分到了人生第一桶金，完成了原始积累。

天下之事，合久必分，分久必合。随着的生意逐渐扩大，公司业务在本市建筑市场的占有率激增，有向省外扩张的趋势。几个股东各自都有了独立的想法，尤其是白严强，明里暗里说过好多次。工头和大舅子都是实在人，心知合伙的建筑公司走向解体是必然的。几人好聚好散，工头、莫雷和白严强退出老公司另立门户。其后，几个公司经常一起围标拿项目，倒比捆在一起时更团结、更强大，逐渐挤垮一批小公司，几乎垄断了本市的建筑行业，业务扩展到了邻近几个省份。

几年之后，综合能力最强的莫雷异军突起，势头猛过其他几个公司。白严强的劣势凸显出来，一日不如一日，大有难以为继之势。莫雷想帮他一把，但不知如何开口。他知道，白严强自尊心极强，心胸狭隘，心狠手辣，一旦觉得难堪，有可能会当众让对方下不了台。十几年的交往，莫雷太了解白严强了，他早已被社会那个大染缸同化成了变色龙，本性中的劣根性也被金钱和权势释放、扩大。加之，前几年生意做得顺畅，钞票大把往口袋里装，有些飘，沾染了赌博的恶习，无心再如以前那样辛苦经营公司，生意自然每况愈下。

后来，莫雷听闻他私下里与人合伙开了一家赌场，收罗了一帮打手，挣起了违背良心的黑心快钱。暗示过几次，白严强佯装不知蒙混过去，面上话里带着几分少管闲事自求多福的意味。莫雷无奈，眼睁睁看着少时的好兄弟越滑越远。两人也逐渐生分。

莫雷的生意越做越大，工头和大舅子，一直和他来往密切。两人说起白严强，都是一副不屑加不齿，说当初若不是看在莫雷的面儿上，和送工头去医院的救命之恩上，是不可能带着白严强玩的，那个人果然心术不正。如今看来，大舅子还是眼光独到，慧眼识人。莫雷无语。白严强毕竟是自己少时的伙伴啊。他是变了，还是本性如此？莫雷因此时常陷入思考。

不知何时，白严强洗白了，摇身一变，成立了一家正规小贷公司。上下三层办公楼临街而立，富丽堂皇。门口整天豪车拥挤，人来人往，热闹非凡。据说，是结识了一位黑白通吃的大人物。迫于警方打击和受害人及家属的举报，赌场只能逐渐转为地下，小贷公司堂而皇之做起了高利贷生意。紧接着，又接二连三开了几家KTV、酒吧、酒店，白严强财大气粗，名噪一时。

最引人注目的，是白严强的岩强建筑公司起死回生，开始招兵买马，装修门面扩大规模，生意异常火爆。莫雷和工头原来的合作方纷纷解除合同，转去和岩强建筑合作。原来，白严强靠上了一个大人物，本市最大的房地产开发商，锦江房地产开发公司的老板——徐锦江。

徐锦江是本市呼风唤雨的人物，优秀民营企业家，省市领导的座上宾。锦江房地产公司是本市纳税大户，领导们眼中的香饽饽，实力雄厚，威霸一方。社会上流传一句话：靠上锦江房地产公司，吃喝不愁。一些刚出道的小建筑公司，全款垫资都愿意给锦江公司干工程。

工头和大舅子年事已高，审时度势急流勇退，卖了公司回乡养老去了。临走之前，一再叮嘱莫雷多加小心白严强。莫雷表面应承，心里有些不以为然，那白严强，再怎么阴狠毒辣，也是曾经同甘共苦的老乡啊，不至于无事生非祸害自己。

虽然莫雷的生意受到极大冲击，但勉强可以维持。一小部分长期合作的公司还是愿意和知根知底的莫雷合作。加之前几年积累颇丰，莫雷建筑公司依然在业内屹立不倒。

白严强已经不是十几年前的白严强了，搞垮莫雷成了他心心念念的目标。他已经见不得、听不得人们将他和脊梁挺直的幼时伙伴莫雷相提并论，挂在嘴边比较、评说，什么正邪黑白，高低分明。他要人们明白，要莫雷本人明白，他白严强比莫雷厉害，比莫雷优秀。

第三十一章

那时候，锦江房地产公司还是一个业务单一的开发公司。一年之内拿下了政府五十多个亿的旧城改造项目，还在城东买了几千亩土地，搞起了商品房开发。锦江开发公司的实力可见一斑。有知情人猜测，徐锦江背后肯定有大财团支持。不然的话，短短几年内，锦江房地产公司不可能积累如此雄厚的实力。

不管怎么样，锦江房地产公司成了本市最有前途的开发公司，手里握着上百亿的项目，相关产业链上的老板们趋之若鹜，锦江公司门庭若市。有些公司去银行贷款，只要出示与锦江公司的合作合同，一路畅通无阻，贷款额度高还便捷快速。而这些工程项目，都是通过岩强建筑公司转包出去的。岩强建筑公司首先赚了个钵满盆满。

很快，徐锦江又投资涉猎了建材、餐饮、娱乐、金融等行业，迅速完成了集团化。

在那几年近似疯狂的扩张过程中，锦江集团表面上轰轰烈烈势不可挡，名利双收。暗地里血腥江湖，欺压弱小，金钱开道，结党营私，排除异己，欺行霸市。

在建筑行业，能与之对垒的，就是口碑极佳的老牌公司莫雷建筑公司，拥有一批忠实的追随者和合作者。扳倒了莫雷建筑，就等于抢占了建筑行业余下的半壁江山，几乎一统天下了。

经过多年的摸爬滚打，莫雷早已不是十多年前的莫雷，白严强的一举一动都逃不过他的眼睛。这几年，他们之间日渐生疏，愈走愈远，几乎到了互不走动的地步。莫雷无数次努力过，规劝、暗示、警告，什么办法都用过了，他当白严强是亲兄弟，不忍心看他走上邪路，最终走向毁灭。

白严强可不这么想。当初，为了抓住能够出人头地的机会，和莫雷一起救了工头的命，其后唯工头马首是瞻，极尽阿谀奉承。在舞厅为了替工头出气，差点搞出人命。他和莫雷付出的一样多，甚至有些主意还是他出的，凭什么工头和他大舅子厚彼薄此，越来越看重莫雷，委他重任，越来越轻视、排挤自己。莫雷成为工地负责人，而自己只能做莫雷的助手。要合伙成立建筑公司，竟然没有他白严强的份儿！听说是莫雷一再请求，工头和他大舅子才接纳了自己。那莫雷，一副救世主的模样，好像施舍了他白严强一碗饭吃，动不动就指手画脚，说东道西，是拿他当跟班，还是当小弟？

建筑公司成立以后，他成了聋子的耳朵——样子货，名义上的股东，重大决策，一向都是他们三个研究决定，他白严强人微言轻，意见、建议从来不被采纳。慢慢地，他几乎成了个局外人。他窝火，他气愤。但他清楚，在当时那种情况下，是龙，得先盘着；是虎，得先卧着！他要寻找时机。

白严强一刻没闲着，他想通了。干多干少，年底照样分红。此处不留爷，自有留爷处。

俗话说得好：人以群分，物以类聚。几年来，白严强也结交了几个江湖朋友，时常聚在一起喝酒聊天打麻将。有些人喝多了酒就管不住嘴，见谁都倒烦心事。白严强一向嘴巴严，从来不说公司的事情。偶尔提起，也都是满嘴赞美之词。当然，这些话很快传到莫雷及大舅子、工头的耳朵里。大家摇头叹气："严强虽然有些毛病不好，跟咱们还是一条心的！只要不伤大雅，随他去玩吧！"

安排的工作，他尽量完成得尽善尽美，让人挑不出一丝毛病。比如收货款、监督工程、采购物资等等。他知道，这些工作都是附带着监督责任的，始终有几双眼睛在后面盯着。他努力把心态调整好，尽自己的能力干好工作，力求给所有人留下个踏实能干的好印象。公司的利润毕竟有自己一份，就当为自己做吧。就这样，他一边心绪难平，一边尽量克制，辛苦忍耐着，度日如年。

机会总是光顾有准备的人。这句话放之四海皆真理，在白严强身上也不例外。

这天，白严强带手下在工地上检查工程质量，从早忙到天黑，才算完成了工作。在工程交付验收之前，他们都要先做一遍自查。这一举措，让甲乙双方都加倍重视工程质量，客户满意度提高，为公司赢得了很高的声誉和更多的订单。他按照惯例毕恭毕敬向董事长汇报了工作情况，得到口头应允，可以直接回家休息了。如果此时身边没人，挂断电话，他的脸色马上就会阴沉下来，目光冰冷。

他驱车直接去了皇冠酒店。那是他提前一天和人约定的地点。

合伙公司成立一年多时间了，那三个股东对他进行了长达一年多的监督考察，没有发现他对公司有二心，也没有发现他有太大的毛病，交付的工作也都尽职尽责完成，渐渐也就放了心。平时打打麻将，喝点小酒，这些无伤大雅的小癖好，随他去了。

白严强提前一小时到的皇冠酒店。这地点是他定的，VIP包厢是他精心挑选的，位于酒店顶层——三十八层。临窗而立，可以俯瞰整个市区的夜景。

他和向东是在麻将桌上认识的，一起玩了有一年多。第一次见面，两人就有一种相见恨晚的感觉，仿佛有一种神秘的感应存在于两人之间。牌桌上，只要一对眼，就好像洞悉了对方的布局，两人搭配得天衣无缝，回回杀得对手片甲不留。时间一长，牌友中有人发现了，只要白严强和向东在场，其他两个人就从来没有赢过钱，但是又看不出他们两个做了什么手脚。好事者提出，要全程观察他们的一举一动，结果大失所望，他们连看都不看对方一眼，更没有摸鼻子、捏耳朵等行业中流传的低级暗号，甚至连言语都简化成简单的几个字，“吃”“碰”“停”“和了”。有些人传得神乎其神，只要看见他们两个上桌，就赶紧溜之大吉，说惹不起躲得起。有不信邪的，专门跑来找他们俩对垒，结果可想而知。

向东是个寡言的人。长相清秀，细眼薄唇，身材高挑，穿着整洁，服饰高档。给人的感觉不是律师，就是个有涵养的官二代。他平静稳重，从不张扬，更不会惹是生非。他每次来棋牌室，仿佛是在完成一次陶冶情操的修炼，又好像是工作之余，到健身房酣畅淋漓地练一阵。输赢不重要，享受的是那个过程。而他总在不经意间稳操胜券。

白严强则正好相反。五短身材，扫把眉鹰钩鼻，粗壮有力，争强好胜。在和向东交往的过程中，白严强无形中被对方吸引、影响，潜移默化模仿他的言谈举止，渐渐变得沉稳了许多。

第一次见面，牌局结束后，两人就在茶室聊了两个小时。向东对他了如指掌，而他对向东一无所知，令他很吃惊。向东细眼一闪，薄唇一抿，轻描淡写地笑了。

“白大哥，这没什么好奇怪的，你们的建筑公司在本市名声显赫，业内无人不知，无人不晓啊。我了解老哥你，不足为奇。”向东呷一口茶，一双细眼笑眯眯盯住他的眼睛。

白严强没来由有些慌张：“请问向老弟，在何处高就啊？”

“哦，我是个无业游民，没有正当职业。”说完，又是那样轻描淡写地抿着薄唇呷一口茶，不动声色观察白严强的反应。

白严强扫把眉上扬，睁着豹眼瞪着向东，更迷惑了，上下打量向东好几个来回。

向东笑笑，摇摇头，岔开了话题。

“白老哥，你在公司处于跑龙套角色，心有不甘吧。”

白严强又是一惊：“向老弟，饭可以乱吃，话可不能乱讲啊！你是个稳重的人，怎么能说出这样的话呢。”

“白大哥，咱们两个表面上看判若两种人，实际属于同一个类型。可谓惺惺相惜吧，我深刻理解你的感受！”

向东没头没脑的话，让白严强一时转不过弯来，他的话触到了他的痛处，但很受听。多年来，没有遇见过一个人，能够以毫无立场的态度，道出他的心事。让他没有戒心，他也不想防备。对方传达给他一种不可言传的信任，好像内心的另一面，永远不会背叛自己。

白严强心里在翻江倒海，表面上却不露声色。对方是敌是友尚不明确，岂能敞开心扉，谁能保证不是那三个人派来试探他的。

白严强呵呵一笑：“向老弟此言极是，咱们确实是同一类人，真是不可多得的缘分啊！”

向东眼光一闪，跟着呵呵一笑。心想，别看白严强五大三粗，果然也是个有内涵的人。

之后，就是一些不咸不淡的闲聊了。

两个人都没有迫切深交的意愿，第一次会面就这样过去了，但彼此都给对方留下了深刻的印象。

此后的半年时间里，两人无数次在牌桌相遇，无声无息默契配合，轻描淡写互相试探，收获的不只是金钱，还有一份沉淀下来的惺惺相惜。

这时期，合伙的建筑公司已经走过了两年的快速发展期，莫雷和白严强分到了人生第一桶金，完成了原始积累。白严强私下里跟莫雷说过好多次，想撤资，另立门户。正巧工头也有此意，觉得自家亲戚在一起合作，多有不便，也想撤股。再说大家都是有主见的人，都想做主，反倒互相牵制，制约发挥。大家摊开说了各自的想法，最后决定，为了长远发展，扩大市场占有率，工头、莫雷、白严强三人撤资，各自成立一家建筑公司，四家公司互相配合，共同发展。

岩强建筑公司如愿成立，白严强热血沸腾，干劲十足。几个人互相帮衬，生意红红火火，白严强去牌桌上娱乐的时间自然越来越少。

有一天，有两个慕名而来的土豪，公开叫嚣要和向东、白严强一决高下。俩土豪一看就是长期打磨成的牌搭子，举手投足间眼风流转，把所有的秘密都明明白白讲给了对方。据说，俩人已经掠杀了不少自视高明的业内人士。

在赌博行业，人们忌讳的是出老千、搭档给人下绊子。而有些人偏偏剑走偏锋，反其道而为之，专门找出老千的人一决高下。那些人都是经过千锤百炼磨合而成的，像向东和白严强这种天成的搭档，在业内算是凤毛麟角。风声不知怎么就传了出去，引起了好战者的兴趣，上门挑战者络绎不绝，这对土豪就是其中之一。

没了向东，白严强单打独斗，什么都不是，普通人一个。没了白严强，向东也是普通人一个。只有两人搭档，才能超常发挥，创造奇迹。

棋牌室老板兴奋得满面红光，亲自出面邀请两位主角。白严强拧着扫把眉踌躇再三，终究抵御不住那种惊心动魄的诱惑，答应了。向东抿着薄唇淡淡一笑，没有一丝犹豫，欣欣然前往。

那一天，棋牌室没人玩牌了，全都聚在一起，等着看好戏。向东提议四个人一起去茶室喝杯茶，交流一番再决战。土豪们答应了，心里已经开始不屑，这俩人一胖一瘦，一高一矮，一文一武，一黑一白，完全不是他们想象中的对手模样。

向东和白严强不停交换眼神，随意闲扯，从头到脚把土豪们扫视了几个来回，一杯茶没喝完，就把他们研究了个透。

在内行人来看，那一天，双方的交战激烈异常，直杀得天昏地暗，血肉横飞。最终，俩土豪灰头土脸拱手交出了千万赌资，输红了眼，但又心甘情愿净身而退。从此，向东、白严强更加声名远扬。

之后，两个人才正式有了这次皇冠酒店的深谈。

白花花的银子流水一般进了两人的腰包，来得太快，太容易了！白严强哪里还有心思去操心建筑公司，去挣那苦巴巴的辛苦钱。

莫雷听到了风声，给白严强打电话约见面。电话不是无法接通，就是占线，好不容易接通了，白严强只扔给他一句“很忙，有空再聊”。莫雷决定豁出去撕破脸皮也要尽一份心，否则对不起曾经同甘共苦的兄弟情谊，也对不起自己的良心。

岩强建筑公司门可罗雀，零星几名员工无精打采、东倒西歪，工作区域凌乱不堪。一问，说白老板已经好几个月没来了，公司没有业务，员工大批辞职，守着的这些人，也都是不甘心几个月白干，想熬到拿了工资就卷铺盖走人的。他们也不知道老板去了哪里，不然，早就找上门讨薪去了。

莫雷越加着急，找到白严强常去的几家棋牌室打听，没人愿意告诉他。莫雷在棋牌室附近守了两天，截住一个常客，塞了点钱，终于挖出了白严强的踪迹。

两兄弟的见面很有戏剧性。

白严强的场子开在距离城区三十公里的废弃矿区。莫雷的车子刚一进矿区，负责放风的人就把消息传给了白严强。白严强一听车型和车号，就知道谁来了，传下话去，谁都不许走漏消息。

莫雷开着越野车，无头苍蝇似的在坑坑洼洼的山间坡道上转了半天，没发现任何迹象。好不容易遇见一个人，一打听，是这附近照看煤窑的。但一问三不知，没见过什么白老板，也没听说过有什么赌场。这煤矿区关停好几年了，除了偶尔有附近的村民来捡煤渣，平时基本就没有人。

莫雷不甘心，又转了几圈，确实没看见人，但是，他发现附近有车辆行驶过的新鲜痕迹。拨打白严强的电话，处于关机状态。莫雷的倔脾气上来了，更加确定白严强就躲在这附近。

莫雷灵机一动，开车离开了。却在山脚拐弯处的一片林子里，找了个合适的位置停下来，坐在车上守株待兔。这片林子是进出矿区的必经之路，躲在里边盯着山路，视野开阔，一目了然。而山路上的人很难看得清林子里的状况。

等了大约一个多小时，远远传来汽车的轰鸣声。莫雷仔细一看，缓缓拐出山脚的，正是白严强的丰田霸道。莫雷急忙打着车，开出树林，横在山道上挡住去路。两人隔着两层车窗玻璃互相凝视，一切尽在不言中。

两人将车子开进树林，下了车，靠在车边抽烟。

白严强满眼满脸的不耐烦，低着头，一只脚急躁地踢着脚下的草根和石子，一言不发。

“兄弟，我知道你现在在干什么，那是违法的，你知道吗？你挣那样的昧心钱，害人害己，是要遭报应的。好好的公司，都快荒废了，你知道吗？”

莫雷急得直跺脚，恨不得抓住白严强，把沉迷在危险中的这个兄弟摇醒。

白严强对着空中长吐一口烟，轻蔑地瞥一眼莫雷，心想：你是谁呀，你以为我还是几年前那个被你们瞧不起的跑龙套的吗？搞清楚状况。嘴里却说：“雷哥，我都知道，这个场子不是我的，是一个朋友的，我帮忙给看着点，建筑公司那边……我自有安排，你就别操心了。”

莫雷语重心长地说："兄弟啊，我说这些都是为你好，这种生意，虽然来钱快，但那毕竟是害人的，也不会长久。建筑公司虽说挣的是辛苦钱，但是正大光明，踏踏实实，什么时候都问心无愧！你赶紧离开那里，回去好好经营公司。"

白严强狠狠将烟屁股扔在地上，脚尖重重踩了几下："我说了，老哥，我又不是三岁小孩，我知道自己在干什么。你这样满世界找我，到处打听我的事情，好像我干了见不得人的事似的，传出去有损我的名声。请你以后不要再到处打听我的事了，管好你自己的事吧！"

莫雷没想到白严强会说出这样的话，一时语塞，沉默片刻，长叹一声，说："好吧，兄弟，既然你把话说到这个份儿上，我也不好再说什么，好自为之吧！"

第三十二章

此后没几天，白严强的场子被人举报，公安半夜突查，差点将白严强、向东等人包了饺子一锅端了。向东那几日预感不妙，特意安排了三层暗哨。公安在山脚下弃车步行，悄悄摸了上来。第二层暗哨半夜被尿憋醒，发现了，急忙发出紧急信号。场子里的人们慌忙四散而逃，一时间废旧矿区汽车轰鸣，人声鼎沸，车灯的光柱，在黑尘弥漫的山窝里，切出一条条纵横交织的怪异图形。警察们堵了这个，堵不了那个，乱作一团。白严强和向东趁乱逃了。落网的十几个人被带到公安局询问，都说大家聚在废矿区是在喝酒聊天，商量重开小煤窑的事情。警察们折腾到天亮，了解到重开小煤窑确有其事。再说，现场也没有发现什么，只好作罢。

废矿区的场子是开不下去了。那时，发达城市小贷公司遍地开花，白严强和向东一合计，决定也开家小贷公司。一方面用这一年赢来的赌资放高利贷，另一方面，利用小贷公司做掩护，继续搞地下活动。

莫雷听见消息，再一次来到岩强建筑公司，白严强避而不见。他算是彻底恨上莫雷了。如果不是他到处打听，还跑到废矿区堵他，警察怎么会那么巧，不迟不早得到消息，半夜三更摸到废矿区，差点将他们一锅端了。害得他场子开不下去，损失太大了。莫雷他简直就是扫把星、克星，挡着他白严强发财致富的道了。说不定，举报赌场的，就是姓莫的呢。他白严强从此和莫雷兄弟情断，各自天涯。

白严强的小贷公司开张那天，声势浩大，锣鼓喧天，鞭炮齐鸣，震动了半个省城。好多省市领导、商贾名流都收到了邀请函，唯独没邀请曾经同甘共苦的三兄弟莫雷、工头、大舅子。有知情人露着笑脸心里冷笑等着看笑话。工头和大舅子有些莫名其妙，也有些愤愤不平。那白严强做得太明显太过分了，让哥儿几个老脸上挂不住啊！

莫雷解释了几次规劝白严强的经过，工头气得直骂娘：“那个姓白的，简直就是一只白眼狼，没有咱们三个帮衬，他算个屁啊！谁知道现在还在哪个犄角旮旯干苦力呢。”

大舅子白工头一眼，工头自知失言，笑着说：“莫老弟，你看啊，你和那白眼狼一块儿出来闯社会，现在，高低上下分出来了吧。这人呢，本性不一样，他走的路子就不一样。莫老弟你是个正派人，行的端走得正，那姓白的，咱们不是早就看出来了吗，迟早会走上邪路，没有好结果的，等着瞧吧！”

大舅子是个实在人，摇头叹气一番：“脚长在自己身上，茧子都是自己走出来的，自作自受吧。莫老弟，你也算尽到心了，各安天命吧！”

小贷公司成立以后，白严强和向东正大光明地做起了高利贷生意。不久，本市的小贷公司也遍地开花了。

向东对白严强说：“像这样的发展趋势，政府很快就会大力整治小贷公司，这个行业的暴利时代就要结束，咱们得尽快另谋出路。”

有一天，向东约了一个人见面，这人，就是锦江房地产开发公司的老板徐锦江。三个人一拍即合，锦江房地产公司的所有建设项目都由岩强建筑公司总承包，部分油水足的自己消化，消化不了的再分包给各个建筑公司。岩强建筑公司仿佛一夜之间就起死回生，开始招兵买马，更新设备，扩大规模，以迅雷不及掩耳之势壮大起来。一批小的建筑公司被挤垮吞并，一批善于见风使舵的小老板纷纷投靠岩强建筑。

莫雷、工头和大舅子的公司受到极大冲击。工头和大舅子觉察到白严强来势凶猛，大有针对性搞事的意图，便借口年事已高，急流勇退，卖了公司回乡养老去了。莫雷的公司虽然也受到冲击，但凭着多年积累的好口碑和雄厚实力，依然屹立不倒。

这时候，锦江集团成立了，涉猎众多行业。也就是这个时间段，为了彻底拔掉莫雷公司这个眼中钉肉中刺，一统本市建筑行业的天下，白严强和徐锦江、向东经过深思熟虑，策划了一场针对莫雷公司的阴谋。

由向东出面，私下威逼、利诱、拉拢了莫雷公司的几个长期合作伙伴，用城东占地一千五百亩的一个政府园区开发项目做诱饵，合伙诱莫雷上钩。

白严强推测，基于对几个合作伙伴的信任，加之机会难得，为了维持公司的正常发展，莫雷极有可能不会放过这个扭转被动局面的天赐良机。

果然，一贯谨慎的莫雷，经过半年多的调研考察，又与合作伙伴多次筹商，并和几家银行达成贷款意向后，才放心大胆地签了合同。殊不知，他已经彻底掉进了白严强一伙设下的圈套。

莫雷筹集了所有的资金，准备启动项目。正在这节骨眼上，莫雷建筑公司刚刚完成的一个项目，传出了工程质量问题，甲方拒绝付款，要求大幅度整改。与此同时，业内暗地里流传着一股谣言，说莫雷公司资金链断裂，偷工减料，根本无法保证工程质量，资不抵债，马上就要破产了。有两家合作伙伴以此为借口提出退出项目，宁可承担违约金，也绝不继续合作。莫雷意识到上当了，但为时已晚。银行闻声而动，先后提出终止贷款。相关下游合作公司要求按照合同约定启动项目，说已经按照合同要求备好了材料、人工等，就等项目启动了。如果不继续履行合同，将会以合同欺诈罪名起诉莫雷建筑公司。

园区开发项目是政府重点项目，业绩工程。投资大，工期紧凑，质量要求高。莫雷一夜白头，主动上门跟相关领导坦白了情况，领导慌了，工程不能按时完工，意味着他将被置于狂风骤雨之中，头上的乌纱帽随时会被大风刮落。领导紧急召集相关部门研究对策。经过两个昼夜的激烈商讨，最后决定找一家有实力的公司接盘。莫雷建筑公司退出项目，并承担由此给甲乙双方造成的所有损失，否则，将会被起诉。

墙倒众人推。昔日的好友、合作伙伴商量好了似的，纷纷避而不见。莫雷求告无门，无奈，只好变卖所有资产，转让莫雷建筑公司，筹集资金用来支付赔偿金、违约金，总算全身而退，但也彻底从建筑行业消失了。后来，开了一家小旅馆，一家人勉强度日。

园区项目的接盘者，就是锦江集团旗下的建筑公司。

像莫雷建筑公司这样的老牌企业，都在这一场声势浩大的市场动荡中彻底消失，更别说一些刚起步的、小规模的建筑公司了。很多人心里怨气冲天，但敢怒不敢言。行业垄断成了那个时期本市各行各业的常态。

差不多同时，周大海的建材公司，也被徐锦江、白严强、向东用计扳倒，失去了苦心经营十多年的基业。

周大海的儿子周涛高考失利，不想再苦巴巴啃书本，想要爸爸给自己投一笔资，大干一番，像爸爸那样闯出一片天来。周大海夫妻俩死说活说，硬把儿子送去补习班补习。谁知开学没几天，周涛就屡次无事生非打架斗殴，被学校劝退。周大海无奈，问儿子："周涛，你究竟想怎样？"

"我就想自己创业！"周涛梗着脖子喊。

周大海说："儿子，你以为创业那么容易，老爸这么多年挣点钱不容易，不能拿去打了水漂啊！"

周涛不满地别过头去，说："爸，你小学没毕业，都能把公司做得那么大，难道我一个高中生，还不如你一个没文化的大老粗，太小瞧我了！"

周大海耐着性子说："涛涛，你还太小，根本不明白社会的复杂，好多事你根本没法控制。这样吧，你回去好好上学，大学毕业，就满二十二岁了，老爸给你找个好项目投资，你自己学着做。好不好？"

周涛死活不愿意再去补习，说："爸，我跟你说实话吧，不是我不想去补习，是学校里有几个坏孩子经常欺负我。我一反抗，他们就联合起来诬陷我，说我打他们。老师相信他们，就这样把我劝退的！"

周大海夫妻俩面面相觑，这么小的孩子，没想到会这样。

周大海感觉心疼得抽在了一处，妻子流泪不止。

"儿子，那……咱们换个学校补习，好不好？"周大海柔声细语地问，边观察周涛的反应。妈妈在一旁睁着泪眼连连附和。

周涛一副无奈得生无可恋的样子："爸、妈，我再说一遍，我不想再去补习了，到哪个学校都一样，你们呀，就不要再费心了。"

"那你想怎样？"

周涛沉默不语。周大海叹口气："涛涛，你现在实在太小了，自己创业根本不现实。再说，现在大学生遍地都是，你高中毕业，将来如何和同龄人竞争。就是过几年你成人了，老爸给你投资，你也要有文化有层次有思路啊，不经过大学校园的学习过程，人的思维是打不开的……”

周涛打断父亲的话：“爸，你看你，又来了！”

周大海扬手打断儿子：“好好好，车轱辘话咱们父子俩再不说了。你说，你不想去补习，你想怎样，投资创业的想法要彻底打消，几年以后再说！”

周涛想了想，说：“爸，我喜欢汽车，要不我去学汽车修理，再考个驾照，怎么样？”

周大海想了想，回答道：“这样也好。你去上技校，学汽车修理，假期报名考驾照。”

周涛的眼神活泛起来，脸上有了笑意，斜眼瞅瞅父母，点点头。他还是个孩子啊。周大海夫妻相视而笑，总算松了口气。

周涛去技校学汽车修理了。他从小喜欢汽车，对汽车构造非常感兴趣，学修理很有悟性，学得很快，在班级深得老师赏识。自尊和自信又回到孩子身上，每天快快乐乐的。

周大海夫妻俩看在眼里，乐在心上。孩子总算回归正途了。

很快，两年过去了，周涛技校毕业，顺利考到驾照。他的个头长到了一米八，开始长肌肉，整个儿脱了孩子气，变成一个大人模样了。

周大海找个机会对儿子说：“涛涛，爸给你在公司安排个职务，你好好磨炼几年，积累一些经验，爸再给你投资。”

周涛不乐意，明确表示，瞧不上老爸那一亩三分地。他整天不是待在家胡吃海喝睡懒觉，就是去社会上找小混混瞎胡混。周大海时常跟在儿子后面擦屁股，苦不堪言。夫妻俩商量，决定送儿子去当兵，在部队接受几年锻炼，说不定能改掉浮躁的毛病，成为真正的男子汉。

周涛一听爸妈改变主意了，不支持创业不说，还要送自己去部队锻炼。气急了，大吼父母说话不算数，越加叛逆，简直无法沟通。

周大海实在没有办法，正想妥协，拿出二百万给儿子投资开家汽车修理厂，一方面兑现当初的承诺，一方面让儿子到社会上摸爬滚打一番，搞成了，皆大欢喜；搞砸了，就当交了学费。折腾一番，说不定孩子能真正长大，磨掉眼高手低、目空一切的毛病，踏实下来，等他慢慢收回心，再教他学做建材公司的业务，逐渐上手，将来接管公司。

这天晚上，周涛破天荒回家吃饭，还主动表现出想要交流的意愿。周大海有些意外，以为是老伴儿偷偷给儿子透了底。没等他开口，儿子先开口了："爸妈，我想通了，先到咱家的建材公司上班，好好学习几年再去创业。"

夫妻俩面面相觑，迅速转头看向儿子："儿子，你真的想通了？"

"想通了啊，我没有社会经验，不懂经营，现在去创业，钱十有八九会打了水漂儿，爸挣钱不容易。我先学几年再说，接爸的班，自己创业都行，到时候再说吧。"

儿子一本正经说得头头是道。真是天大的好事啊，周大海夫妻别提多高兴了，多年来从未有过的轻松自在，终于熬出头了的感觉。

"儿子，你说，你想进哪个部门锻炼？"

周涛翻着眼皮想了想："爸，您说，在哪个部门最能锻炼人，而且，方方面面都能接触到？"

周大海想了想："按理说，销售和采购两方面都很能锻炼人，你看，你想去哪边？"

周涛说："爸，那我去采购部门吧，按常理，公司的采购部门都是自己人负责。是不是？"

周大海很高兴，儿子很有些悟性啊。

"好，那你就去采购部，我跟采购部经理说一声，你先跟着熟悉熟悉流程，跑一跑合作方。能拿得住了，再由你独立主管，如何？"

周涛高兴地说："好，爸，就这么定了，我明天就上班！"

第三十三章

第二天，周涛果然起个大早，穿戴整齐，吃了早饭，跟着父亲到公司上班了。

周涛这个弯拐得有些急，周大海没想明白儿子是怎么想通的，始终带着一丝疑虑观察他的一举一动。

周涛学得很认真，很踏实。每天按时上班，跟着采购部何经理到处跑，上原料市场，下工地，风里来雨里去，大太阳底下也不歇着，何经理不下班，他就不回家。何经理脸上的调笑神情渐渐消失了，不时悄悄拿正眼瞅他，研究他，心思：真是虎父无犬子啊，这周涛还真有点周大海当年的劲头。就这样，周涛一口气坚持了两个多月了。

周大海听了何经理的汇报，很是欣慰，悬着的一颗心慢慢落了下来。

何经理半开玩笑半认真地说：“周总，周公子很有天分，聪明，好学，踏实，这样下去，要不了半年，我这个采购部经理就要让贤了！”

周大海盯着他的眼睛，笑着说：“何老弟，不要多想。你是老前辈，公司的有功之臣，好好带带孩子。至于将来他能不能胜任采购部经理这个职位，到时候再说吧！我的目的是让他从基层开始好好锻炼锻炼，熟悉一下公司的业务流程和方方面面的关系。不管怎么样，我都会妥善安排你的，你放心！”

周老板的话，何经理是相信的。他在大海建材公司近二十年，可以说是公司的元老级人物，对周大海的为人很清楚。但是，无论多么公正的老板，一旦有自己人胜任某个职位，他也会毫不留情除旧换新。更何况那个人选是老板的公子，公司未来的继承人。干了近二十年采购，一旦从这个位置下来，妥善安排就是冠冕堂皇的借口，如何妥善安排，他还能干什么？

何经理心里有了疙瘩。心想，还是尽早另寻他处吧。

这人一旦有了想法，言谈举止间就会不经意间露出蛛丝马迹。何经理的消极情绪和对工作的怠慢态度，让周大海看出了端倪。周大海当然明白他的心思，一个雨天，知道何经理和周涛没有出去，专门到采购部找他们谈心。

周涛也觉察到这几日何经理的态度，说话阴阳怪气的，正在琢磨要不要告诉爸爸，见爸爸找上门来，心里就明白了。

何经理一见周大海，立刻展开笑脸热情招呼，泡茶点烟，周涛手脚麻利地帮忙倒水。

周大海抽口烟，缓缓吐出，笑眯眯问："涛涛，最近学得怎么样？"

周涛看看何经理，笑道："还好吧。多亏何经理不遗余力地教我。我觉得，需要学的东西实在太多了！"

何经理在一旁夸赞："周总，公子很聪明啊，像公子这样谦虚踏实的年轻人，如今可真是不多啊！"

周大海笑着摆摆手："何经理，再别一口一个公子公子的！就叫他涛涛吧，亲热。咱们俩啊，一起创立这个公司，到现在快二十年了，真是不容易啊。这孩子还需要老弟好好带，没个三年五载的，他是不可能独当一面的。"周大海和周涛都在偷偷观察何经理的脸色，"再说，这公司迟早都要交给涛涛的，他不可能只熟悉采购部这一个环节，还需要去别的部门好好学一学，何经理，你就费心好好教教他吧！"

何经理的脸色阴转晴了。周大海和儿子对个眼神，抿嘴一乐。

半年后，周涛基本能独立完成采购部很多工作。这天，周大海在早饭桌上对周涛说："涛涛，采购部的流程和关系已经熟悉得差不多了吧。"

周涛喝口牛奶，咬口面包，面露得意："差不多了爸，那何经理是不是要另作安排了？"

周大海摇摇头："涛涛，那何经理跟着爸爸快二十年了，公司的元老啊，再干几年就要退休，现在调他去别的部门，有些难为他啊。"

周涛放下牛奶杯，靠在椅背上，不满地说："爸，你这就是妇人之仁了！公司要发展壮大，必须引进新的理念，注入活力，要改革，抱残守缺永远都做不大，还有被吞并的危险。"

"涛涛，你说得有理。我是这么想的，将来你要接手公司，必须要对公司的业务有个全盘的了解，你再去销售部锻炼一段时间，如何？”

“爸，我的话您怎么就不明白呢。这半年多时间，我在采购部发现很多问题，我想把采购部好好整顿一番，之后，再去别的部门，您看如何？”

周大海想，孩子难得有这样的思路和干劲，千万不能打击啊！

“也好。你把整改方案尽快做出来，我先审一遍，可行的话，班子成员会过一下就立刻执行。”

周涛兴高采烈的上班去了。一周以后，就把一份厚厚的《采购部整改方案》放在了周大海的办公桌上。

周大海仔细过了一遍，很惊讶。没想到儿子竟然有这样的眼光和见解。有些地方虽然略显幼稚，但整体还是相当不错的。公司发展了近二十年，好多规章制度都已陈旧落伍，不适应当下的发展。周大海早有觉察，但改变必将伤筋动骨，动静太大。加上年事渐高，自感有些力不从心。周涛的加入，无疑是给公司注入了一股强大的新生力量。公司各个部门的主管都是多年的老人，想把公司做强做大，更上一层楼，思维和管理上的更新换代势在必行。

那么，改革，就从采购部开始试行吧！

何经理用两个多小时看完整改方案，越看脸色越阴沉。干了半辈子采购，对其中的渠道、细枝末节他了如指掌，烂熟于心，没想到，却被一个初出茅庐的毛头小子挑出一身毛病来，还美其名曰改革。这是要革谁的命，不是秃子头上的虱子，明摆着吗？他们父子俩联合起来，是要卸磨杀驴，逼自己走啊！

何经理彻底凉了心。当晚一夜未眠，第二天一上班就挂着两个黑眼圈来找周大海：“周总，整改方案我看了，昨晚想了一夜。是件大好事啊，真是后生可畏，咱们这帮老家伙不中用了，该给年轻人让贤了。”

周大海知道他的来意：“老何啊，咱们是该给年轻人让贤，但不是现在。咱们好好沉下心来再干几年，帮孩子一把，等他成长起来，咱俩一起退休！”

何经理没想到周大海会开诚布公这样说，心里宽慰了些，但没出声，等着周大海的下文。

“何老弟，咱们共事了快二十年了，老了！公司的一些规章制度、流程等，确实已经不适应当下的经济发展，一批一批的新企业雨后春笋似的冒出来，和咱们竞争，不进行改革不行了啊！”

何经理点头附和，面色和缓许多。周大海喝口茶，继续说：“老弟，你好好看看涛涛的整改方案，补充修改一下，你觉得没问题了，再上会讨论一下。咱们齐心协力把采购部整改好，之后，还是你来负责。涛涛去销售部学习锻炼。”

何经理直起腰，说：“好的，周总！”

他的心情复杂得很。一方面知道周总并没有抛弃自己的打算，心里宽慰不少；另一方面，他感觉到了改革的巨大压力。这把年纪了，还承受得起那样的工作强度，适应得了新的节奏吗？

何经理忧心忡忡地回到办公室，把整改方案看了一遍又一遍，心里描绘出一幅幅崭新的图画，渐渐升起一股精气神：如果再年轻十岁，多好啊！

不管何经理如何纠结，整改如期而至。说实话，大海建材公司内部的方方面面亟待改革。一批长期受压制的年轻中层管理者欢呼雀跃，积极献计献策。得到父亲的支持及管理层的积极配合，周涛踌躇满志，大刀阔斧开始整改，来势凶猛。一批习惯于墨守成规的老员工怨声载道，对抗情绪在暗暗弥漫。何经理按下葫芦浮起瓢，顾此失彼，精疲力竭。

为保证整改顺利进行，众人担心的问题终于摆上董事会桌面——裁员。

个别老资格的中层管理者、老员工倚老卖老，煽动手下消极对抗，散布谣言，有说大海建材公司要大换血，为公司立下过汗马功劳的老人将被逐渐清理，以周涛为代表的一帮年轻人要取而代之；也有说周大海不讲信誉，要过河拆桥；更有甚者，想罢工抵制整改。在这种情况下，裁员更是势在必行。

有两个人闹腾得最凶。一个叫马尚道，人送绰号“马上到”；一个叫张山峰，人送绰号“张三丰”。这两个人本来就是刺儿头，工作上三天打鱼两天晒网的，部门主管见了都头疼，还打不得骂不得。因为，他们都是公司成立之初，为了拿项目，答应领导帮忙安排的亲戚！

大家都知道，安排给那两个人的工作，不求有功，但求无过，俩人不捣乱，部门领导就已经是烧高香了。他们俩深知自己的特权，手上的工作是能拖就拖，能推就推。一旦有个风吹草动，他们可就来劲了，跳得最欢闹得最凶的，准是他们俩。连周大海都拿他们没辙，没人敢动他们，谁让人家有后台呢！

周涛初出茅庐，年轻气盛，最憎恨的就是这种人。他在采购部大半年时间，和“马上到” “张三丰”打过无数次交道。两个人的手段，他领教得够多的了。每天一见他，就屁颠颠跟在后头周公子长、周公子短的，阿谀奉承卖嘴皮子，当面一套，背后一套，话说得比谁都漂亮，正事一点不干。还讽刺挖苦踏实上进者，说人家拼命表现，巴结领导，是想往上爬，想当官！整个部门的氛围都被他们带坏了。周涛想要顺利整改，达到想要的目的，这两个人必须裁，杀鸡儆猴，以儆效尤。

周大海私下跟儿子交代了那两人的背景来历，周涛不以为然：“爸，白养那两人十多年了，难道要养他们一辈子不成。再说，他们不发挥一点积极作用不说，还明目张胆地捣乱，就是绊脚石啊，您去给领导说说情况！现在都什么年代了，我就不信领导会纵容那种害群之马！”

周大海长叹一声：“儿子，你还是太年轻了。你以为领导不知道那俩人是什么货色，咱们公司刚成立那会儿，如果不是领导帮忙，拿到那个政府项目，咱们不可能迅速发展起来。这么多年来，那领导还一直关照着咱们呢。”

周涛短促叹口气，高大的腰身塌下来，脸涨得通红：“爸，前怕狼后怕虎的。那您说，怎么办吧。”

周大海瞥一眼儿子：“涛涛，你先别着急，容我再想想。”

为了公司的生存发展，改革势在必行，周涛的积极性也不能打击。周大海思前想后，决定先亲自和“马上到”“张三丰”谈谈，再请领导吃个饭喝场酒，把事情说透了，看领导意思再做定夺。

“马上到”和“张三丰”知道自己几斤几两，董事长亲自谈话，已经不是一次两次了。每谈一次话，他们的地位无形中就升高一点。别人越加确定他们头上笼罩着无形的光环，就像古代皇帝御赐的免死金牌一样，无论闯下多大的祸，都可以既往不咎。董事长这次谈话的目的不言而喻，整改的最大障碍就是他们俩。这点自知之明，他们始终都是有的，但他俩不以为耻，反以为荣。

俩人被请到了董事长办公室。周大海好烟好茶招呼他们坐下，开门见山，晓之以理，动之以情，将改革的必然性、重要性、迫切性和盘托出，希望两位元老积极配合，全力支持。两个人满脸堆笑，频频点头，表示完全理解，全力支持。最后，当场和领导约了时间，订好酒店。

领导也接近退休年龄，宽厚仁慈的一副长者模样，言谈举止很是让人赏心悦目。

“周董，你的整改方案非常好。当下的经济形势，一日千里，发展神速，老的一套已经过时了，不改革终将被时代淘汰。”领导满面红光，打了个酒嗝，转向“马上到”和“张三丰”，笑眯眯地说：“尚道，山峰，你们俩也一把年纪了，在周董身边扶持也有十几年了吧，应该很清楚公司目前的状况。周公子年轻有为，思想先进，一定要好好支持他，只有改革创新，剔除陋习，精简机构，公司才能不被淘汰，才能适应新形势，发展壮大。你们说，是不是啊？”

“对对对，姐夫！”“是是是，表哥！”

“马上到”称呼领导“姐夫”，“张三丰”称呼领导“表哥”，俩人均是一副俯首帖耳的恭敬模样。

领导很高兴：“你们两个都是公司的元老，一定要全力以赴支持周董和周公子的改革创新。皮之不存，毛将焉附。失去公司，就什么都没有了，是不是啊？”

“马上到”和“张三丰”连连附和。周大海感慨万千：“领导就是领导，境界、觉悟不是一般的高啊！经领导一点拨，我顿觉思路大开，干劲十足啊！一定按照领导的指示，坚定不移地执行！”

三个人都有一种感觉，这次，领导的风格变了。并没有替他的小舅子和表弟辩解，从头到尾满口都是对周大海的支持之词。

“周董，公子今晚怎么没来呀？我真想见见你这个优秀的儿子，未来公司的接班人！”领导亲切地握住周大海的手说。

“领导，孩子还小，小辈人！今晚这样的聚会，还是不让他参加得好。”周大海一边恭恭敬敬地回答，一边仔细观察领导的表情。

其实，周涛想来，他没让。他担心孩子年轻气盛，口不择言，冲撞了领导，适得其反。

领导拍拍他的肩膀，摇摇头，说：“老周啊，你这想法不对！就是要让孩子们多经场面，多见世面，这样才能成长得更快。其次，还要多让他跟这些元老级别的管理人员多交流，多学习，才能取长补短嘛。”

周大海急忙说：“领导，改天，我带着他去家里，当面向您讨教。”

这顿饭，周大海花了一万多元。隔天，他又带着周涛去领导家里讨教，顺便带去一张五万元的卡。他觉得值，那两个绊脚石总算是安稳了。但是，散漫惯了的两人，哪里能适应得了新的制度，没几天就跑到周大海面前喊苦叫累。

周大海和儿子商量了一下，决定跟领导请示一下，给一笔补偿，让两人提前退休，领导二话没说同意了。一个电话打过去，如此这般一番安排。“马上到”“张三丰”两人没想到这一天来得这么快，爽快答应了。对他们来说，不干活不受约束，照拿一份高工资，还有一笔高额补偿，何乐而不为呢？

周涛对这样的处理结果很是不满：“凭什么，那两个人就应该被开除！能拿一份退休工资就很给领导面子了，还、还给那么大一笔钱。补偿？什么补偿啊，简直是屈辱条款！”周涛越说越气愤，有些口不择言了。

周大海被逗笑了，苦笑。

“唉，儿子啊！这就是社会，这就是江湖！有时候，只能这样，委曲求全，不过话说回来，拿钱能摆平的事情都不是事情。不出点血，那两个瘟神哪能轻易送走啊，大局为重吧！”

周涛梗着脖子不吭气了。是啊，不出点血，那两个滚刀肉怎么可能乖乖离开，之后，采购部的整改顺畅了许多。

何经理一看周氏父子动了真格的，豁出老命全力配合。

历时两个月的整改结束之后，采购部果然焕然一新，提拔了两个年富力强的中层管理干部，由何经理指导培养。几年后何经理退休，由其中佼佼者接替采购部经理一职。

周涛去销售部学习了。半年以后，销售部也做了一次大整改。

经过一年多的观察，周大海对儿子彻底放心了。周涛的文化层次不高，没有经过正规的大学学习，但是天分和悟性这种东西，是与生俱来的。

是时候放手让周涛学习管理了，周大海想。

第三十四章

一年半以后，周涛正式升任公司副总。实际上，实权还是掌握在周大海手里。周涛经手的每一笔业务，必须经周大海审批签字方可执行。

周涛为什么会突然同意到大海建材公司上班，并且心甘情愿从基层踏踏实实一步步做起，一直是周大海心里的一个疑团。他问过几次，都被周涛敷衍过去。有几次，周涛提出一些新思路时，无意中提到过“向哥”“白哥”。周大海心想，那大概是儿子认识的新朋友吧。正能量的朋友，周大海希望儿子多交几个。儿子放弃创业的梦想，回公司一步一个脚印成长为公司副总，应该大部分归功于身边的高人朋友吧。

周大海很想认识周涛口中的那个“向哥”和“白哥”。

“儿子，听你提起过几次白哥向哥，是不是他们劝你回公司的，还经常指导你？很不错啊，有机会让爸爸认识一下吧。”

周涛一脸崇拜：“爸，向哥人家是富二代，家族生意遍布全国，忙得很，有机会再说吧！”

经新朋友介绍，周涛接了好几单大业务，给公司创造了上千万的利润，更让周大海和小股东们刮目相看。周大海彻底放权给周涛了。

这天早饭桌上，周大海问周涛说：“涛涛，那几笔生意是不是姓白和姓向的朋友介绍的？”

周涛含糊不清地说：“是的啊，爸。”鼓着腮帮子的他满脸自豪，显露出几分稚气。别看他一米八的个头，有时候也还是个孩子呢，周大海心想。不过，成长有个过程，儿子已经够优秀了，不能吹毛求疵。

“应该给人一笔介绍费，回报人家的好意。时刻心存感恩，生意才能越做越大。路子才能越走越宽。”

周涛翻翻眼皮，咽下口中的食物，不耐烦了：“爸，这我还不懂？早就说过了，人家不接受，说举手之劳，不足挂齿。”周涛想起什么，又笑了，感慨万千的样子，“爸，那两位都不差钱，那点儿钱，根本入不了人家的法眼！”

这个世界上，还有嫌钱多、怕钱扎手的人吗？要不就是此人品行高尚，或视金钱如粪土。周大海越加好奇，一定让周涛安排，请他们吃饭当面表示感谢。但一直没约上。人家每天飞来飞去的，满世界谈生意，根本没时间，也没机会。

直到半年后周涛出事，周大海也没见着周涛奉若神明的那个“向哥”和“白哥”。

等到周大海发觉，周涛已欠下了巨额赌债。

一天，一帮黑衣黑裤的男子闯进公司，堵住副总办公室要钱。公司财务慌里慌张打电话给周大海，说周副总挪用公司大笔周转资金，公司已经到了入不敷出的境地，员工当月的工资都凑不够数了！

在新加坡悠闲度假的周大海如五雷轰顶，当晚乘机赶回公司，连夜召开紧急会议落实情况，核查公司账户。

事实比他想象的还要严重。周涛挪用公款三千多万去豪赌，还欠下两千多万赌资，借了一千万高利贷！债主们天天堵在公司门口骂骂咧咧，见着女员工就往上凑，嘴里不干不净，吓得女员工不敢上班。几个在建工程项目的材料供应不上，工程方电话都要打爆了，没办法也纷纷堵上门来。公司里人心惶惶，乌烟瘴气，一派肃杀。

周大海东奔西跑，求爷爷告奶奶周转资金，但没人愿意往黑洞里扔银子。这个世界，多的是锦上添花的，鲜见雪中送炭者。就连平时交往密切的几个生意伙伴，也都诸多借口推辞不见。

周涛意识到自己被人设套陷害，痛哭流涕说了实话。

“白哥”带他去见世面，他不会赌，他们教他，还借他赌资。他赢了不少钱，自信心膨胀，越玩越大，后来越输越多。他们带他去的是个什么地方？不知道！在哪里？不清楚！

周大海报了警，可折腾了几个月也一无所获。公司耗不住，员工纷纷离职，项目黄了，公司转了，产业卖了。支付了周涛的欠债，欠股东的钱，合作方的违约金，员工工资，等等，周家只剩下飞燕区祖辈留下的一套老房子，一朝回到了解放前。夫妻两重操父辈旧业，卖早点糊口度日。周涛几进几出戒毒所，彻底废了。

好端端一家本市建材行业的老牌龙头公司，就那样消失了。高大帅气、本应拥有远大前程的儿子就那样被毁了。任谁能善罢甘休？刚开始几年，周大海神经了一般，不眠不休追查陷害儿子的罪魁祸首，一丝线索都不放过，还被人下黑手打断了几根肋骨。周大海隐约查到当初周涛口中的“向哥”，名叫向东，“白哥”名叫白严强，两人都是周涛借款的那家小贷公司的股东。但人家矢口否认跟周涛赌博有关系。周大海没凭没据，拿人家没有任何办法，折腾了好几年，渐渐心灰意冷，认命了，沉寂下来。生活还得继续啊。

接手大海建材公司的，就是当时成立不久的锦江集团。徐锦江董事长同情周大海父子的遭遇，给的价格相当不错，还接手了大海建材公司无法完成的几单大项目，化解了周大海因违约即将面临的牢狱之灾。当时的周大海可谓感激涕零。

要说目前针对徐锦江甚至锦江集团的，周大海和莫雷这样的人，是不是都值得怀疑？

当初的内幕，只有徐锦江、白严强、向东等人清楚。

无巧不成书，莫雷和周大海两个人正好都住在飞燕区，是那诉求未得到满足的十七家商铺业主代表中的两位。照片事件就发生在拆迁项目动工前不久，这让徐锦江感觉到对手的目的不言自明。

徐锦江和白严强密谋之后，痛快答应了十七家商铺业主的要求。一方面，迫于当时的形势，另一方面，也是对十几年前所作所为的一种补偿。莫雷和周大海都属人中君子，安分守己，苦心经营，好不容易才打下一片江山。当初，为了锦江集团的发展，为了自己的利益不择手段，设计毁了他们，如果他们联合起来，说不定可以毁了锦江集团，毁了他徐锦江，毁了他真心爱着的女人。千里之堤，毁于蚁穴啊。

当时，白严强调查十七家商铺业主的背景时，发现莫雷和周大海都在其中，他有过一丝心慌，有过片刻的内疚。

出来混，迟早是要还的，所谓冤家路窄。上天早就安排好了一切，只等着芸芸众生一步步走向布好的局。

不过话说回来，自古成王败寇，商场如战场。道行不高，守不住江山，怨不得别人。可辛辛苦苦得来的一切，岂能轻易拱手相让。

为了从长计议，保证飞燕区拆迁项目的顺利动工，他们违心答应了商铺业主的要求。从那天开始，那些业主的一举一动，都在他们的监视之中，飞燕小区的保安中，有一大半是他们安插的自己人。

莫名其妙跳出来搅局的张红卫，虽然是飞燕区的老居民，但是跟那些商铺业主没什么交集。他突然失踪，又是怎么回事？失踪案闹得尽人皆知，将飞燕小区和锦江集团推入了公众视野，特别是引起了公安局的密切关注，派驻警员展开深入调查。

锦江集团本来就是知名企业，引人注目，所谓树大招风，徐锦江也被无数聚光灯打上了耀眼的光环，可这样的关注毕竟不是好事。徐锦江心里清楚，他的发家史是经不起有心人推敲的，更别说公安机关的介入。

但目前树欲静而风不止。徐锦江不但不能阻止警方介入调查，还得做出积极配合的姿态，以洗清与张红卫失踪案的瓜葛。

那张红卫究竟是怎么失踪的，徐锦江百思不得其解。他不止一次敲打白严强，无果。白严强的智力不比他徐锦江差，不可能做出那种节外生枝的事情。再说，关于张红卫，他们早就统一了思路，不会自作主张弄出什么失踪案来，招警察上门。

究竟是怎么回事，是意外还是有人有意为之？还是张红卫的所作所为无意中触犯了某些人的禁忌，或者无意中发现了某些人的秘密，被灭口了？难道是针对锦江集团和自己的那伙人做的？徐锦江感到从未有过的困惑，好几夜思来想去不得要领，竟然失眠了。当然，让久经沙场的徐锦江失眠的主因，不单单是张红卫，还有集团内部发生的各种烦心事。

集团前几年盲目投资，扩张过快，银行贷款超过比例，周转不灵，资金链即将断裂，后果不堪设想啊！飞燕小区那块地皮上投资新建的商业广场修建了一半，银行银根紧缩，限制发放贷款，就在这节骨眼上，市政府又发布了一条地方规定，禁止主体没完工就搞预售。小贷公司的生意大幅下滑，许多资金收不回来，又不能像前几年那样暴力催债，很大一部分成了呆账死账。有内部消息传出，国家要整治乱象丛生的小贷公司。吃高利息的那部分投资客已经好几个月没拿到利息，预感大势已去，怕血本无归，一窝蜂往外抽资金。几个月来，徐锦江拆了东墙补西墙，最近是东墙西墙都拆了，南墙北墙也成了漏风的篱笆墙，他捉襟见肘，狼狈不堪。在这样的境况下，发生了张红卫失踪案，矛头所指，路人皆知。对锦江集团来说，无异于雪上加霜。

“山雨欲来风满楼啊！”徐锦江对白严强感叹。

八年前，白严强指使手下绑架了一个赖皮债务人，三天三夜，每天暴打一顿发视频逼家属拿钱。等家属把八百万欠款送到指定地点，被绑的已气绝身亡。原来，那人有先天性心脏病，四十多年没犯过，连他老婆都不知道，偏偏让白严强赶上了。有人说，活该白严强倒霉。这就叫亏心事做多了，平路上都会栽跟头，更何况是伤天害理的人。

催债闹出了人命，徐锦江和白严强并没太当回事，找了个替罪羊抵罪，这种事他们不是没做过。岂料那个债务人也不是吃素的，临死咬了白严强一口。大概是自感命不久矣，他偷偷蘸着伤口上的血，在衣服袖子里写下了“主使者白严强”几个字。家属清理亡者尸体时发现后，立刻报告给公安局。在徐锦江的暗中操作下，白严强以非法拘禁罪和过失致人死亡罪被判入狱七年。白严强的小贷公司因带黑社会性质被查封，许多业务悄悄转移到锦江集团名下的小贷公司。白严强的军师向东，已在出事前抽出大笔资金，入资岩强建筑公司，替代白严强做了法人，名正言顺做起了传统行业，让岩强建筑公司成功规避了覆灭的风险。

白严强出狱以后，低调了许多，过着闲云野鹤般的生活。知情人都清楚，他依然是岩强建筑公司的幕后老板，和徐锦江的交往基本转为地下。因为，此时的徐锦江，已经是本市著名的民营企业家了。明眼人都知道，两人一白一黑，一明一暗，配合得天衣无缝。

莫雷和周大海十多年前就有过合作，两人年龄相仿，都是踏实勤奋的实干家。莫雷是建筑行业的佼佼者，周大海是建材行业的龙头老大。两人均在短短两三年间迅速败了辛苦打拼下来的江山，从人们的视线中消失了。坊间流传着两人的故事，各种版本都有。而锦江集团强势崛起，迅速一统本市建筑、建材、餐饮、金融等行业的天下，威震四方，不可一世。两者之间此消彼长的关联不言自明。人们只当作茶余酒后的谈资，感叹一番而已。

莫雷的旅馆为住客提供早餐，旅馆没开灶，早餐全部由周家早餐店供应。有客人想点餐送到房间，则由姜家饭馆配送。莫雷图了方便，减少了人员成本，周家早点铺和姜家饭店则拥有了一批相对稳定的顾客。这种合作关系从莫家旅馆开业就开始了。彼时，周大海重操早点铺旧业不久。莫雷生意失败后，用仅剩的一笔资金，买了飞燕区这栋半新的三层小楼，开了一家旅馆，全家以此维持生计。姜家饭馆是飞燕区一家口碑不错的老饭馆，已经经营了二十多年。

莫雷和周大海同病相怜，惺惺相惜，经常在一起喝酒聊天，渐渐变成了推心置腹的好友。周大海一直愤愤不平，放不下复仇的执念。莫雷则心如止水，时常规劝周大海放下过往，安然度过余生。世间繁华皆过眼云烟，唯有踏踏实实，平平淡淡，安安稳稳度日，才是生活的真谛。

周大海咽不下那口窝囊气，暗中调查了好几年，一无所获。周涛的精神受到重创，对自己对他人失去了信任，自我放逐，自甘沉沦，早点铺的收入几乎都被他败光，折腾得周大海夫妻俩神经衰弱，满身病痛。

飞燕区拆迁项目公布以后，周大海好不容易淡漠下去的仇恨翻滚而来，他便气冲冲来找莫雷。

“又是那个锦江集团，欺人太甚了！那姓徐的和姓白的，是要赶尽杀绝，斩草除根啊！”

莫雷平静地说："周老弟，莫要上火，咱们飞燕区拆迁是政府项目，那锦江集团只是拿下了这个项目而已，哪里是针对咱们啊，不要想多了。"

周大海黑灰的脸庞升起隐约红晕，双眼布满血丝："一提起锦江集团，我就窝火。那些吃人不吐骨头的恶狼，凭什么要风得风，要雨得雨的，老天爷难道不长眼吗。"

莫雷淡淡一笑："老弟，要相信，天道轮回，自有定数。等着瞧吧！"

在沉稳的莫雷面前，周大海总会受到感染，心绪慢慢平静下来。

莫雷见周大海陷入沉思，没去打扰，默默品茶。

一会儿，周大海抬起头，投来探寻的目光。

"莫老哥，既然拆迁已成定局，那咱们就努力多争取一些补偿。这总可以吧。"

莫雷点点头："拆迁没法阻挡。但在合理范围内，业主是可以争取多拿些补偿的。"

周大海愤愤道："徐锦江、白严强之流，恨不得雁过拔毛，强取豪夺惯了，怎么可能多给赔偿。"

莫雷说："补偿规定很快就会下来，咱们到时候再看！"

果然，如周大海所说，锦江集团给出的补偿条件非常苛刻。业主们不满，拒绝签字，自发成立业主委员会，选出十几个代表和锦江集团谈判，经过七八次交锋，历时三个多月，住宅户的条件基本得到满足，而商铺业主的目标一直没有达成。一百多家商铺业主又推选出十七个代表，和锦江集团谈判。莫雷、周大海和姜力，均在十七人之例。

飞燕区属于老商业区，各类商铺林立，商铺业主几年的停工误产费就是一笔庞大的数目，再加上房价补偿等等，确实开支巨大。徐锦江和白严强绞尽脑汁，方法用尽，就是攻不下那十七家代表。再加上当前正处于政府扫黑除恶的关键时期，白严强之前的各种下三烂勾当都偷偷收了起来。眼见得拆迁动工日期日益迫近，徐锦江急了，暗中召集白严强商量对策，决定使些暗招，各个击破商铺业主代表。正在此时，徐锦江收到了那封装满照片的匿名信，通过明察暗访，徐锦江把怀疑的目光对准了莫雷和周大海。白严强的手下暗中跟踪俩人很长时间，也没有发现任何蛛丝马迹。

飞燕小区落成以后，商铺业主们大多都重新开业了。徐锦江始终没有消除对周大海和莫雷的怀疑，一直在布局调查。两年多过去了，始终没有找到证据，还节外生枝，冒出了张红卫失踪案！

第三十五章

这一次，十七人的聚会由姜家饭馆承办。

姜达威是个闷葫芦，妻子也是个闷头干事的老实人，除非不得已，一般不爱扎堆，加上年纪大了，更不爱凑热闹。这类出头露面的事，自然由儿子姜力张罗了。

姜力从小到大都是个好学生，乖孩子，酷爱山地车。不知为何，大学毕业后无所事事，赋闲在家好长一段时间，整天不是在家睡大觉，就是骑着山地车满大街乱窜，也不到饭馆帮忙。老两口怎么问都问不出个所以然来。只是一个劲儿劝父母不要着急，他自有安排。这可把老两口愁白了头。

拆迁补偿的事情，老两口只想随大流，根本就不愿意出头做那个商铺代表。姜力却表现出极度的关注，表示要积极参与。父母无奈，只好随他，好歹让他有个事儿干吧，别整天吊儿郎当的，骑个山地车到处转悠，让左邻右舍说三道四。

搬到飞燕小区后，姜家饭馆的面积比原来扩大了许多，新房新气象。装修布局全都是姜力一手操办的。姜力不想让父母再辛苦掌勺，就在堂前后厨操着心。他请了新厨师，顾了服务员，设了收银台，添了几个招牌菜，店里整天顾客盈门，生意兴隆。父母乐得合不拢嘴，逢人就夸儿子孝顺，有经商头脑。好多顾客都是老街坊，对姜力的看法也大为改观。

新店装修好以后，姜力在店里帮了几个月忙，等一切都理顺上了轨道，他就不常在店里待了，因为没事可干，待着闲得无聊。后来，跟父母说，他找了一份工作，在一家科技公司做程序员。父母不懂程序员是干什么的，但很高兴，儿子终于收心找工作了。姜力的工作清闲得很，时常窝在家里敲电脑，店里忙的时候还能帮忙。父母很奇怪，以为儿子骗自己。上班不都得早出晚归的吗，哪有这样自由的工作。姜力耐心解释，程序员就是为公司编软件，公司只要求拿出成绩来，不强制坐班。年轻人的世界他们不懂，但他们知道，工作能换来报酬。看儿子的工资卡上每月按时收到钱，父母才渐渐释然了。

十七家商铺业主自发组织的聚会，姜力一次都没错过。聚会一次，大家的关系亲密一层，渐渐亲如家人，无话不谈。

中午饭点一过，姜力就开始筹备聚会。他特意留出店里最好的包厢，让厨师按照他提供的菜单备料，让服务员彻底清扫干净，摆好餐具，备酒备茶备饮料。大概六点钟，万事俱备，只等来客了。

姜力站在店门口笑脸迎客。第一拨到的是莫雷和周大海。三人握手，会心一笑，一起入内。

姜力吩咐服务员，有客到直接带进来。回身关了包厢门，亲自给莫雷和周大海泡上安吉白茶。

三人互相对了对眼神，脸上的表情明显是有秘密。那秘密是必须要背着三人之外的人谈论的。

周大海清瘦的身子陷进沙发，皱着眉先开口了。

“那个张红卫，怎么回事，怎么还失踪了！真是奇怪！”

莫雷慢腾腾喝口茶，一脸沉思：“是啊，摸不透，咱这飞燕小区……还真是复杂啊！”

姜力坐在两人中间，左右看看，说：“上次，周大哥专门试探了他，确定他就一个人，自以为发现了徐锦江的猫腻，想敲一笔。不会是做了什么，被徐锦江绑架了？”

周大海提高了声音：“那徐锦江是何许人也，我们还不清楚吗？如果那张红卫做得太过分，触了人家的霉头，很有可能啊！”周大海说话期间，姜力将右手食指竖在唇边，做了个小声的姿势。周大海的话音立刻低下去。

周大海说完，和姜力一起看向莫雷。莫雷说：“是有这种可能。听胖柳队长说，警察都查过了，徐锦江那天晚上在家，没来飞燕小区。停车场监控上也没有发现任何异常。奇怪，人怎么会凭空消失了呢？”

莫雷把问题又抛了回来。三个人都默默摇头，端起茶杯喝茶，表情漠然。

往日赞不绝口的白茶，此刻也品不出滋味。

莫雷表情严肃地说："那胖柳队长是徐锦江的人，保安里边有大半都是，咱们说话做事一定要多加小心。"莫雷说着，一双鹰眼来回看着周大海和姜力。"那徐锦江和白严强可不是吃素的，我怀疑，他们一直就没有放松过对咱们的监视。张红卫的事儿发生后，保安在店门口转悠的次数都增加了！"

姜力和周大海表示有同感。

姜力想到什么，抢着说："我同意雷哥的想法，那徐锦江隔三岔五鬼鬼祟祟到小区 D 座三十六层，根本就是个陷阱，是他们下的诱饵，想钓出当初拍照片的人……"

周大海眼珠子转了转，恍然大悟："对啊，那徐锦江想要做什么，有的是地方，为何会偏偏跑到这飞燕小区来。再说，有上回的照片事件，徐锦江不可能再给自己挖坑吧。"

莫雷顺着两人的思路分析下去："对，照片事件的女主就在飞燕小区，如果拍照片的人还想针对他们，肯定会关注，联想到他来这里是和照片中的女人幽会。小姜的话有道理，确凿无疑是陷阱。"

姜力拍拍胸脯，心有余悸似的说："徐锦江可真是个老奸巨猾的老狐狸呀！幸亏咱们没和那张红卫一样，在小区里监视他，不然还真就上当了。"

周大海看莫雷一眼，没有吱声。姜力把两人的表情尽收眼底，往前凑了凑，压低声音说："两位老哥，莫非你们真做了什么？"

周大海低头喝茶。莫雷说："老周始终咽不下那口气，还想暗中找些证据，扳倒徐锦江、白严强之流。"

姜力看向周大海："周老哥，千万不要做那些没用的事情。想开一点，尽快把你朋友那别墅卖掉，好好帮老嫂子经营早点铺，督促儿子。哦，说到周涛，我正好有事儿跟您商量。我认识了一个警察朋友，可以安排心理医生帮周涛疏导疏导，让他尽快站起来，重新做人。"

周大海眼眶湿润了，起身用力握了握姜力的手："谢谢小兄弟，周涛就托付给你了！"

姜力急忙说："周大哥不用客气。"

莫雷感叹道："小姜，真要谢谢你啊！"又转向周大海，"周老弟，涛涛有救了。我相信小姜的人品，也相信他的能力，他说能救涛涛，就一定能办到。"

姜力道："两位老哥放心，正事上咱一点不马虎，涛涛的事儿就交给我了。"说完脸色一沉，"周老哥，你是怎样暗中调查徐锦江的？"

正在这时，门外响起了说笑声。"郭三刀""何豆腐""蓝菜花"几个到了。那三个人凑到一起就叽叽喳喳斗嘴不断。一进包厢门就大吵大嚷，"小姜兄弟，给大家备了什么好酒好菜啊？"

姜力笑道："备的全是店里的拿手好菜，酒是五粮液、干红管够，烟是大中华，茶有普洱、大红袍、安吉白茶！"

"小姜兄弟就是亮豁，哈哈哈！"

"小姜兄弟，你搞得这么高大上，轮到我们做东时，我们该怎么搞啊？"

姜力笑道："哥哥姐姐们，咱们不是有约在先吗？量力而行，各表各的心意。不在于吃什么，喝什么，主要是大家一起坐一坐，聊聊天嘛。再说，大家平时都很照顾我们饭店的生意，我借此表示一下感谢，应该的，哥哥姐姐们不用客气。"

十七个老板经营什么的都有，大家肥水不流外人田。无论是买水果蔬菜、豆腐、日用百货，还是请客、吃饭、吃早点、买书、装修等都尽量在十七家店内部消化，互相关照生意。做其他生意的老板们，一月一次的聚会，几乎都定在姜家饭馆。

服务员敲了敲门，又来客了。是文辉书店的老板许文辉和其他三位老板。清瘦俊雅的许文辉依然着一套垂感极好的中式裤褂，金边眼镜，花白头发梳理成大背头，颇有些仙风道骨。大家各自挑选爱喝的茶品，让服务员泡茶。姜力见客人到得差不多了，吩咐厨师上冷盘，起锅备菜。最后到的是雅丽美容院的老板"白娘子"白雅丽。

白雅丽一进门就柔声细语地连连道歉："抱歉，让各位兄弟姊妹久等了！

有个老顾客从城里赶过来，一定要拉着我聊一会儿。好不容易打发走，急忙就赶过来了，抱歉。”

白雅丽一副温柔贤淑的优雅模样，很是养眼。虽然到了徐娘半老的年纪，风韵依然撩人。

“郭三刀”醋溜溜地喊：“白娘子，不会是老相好吧，怪不得我叫你一起走，你推三阻四的，原来是被老相好给缠住了，难怪看不上我们这些大老粗，老梆子。”

“白娘子”娇嗔地瞪“郭三刀”一眼：“郭老板，狗嘴里吐不出象牙来，是个女客户，在我店里做了十多年了，连她妈都说她越来越年轻漂亮，嘻嘻嘻，所以她就认我这里，再远都来。没办法，只好陪着，顾客是上帝嘛！”一向稳重寡言的白雅丽，今晚有些话多，大概是做了笔大生意，人逢喜事精神爽吧。

“郭三刀”笑着说：“哇，变化真有那么大吗，吹的吧，白娘子。他妈怕是人眼花了吧，哈哈哈哈！”

“何豆腐”和“蓝菜花”也咯咯直笑。

客人到齐了。服务员在每人面前的酒盅斟满五粮液，唯独白雅丽是一杯红酒。姜力端起酒杯致辞，聚会正式开始。

姜力作为东道主，过了一圈，就清空了两瓶五粮液。俗话说得好，酒，装在瓶子里是水，喝到肚子里闹鬼，几两酒下肚，大家就更放开了。

“郭三刀”“何豆腐”“蓝菜花”三个人只要凑在一起，什么场合都不会冷场。今天也不例外。大家的话题自然离不开最近发生的张红卫失踪案。

“郭三刀”起头了：“前天咱们小区发生的大新闻，大家都知道吧。”

“何豆腐”接茬：“谁能不知道啊？那么大的事。一个大活人，生不见人，死不见尸的，真是奇了怪了！”

“蓝菜花”压低声音说：“我说各位呀，那姓张的不会真被人给……做了吧？那咱们这小区不就成了……哎呀，我是不敢再从北门进入停车场了，进去也要绕着北边那一块！”

“郭三刀”冷笑两声：“‘蓝菜花’，你还害怕呀，提刀杀人你都下得了手，还怕那个。”

他们经常这样，喝点酒就互相揭短。“蓝菜花”嘿嘿笑了，那是她的光荣史。当年，男人喝了酒往死里打她，打急了，她挣扎着爬起来提上刀追砍男人，疯了似的哭吼着，不要命了，同归于尽的架势。男人吓得不轻，连滚带爬在院子里跑了几圈，酒醒了，“扑通”一下跪在地上连连求饶。从此服了软，至今都服服帖帖的。

“蓝菜花”笑得满面红光：“兔子急了还咬人呢，狗急了还跳墙呢，逼急了，谁都有可能干出杀人的事情来，是不是啊，‘白娘子’？”

口无遮拦的“蓝菜花”把话题引向了白雅丽。大家一愣神，嘴巴停止咀嚼两秒，筷子悬在半空两秒。猛地一起曝发出大笑。

原来，那张红卫也是“白娘子”的倾慕者之一。休息时，时常到雅丽美容院门口转悠，找话题和白雅丽搭讪。其用心早就被“郭三刀”、陶三宝等人识破，时常拿他开涮。那张红卫就是个穷酸落魄老泼皮，怎敢对他们的女神动念头，真是玷污了人家“白娘子”的美誉！陶三宝开口了：“蓝菜花，饭可以乱吃，话可不能乱说啊。”

“吆，怎么，心疼了？开始护短了？陶三宝，‘白娘子’是你什么人啊，用得着你着急吗。”“蓝菜花”不依不饶，眼风却不时瞟向许文辉。

“郭三刀”转向“何豆腐”：“‘何豆腐’，你也不管管‘蓝菜花’，喝点酒就满嘴跑火车。”

“何豆腐”端着酒杯对他和白雅丽示意一下，仰头灌了：“哎呀，大家都喝了酒，担待着点儿，不说不笑不热闹嘛。”说着捣捣“蓝菜花”的胳膊。

“蓝菜花”不理会：“哎哟，又来一个护花使者，白娘子好福气啊！”

白雅丽不急不恼，依然笑成一朵花：“彩花姐姐，你就别拿妹子开涮了，放过妹子吧，小姜兄弟备了这么好的酒菜，咱好好吃菜喝酒！”说着，递给姜力一个感激的微笑，又扫视在座的一圈。

其他人都笑呵呵看他们打嘴仗，间或插上一两句推波助澜。许文辉始终一副淡淡的模样，吃得少，喝的更少。在这十七个人中，他和白雅丽是最出众的两个。他们身上透出的那种笃定淡然的神情，一模一样。两个人的目光丝毫不受干扰，穿过闪动的人体和酒菜的香味、冲天的喧哗，不时在空中相遇，意味深长。在座的肯定有心明眼亮者，如莫雷，周大海，姜力。但是很奇怪，没人拿他们两个开玩笑。

不知谁又把话题扯了回来。

“大家知道吗，那张红卫到底是怎么回事呀？”

接茬的是足浴店的老板：“就是啊，搞得人心惶惶的。一个大活人，半夜三更人间蒸发了，听保安说，警察里外都查遍了，连警犬都用上了，还是没有找到任何线索！”

“太奇怪了！”

“不会真被人杀了吧？”

“不会是他做了什么坏事儿，自己跑路了吧？”

……

这一刻，大家都变成了福尔摩斯。酒精让他们思维活跃，情绪高昂。

馄饨店老板敲了敲桌子，引起大家的注意，一起看过来。他是个矮个子光头，平时不哼不哈的。见他清清喉咙，压低声音说：“我儿子不是在小区当保安吗，他听说那张红卫，发现了开发商徐老板的秘密，说那徐老板经常半夜三更来，亲自开车，是来咱们小区和相好的幽会的，还到处跟人讲呢，不会是被徐老板给收拾了吧？”他伸着脖子，声音越说越低，光头上泛着油光，满脸神秘，舌头有些大，前言不搭后语的。但大家都听明白他的意思了。

有人发出一声哦，表示明白了，好像终于发现了真相。馄饨店光头老板有些得意，他的话很有分量，引起了大家的关注。

“这么说，那徐老板嫌疑最大了？”

“哎呀，那警察查了好几天都没查出来，他们是吃素的吗？”

“是啊，如果是那徐老板，警察早就把他抓起来了，案子早就结了！”

“郭三刀”提高了声音：“我说，咱们就不要杞人忧天了。破案，那是警察的事情，来，咱们划拳喝酒。”说着，冲“何豆腐”伸出了右手。“何豆腐”欣然附和，两人你来我往开始划拳。陶三宝和“蓝菜花”在一旁助阵。其他人也三三两两自由组合，大拳小拳，老虎杠子鸡，猜包吃等齐上阵。一时间，包厢里喧哗至极，热闹非凡。

莫雷、周大海和姜力也凑在一起划拳喝酒，时而停下来交流一会儿。白雅丽和许文辉坐在包厢一角，手里各端着一杯酒。白雅丽的是红的，许文辉的是白的。头挨头窃窃私语，不时轻轻碰杯，抿一口。

十七个人的聚会已经进行了六次，几乎每回都是这个过程。总会有别人不知道的新闻在桌面上爆料。酒过三巡，也总会组成这样的局面，各取所需，各自交流，尽兴而归。

姜力把话题扯回聚会前的疑问。他们三个的悄悄话被“郭三刀”“蓝菜花”几个打断了，这两个多小时，那问题始终压在他心上。

“周大哥，你回答我，这段时间你做了什么，我们不是早就商量好，什么都别再做吗？”

周大海黄灰的脸上浮着红晕，眼神狠狠地盯着面前的酒杯：“姜，姜小弟，雷老哥，我实在是不甘心啊。”莫雷和姜力看着他，等着下文。

“我，我还在托人调查徐……”

莫雷和姜力对个眼神，一起冲周大海俯下身子。

“周大哥，千万不能做，特别是现在，立刻停手。”

“周老弟，小姜说得对，现在，咱飞燕区出了张红卫失踪案，警察都盯着徐锦江呢！你再做什么，反而会引起警察的注意，暴露了行踪，适得其反，说不定会把照片的事情给牵扯出来。”

周大海瞪大眼睛，如梦初醒：“是啊，好好好，我马上让人停手。”

第三十六章

“周大哥，你托的人查到什么了吗？”姜力问周大海。莫雷也投来询问的眼神。

周大海说：“查到了一些信息。那徐锦江、白严强之流太狡猾太毒辣了！”周大海停顿片刻，喝口茶，好像在理思路。“徐锦江把老婆也送到了国外，很快就要出去，和他们的女儿在一起住，大笔资金都转出国了。那些投资到他小贷公司吃高利息的人，好长时间都没拿到利息了，那姓徐的恐怕要卷款逃跑。”

莫雷和姜力倒吸一口气，面面相觑。莫雷说：“周老弟，这些话千万不要外露，让你的人赶紧停手。这种事儿可大可小，咱们最好不要掺和，以免引火烧身。”

姜力没出声，仔细观察周大海的反应。周大海气冲冲地说：“那种害人精，难道就让他轻易卷款外逃了？我真不甘心！”

姜力问：“周大哥，你想怎样？”

周大海迟疑片刻：“具体我还没想好，先查着，看情况……”

姜力怀疑地看着周大海：“周大哥，那张红卫的事……不会真是你为了引导警察调查那姓徐的干的吧？你跟我们说实话！”说着，又看向莫雷。莫雷也满脸狐疑地看过来。

周大海急忙摆手：“那事儿真不是我，和我没关系。我，我哪有那种胆量啊！”

姜力还是不放心，又追问：“周大哥，一定要跟我和雷哥说实话，咱们虽然接触的时间不是很长，但彼此性情相投，两位哥哥已经是我的忘年之交。我年轻，在两位哥哥身上学到不少东西，很认可两位哥哥。尤其是经过上次那件事……咱们绑在一起了，有什么事情一定要摆在桌面上，大家商量着来，互相是个照应！”

莫雷一个劲儿点头附和。周大海拍拍莫雷和姜力的胳膊，感慨万千，说："感谢两位好兄弟，真的，我说的都是实话，那姓张的事跟我一点关系都没有，至于那姓徐的，我还没想好怎么做。只是，只是觉得，不做点什么，气难消啊！"

姜力盯着周大海的眼睛看了一会，松了口气，低头沉思片刻，犹豫着说："两位老哥，我有个思路，你们看，这样……好不好？"

姜力拉拉椅子，往俩人身边凑凑，耳语一番。

莫雷和周大海听了，对视一眼，连连点头。周大海的脸色正常了许多，两眼发光。

莫雷说："小姜这个主意好，周老弟，咱们既报了仇，解了恨，还不会招惹麻烦。就跟上次一样。"

两人都明白上次是什么事，心照不宣冲莫雷点点头。

"具体细节，咱们聚会结束以后，再详细商量。"莫雷又安排，两人再点头。

三人的注意力回到现场，包厢内依然是喧闹一片。许文辉和白雅丽还在包厢一角低语，不知为何，白雅丽不时抹眼泪，许文辉似在安慰。另外一个角落有三人在勾肩搭背交头接耳。划拳喝酒的人们变换了组合，酒瓶又空了两个，横躺在桌沿。桌上杯盘狼藉，残汤剩羹已无人问津，寂寥得很。

莫雷冲姜力使个眼色。姜力走过去，在每个组合面前加油鼓劲一番，陪着输家喝一杯，再转向下一组。在勾肩搭背的那三人跟前打个哈哈，问声吃好没喝好没，就把空间还给人家，让他们继续交头接耳。东道主的到来，打了三人的岔，三人急忙笑脸致谢，这一点他们还是清楚的。东道主走了，三人茫然了一霎，回身互相看着，好像吃饭被噎住一样，瞪着眼缓了好一会，才重新找回话题，身体状态恢复如初。最后到了许文辉和白雅丽身边。

"许大哥，白姐姐这是怎么了？"姜力迎着许文辉的微笑转到两人面前，拉把椅子坐下。

许文辉淡淡一笑："还不是因为蓝彩花那番话嘛！女人家，就是心眼小，经不起逗，这不，我正在劝她呢。”

白雅丽抬头瞅一眼姜力，双眼红红的：“姜小弟，抱歉，扫了你的兴！”

姜力赶紧说：“白姐姐，没事。那蓝姐姐心直口快，说话不过脑子，你就不要往心上放了。”

白雅丽低头抹泪，微微点头。

姜力问：“白姐姐，那张红卫真的常去你店里骚扰你吗？”

白雅丽依然低头抹泪，微微点头。

姜力看看许文辉，许文辉点点头，又摇摇头：“不过，也无伤大雅吧，白老板也不至于有什么过激反应。”

白雅丽略微抬起头，手里一方淡粉色丝手帕轻按眼角：“是啊。也没，没做出太过分的事情，我怎么会那样做啊，蓝彩花真是的，让人家还以为我白雅丽是个心狠手辣的毒妇！”

姜力心想，白雅丽的反应有些过了，一句玩笑话而已。难道她当真心里有鬼？

姜力不动声色笑着说：“白姐姐，那蓝姐姐就是那样的人。你看，人家说完就完了，在那里喝得多痛快呀！”说着，朝蓝彩花几个扬扬下巴。“没人把她的话当真！也不会有人那样看你的，你放心！没好好吃吧，再吃点什么？要不，我让厨师给你下碗面。”

白雅丽收了泪，笑了：“谢谢姜小弟，我吃好了！”

姜力打趣道：“白姐姐，要不，我叫蓝姐姐过来，给你赔个情道个歉。”

白雅丽急忙看着那边，摆手又摇头：“使不得，使不得！姜小弟，蓝彩花那嘴巴，千万不要再招惹她了。”

许文辉也说：“是啊，姜小弟。你看，那蓝彩花说完就完了，别一提起，她又来了兴头，反倒无法收场了。”

姜力笑了：“也是啊，白姐姐高兴点。不然，让他们看见了，又要大惊小怪了。”

白雅丽的目光里飘过一丝惊慌，优雅地点头，微笑，迅速调整好情绪。

岁月好像没有拿走她身上那份与生俱来的天真。看着她，让人不禁联想，那样一个不谙世事的弱女子，如何在鱼龙混杂的江湖活得游刃有余。不由得让人心生怜悯，萌发保护欲。她的一颦一笑，现出与之年龄不相称的娇羞，仿佛也是发自本心。正是举手投足间那份不经意的柔美娇弱，发散出与众不同的魔力，最是吸引男人心。

加上红酒和泪珠的滋润，此刻，白雅丽的脸色更加妖艳无比。许文辉盯着她的眼神都直了，暖乎乎粘着，扯都扯不断。在那样的目光笼罩下，白雅丽十足一个被宠爱的小女子。酒精可真是个好东西啊，在它的催化下，有些被努力隐藏掩盖的，都隐约浮出了水面。

姜力转身离开的瞬间，把许文辉和白雅丽四目相对的温情看在眼里。这两人之间的那种感觉，真不一般啊。

陆续有客人告辞。白雅丽悄悄和姜力打声招呼，影子一般静静飘走了。不一会儿，许文辉也告了辞。好酒的“郭三刀”“何豆腐”“蓝菜花”、陶三宝四个，每次聚会都是垫底的。越往后，几人声音越大，车轱辘话来回转，称兄道弟亲姊热妹的没完没了，酒好像变成了水，没劲了，喝多喝少都那个样儿。

姜力趁人不注意，带莫雷和周大海到旁边一个隐蔽的小包厢，闭紧门，如此这般商议一番。之后，莫雷和周大海分开，夹在离开的客人中间走了。

直到半夜十二点多，聚会才算彻底结束。姜力把尽兴了的“郭三刀”等四人送到店门口，再三吩咐注意安全，看着他们摇摇晃晃走进小区，才转身锁了门准备回家。

突然，姜力感觉身后有些异常，眼角的余光扫到店门口的树影下有团黑影，咳嗽一声，厉声问：“谁，谁在哪里？”

黑影躲了一下，知道那细瘦的树干挡不住自己，才慢吞吞从树后挪出来：“是我，小姜老板，胖柳。”

“是柳队长啊，您在这里干什么？”

“哦，我在巡逻，刚好转悠到你家店门口。”

“柳队长真辛苦啊，这么晚了还亲自巡逻。要不，到我店里喝口茶歇一会儿。”

“不了，太迟了，改天吧。还要巡逻去呢，你家店才结束营业，生意不错啊！”

“哪里，柳队长。今晚几个朋友聚会，聊得晚了些，都是咱们小区的老街坊。”

“哦，好好好，小姜老板辛苦啦，早点回家休息吧！”

“好嘞，柳队长您辛苦。”姜力说完，想起什么，又问，“哦，柳队长，那失踪的保安张红卫……有消息了吗？这两天的饭桌上，人们谈论最多的就是这个话题！”

柳队长压低了声音：“没有啊，大批警察在查！真是邪了门了，生不见人……”

胖柳队长猛然意识到，半夜三更地说出后面的话，瘆得慌，急忙打住了。

姜力附和：“就是，太蹊跷了。”

姜力和柳队长默默并排走进小区，挥手各奔东西。柳队长矮胖的身子立在稀薄的月光下，目送姜力渐行渐远，拐个弯不见了。

姜力感觉得到胖柳队长追在背后的目光，没有回头。他早就注意到了，从聚会开始，不时就有保安从店门口走过，目光闪烁，表情丰富。

遵照约定，莫雷和周大海分别回了家。周大海一进家门，就冲迎上来的妻子嘿嘿直乐。

“老伴儿，咱家涛涛有救了！”

老伴儿搀扶他的手停了一下，立刻使了些劲：“老头子，你说什么，涛涛有救了，怎么回事？”

周大海坐在沙发上直喘气，努力平复自己的心情。

“今晚是姜家饭馆请大家。姜家的儿子姜力跟我说，他认识了一位戒毒所的警察，能想办法帮涛涛彻底戒了毒瘾。”

可怜的老伴儿，已被儿子折腾得生不如死。一听儿子有救，就像落水的人抓住了一根救命稻草，来了精神。一听施救的人，又泄了气。

“老头子，那姜家儿子整天吊儿郎当的，连个正经工作都没有，能有什么好的办法，不会是随口乱说的吧。”

周大海明白老伴儿的言下之意。

“老婆子，你就放心吧，人家又不跟咱们要一分一毫。经过这两年的了解，我觉得那小伙子还是很靠谱的。唉，涛涛把咱们折腾苦了，也实在没辙了，就死马当活马医吧，希望咱涛涛真的遇到了贵人，磨难也就到头了。”

周大海做什么，一向不告诉老伴儿，老伴儿也习惯了。他和姜力、莫雷一起做了什么，老伴儿一无所知。他们之间的关系好到什么程度，也不能告诉老伴儿。

老伴儿挨着他坐在沙发上，手臂依然是挽着的姿态，愣了一会儿神，觉得老头子说得在理，脸上有了笑意。

“老头儿，你说得对，死马当活马医吧。咱们一家老老实实做人做事，从不害人，老天爷会睁开眼睛的，你快去洗漱吧，我去给你倒杯水。”

周大海对老伴儿微笑点头，老伴儿离去的脚步都轻快了许多。

周大海换了睡衣，准备洗漱，手机响了，是莫雷的。他直接带着手机进了卫生间。

“周老弟，安全到家了吧。”

“到了到了，雷老哥。您也安全到家了吧。”

两人的这种互相关心，是每次喝酒之后的常规动作，之后就会互道晚安。但今晚，两人都有些意犹未尽，握着手机沉默了一会儿。莫雷先开口了：“老弟，今晚小姜说的话很在理，你不能再针对姓徐的了，知道吗？”

周大海说：“老哥，我知道，我都明白。我明天就把收集到的资料整理一下，咱们见面再说。”

莫雷继续道：“老弟，说实在的，我对小姜那个小兄弟越来越看不透了，他……没有表面看起来那么简单。能力、人品都没得说，做的事，出的主意，也确实是为咱们好！”

周大海有些愕然，压低声音问："怎么，雷老哥，小姜哪里不对吗？"

"不是不是，老弟，我是觉得那小姜不简单。你看啊，徐锦江表面风光，实际上已经在准备跑路，如果他发现你在查他，对他有威胁，不一定会对你做出什么事情来呢，再说你都能查到那些，那警察是吃干饭的吗？更何况，张红卫的事情直接把警察引到了姓徐的身边。所以啊，小姜想得很周到！"

"对呀，那小姜是很不错！"周大海暗暗松了口气。"老哥，你放心，我一定听你和小姜的话，赶紧收手，把手头的资料整理一下，咱们见面再商议，好不好？"

莫雷挂了电话，陷入沉思。他点到为止，至于周大海能悟到多少，只能随他了。

姜力几乎颠覆了之前留给他的啃老族浪荡子形象，整个人满满的正能量。他曾以玩笑的口吻侧面问过姜力，变化怎么会如此之大。姜力很不好意思，说之前失恋了，有些消沉，现在调整过来了。

寄给徐锦江和田琨家的照片，是莫雷和周大海拍的，而给田琨家送照片的事，临时拉了姜力的差。

照片的事，起因还在周大海。周大海始终放不下对徐锦江和白严强的恨。正巧拆迁项目又落在了锦江集团手里，真是冤家路窄，分外眼红。周大海和莫雷商量，跟踪徐锦江，找到他们胡作非为的证据，举报他，阻止锦江集团的拆迁项目。

周大海和莫雷偷偷跟踪徐锦江，无意中发现他跟小区里的一个叫叶琴的女人有私情。叶琴的老公田琨是个作家，女儿田小米是个聪明漂亮有礼貌的小姑娘，家人住在小区中间那栋旧楼上。他们看起来和和睦睦的，女人怎么会出轨呢？两人偷偷拍了不少照片，却又对着照片犯了愁。这些照片一旦公布，打击的不只是徐锦江，还有那善良的一家人啊！

正在两人犯难的时候，田小米出事了，报纸杂志网络上大肆传播相关信息。两人真心替小女孩难过，也替她恨她的母亲叶琴。如果不是叶琴将女儿独自留在医院，怎么会发生拿错化验单那样的意外，被学校里别有用心的同学利用、歪曲、伤害。如果不是徐锦江，做母亲的怎么会撇下女儿去赴约会，害了女儿，还阻碍了他们的复仇计划。

他们同情田琨，同情田小米。他们暗中观察叶琴，觉得她并不是一个坏女人，都是成年人，他们能理解。长久的婚姻生活，会让夫妻俩心生倦怠，受到诱惑，或许会做出不理智的事情。肯定是徐锦江勾引了叶琴！可怜的田小米已经替自己的母亲承担了罪过，他们怎么能忍心再让她和她的家庭承受毁灭性的打击。

两人苦思冥想，最后决定，将照片匿名分别送给徐锦江和田琨。对徐锦江和叶琴是一种威胁和警示，对田琨是一种善意的提醒。

既然阻挡不了拆迁项目，那么就为业主们争取最大的利益吧。如果徐锦江够聪明，他会意识到那摞照片的用意。

果然，徐锦江渐渐悟出味道来。爽快答应了商铺业主们的要求。两人心中悬着的大石才落了地，暗自庆幸没有节外生枝。

给徐锦江的那摞照片是装在信封贴了邮票，直接邮到锦江集团的。而给田琨家的照片让两人犯了难。邮寄吧，都在一个小区，距离太近；送上门吧，目标太大，容易被发现。周大海看见骑着山地车到处转悠的姜力，灵机一动，对莫雷说，自己乔装打扮一番，给姜力五百块钱，让他直接将信投入田琨家的信箱。那吊儿郎当的小子，为了钱肯定会干。果然，当蒙得严严实实的周大海从树后闪出，挡住姜力，说明来意并掏出钱，姜力果然爽快答应了。

令莫雷和周大海意外的是，姜力并不像他们想的那样粗心大意，他认出了周大海。

莫家旅馆和周家早点铺、姜家饭馆素有生意往来。姜力虽然不常去饭馆，但街头巷尾时常相遇，对周大海的身形有所了解。再加上几个人都在商铺业主选出的代表之列，更加熟稔一些。送照片之后的一个晚上，姜力在街角拦住周大海，开诚布公把事情谈开了。

“周大哥，聊一聊吧。”

周大海一看是姜力，只见他的一只脚踩在山地车脚蹬上，一只脚点着地，笑眯眯看过来。周大海感觉姜力身上除了有一点流里流气，并没有邪恶的成分。

“小姜啊，聊什么啊，饭馆的事吗，你爸怎么没来找我啊？”

周大海心里嘀咕着，想搪塞过去。

姜力嘻嘻笑着：“周大哥，不是饭馆里的事儿，是上次你让我投信的事！”

“我让你投什么，你搞错了吧？小伙子。”

“周大哥，咱明人不说暗话。姓徐的心那么黑，真该给他点颜色看看！”

周大海听姜力说得如此明白，知道装不下去了，嘴里还在掩饰：“小姜啊，你说这话什么意思啊？”

“走，周大哥，咱去找莫雷大哥，一起聊聊。”

第三十七章

莫雷和周大海听了姜力的分析，相对无言，同时也感觉到姜力并无恶意。之后，三人经常在一起商量对策，为自己也为商铺业主们争取利益，渐渐成了莫逆之交。两人觉得，姜力之所以热心此事，完全是被拆迁利益所驱使，不过，其人品还算好。

飞燕区拆迁以后，住户们四散而去。直到一年后，飞燕小区落成，从分房拿钥匙开始，邻居们才陆续聚在一起。莫家旅馆、周家早点铺、姜家饭馆等几十家店铺迫不及待装修、搬家，很快又都陆续开业了。飞燕小区里除了原飞燕区住户返还的楼房，还增加了十栋商品楼，全部售罄，所以，居民数量增加了不少。加之地处城区，周边设施完善，有体育公园，游乐场，植物园，四座大中专院校等，人流量很大，店家的生意都很不错。

田琨家是新房子装修好一年后才搬来的。两年没见，田家的丫头田小米长成了个大姑娘，更加漂亮了。

因为照片事件，莫雷、周大海和姜力不由自主关注着田家，特别是田小米。他们见田小米并没有因遭遇无妄之灾而沉沦，反而更加出色，很是欣慰。

一年前分房拿钥匙时，叶琴和徐锦江之间发生的一切，都被排在领钥匙的队伍中的三人看在眼里。

“那个该死的徐锦江，还在纠缠田小米的妈妈！”周大海恨恨地对莫雷和姜力说。儿子周涛被徐锦江和白严强之流设计陷害，周大海有切肤之痛，尤其同情田小米。

叶琴表现出的回避和抗拒，他们也尽收眼底。

田琨是个作家，经常在家里写作。妻子上班，女儿上学后，他中午时常到小区门口的馆子里解决午餐，尤其爱吃姜家饭馆的饭菜。有时候遇见姜力，会主动和他打招呼。

姜力感觉到田琨目光里有些别样的东西，他知道那是什么。田琨知道投递照片的人是他。而他对田琨也有一种很复杂的感觉。他和莫雷、周大海的所作所为，是伤害了这个男人，还是替他挽救了家庭？那样的做法，是当时能想到的最好的办法，也是对他家伤害最小的唯一途径。是没有办法的办法，是箭在弦上，不得不发。他姜力就是想阻拦也阻拦不了。

两个人都有感觉，正面交流是不可避免的。这，或许也是田琨经常到姜家饭馆吃饭的原因之一。

有一天，正好姜力在店里，是个雨天，顾客比较少，姜力请田琨到小包厢里一坐。田琨爽快地答应了。

姜力麻利地点了几个菜，开了一瓶红酒。田琨目光平和地注视着他的一举一动。

菜上齐了，茶泡好了，红酒醒在椭圆形的醒酒器里。姜力打发服务员出去，关好包厢门，倒了两杯酒，端起一杯双手递给田琨，微笑道："田老师，一直想有这么个机会，和您好好聊一聊。"

田琨接过酒杯，说："我也是。一直想跟你好好聊聊，就是不知该如何开口！"

姜力端起酒杯伸过去，两只酒杯清脆一碰："田老师，干了这杯，咱们边吃边聊。"

姜力给两人续上酒："田老师，咱们先吃点东西？"

田琨说："好！"

两人默默吃菜，脑子都在飞速运转，夹菜的空当不时瞥对方一眼。

两人胃里垫了些食物，好像也理清了思路，有了底气，姜力果断地端起酒杯："田老师，我先跟您说声对不起！"

田琨放下筷子，端起酒杯，看过来："姜小弟，有话就说吧，咱们今天敞开心扉，好好聊一聊。"

姜力和田琨碰了碰杯，一口干了，说："田老师，前年，那个信封，是我投在您家信箱里的，这事儿一直压在我心里。"

田琨也干了杯中酒，盯住姜力的眼睛："我知道，当时，你跟警察说，你并不认识让你投信的人，更不知道信封里装的是什么，是不是？”

姜力说：“是的。我在骑车，偶遇一个包裹得严严实实的人，给我五百块钱，让我把信投进指定的信箱。我摸了摸信封，感觉里边没什么危险物品，大概是照片之类，拿了钱就照做了。”说着，有些羞愧地摇摇头，“我，我那时候有些颓废，整天吊儿郎当的……”

田琨面无表情：“那你怎么知道那个是我家的信箱？”

“我投了信之后，心里总是不踏实，借骑车偷偷关注了好几回，发现是您或者您女儿取那个信箱里的报纸信件，所以……”

“你认识我女儿？”

“也……不算认识。在报纸、网络上看见过文章和照片。您女儿拿错化验单……遭受校园欺凌的事……”

田琨的脸色阴沉下去。姜力赶紧住了口，默默倒上酒，默默和田琨碰了碰，干了。两人的脸颊漫出红晕，眼神都有些迷离。

好一会儿，姜力打破沉默：“田老师，前一段时间的新闻您看了吧，那马家出事了，父亲死了，儿子进了少管所……”姜力说这些话，很有些安慰田琨的意味。

田琨说：“那么大的事，我怎么会不知道。”

姜力说：“大家都说，马家的家庭成分很复杂，家庭教育很差，怪不得孩子们会干出那样损人不利己的事情！”

田琨苦笑：“我如果说那是报应，好像有些不近情理。毕竟，人的生命是最宝贵的。但我相信因果轮回，报应不爽。”

姜力点头，转换了话题。

“田老师，小米还好吧，咱小区里的孩子们都夸小米呢，说小米一直都是班上的班干部、尖子生。”

“嗯，还好！”说到女儿，田琨脸上露出笑意。“小米一直都是好学生，优秀班干部。”

“孩子那么优秀，跟父母有很大关系。您是位名作家，您爱人是单位领导，文化层次都很高。所以，家庭教育对孩子的成长很重要的。”

田琨点点头，若有所思，突然盯住姜力，问：“姜小弟，你真的不知道那信封里的内容吗？”

姜力有些吃惊：“田老师，我真的不知道啊。”

姜力只能咬死不知道。不然的话，就会扯出莫雷和周大海。失信于他们不说，还会导致一系列不可预估的后果，最直截了当的办法，就是绝不承认。

田琨审视了姜力好一会儿，见姜力眼都不眨，于是收回目光，叹了口气。

“唉，姜小弟，我看你是个值得信赖的人，今天我就把信封的事情摊开了跟你讲一讲。窝在心里……我也难受！”

姜力暗暗松了口气：“田老师，您相信我，有什么话，尽管说。”

“当时，小米的妈妈叶琴，有外遇！”田琨鼓起勇气说了出来，两眼死死盯住姜力的眼睛，观察他的反应。

姜力嘴巴张成圆形，双眼大睁，表示惊讶。

“你投的那封信里的照片，就是她和情人徐锦江在一起的。徐锦江就是咱们小区的开发商！”

难以出口的话，一旦出口，就如河水决堤，难以控制。

田琨紧绷的身体松懈下来，一口喝干了杯中酒。姜力急忙倒上酒，他现在要做的，就是个好听众。

“为了我的女儿，我选择了原谅！那时，小米刚上高中，我不能因为大人之间的事情影响了孩子的前程！”田琨眼里泛起泪花。

姜力连连点头：“田老师，您是个伟大的父亲，好丈夫！”

田琨苦笑：“我还能怎么样，除了忍受，除了宽容、包容，我还能怎么样，我还爱着小米的妈妈。但是，我心里真的憋屈得慌啊。”

姜力夹了块鱼放在田琨面前的碟子里。田琨道声谢谢，低头吃了，又喝口酒：“小姜兄弟，不要见笑啊。我总觉得你知道信封里的东西，也不知怎么，就，就想和你说说心里话。”

姜力急忙说：“田老师，我之前真不知道。现在知道了，也没什么。您放心，我绝对不会对外人讲，也不会有啥看法。成年人的生活，谁家不是一地鸡毛！”

田琨感激地笑笑：“小姜兄弟，你跟我说实话，你真不认识那个让你投信封的人吗？”

姜力说：“田老师，我真不认识！”

田琨说：“拍照片的人不知是谁，目的是什么。我的心一直悬着，那感觉，像极了那个等第二只靴子落地的老人，靴子不落下来，我无法安心啊！”

姜力无语。没想到，那封信，始终在这个男人的心里，还变成了一块巨石。他同情田琨，甚至有些许可怜他。

“我时常感觉到，有无数的目光在明里暗里盯着我。拍照片的，一定是咱们小区的人。那些人为什么要盯着我家，他们究竟想要干什么？”田琨看着姜力，眼神更加迷蒙，“小姜兄弟，你能不能帮帮老哥，帮我留意一下，那是些什么人，究竟想要干什么！”

姜力站起身，走到田琨身边，坐下，搂住他的肩膀。

“田老师，您听我说，据我分析，那些人不是针对您和您家，也就是说，没有第二只靴子，您就把心放到肚子里吧！”

田琨有些懵懂，很快反应过来，睁大红红的双眼看过来：“你说什么，不是针对我家，那是针对谁？你，你还说你什么都不知道……”

姜力急忙说：“听我说田老师！您看啊，这都过去快两年了，并没有发生什么事儿吧，那就说明，那些照片不是针对您家的，而是针对照片中的另一个人，徐锦江的！”

田琨清楚，徐锦江收到了一模一样的照片。为了不让女儿再次受到伤害，他承受着巨大的屈辱，和徐锦江坐在一起商议过对策。后来，他和好兄弟雷鸣分析过，照片没曝光，大概是因为徐锦江答应了商铺业主们的要求。也就是说，那照片不是针对他们家的，之所以送他们一份，只是个善意的提醒，对叶琴的规劝，或者侧面给徐锦江施加压力。

田琨不知拍照片、送照片的人是好心还是恶意。这两年，虽然没有发生什么，但他的心境已经被彻底破坏了。对很多人来说，遭到另一半背叛那种事情，他们宁可被蒙在鼓里，稀里糊涂的，一辈子就过去了。

“姜力，你怎么知道，照片是针对徐锦江的？”

田琨的语气和脸色都变了。

姜力努力保持微笑：“田老师，您刚才不是说了，照片上的另一个人是徐锦江吗，咱们都是飞燕小区的住户，后来，徐锦江痛快答应了住户们的要求，说不定就是那照片起的作用呢，是不是田老师？”

姜力的回答天衣无缝。田琨也没再追问。

“小姜兄弟啊，你能不能帮我个忙，帮我查一查，拍照片的人是谁。我这心里头，总是不踏实啊！”

后来，田琨翻来覆去地说，姜力一次又一次地劝。

这顿饭，吃了三个多小时，喝空了两瓶红酒。田琨不能喝白酒，红酒的量最多也就一斤，喝超量了。但两人很开心，为结交了一位挚友而开心。

张红卫失踪后，田琨给姜力打过一个电话。

“小姜兄弟，小区里的传言听到了吧，那个失踪的保安是个怎样的人，会不会是之前那个拍照片的人。”

姜力说：“田老师，据我所知，那失踪的保安人品不怎么样。如果拍照片的人是他，他不会轻易就那么算了的。据传，前段时间，那保安四处跟人说，他发现徐锦江在咱小区金屋藏娇呢。”姜力猛然意识到什么，住了口。

田琨停顿片刻，话筒里传来渐粗的喘息声。

“小姜兄弟，你是说……不会是……你跟老哥说实话，是不是我爱人还和那姓徐的……”

“没有老哥，我是说那保安是这样认为的。您说过，您和您爱人的感情比以前好多了。您宽宏大量包容她，她怎么会重蹈覆辙？再说，徐锦江是什么人，有前车之鉴，现在即使有什么，也不可能在家门口人们的眼皮子底下……所以，那保安纯粹是胡说八道。”

“也是。你说，那个保安怎么会突然失踪呢，搞得小区里人心惶惶的。”

“是啊，警察在查，据说还没找到线索呢。”

“咱这飞燕小区，还真是够复杂的。姜小弟，上次，我托你找那个拍照片的人，有消息吗？”

“田老师，没啥消息，我劝您啊，别再想那事儿了，好好写您的书吧，整天胡思乱想的影响心情。”

姜家饭店的聚会过后的第三天，周大海打电话约姜力去莫家旅馆议事。

三个人很快就聚在了莫雷的办公室。周大海从皮包里拿出一摞照片、一沓纸和一个笔记本。照片上有徐锦江和本市几个知名人士的合影，有徐锦江和白严强单独在一起的。有的在河边，有的在车上，有的在高尔夫球场。也有第三个人出现，那人叫向东，岩强建筑公司现在的老板。那些纸，有银行的转账记录，徐锦江和他爱人的护照复印件。原来，徐锦江夫妇都已经是美国人了。那个笔记本是手工记录的跟踪轨迹。

莫雷和姜力边看边惊叹。这些信息，远远超出了他们原先的想象。

“周大哥，你还真是费了不少心思啊，查到这么多东西！”

莫雷说：“周老弟，按照之前的计划，赶紧整理东西，抹去指纹，要仔细。一定要加倍仔细。然后赶紧邮寄出去。”那堆东西就像个大大的烫手山芋，赶紧扔出去才心安。

莫雷将笔记本上有内容的部分撕下来，拿出事先备好的手套，三个人戴上，拿出酒精、抹布，仔细擦拭照片、资料，又轮流反复检查。感觉万无一失了，才把所有资料装进一个大号牛皮纸信封里，贴了好几张邮票，再把信封外面仔细处理干净。

做完这一切，三个人面面相觑，长吁一口气，一种异样的感觉漫过全身。周围的空气好像变得黏稠了，热辣辣地穿过鼻腔。这感觉，意味着什么？这一刻，连接着怎样的过去和未来？今天的举动，是对是错，是好是坏？

莫雷拿起信封，在手里掂量几下，递给周大海。周大海缓缓抚摸信封，前后左右地看，似有不舍。里面装的是他呕心沥血的结晶啊，他将满腔的愤恨凝结其中，也将希望和信念托付其中。一撒手，就都交付出去了，交给不可知的命运。从此和往昔和解，海阔天空，清心寡欲度余生。

周大海将信在胸前搂了搂，看看莫雷，又看看姜力，眼圈发红，勉强挤出一个比哭还难看的微笑，郑重地将信封递给姜力。

姜力把信裹在几张旧报纸里。报纸是他特意带来的，没有楼号房号，也没有任何印记。之后，装在随身带来的背包里。

“两位大哥，我先走一步，假装去文辉书店买本书。周大哥一会再出门，雷哥十分钟后直接开车出小区，在下一个十字路口接周大哥，我骑车出城。咱们城外定安小镇见。”

定安小镇是新开盘的庭院式高档住宅区，去看房、参观的人来自四面八方，络绎不绝，关键是其监控系统还不完善。四十分钟后，三人在定安小镇汇合，找了个僻静的邮筒，将信投进去，然后一起参观了小镇，心不在焉转了几圈就回城了。

从此，三人心里多了份期待。

那封信或许如石子投入大海，看不见一丝浪花，马上就无声无息地沉寂在海底；或许如巨石投入平静的湖面，扑通一声巨响，荡起圈圈涟漪，很快也销声匿迹；或许如惊雷，振聋发聩，发人深省，刮起一股旋风，荡涤人间不平。

第三十八章

本市经侦大队大队长铁军的桌子上，摆着一份特殊的大号牛皮纸信封。信封上的“市经侦大队大队长铁军收”一行字，是用报纸杂志上剪下来的字拼成的，字体、大小参差不齐。

矮壮的铁军右手摩挲着下巴，看看面前瘦高的副队长李宁夏，若有所思。李宁夏探究地看过来：“铁队，里面是什么？”

铁军说：“打开看看不就知道了。”

李宁夏点头，端详信封片刻，从口袋里掏出一双白手套戴上，抽出笔筒里的裁纸刀，小心翼翼沿信封封口处一点点剔开，倒出里面的东西。

铁军拉开抽屉，拿出白手套戴上，和李宁夏一起翻看、研究那一摞照片和纸张。两人越看越严肃。

“看来，寄信之人颇费了一番心血啊！”铁军说。

李宁夏说：“咱们掌握的信息，比这多多了，这寄信之人是谁，为什么要监视徐锦江和白严强、向东，他不会打草惊蛇吧？”

铁军说：“就当是个热心市民吧，看不惯徐锦江、白严强、向东之流欺行霸市、胡作非为的恶行。或许就是徐、白、向之流恶行的受害者，想通过这种方式协助咱们打击犯罪。”

李宁夏点点头，来回踱两步：“看收信人信息这行字，那人很谨慎，怕是一个指纹都没给咱们留下。”

铁军说：“是啊，虽然是做好事，也怕留下信息！说明市民畏惧徐锦江团伙的势力，也担心咱们不采纳、不重视，或者办事不力，泄露了信息，给他们招来灾祸！”

李宁夏说：“是啊，另一个层面，说明市民中有心明眼亮的正义志士。铁队，这些资料我待会儿带回去，让大刘他们好好看看，说不定能找到些被我们遗漏的有用信息呢，不能枉费了热心市民一片苦心啊！”

铁军点点头："你说得对，这样的民众越多，咱们的国家越有前途，民族越有希望。抓紧时间整理徐锦江团伙的资料，收网的时刻马上就要到了！"

李宁夏身子一挺，大声道："是，铁队！"说完，快速收起桌上的照片和资料，冲铁军扬了扬，"铁队，不用戴手套了吧？"

铁军摆摆手："没必要了，快拿去核查吧！"

其实，近半年来，徐锦江内心很是惶恐不安，隐约有种大厦将倾的感觉。四家长期合作的银行陆续发来催款函，限期偿还巨额贷款。集团早已被拆成了空架子，哪来的资金偿还上百亿的贷款。小贷公司的小股东们天天聚在集团接待室，要求退还本金和六个多月的利息。飞燕区商业广场是岩强建筑公司承建的，白严强说，没有资金投入了，他的公司还有其他在建工程，没能力垫资，已被迫停工多日。垫资承建其他几个大型项目的建筑公司，好像听到了什么风声，也都陆续停工，天天聚在集团催要垫款。财务部长的电话被打爆了，只能关机，东躲西藏。

更让他担心的是，女儿徐欣怡一天几次越洋电话催问，说汇去美国的巨款根本就没有到账！

妻子林娟安排好美国的一切，半个月前回来了，办理了一些他不便出面处理的善后事宜。一周前跟着旅行团去西北旅游了。其实是想假借旅游之名，从西北城市敦煌辗转香港，再转飞美国。但从昨天开始，妻子竟然失去了联系。按照计划，昨天，她应该到达香港了。他打电话到航空公司查询，对方回答，查无此人信息。

集团下面的子公司已树倒猢狲散，濒临倒闭，他已无暇顾及，授意亲信，竭力维持表面的正常，尽量不要让外人看出迹象来，能拖几天算几天。白严强和向东不知在干什么，常常几天见不到人，也无法联系。他们是不是已经意识到自己要跑路，所以在背后忙着拨自己的小算盘。

前段时间，岩强建筑公司不知用了什么招数，依然在外面签项目，还召开记者招待会大肆宣传。他打秘密电话给白严强，质问道："老白，在这个节骨眼上，为何还如此高调，你在搞什么鬼？"

白严强说："徐董，越是这种情况，越要保持镇静，您教过我，要临危不惧啊！"

徐锦江有些气急败坏："你说资金紧张，停了咱们飞燕区商业广场的项目，哪来的资金去签别的项目？"

白严强在电话中轻笑几声："徐董，都是向东运作的，您知道，岩强建筑公司现在的法人是向东，主事的也是向东啊。我有几把刷子，您还不清楚吗？"

徐锦江语塞，过了好一会儿，强压怒火道："白老弟呀，咱们合作这么多年，早就是绑在一条绳子上的蚂蚱了，一荣俱荣，一损俱损啊！你，你那样做，是把集团往火坑里推啊。"

白严强说："徐董，您也知道，我在牢里那七年，建筑公司都是向东他们在运作。要不是向东，我这一亩三分地早就没了，再说，他早就是公司的大股东了，我只能听他的。"

向东那个人，有时给他一种很奇怪的感觉。让他觉得，向东文静清秀的外表下，隐藏着阴险狡诈。白严强本来就不是个省油的灯，再加上深不可测的向东，两个人一文一武，配合默契，曾是他徐锦江最得力的左膀右臂，唯他马首是瞻。集团曾经的辉煌，两个人功不可没。可现在，他们在哪里，在干些什么？

看来，他们早已看出了集团的败势，在为自己找后路，在向人们展示，他们和锦江集团是两路人马。或许，白严强和向东，早就在为自己打算了，只是他徐锦江被两人表面的阿谀奉承蒙蔽，被集团虚假的繁荣迷惑，没有看清那些表象下面的真实而已。现在，为时已晚。

往日风光无限的锦江集团，现在门可罗雀。不，应该说热闹异常——堵在门口的，都是些逼债催款的。往日相交的那些商贾名流们，商量好了似的，一个个忙得不可开交，约都约不上，更别说登门拜访。徐锦江在心里冷笑，大概都躲在暗处等着看笑话呢！人们是多么势利啊，见风使舵，翻脸无情，亘古如此！

真是山雨欲来风满楼。在这节骨眼上，飞燕小区的保安张红卫莫名其妙失踪了，还把公安机关和民众的关注点引到了自己身上，把自己置于聚光灯下，明晃晃任人审视！警察三天两头地来盘问，堂而皇之地进出集团和家里。搞得整个集团人心惶惶，流言四起。往日把他奉为上宾的领导，连电话都拒接了。真是叫天天不应，呼地地不灵啊！

张红卫那么个小人物，怎么会跟自己扯上关系？二十多年来，他做过那么多项目，唯有飞燕小区，成了他心中的一根刺。不，现在思前想后，那是他命中注定的劫难啊！

因飞燕区拆迁项目，他在机缘巧合下认识了叶琴，并无可救药地爱上了她，品尝到真爱的滋味，弥补了此生情感上的缺憾。他徐锦江终其一生都无怨无悔。

几十年沉沉浮浮，妻子忍辱负重，不离不弃，包容隐忍，相夫教子。婚姻成就了一份不可辜负的亲情和责任。无论如何，他都要妥善安排妻女。

如今看来，飞燕区项目，成就了他，也毁了他。

成就了他感情上的缺失，成就了锦江集团的辉煌，也成就了他人生的巅峰时刻。和叶琴相识相爱，释放了他心中的柔情。那摞和叶琴有关的照片，毁了他冷酷铁腕的做事风格，在当时形势的逼迫下，第一次为了爱的人向看不见的对手低头。

飞燕区商业广场，一个宏伟的商业帝国，在即将建成之际，遭遇了灭顶打击。扩张过猛，入不敷出，银行银根紧缩，截断贷款，资金链断裂……如多米诺骨牌，以排山倒海之势压下来，集团很快被拖入危局，每况愈下。

念念不忘的飞燕区，奇异地容纳了他爱的人和他恨的人。那些看不见的对手，就是他恨的人，也是恨他的人。他们始终在暗处，会威胁他，威胁他的爱人。他一心想除之而后快，设下圈套守株待兔。谁知，撞在树上的，却是一个自以为是的保安，还把事情闹得人尽皆知，拖着他徐锦江暴露在光天化日之下。真是人算不如天算啊！

飞燕区，真是自己的劫难场。发生在那里的一桩桩，一件件，是这场劫难的配角、道具，而他最爱的人，不知不觉做了劫难的催化剂。命运的大手，是多么的诡秘莫测。一切都已经设定好，只等着芸芸众生拼了命地奔过去，挣扎，屈从，归位，完成自己的宿命。

无数个不眠之夜，他竭力安慰自己：爱情，原本就是虚无缥缈的东西，看不见，摸不着。只是一种由荷尔蒙催生的自我感觉而已。说到头，是自欺欺人，或者两个人互相欺骗，终有一天会清醒，会分道扬镳，各奔东西。得不到回应的爱，虽然悲哀，最起码会留存一份美好的念想。但是，无论如何，他心有不甘。这两年，他无数次尝试过，甚至使了些卑劣的手段，依然无法挽回爱人的心。

妻子林娟依然没有消息，不知什么情况，他预感不妙。怎么办，当机立断撇下这个烂摊子一走了之？不行，贸然离开，说不定会惊动了相关部门，把后路堵死了，还没到那种地步，还没到山穷水尽的境地。他徐锦江是什么人，那些势利之人太小瞧他了，几十年行走江湖，狡兔三窟已经概括不了他的谨慎。

度日如年的他，品尝着孤单寂寞，越加思念心中的爱人。即将远逃万里之外，一别即是永远。她的祝福，将是他余生最美的慰藉。

他终于熬不过自己的心，拨通了那个在心中默念了无数次的电话。电话无法接通。再拨，再拨，依然如此。他突然心里一惊，叶琴把他的号码屏蔽了，或者设了黑名单，他发了条微信，发送不成功，她把他的微信也删除了。

他的太阳穴突突直跳，心慌气短，四肢发软。她竟然如此决绝，彻底把他从自己的生活中剔除了。他瘫在椅子上，好长时间才缓过劲儿来，拖着苍老了好几岁的身躯，一步步挪到保险柜边，从里面取出一个小铁盒，打开密码锁，拿出一摞电话卡，抽出一张，插进一部旧手机里，拨通了她的号码。电话响了两声，接通了，很快，传来她的声音，他急忙挂断了。自己在干什么，怎么能用这些电话卡？昏了头了。他跌坐在沙发上，心如鼓擂。

他急忙取出电话卡，拿起剪刀剪成碎片，奔进卫生间，扔进马桶冲了下去，然后长叹一口气，走吧，这个城市，不值得留恋了。

他毅然起身，拿了随身的手包，将那摞电话卡和旧手机装进包里，锁好保险柜。把常用的两部智能手机调到静音状态，锁在抽屉里。离开办公室时，跟秘书交代，有事直接打电话。秘书答应着，表情复杂地目送他转向后面的专用小电梯。秘书知道，此刻，位于地下一层的接待室里，几个逼债的闹着要见董事长。保安说董事长不在，有人说看见董事长的车子进了地下车库。四五个保安正努力把几人挡在电梯口。秘书想，董事长真厉害啊，这样的境况下，还能如此淡定自若。

小电梯直接下到了地下停车场。徐锦江左右观察一番，见四周无人，快速靠近电梯口停着的一辆汽车，扯下防护罩，闪身坐进后排座。从座位下面拉出一个大包，拿出衣服、帽子、眼镜、假发、假胡须，迅速乔装改扮。十几分钟后，他跨过座位坐在驾驶座，瞥一眼后视镜，微微一笑。镜中是一个头发花白，头戴鸭舌帽，络腮胡子，戴一副金边眼镜的老者。这辆车是一辆普通的大众。除了他，没人知道这辆车的存在。

车子缓缓驶过自己的座驾，那辆气派的劳斯莱斯，他目不斜视。车子附近有几个人在来回踱步，不时交谈几句。看情形，不像是来催债的。

没人注意他。出了地下停车场，他才暗暗松了一口气，回头看一眼。“锦江集团”几个金灿灿的大字，依然在阳光下熠熠闪烁，深蓝色的玻璃幕墙映射着蓝天白云，笔直矗立着。门口三三两两站着八九个人，不知是什么人。徐锦江在心里喊了一声：再见了，锦江集团！然后一踩油门，车子飞快向城外开去。

一个半小时后，徐锦江来到一座小县城 M 县，熟门熟路直接进了一个小区，门边有“西园小区”几个大字。小区不大，看楼的成色，建成大概有七八年了，总共七八栋楼，十二层的小高层。徐锦江把车子停在最后面的八号楼旁边，提着包下了车，锁好车门。进楼时，和遇见的人随口打着招呼，乘电梯上了十二楼。

每层楼都是一梯三户。徐锦江拿出钥匙，打开靠最里边的一扇紫红色的防盗门。

这是一套一百二十平方米左右的三室两厅的房子，装修布置简约舒适，生活用具一应俱全。但是，房间里弥漫着一股霉味，家具、地面上，铺着一层薄薄的灰尘。

徐锦江顾不得像以往那样仔细打扫房间，和衣倒在床上。出逃的第一步成功了！他的神经松懈下来，顿觉浑身瘫软，疲惫感瞬间席卷而来，拖着他沉沉坠入了梦乡。

不知过了多久，他突然被敲门声惊醒，下意识跳起来，一时不知身在何处。门口又响起敲门声和说话声："您好朱老师，打扰一下，我是物业的夏大姐。邻居说您回来了，麻烦您交一下物业费和暖气费吧。您好不容易回来一趟。就差您家的啦。"

徐锦江愣愣站着，脑子在飞速运转。物业费、暖气费？是啊，买房子的时候，一次性交了好几年的费用，就是为了少跟他们打交道。好像是该交了。上楼的时候遇见了几个邻居，这么快物业就知道了？不想了，交吧！不然，他们会觉得奇怪，不知还要跑来敲几趟门呢。

徐锦江蹑手蹑脚跑到卫生间门口，答应一声："稍等，就来！"急忙对着镜子整理一下仪容，压了一下马桶，伴着哗哗的抽水声镇定自若地开了门。

两分钟后，除去伪装的徐锦江坐在沙发上，两边各坐着一个男子，对面还站着三个。为首的一个浓眉大眼的高个男子笑眯眯地问："朱老师？不对，还是叫你徐老板吧，密码多少？"

徐锦江垂头丧气地说了一串数字。不到一分钟，小卧室里有人大喊："打开了！"

左右的男子架着额头冒汗的徐锦江，来到小卧室门口，正对门靠墙立着一只巨大的保险柜，柜门打开。一柜子整整齐齐的钞票，红的人民币，绿的美金。最上面放着一本护照。

高个儿男子又问："徐老板，这只保险柜的密码多少？"说着，朝另一面墙边一模一样的保险柜扬了扬下巴。

徐锦江低着头，又说出一串数字。

不到一分钟，保险柜打开了，上层摆着几件古玩，下层是厚厚一摞账本、笔记本和照片等物品。

高个儿男子狠狠地瞪一眼徐锦江："徐老板，你是自己说，还是让我们一点点地挤牙膏？"

两边的男子使劲拽着徐锦江的胳膊，不然，他早就瘫软在地了。

"能，能不能让我喝口水。"徐锦江进门倒头就睡，还没吃没喝呢。

高个儿男子使个眼色，两男子把徐锦江拖出去，扔在沙发上。另外一个小伙子在厨房找到矿泉水，拿一瓶打开递过去。徐锦江接过水，一口气灌了下去，之后就呆呆瘫在沙发上，面如死灰，一言不发。

几个男子在屋内四处搜寻，不时有人汇报新发现。

第三十九章

几乎半个小区的居民都聚到楼门口看热闹，窃窃私语。帮忙叫门的物业夏大姐兴奋得满面红光，眉飞色舞地讲述着她的传奇经历。人群中，一个头戴鸭舌帽、戴着一副茶色眼镜的男子，静静听了一会，悄悄转身走开了。

这时，两辆面包车和两辆越野车鱼贯而入。车上下来十几个人，有男有女，拎着大大小小的包，直接上了十二楼。

带头的矮壮男子一进门就亮开了大嗓门："雷大队长，看你这阵势，是要给徐老板重新装修房子啊。"

浓眉大眼的高个儿男子爽朗地笑了："哈哈哈，铁大队长来了，你看看这阵势，不就得替徐老板重新装修房子吗？"

屋子里一片混乱，木地板全部被撬了起来，木龙骨之间塞满了一捆捆用塑料油布包裹起来的钞票。天花板被掀开一角，看得见上面藏着东西，几个年轻男子从阳台拿来一把伸缩梯，踩在上面小心翼翼往下递包裹，原来是一件件稀世古董和名人字画。床垫被掀了起来，床厢里也塞满了钞票。

铁军带来的人和几部点钞机立刻派了用场，哗哗哗的点钞声此起彼伏。清点好的钞票又捆扎整齐装进一只只大钱袋，陆续搬运到门口的面包车上。市博物馆来了两位考古专家，带着四位工作人员，现场登记清点古玩字画。

搜查、清点和搬运工作整整进行了十几个小时，直到半夜才彻底结束。雷鸣和铁军带领人马押着徐锦江随车队返回省城，留下三个队员对房子进行最后清理。

省城的警察在西园小区抓住了一个隐藏的在逃大老板的消息不胫而走，整个小县城都轰动了。西园小区的居民编出好多个版本，一个十恶不赦的大坏蛋竟然乔装隐藏在身边好多年，真是太可怕了！

雷鸣和铁军同乘一辆车，两人有好多情况要交流。

铁军兴奋地说："雷队，徐锦江终于落网了，真是大功一件啊！"

雷鸣笑道："要不是为了找到这个窝点，追回国家宝藏和国有资产，拿到重要证据，他早就落网了！"

铁军说："雷队，你说那徐锦江为何要多此一举，藏那么多的现金？他费了多大的劲，才把那么大的两个保险柜搬上楼的？那么多的钱，那么多的古董，要多长时间才能一点点运到房子里啊？还不嫌麻烦，藏在地板下面，屋顶上面，真是难以想象！"

雷鸣说："是啊，有些人，就是有各种怪癖。徐锦江在小区刚建成的时候就买了房，那时候人少，大家都在装修，比较乱，往楼上搬运奇怪的东西，大概也没人会注意吧。"

铁军说："据咱们调查，徐锦江身边没有人知道这套房子。搬钞票，运古董的，难道是徐锦江自己。"

雷鸣说："应该是。据查，徐锦江出生在外省一个偏远的小山村，小时候家里很穷。后来，村子里有人无意中发现山上有古墓。消息传开后，文物贩子纷纷进山收古董，盗墓贼也一拥而上。为利所诱，渐渐地，村里的很多男人都成了盗墓贼。政府发现后，明令禁止盗墓，抓住就严判，盗墓者才渐渐转为地下。徐锦江很小就跟着父亲和哥哥们上山盗墓，可以说，他的原始积累，就是通过卖古董完成的。他储存现金和古董的嗜好，大概基于童年的经历。"

铁军感叹道："那个徐锦江，算是个有能力的人。如果他不膨胀，踏踏实实做正当生意，那段黑历史，或许也就过去了。有句话是这么说的，好多大老板，都是有原罪的，这不是没有道理啊！"

雷鸣说："据我们刑警队调查，徐锦江的过往，并没有那么简单。回去后，咱们两个队联合起来，连夜突审徐锦江。"

铁军说："好，眯一会儿吧。今晚咱们恐怕没觉可睡了。"

原来，市公安局早就针对徐锦江夫妻俩下达了限制出境令，之所以迟迟没有抓捕徐锦江，就是不知道那一批古董和大笔现金的下落。徐锦江的妻子林娟，原计划假意跟随旅行团去西北旅游，在敦煌偷偷离开旅行团，转机飞往香港，再出逃美国。没想到在敦煌机场被当地警方配合逮捕，秘密押回了本市。林娟是个没多少文化的家庭妇女，对徐锦江言听计从。徐锦江生意上的事情，她几乎一无所知。帮丈夫转移的那些资金，她始终以为是丈夫生意上赚的干净钱。当丈夫如此这般安排她逃往美国时，她才意识到不对劲，思想斗争了好几天，终于妥协。徐锦江联系不到妻子，加之汇往国外的巨额资金没有到账，预感大事不妙，这才开始行动。

徐锦江酷爱古董。据可靠消息，他手里藏着几件价值连城的宝贝，但警方始终没有查出藏宝的地方，所以迟迟没有对其实施抓捕。省厅下达了命令，必须将国有资产悉数追回，绝不能让老祖宗留下的宝贝流失出境。徐锦江非常谨慎，但到最后时刻，他肯定会带走那几件宝物。果然，徐锦江乔装打扮，开着一辆不起眼的大众，自以为神不知鬼不觉逃出了警察的手掌心，放心大胆地去拿他的宝贝，开始实施出逃计划。岂料，他的一举一动，都在警方的监视之中。

徐锦江身上背着两条人命。三十多年来，那件事一直压在他心上。三十年前的那个月黑风高的夜晚，不时出现在他的噩梦中。

那时候，徐锦江还不叫徐锦江，叫徐三娃，十九岁，长得瘦瘦高高。因他胆大心细，有魄力，已经在本村青年人中间拔了尖。有时候，连父亲和哥哥们都听他的。那时，盗墓行业暗中盛行，地下古董交易猖狂至极。村里的人们大都因此发了财。徐三娃家也盖起了一院砖瓦房，两个哥哥都娶了媳妇。

然而，好景不长。有一次，两个哥哥得了一件稀世珍宝，去和古董贩子交易的途中，被另一伙人打劫，古董被抢，两个哥哥在打斗中一死一残。父亲难以承受打击，一病不起，母亲本来就体弱多病，忧伤过度，也卧病在床。不久，父母亲双双撒手人寰，临终时涕泪交流，拉着他的手再三嘱咐，一定要远离害人的盗墓行业，离开家乡，去别的地方讨生活，为徐家保留一脉香火。安葬二老后不久，两个嫂子撇下他和残疾了的二哥，偷偷逃走了。好好的一个人丁兴旺的大家庭，转眼家破人亡。

事情太蹊跷了，血气方刚的徐三娃咽不下那口气。他隐约听见风声，两个哥哥是被同村的人里勾外连陷害的。他偷偷打听，终于发现村东头的赵得宝最可疑。赵家和他们家平时没啥过节，为什么要害哥哥？肯定是为了钱！他气冲冲跑去质问，赵得宝不承认，反倒辱骂他诬陷。赵得宝的父母也翻脸不认人，围上来骂骂咧咧，将他赶出了家门。

徐三娃把看到的情况和自己的怀疑跟二哥徐天亮说了。二哥气急了，半夜睡不着，在院里嚯嚯磨刀，扬言要找赵得宝算账。二哥瘸了一条腿，瞎了一只眼，哪里是四肢健全、身强力壮的赵得宝的对手。再说，事情正在风头上，那赵家父子肯定有所防备，他们兄弟俩一起去，恐怕都不是人家的对手。徐三娃劝二哥忍耐，君子报仇，十年不晚。

徐三娃忍气吞声过了半年，终于等到一个机会。赵得宝骑着新买的摩托车满村子显摆了一上午，和几个年轻人喝了一顿酒，又骑着摩托车去县城耍了。村子离县城不远，但村子周围山高坡陡跑不快，又是沙土路，一个来回起码得三四个小时。加上赵得宝喝了酒，速度更慢，回村估计要到晚上七八点。

徐三娃穿了一身深色衣服，包脸戴帽，足蹬轻便球鞋，背包里装了一把小铁锹，一把小铁镐，一捆细绳子，一副出门盗墓的打扮。一切收拾妥当后，他就借着夜色悄悄出了村。

徐三娃翻过山梁走出很远，在进出村子的唯一山路上，找到一段狭窄处，掏出绳子，将一头挽在路边的树根部，扯着另一头穿过山路，把路上的绳子仔细用沙土盖住，绳头拽在手里，趴在路边的刺蓬后面耐心等待。足足等了两个多小时，果然等来摩托车的声音。探头一看，一束明晃晃的光扭着秧歌似的渐渐逼近。他紧张得心脏快要跳出嗓子眼儿了，手心直冒汗。他想，放弃算了，心里另一个声音却说，不，坚决不能放弃。父母亲和哥哥们的深仇大恨，一定要报！

徐三娃仔细辨别越来越近的轰鸣声，飞扬跋扈，高亢有力，像极了赵得宝的为人，确认来人正是赵得宝。白天赵得宝开着摩托车在村里转悠时，他留心听过那声音无数遍。

摩托车越来越近，明亮的光柱胡乱切割着漆黑的夜空，终于到面前了。说时迟，那时快，徐三娃猛一抖手腕又使劲一拉，埋在沙土里的绳子蛇一般飞将起来，正好勒在摩托车车轮上。赵得宝啊一声惊叫，面口袋一般，头朝前栽倒在地，一声不吭了。摩托车突突几声，安静下来。车灯闪了几下，彻底灭了。

徐三娃埋头趴着，紧盯着地上不停抽搐的黑影。好久，黑影不动了。徐三娃依然趴着，直到万籁俱寂，月朗星稀，夜风凉飕飕直窜后背，才悄悄爬起来，猫着腰凑近黑影看了看衣着、面容，确定是赵得宝。又脱下手套摸了摸赵得宝脖子上的皮肤，一阵冰冷的触感瞬间传遍全身，不由打了个寒噤，赶紧用手套擦擦刚刚摸过的地方。这都是从录像中学来的动作，没想到今晚派上了用场。他匆匆解下树上的绳子，胡乱塞进背包，用事先收集好的枯草扫平留下的痕迹，小心避开黑影头下那摊黏稠的深色液体，一溜烟跑回了家。

第二天天没亮，村里就乱哄哄闹开了。一夜没合眼的徐三娃假装熟睡，二哥喊着“三娃”，一瘸一拐闯进他的房间。

“三娃，赵得宝昨晚从摩托车上摔下来，摔死了，真是恶有恶报啊！”二哥兴奋得满屋子乱转。

“真的吗，二哥？”徐三娃揉着眼睛，假装惊讶地问。

二哥唯一的一只眼睛瞪得鸡蛋般大：“当然是真的，尸首都抬回村里了。快起来去看看吧。”

徐三娃伸个懒腰，蒙上被子，闷闷地说：“死了好，咱哥俩再也不用想着报仇了。”

话音未落，徐三娃已经打起了呼噜。

二哥说：“是啊，真是老天有眼，替咱们家报了大仇。”

此时，徐锦江坐在市公安局一间审讯室里，对面是刑警大队长雷鸣和经侦大队长铁军，旁边两位警员准备做记录。

两位大队长同时出现，这阵势太大些了吧。徐锦江暗暗思忖，三十多年前的事情迅速在脑海飘过。近年来怎么时常这样？真是不祥的预感啊。他赶紧摇摇头，想要甩掉那些思绪，按下那些秘密。那是他这辈子都不能示人的秘密，他发誓要让它们烂在肚子里，最终带进棺材里。只要那些事儿不发，别的都问题不大，罪不至死。

雷鸣突然说话了："姓名。"

徐锦江抬头看雷鸣一眼，愣了愣："雷大队长，您……不认识我了？"不知哪来的勇气，他竟然还想活跃一下气氛。

"请回答我，姓名。"雷鸣一脸严肃。

"徐锦江！"

"请说出你的真实姓名！"铁军的大嗓门亮了出来。

徐锦江心里一惊，故作镇静，目光在两位大队长脸上跑了几个来回。

"铁大队长，您什么意思啊，我不明白。我是徐锦江啊！"

他和两位大队长不曾打过交道，但都认识。他们一再问这个问题，难道发现了什么？

雷鸣和铁军对视一眼，铁军拿起几张纸，边走边似笑非笑地盯着徐锦江的眼睛："看一看，这是谁？"

那是一张户籍证明，一张身份证照片。"徐三娃"三个字赫然出现在纸上。

徐锦江的眼睛像被那几个字烫着了，猛地闭了一下，心咚咚直跳，浑身的力气被抽空了似的，直冒冷汗。

"这……这是什么？"他假装无知，挣扎着反问。

"徐三娃，别再装了！"铁军冷冷地说完，鼻子里哼一声，转身回了座位。

"如果没有确凿的证据，我们能向你出示这些东西？"

徐锦江呆呆看着面前的地板，是哪里出了问题，用几十年时间掩盖的真相，看来，早已被警察掀了个底儿朝天。完了，一切都完了。

徐锦江瞬间被打回原形，变成了徐三娃。三十多年前花重金改变容貌，又经过三十多年的拼命打磨、钻营，依然没能让徐三娃脱胎换骨，彻底变成另外一个人。徐三娃一直如影随形，像个看不见的尾巴，始终拖在身后。

徐三娃长叹一声，瘫在了椅子上。

对面，四双锐利的眼睛射出的光威力无穷，逼得他越加萎缩。他的脑子乱成了一锅粥，预先编好的故事被彻底打乱，一时无法拼接，也没必要再费劲拼接了。他的心里反倒敞亮了，该来的终究会来，该面对的必须面对，该接受的无法回避，这一天，终于来了。被他抛弃的徐三娃，翻山越岭穿越三十多年的光阴，终于还是回到了他的身体里，连同他的过往。

现在的徐三娃，是个完整的人，真实的人，发生在他身上的所有，都无须再隐瞒，也无法再隐瞒了。

赵得宝的死，赵家人一直以为是意外。勘查现场的警察，验尸的法医都证实了这一点。

徐三娃心里的一块大石落了地，暗暗高兴着过了一段平静日子。

有一天下午，徐三娃背个麻袋去地里收苞谷，遇见了同村的光棍汉麻三儿，那麻三儿好像专程立在他的必经之路等着他。一见面，麻三儿就露出一口被烟熏得黑黄的牙齿，鬼鬼祟祟迎上来。

“三娃兄弟，下地收苞谷啊。”

徐三娃打心眼儿里瞧不起好吃懒做、猪嫌狗不爱的麻三儿，随口敷衍一声，绕过他就往前走。

“徐三娃，哥有个事情，想跟你探讨一下。”麻三儿幼年家境不错，上过几年私塾。后来好赌成性，几年时间就把家产败了个精光，老婆也被他打跑了。老父老母活活被他气死，膝下也无一儿半女，彻底成了个孤家寡人。

徐三娃心思，你是谁的哥啊，你能有什么正经事儿，莫非又要借钱?

“三哥，我还忙着呢，地里的苞谷再不收就被贼偷光了！”

麻三儿嬉皮笑脸紧赶两步，挡住徐三娃的去路。

“三娃兄弟，不急这一会儿。你就不想听听，哥哥我有什么事情要和你探讨。”

徐三娃绕过他继续走：“三哥，我最近手头很紧，没钱借你啊！”

麻三儿跟着走，提起嗓子尖笑两声：“呵呵，三娃兄弟，哥哥我不是要跟你借钱，我是要告诉你一个秘密。”

“我不想听，我还忙着呢。”

“且慢，三娃兄弟，这秘密跟你有关系啊，你怎能不听呢。你真不听，我可告诉别人了，到时候你可别后悔啊。”

徐三娃停下脚步：“跟我有关系，什么秘密？”

麻三儿又尖笑几声：“这态度就对了嘛，三娃兄弟，我告诉你啊，赵得宝死的那天半夜，我看见你了！”

徐三娃心里一惊，头皮一阵发麻，表面强作镇静，淡淡地说：“三哥，我不明白，你什么意思？”

“赵得宝死的那天半夜，我刚从小寡妇家出来，正好看见你从山上跑下来，慌慌张张跑回家了。”

徐三娃猛出一拳，捣在瘦弱的麻三儿肩上，捣得麻三儿一个趔趄，边气哼哼地骂：“麻三儿，你疯了吗，胡说八道什么。那天晚上我在家睡觉，根本就没过出门，你什么意思啊，想讹我啊。”

麻三儿揉揉肩膀，一副不计较的样子，双手拢在袖管里，摇晃着身子说：“我看得真真切切的哩，当时你包得严严实实的，我还不敢肯定。后来我去找你二哥，看见院里晾晒着衣服，其中就有你那晚穿的那套，上衣带帽子，我就确定了。怎么说？三娃兄弟，呵呵呵呵……”

徐三娃火更大了：“麻三儿，你想满嘴喷粪诬陷好人啊，衣服上带帽子的多了去了。你什么逻辑呀，再胡说八道，小心我揍你。”

徐三娃骂骂咧咧，撇下麻三儿气冲冲走了。麻三儿在后面伸着脖子，踮着脚尖叫：“徐三娃，别敬酒不吃吃罚酒，有你后悔的一天。”

徐三娃哪里还有心思再收拾苞谷。但是，他知道，麻三儿那双恶毒的眼睛正盯在自己背上，绝不能让他看出什么。他强打精神朝山洼走去，到自家地里，见四下无人，一屁股坐在苞谷丛里发了半天呆。眼看日影西斜了，肚子开始咕咕叫，才起身胡乱掰了半麻袋苞谷棒子，背着回家了。

一进院门，他就听见了二哥和麻三儿的说话声。

第四十章

正在剥苞谷的二哥见他背着半麻袋苞谷棒子回来了，有些好奇："三娃回来了，不舒服吗，怎么才掰了半麻袋棒子。"

徐三娃搁下麻袋，抓住两个角提起来，把苞谷棒子倒在二哥面前的一堆苞谷棒子上："大多数棒子还有些软，熟透了的被贼偷去好多，我追了一路，没追上，该死的小偷，被我抓住，看我不打断他的腿，拧断他的脖子。"

徐三娃狠狠瞪麻三儿一眼。麻三儿急忙迎上笑脸："三娃兄弟，我正和二哥聊天呢，有人看见你二嫂了，在山那边的柳家村，嫁了一个姓张的……"

徐三娃赶紧看二哥一眼，这才发现二哥面色灰白，情绪低落。

"麻三儿，滚出我家。你没眼色啊，哪壶不开提哪壶。"

麻三儿拧了拧身子，弄得屁股下的小板凳吱吱直叫："我，我还没来得及跟你二哥说那个秘密呢！"

徐三娃扔下麻袋，拎起墙边的铁锹，冲过去就要拍麻三儿。麻三儿跳起来，躲到一边："三娃兄弟，三娃兄弟，别上火呀，咱们好好探讨探讨呗。"

二哥看看这个，望望那个，狐疑地问："三娃，什么秘密呀？"见三娃不吭声，又转向麻三儿，"麻三儿，你说。"

徐三娃跺跺脚："二哥，别听他满嘴喷粪，麻三儿，滚！"

麻三儿屁颠颠绕到二哥身边，眼睛瞅着徐三娃，急急说："二哥，赵得宝死的那天半夜，我看见你家三娃鬼鬼祟祟从山上跑下来了。"

二哥大吃一惊："什么？麻三儿，三娃那天晚上在家睡觉，我还不清楚吗，你再胡说八道，看我不揍你。"

二哥骂着，斜着身子努力要起身。麻三儿一把将他推倒在板凳上，按住肩膀，道："二哥，三娃，我好心告诉你们，就是不想三娃出事哩，你们咋不识好歹啊。"

徐三娃嘴里骂着："你这个泼皮无赖，看我不拍死你。"挥着铁锹追过来又要拍。

二哥喝道：“三娃，你先把铁锹放下，坐下来，咱们听麻三兄弟说一说，到底怎么回事。”

麻三儿笑道：“这就对了嘛，还是二哥懂事。来来来，三娃坐下，咱哥三儿好好探讨探讨。”

徐三娃和二哥对个眼神，一扬手扔了铁锹，从屋檐下拎过个小板凳坐下，拿起两个苞谷棒子，开始熟练地剥苞谷，看都不看麻三儿，淡淡地说：“三哥，你说吧。”

麻三儿的小眼睛滴溜溜乱转，看看弟弟望望哥哥，提着小板凳往二哥身边挪了两步，坐下，清了清喉咙，对着二哥开口了。

“二哥，真的，那天半夜，我亲眼看见三娃慌慌张张从山上跑下来。这事儿，我可从来没有跟别人说过。如果我说了，公安局肯定会来找你们调查的，赵家的人知道了，还能饶得了你们？”

徐三娃气哼哼地说：“你说了又能怎样？公安局是讲证据的，就凭那件带帽子的衣服？赵家的人怎么了，没凭没据的，还能硬冤枉我？你想得太天真了吧麻三儿。”

麻三儿变了脸：“徐三娃，你是不见棺材不落泪呀，要不我现在就去赵家，告诉他们，你等着看看会发生什么事，哼。”说着起身，迈开两条麻秆腿就要往外走。

二哥的独眼瞪了三娃一眼，说话了：“麻三兄弟，且慢！”又转头对三娃说，“三娃，麻三兄弟说得不错。那赵家的人跟疯狗似的，本来就蛮不讲理。如果听到一点风声，不管是真是假，都会打上门找事的，咱们先听麻三儿兄弟说说。”边说边使劲用独眼给三娃丢眼神。

徐三娃沉下脸没有回答，低头专心对付手里的苞谷棒子。

麻三儿知道三娃默认了，高高兴兴返回来坐下。

“二哥，三娃，其实我也很恨赵家的人。你们知道的，前几年，死鬼赵得宝和他爹，可把我打惨了。”

三年前，赵得宝刚结婚，娶了个如花似玉的媳妇儿。麻三儿有事没事就往赵家跑，逮着空就调戏新媳妇。一次，被赵得宝父子撞见，劈头盖脸一顿拳脚，打得麻三儿满地找牙，跪地求饶。从此，麻三儿见了那赵家父子，就跟老鼠见了猫似的，溜着墙根儿躲，心里恨透了赵家父子。

麻三儿看看二哥，又看看三娃，见两人没什么反应，又接着说："那死鬼赵得宝比他爹还坏，却娶了个水灵灵的媳妇儿，还生了个男娃……"

麻三儿意识到自己扯远了，偏离了此行的目的。

"二哥，三娃，兄弟我就明人不说暗话了，你们给我一万块钱，我就永远让这事儿烂在肚子里，到死都不告诉任何人，如何？"

徐三娃瞪他一眼，眼神异常狠毒，麻三儿不由打了个激灵。

"麻三儿，心够贪的啊，你这明摆着是敲诈勒索，小心我去告你。"

麻三儿露出一副无赖像，两手一摊："去告我？去啊，我巴不得呢！"

二哥从三娃的表情看出了异常，心想，麻三儿说的大概是真的。于是说："麻三儿，咱们兄弟一场，平时对你也不薄，你说的那些事儿，本来就是捕风捉影。我是想那赵家刚死了儿子，正伤心着呢，听见什么风言风语，不管是谁，肯定都会疯了似的找碴闹事，所以，多一事不如少一事，是吧？"

麻三儿翻翻眼皮，点头道："是这个道理，再说，半年前三娃还跟赵家闹过矛盾，说是赵得宝害了你和你们大哥，这事闹得村里人都知道。你说那赵家人听见了风声，能不找你们拼命吗？"

二哥附和道："是啊，所以我们惹不起，还躲不起吗。不招惹他们不就得了。麻三儿兄弟，你看啊，一万块钱我们确实拿不出来，今晚，我们哥俩请你吃饭喝酒，好不好，咱们好好合计合计。"

麻三儿想了想，吞了口口水，说："行，咱们都是好兄弟，低头不见抬头见的，晚上好好喝几盅！"

二哥露出笑脸，对三娃说："三娃，杀只鸡炖了，晚上和三儿兄弟好好喝一场！"

徐三娃看二哥一眼，二哥脸上一闪而过的神情，令他的心一紧。

他慢吞吞起身，极其不情愿地向屋后走去。几分钟后，拎着一只肥肥的大公鸡走出来，去厨房提了菜刀，蹲在墙根边上杀了鸡，又去厨房烧水拔鸡毛去了。

麻三儿咧着嘴，露出一口参差不齐的黑黄牙笑了。拿起两根苞谷棒子，一边剥苞谷，一边有一句没一句地和二哥闲聊，一双狡诈的小眼睛不时飘向徐三娃。

徐三娃狠狠拔着鸡毛，想着心事。早就没了饥饿感的肠胃，此时又开始火烧火燎。他手脚麻利地剁了鸡，切了葱姜辣椒，把鸡肉下锅爆香，倒了些水开始炖，又削了几个大土豆，切成滚刀块，扔进锅里一起炖。很快，扑鼻的香味就窜出来，飘了满院子。

麻三儿吸着鼻子赞叹："三娃手艺不错嘛,馋得我口水都要流下来了。"

二哥笑着说："三娃心灵手巧，从小就帮我妈做饭，手艺跟我妈有得一比呢。那只肥公鸡我们养了好久，没舍得吃，三儿兄弟今天有口福了！"

麻三儿跳起来，两条麻秆腿飞快地移动，转眼就进了厨房。

"三娃兄弟，真香啊，这么香的大盘鸡，配啥好酒啊？"

徐三娃没好气地瞪他一眼，没出声。麻三儿嘿嘿笑几声，给自己找了个台阶："三娃你忙，我去问二哥吧。"说着出门问二哥去了。

二哥一只眼睛盯着麻三看了看，慢慢起身，一瘸一拐进了屋，一会儿，又一拐一瘸出来了，手里拎着两瓶酒。

麻三儿急忙迎上去，接过酒，凑近看了看，闻了闻，吧唧着嘴巴道："好酒啊。"他的喉结不由自主上下移动。

太阳在西边山尖尖上跳了一下，立刻沉到山后去了。天空很快暗下来，夜色越来越浓。炖鸡肉的浓郁香味弥漫在空气中。

"吃饭了。"徐三娃隔着门喊了声。

二哥起身捶捶腿，直起腰："走，三儿兄弟，吃肉喝酒去！"

麻三儿急忙过去，一只手扶住二哥，一只手提着酒瓶，一起走进了厨房。

徐三娃已经把一大盘鸡肉炖土豆摆上了餐桌，旁边是一盘大馒头，三只大海碗、三只啤酒杯、三双筷子摆在圆桌周围。

徐三娃接过酒瓶，打开瓶盖，给三只啤酒杯倒满白酒，端起面前那杯，看二哥一眼，转向麻三儿："来，三哥，这杯先敬你。"

二哥也端起酒杯："三儿兄弟，来，喝酒。"

麻三儿是个见了酒就迈不开步子的烂人，双眼盯着酒杯，眼珠子都快掉进酒杯了。

"来来来，两位兄弟，啥都不说了，都在这酒里了！"说完，一扬脖子灌下去一大口，抓起筷子挑了块好肉塞进嘴里开始大嚼。

"好吃，真好吃，二哥，三娃，快吃啊！"好像他才是这个家里的主人。

二哥看看三娃，两人一起看向麻三儿，眼光一闪，开始殷勤地劝酒夹肉。

"二哥，三娃，你们能拿出多少钱？"半斤酒下肚了，麻三儿还没忘记钱的事。

二哥说："我家前年盖了这院房子，去年我和我大哥娶了媳妇，家里的积蓄都花光了。半年前家里又出事，三儿兄弟你不是不知道啊，手里的钱全都花光了。这几个月三娃卖了些庄稼，攒了点钱，不多，就五千块，兄弟你都拿着吧！"

二哥说着，从口袋里掏出一沓钞票，递给麻三儿。

麻三儿接过去，向手指上吐口口水，快速数了一遍，揣进衣兜里，继续吃喝。

徐三娃红着脸，笑眯眯问："三哥，你和那小寡妇……说来听听，给兄弟们助助酒兴。"

麻三儿浑浊的小老鼠眼红透了。他最得意别人问他的风流韵事，兴奋得满脸油光，唾沫星子横飞："二哥你听听，三娃长大喽！想女人啦？哈哈哈哈！我跟你说，三娃，那小寡妇，可带劲儿了，那身上嫩的，一掐能掐出水来……"

三娃的脸更红了，不客气地打断他的话："三儿哥，你就吹牛吧，那小寡妇也是见过世面的，怎么可能看上你？"

麻三儿急了："怎么，三娃，你瞧不起三哥我？我有的是办法。告诉你，那小寡妇和咱村长有染，被我撞见过，我就威胁她，不从，我就告诉村长老婆去，那个泼妇知道了，还不吃了她。"

徐三娃和二哥对视一眼，做恍然大悟状，频频点头："所以，小寡妇不得不依了你。"

"那是！"麻三儿一脸得意。

徐三娃往麻三儿身边凑了凑，再敬杯酒："麻三哥，你都是什么时间去找小寡妇，半夜三更去？她怎么会知道是你，敢给你开门，她就不怕村长知道了你们之间的事，找你们麻烦。"

麻三儿一口干了大半杯，醉透了的小老鼠眼色眯眯看向徐三娃，都对不准焦距了："小，小伙子，你太，太年轻了，不，不懂女人！村长那，那老脸，都皱成了核，核桃皮了，功能早，早就没了！怎，怎么能满，满足如狼似虎的小骚娘们儿？嘿嘿嘿，我，我能让她高……兴！我等到天黑才去，一，一敲窗，她就知道是我。"

徐三娃佩服地冲麻三儿竖起大拇指："三哥厉害！"

三个人直吃到月上柳梢头。鸡肉炖土豆所剩无几，馒头都进了肚皮，两瓶酒见了底。麻三儿歪在桌边鼾声雷动，二哥醉意朦胧晃出门上厕所，三娃使劲推着麻三儿，舌头也打了结："三儿哥，起来了，回，回家睡觉去！"

麻三儿跟死猪一般，鼾声响亮悠长。

二哥上完厕所，晃出门转了一圈，立在门外，努力保持身体平衡，侧耳听听。夜色无边，村子静静沉睡，狗不吠鸡不鸣。

二哥转身进门，轻轻从里面插上门闩，一瘸一拐进了厨房。

徐三娃立在麻三儿身边，死死盯住他的后脑勺，手里拎着个铁锤。

二哥急了，拖着一条腿扑过去，狠狠夺过铁锤。徐三娃伸手从麻三儿衣兜里摸索，掏出五千块钱，数了数，递给二哥。二哥接过去看看，装进三娃口袋里按了按，拍拍他的肩，使劲把他往外推搡。

徐三娃明白二哥的意思，头朝外摆了摆，拉着二哥出了门，关了灯，反手把门锁上。俩人来到二哥房间，掩上门，没开灯，借着窗口投进的淡淡月光互相看着。

二哥拉住三娃的胳膊，流下眼泪："三娃，你赶紧连夜逃走，二哥来收拾那个害人鬼，咱们家全靠你了。我，我给你收拾几件衣服带上，你快跑！"二哥手忙脚乱，差点儿摔倒。

徐三娃扶住二哥，哭着压低声音说："二哥，我不能就这样走了，留下你一个人，我不放心。再说，"他指指厨房方向，"你一个人没办法处理。"

二哥抹了把脸上的泪："我和他一命换一命，一定要保住你这棵独苗。二哥已经废了，你还年轻，咱们徐家就靠你了，你听二哥的，赶紧走！"

徐三娃果断摇头："二哥，我是不会走的，咱再不要浪费时间，赶紧想办法，不然，麻三儿酒醒就不好办了。"

二哥见说不动弟弟，想了想，说："不能在屋里做！"他摇晃着转了一圈，"把他抬到地窖里去。"

徐三娃说："好主意。"他的声音里有些莫名的兴奋。

两人来到厨房，麻三儿鼾声依旧。徐三娃摸黑找到一件破棉衣，蒙头盖脸包住麻三儿，又摸出绳子，把麻三儿放倒，三两下从头到脚结结实实捆起来。一番折腾，把麻三儿憋醒了，闷声呜呜直叫唤，身体乱扭动，在地上团团打转。

徐家两兄弟呆呆看着麻三儿，大气不敢出。麻三儿挣扎了一会儿，放弃了，安静下来。不一会儿，他大概感觉到屋里有人，竭力抬起头左右转动，嘴里发出短促的嗯嗯声，似在威吓。

徐三娃突然恶从胆边升，提起铁锤，裹上一件旧衣服，冲麻三儿的脑袋砸了下去。只听噗的一声，麻三儿不动了。

"快，二哥，抬到地里窖去，不要让血流在地上。"徐三娃推一把僵住了的二哥，低吼道。随后，伸头朝门外扫视一圈。

二哥回过神来，急忙抓住麻三儿的腿，徐三娃用包铁锤的旧衣服兜起头部。徐三娃倒着慢慢往地窖走，二哥被拖着一起一伏往前扑，手里紧紧抓住麻三儿的腿。

地窖有三四米深，存着些土豆和大白菜。两人狠狠把麻三儿扔到角落，麻三儿像一袋土豆似的，堆在那里无声无息。

二哥打着火镰，仔细察看地上，没看见血迹。又吃力地拐出地窖，斜着身子查看刚才走过的路，也没见血迹。心想，还是三娃聪明，麻三儿头上流出的血，应该都被破棉衣吸了。

二哥抬头看看夜空，一股战栗从心底深处升起，迅速蔓延到全身。这一刻，是他这辈子最关键的一个关口。他们两兄弟的命运，不可逆转地彻底改变了。

第四十一章

二哥回到地窖，徐三娃正蹲在麻三儿身旁，就着防风灯仔细察看。

“死了？”二哥问。

“死了！”三娃答。

两人一合计，院里墙角有几袋前年盖房剩下的水泥，干脆一不做二不休，连夜在地窖里挖个深坑，搞几桶水泥，把麻三儿用水泥封在地下，这样，就不怕尸体腐烂散发出恶臭了。

兄弟俩说干就干。地窖里土质疏松、潮湿，很快就做完了，两人长吁一口气。此刻，东边天际已显出灰白色。

二哥说：“这个地窖不能再用了，改天想办法弄塌了，重新挖一眼窖。”

徐三娃回答：“好。”

两人收拾好厨房，仔细擦去麻三儿留下的痕迹，顺便做了早饭。早饭吃完，徐三娃像往常一样，提个麻袋去地里收苞谷，二哥坐在院子里堆积如山的苞谷棒子旁剥苞谷。

日子就那样无波无澜过了五天，没听见谁提起过麻三儿。

这天，赵得宝的爹在路上拦住徐三娃，问：“徐三娃，有人说，我家得宝出事那天，你夜里上山了。是不是你害了我家得宝？”

徐三娃听村里人说，赵得宝的爹受刺激了似的，满村到处转，见着和赵得宝打过架、吵过嘴的，就会诈几句。更别说和徐家之前有过节儿，就更怀疑了。

徐三娃把背上的麻袋放下，双眼坦然地注视着恶狠狠的老头子：“赵叔，我那天一晚上都在家，你听谁说我上山了，我们去三对面！”

赵得宝的爹紧紧盯住徐三娃的眼睛，像要看到他心里去。徐三娃眼皮不眨地和他对视。赵得宝的爹看不出什么，收回目光，气哼哼地边走边骂：“如果让我发现你说谎，我饶不了你。”

徐三娃强装镇静回了家，赶紧拉二哥进屋，把路遇赵得宝爹的事说了。二哥脸色都变了。

“麻三儿不是说谁都没告诉吗，怎么会传出风声？”

“那种无赖的话，怎么能全信？”

“现在怎么办？”

徐三娃看着方寸大乱的二哥说：“二哥，别急，说不定死鬼赵得宝他爹在诈我呢，他们害过咱家，心虚，瞎猜的。咱们装作没事人，不要让人看出慌乱来。”

二哥默默点头，出门坐在苞谷棒子堆边，机械地剥苞谷。

隔了几天，村里人见面互相打趣：“这几天咋没见着麻三儿？”

“是啊，不知又跑到哪里鬼混去了。”

“人家麻三儿不种庄稼，家里也没人管，一人吃饱全家不饿，游手好闲的，舒服着呢。”

又过去一段时间，村里人发现麻三儿好久不见了，互相说笑几句，最后说一句：“谁知他死到哪儿去了。”也就作罢了。

有人想，麻三儿那个招人厌的混蛋，整天满村子乱转，无事生非，偷鸡摸狗，村里人最见不得光的事，不小心就会被他偷窥到，遭到讹诈。人们巴不得他消失呢。

后来，村里有人传过闲话，说麻三儿对小寡妇存心不良，大概被小寡妇的相好们给收拾了。人们窃窃私语一阵，逐渐遗忘了，没人真心关心麻三儿的死活。

赵得宝的爹妈老年丧子，伤心欲绝，怀疑、迁怒于和他们家怨仇最大的徐家两兄弟，经常借故找他们的麻烦。

有一天，徐三娃上山打柴，徐天亮照例在家干些力所能及的活儿，主要给兄弟俩做一日三餐。快中午了，早上和好的面发得溢出了大面盆，徐天亮却发现蒸馒头用的碱面不够了，急忙一脚高一脚低地出了家门，朝村东头的小卖店颠去。路上遇见背着孙子，和几个老头在墙根边晒太阳的赵得宝的爹，急忙低下头假装没看见，吃力地一步一步往前晃。

赵得宝的爹阴阳怪气地喊："徐瘸子，急急忙忙去哪里啊，赶去害人啊？"

徐天亮抬头瞪赵得宝的爹一眼，欲言又止，又低头盯着脚前的路，努力加速，想尽快避开。

赵得宝的爹几步冲过去，拦住徐天亮的去路："该死的杀人犯，都剩一只独眼了，还瞪我，看我不打死你个死瘸子。"骂完抬腿就是一脚，正好踢在徐天亮的伤腿上。徐天亮一声惨叫倒在地上，疼得嗷嗷直叫。

有人看不下去了："老赵，算了，一个瘸子，能干啥？怪可怜的。"

边说边扶起徐天亮。徐天亮站立不稳，又栽倒，躺在地上直叫唤。

赵得宝的爹心里有些纳闷，自己的那一脚力道这么大？但嘴上还是不依不饶："瘸子不瘸上天呢，心眼坏得很，我家得宝就是他们兄弟俩害死的。"

看热闹的人很快围了一圈。秋庄稼都收了，人们闲得无聊，哪里有好戏看就往哪里扎。

躺在地上的徐天亮拉着哭声直着嗓子喊："你，你冤枉人，公安局都说了，你儿子是意外摔死的！和我们有什么关系。你们家赵得宝害死了我哥，害死了我爹妈，害得我瞎了一只眼，瘸了一条腿，你还不放过我们兄弟俩。我们徐家到底哪里得罪你们赵家了，要这样害我们徐家？你一把年纪了，连我这个瘸子都不放过，你还是人吗？"

围观的人们斜眼看着赵得宝的爹，交头接耳。徐天亮残废以后成了闷葫芦，一棍子打不出个屁来，今天一下子说这么多话，看来是被赵家欺负惨了。

这时，徐天亮哭喊着、挣扎着要抓赵得宝的爹的腿，赵得宝的爹一抬腿，又给了徐天亮一脚，把徐天亮给踹翻在地了。

"我和你拼了，呜呜呜！"徐天亮拼命爬起来，抱住赵得宝他爹的腿。赵得宝的爹连踢带打躲着，背上的孙子差点掉下来，被吓得哇哇大哭。

"赵老头有些过分了。"

"好好的一个徐家，家破人亡的，够惨的了。"

“欺负一个瘸子，有些太不地道了，有能耐去找徐三娃闹啊。”

正在这时，有人惊呼：“徐三娃回来了。”

人群沸腾了，好戏到高潮了。

一个半大孩子高喊：“徐三娃，快来，你哥摔倒了。”

徐三娃背着高高一捆干树根，正斜着身子慢慢从坡上往下挪。没听清喊什么，停住了，朝这边张望。

“徐三娃，快来，你哥摔倒了。”另一个人扯着嗓子喊。

徐三娃听清了，扔下背上的树根飞奔而至，人们自动让开一条路。徐三娃喘着粗气跪在二哥身边：“二哥，怎么了，不在家待着，跑街上干啥？”

“我要蒸馍，没碱面了，想去小卖店，谁知，摔倒了。”徐天亮努力忍着呻吟。

“三娃，你哥的腿被踢伤了。”一个老太太心有不忍，悄悄说。兄弟俩的母亲生前和她关系不错。

“什么？谁踢我哥？为啥？”

没人敢回话。徐三娃环顾四周，目光落在慢慢往人群后退的赵得宝的爹脸上，立刻明白了。他的脸猛然涨得通红，扶起二哥，对帮忙扶人的老太太和一个年轻小伙子说：“劳驾帮我扶着我二哥。”说完就向赵得宝的爹冲过去。他二哥赶紧一瘸一拐地扑过去，拽住他的胳膊：“三娃，咱回家吧。”

赵得宝的爹站住了，他的老伴儿接过孙子抱在怀里哄，他的两个五大三粗的侄子一左一右站着，恶狠狠瞪向徐三娃。

徐三娃使劲挣脱二哥的拉扯，向赵得宝的爹扑过去：“你们赵家欺人太甚了，我和你们拼了。”

旁边的人赶紧围过来拽住徐三娃：“三娃，好汉不吃眼前亏，算了吧，赶紧扶你二哥去诊所看看腿去。”人们的同情心，都一边倒向徐家兄弟。

二哥抱住三娃大哭：“三娃，咱家就你一个全乎人了，可不能再伤着啊，不然咱爹妈九泉之下也合不上眼了。”

老太太抹着泪劝说：“三娃，你二哥说得对，石头大了绕着点儿！赶紧走吧。”

徐三娃狠狠朝赵家人方向吐了口口水：“啊呸，欺人太甚了，这个破地方，我看我们兄弟俩是待不下去了。”

说完，狠狠擦了把眼泪，背起二哥往诊所走去。

徐天亮的两条腿上鼓起好几条青楞，赤脚医生边搽药包扎边叹气，跟过去看热闹的人都唏嘘不已。

徐三娃把二哥背回家安顿好，跑去小卖店卖了碱面，又把扔在山坡上的树根背回家，累得满头大汗，步履蹒跚。回到家顾不上歇口气，喝了几口凉水，又开始蒸馒头。好心的村里人见来来回回忙碌的徐三娃，摇头叹气，议论纷纷。

“徐家这俩兄弟，真可怜啊。”

“没爹没妈的，还时时被人欺负，真是老天爷不长眼啊。”

当晚，待夜深人静，徐家俩兄弟插了大门，插上房门，关了灯，在黑暗中低语，“二哥，今天你受疼了。”

“三娃，二哥受这点疼不算啥，咱们装得像不像，没人看出啥吧？”

“二哥，肯定没有。你看村里人那反应，都同情咱们，怨恨赵家人呢。咱们这几天就收拾，离开村子远走高飞。”

“好，明天咱们就对外放出风声，等我腿伤好点，就要离开村子到外地打工去。”

“好，村里的年轻人出去打工的越来越多，咱们出去混，饿不着的。”

“如果没有二哥拖累你，你肯定能混得很好……”

“二哥，咱不说这些。你放心，有三娃在，绝对饿不着二哥。”

几天后，徐三娃搀扶着一瘸一拐的二哥徐天亮，背着两个包袱，含泪离开了祖祖辈辈从未离开过的小山村。街道两旁挤满看热闹的人，交头接耳议论着，有人还抹着泪和兄弟俩道再见。

兄弟俩到省城后，立刻联系了之前做过古董生意的贩子，把带出来的两件宝物脱了手，换了一大笔钱，安顿下来。又找了家最好的骨科医院给二哥重新接了腿骨。三个月后，二哥的腿基本好了，但由于拖延时间太久，留下了点后遗症，走路一颠一颠的，但比在村子里时好多了。兄弟俩重操旧业，做起了古董生意。从偏远山村低价收购古玩，高价卖给文物贩子。几年下来，兄弟俩闯出了些名堂，远近闻名。

赵得宝和麻三儿的事情，始终像一块大石压在徐家兄弟心上，再加上政府大力打击贩卖文物的犯罪行为，让兄弟俩惶恐不安。

徐天亮找了个机会，把酝酿已久的主意说了出来。

“三娃，咱们老徐家就剩咱们俩了，二哥残了，死不足惜，你不能折啊，一定要为咱们徐家留下一脉香火。”

之后如此这般把他的计划和盘托出。

不久，徐三娃疏通关系，偷渡去泰国花重金整了容，回国后在某南方小城市花钱办了新户口，有了新身份，变成了徐锦江。徐三娃整容成功后，徐天亮演了一出戏，说弟弟徐三娃不小心掉进了河里，还请人下河打捞好几天。后来，还给徐三娃举办了简单的衣冠葬礼。认识兄弟俩的人，都知道徐三娃死了。

徐三娃利用那几年贩卖文物积累的资金，摇身一变，成了企业家徐锦江。兄弟俩约法三章：减少来往，非见面必变装；徐天亮不再抛头露面；绝不回故乡招摇。从此，徐天亮隐藏身份，大量囤积、贩卖珍奇古玩，成了文物界的神秘幕后大佬。

如此过了好多年。

此刻，徐三娃面对市刑警队和市经侦队的两位大队长，努力保持平静，三缄其口。

他心里嘀咕，警察怎么会知道小县城的藏宝窝点？莫非二哥暴露了？

雷鸣盯着陷入沉思的徐三娃，说：“徐锦江，啊不，徐三娃，你还不交代吗？”

徐三娃低头不语，摇头，片刻，抬起头说：“我要见我的律师。”

“可以。”雷鸣说，“马上通知。”

徐三娃冷静了些，心底升起一丝侥幸，望着警官们：“雷队、铁队，那个徐三娃是谁啊，和我有什么关系？”

确实，身份证复印件上年轻稚气的徐三娃和面前五十多岁的男人，容貌气质天壤之别。

雷鸣和铁军对视一眼，早就料到他会有这一问。

雷鸣问：“徐三娃，还装呢，要证据是吧。”

铁军又拿着几张纸走过来，在徐三娃面前晃了晃。纸上是弯弯拐拐的泰文，徐三娃整容前的照片，和前面那张身份证上的照片如出一辙，整容后的照片，俨然年轻版的徐锦江。

“徐三娃，看见了吧，泰国警方传过来的，你三十年前的整容资料。”

徐三娃快窒息了，三十多年了，怎么还会有那些资料？当时就要求过对方彻底销毁的，谁知竟然没被销毁，如今，成了绊倒自己的拦路虎。

铁军看出了他的心思，说：“一个公安部追逃的所谓大人物，在泰国整过容，得到消息后，我方请泰国警方配合调查资料，没想到搂草打兔子，带出了你的资料。”

铁军转身回桌后坐下，严肃道：“没想到吧，徐三娃，真是天网恢恢，疏而不漏啊，你还不愿交代？”

雷鸣一双锐利的大眼，紧紧盯住徐三娃。徐三娃心想，整容又不犯法，你们能拿那件事做什么文章？这样想着，就说出了口。

雷鸣说：“整容是不犯法，改头换面，还装死，隐名埋姓换身份，就不只是有问题了，而是犯罪，你知道吗？说说，你为什么要这样做。”

“对容貌不满意，名字太难听，过去倒卖文物的历史不光彩，所以想变成另外一个人。”警官们的问题，反倒让徐三娃有了底气。看来，他们并没有发现三十年前的两桩命案。

雷鸣问：“洗白自己？那你说，你为什么要化装偷跑？”

徐三娃扬了扬头，嘴角一丝微笑闪过：“我玩变装游戏，不行吗？我没逃跑，去乡下度假而已，不行吗？”

“行，都行，那是公民的人身自由。”雷鸣微笑道，“你欠银行和股东巨额资金不还，却在那房子里藏那么多现金和文物，你想干什么，潜逃吗？”

“我没想潜逃，我去那里，就是要找下家卖藏品，拿现金还债填窟窿。谁知被你们带到这儿来了，我究竟犯了什么罪？”

徐三娃开始反击了。

铁军严厉地喝道：“你还有理了，倒卖文物是犯法的，你不知道啊。就凭这一点，就够你把牢底坐穿了。”

徐三娃低头不语。

雷鸣对铁军点点头，继续前面的话题，说：“徐三娃，我点拨你一下，三十年前，在你出生的小村庄阳坡村，你和你二哥徐天亮离开村子之前，做过什么？”

徐三娃明显愣了一下，身体不由一僵，脸上刚刚浮现的亮色瞬间消失殆尽，直着眼看向雷鸣，好像没听清似的。雷鸣和铁军似笑非笑紧盯住他的一举一动。

徐三娃很快镇静下来，问：“雷队，您指哪方面？再说，三十多年前的事，谁还记得。”

雷鸣单刀直入：“你们徐家和赵家的事，总不会忘记吧。”

徐三娃看一眼雷鸣，泪光一闪，低下头。

“赵家和我们徐家有血海深仇，我怎会忘记？”

“怎样的血海深仇？说说。”

“赵家的儿子赵得宝，害死了我大哥，我爹我妈，害得我二哥终身残疾！”

“所以，你们兄弟俩恨赵家，找机会害死了赵得宝！”

“我没有。”

“赵得宝是怎么死的？”

“听警察说是喝醉酒骑摩托车摔死的。”

“有人说，赵得宝是你害死的，所以赵家常找你们兄弟俩的麻烦，你们才离开村子的，是不是？”

“赵家害得我们徐家破人亡，赵得宝出事后，他们胡乱猜疑，诬陷过好多和他们家有过矛盾的人。怀疑我们，是因为他们有愧、心虚，还常欺负我残疾了的二哥，我们实在没法待下去了，才不得不离开，村里人都可以证明的。”

“你口口声声说赵得宝害了你家人，有证据吗？”

徐三娃停顿片刻：“当时，听文物贩子说的。”

第四十二章

雷鸣问："你们也是道听途说的，并没有证据，对吧。"

徐三娃灵机一动："是的。所以，我们没理由针对赵家啊。但是赵家把我们弟兄俩欺负得实在受不了了，惹不起，就躲呗。"

"据我们对你的了解，你是个睚眦必报的人。赵家的深仇大恨，你们不可能彻底放下。但是，你们兄弟俩好像从来没有回过村子，连父母和哥哥的坟都不去上，这不正常吧。"

徐三娃说："雷队，您说错了。刚出去那几年，我们偷偷回去上过坟。"

雷鸣突然转了话题："徐三娃，你二哥徐天亮在哪里？"

徐三娃快速看雷鸣一眼："不知道。"

铁军接着问："你那一屋子、一保险柜文物，是你二哥盗墓搞下的吧。听倒卖文物的说，你二哥徐天亮，是幕后大老板呢。"

徐三娃说："我改变自己，就是要和过去决裂，我二哥也早就不做那一行了。那些文物，都是早期存下的。"

正在这时，负责清理西园小区房子的警员打来电话，有重大发现，在房子卧室的壁柜里，发现一扇伪装极隐蔽的暗门。

雷鸣急忙命令："千万不要动，不要打草惊蛇，赶紧悄悄和物业联系，找出房子的布局图，看看暗门通向哪里。监视出入口。"

雷鸣有种预感，那道暗门，是解开房子里大批文物来源的关键。

雷鸣折回审讯室，推开门对铁军使个眼色，铁军会意，出了审讯室，两人低声交流几句，很快返回，对徐三娃说："徐三娃，今天就到这里。你好好想想，把需要交代的都痛快交代了，我们可以帮你申请宽大处理。负隅顽抗，罪加一等。"

雷鸣安排两位警员将徐三娃押回监室后，便和铁军带一队人马开车直奔M县，车上，雷鸣向局长汇报了相关情况和自己的预感——和暗门相通的那套房子，极有可能和徐天亮有关！

一个多小时后，雷鸣、铁军等人赶到西园小区徐三娃的房子。驻守的三名警员中的一名赶紧过来汇报情况。另外两名警员，在另一套房子门口守着。

房间的结构图核对了，那扇暗门后面的那套房子，请物业帮忙查了，房主是个名叫张良的人，拿徐三娃和徐天亮的照片让物业和邻居辨认，确定正是徐天亮！原来，徐天亮还有另外一个名字——张良。怪不得铁军找了他多年，一直一无所获。

暗门打开了，后面是徐天亮那套房子的衣橱。

雷鸣和铁军吃了一惊，直呼糟糕。昨天下午，抓捕徐三娃时，说不定徐天亮就在现场围观的人群中呢。

雷鸣给县公安局局长打电话说明情况，派人火速去查看西园小区附近的监控视频，铁军去物业查看小区内部的监控，让物业的夏大姐带路，直奔徐天亮的房子。房子里自然没人应声。

雷鸣直接向局长申请搜查令，一会儿，搜查令就发送在了雷鸣手机上。雷鸣让物业夏大姐看了搜查令，夏大姐赶紧让修理工直接打开了房门。

徐三娃房中的暗道，正好通到徐天亮卧室的橱柜里。

房间显然被人仔细打扫过。屋里的保险柜、衣柜都是空的。天花板，地板都撬开检查，什么都没有。

从昨天下午的监控视频中，发现了一个很可疑的男人，头戴鸭舌帽，戴一副茶色眼镜，神态安详，走路微微点着腿。经过比对，正是徐天亮！他发现弟弟徐三娃被警察控制之后，不动声色回到房间，开始整理东西，两个小时后，趁乱搬了几箱东西放在车上，开车离开了小区。人们的注意力都在警察那里，根本没人注意那个貌不惊人、沉默寡言的瘸老头。再说，他们表面从未有过交集，没人会把俩人联系到一起。

通过大数据比对发现，徐天亮开车出县城后上了高速，向省城方向开去。中途进了服务区，一个小时后出了服务区继续西行。进省城不久消失不见了。

经过仔细搜寻，警员还是在徐天亮的房子里提取了一些毛发、皮屑等生物检材，和徐三娃的做了比对，确认了两人的血缘关系。

有了徐天亮的另一个身份，找到他的行踪就容易多了。徐天亮自以为没人知道“张良”的存在，登记宾馆时都用“张良”的身份证。警官们发现，徐天亮屡次在省医院附近逗留。通过大数据比对，得到一个惊人的发现：徐天亮多次跟踪一个女人，经查，是省医院检验科主任张腊梅的母亲胡秀英。协查信息很快传到，原来，胡秀英正是徐天亮的前妻！三十多年前，徐天亮受伤致残，胡秀英和嫂子白招弟一起连夜出逃，狠心抛下他和弟弟徐三娃远走他乡，几年后，辗转嫁到柳家村死了老婆的张家，陆续生下张腊梅姊妹三人。看来，徐天亮对前妻念念不忘，但不知是出于爱意还是恨意。

消失不见的徐天亮，会不会去找前妻胡秀英了？他亲眼看见弟弟被抓，预感来日无多，会不会对背信弃义的前妻做些什么？雷鸣和铁军一合计，紧急安排人员直奔省医院，同时找到贾副院长的电话，联系到张腊梅，说明情况。张腊梅一听母亲有危险，慌了神，母亲带着孩子去公园玩了。电话无法接通。

十几个警察直奔省医院附近的儿童公园，网监的同事在紧锣密鼓查监控。监控显示，一条腿有些瘸，戴着鸭舌帽的男子，搀扶着抱着孩子的胡秀英出了公园，向一家招待所走去。

一小时后，警察没费一枪一弹，顺利控制了徐天亮，徐天亮交代，他本来想要杀了前妻的，但看见小孩子无辜的眼睛，下不了手了。自己三十多年前作了孽，这辈子都没有舒心过，不能再造孽了。更何况前妻是他这辈子唯一爱过的女人，他要她一辈子记着他，并且要让她意识到对不起他，亲口说句“对不起”。紧接着，徐天亮彻底交代了，说三十多年前，是他杀害了赵得宝和麻三儿，和他的弟弟徐三娃没有任何关系。

看到二哥认罪的视频后，徐三娃泪流满面，当场交代了。

抓获了在逃的徐三娃，追回大量现金和文物，为国家挽回了巨额损失。同时，还跨省侦破了两件三十多年前的积案，市公安局从上到下士气大涨。刑警队和经侦队双双荣获集体二等功。

为此高兴的，还有一个特殊的人物——向东。

原来，向东，正是当年死在徐三娃手上的赵得宝的儿子——赵家豪。

赵家豪从小是在大人们的诅咒声中长大的。三岁之前的印象基本模糊，最深刻的，就是在爷爷背上大哭着经历的那场爷爷和徐家兄弟的打斗。

刚开始，赵家大人们怀疑徐家两兄弟是杀死赵得宝的凶手。苦于没有证据，警方不予立案。后来，徐家兄弟离开了村子。过去好久，赵家人才意识到，兄弟俩故意屡次制造冲突，给村里人留下不堪赵家欺辱背井离乡的印象。唯一一个出事当晚看见过徐三娃下山的人——麻三儿也失踪了，多年杳无音信。赵家人渐渐明白过来，更加确信凶手就是徐家兄弟，曾派赵家后人四处寻找。但茫茫人海，天大地大，哪里还有徐家兄弟的踪迹。赵家豪的爷爷、奶奶抑郁成疾，几乎魔怔了。家里全靠母亲辛劳操持，不久也累出一身病，幸亏叔伯兄弟搭手帮衬，才勉强维持度日，把赵家豪抚养成人。

奇怪的是，赵家豪长得一点儿都不像父母亲，白白净净、文文弱弱的，也不像个农村孩子。村里的年轻人大多不好读书，初中毕业就出门打工。但赵家豪一心一意读书，考上了某大学金融系后，改了名字，叫向东。向东在学校发奋读书，热衷社交，认识了不少社会名流，慢慢混进了金融界。

向东心思缜密，足智多谋，家族的仇恨始终没有从他心中根除。向东长得不像赵家人，和徐锦江认识后，也从没有引起徐锦江的怀疑。向东早就打听到，徐三娃已于多年前失足掉河里淹死了，徐家就剩下徐天亮一个人。向东寻找他多年，一无所获。因为，彼时，徐天亮已退居幕后，几乎从江湖上销声匿迹了。

凡事最怕有心人，或者可以说，天道有轮回，冥冥之中自有天意吧。学成之后，向东几经周折，最终选择在本市发展，成为一家基金的资本运作人之后，接触到很多泰国富商。一次在和一富商吃饭时，豪包里的电视正在播报本市新闻，荣获著名民营企业家称号的徐锦江在做访谈，春风得意，意气风发。富商指着画面中的人惊呼，那个人三十年前找他整过容。原来叫徐三娃还是什么，名字很特别，所以印象挺深，原来改了名。在座的有人随口打趣，改头换面，变换身份，莫非做过什么见不得人的事。

言者无意，听者有心。向东暗暗吃一惊，心跳加剧。真是踏破铁鞋无觅处，得来全不费功夫啊。他知道，该富商以前是医生，医术超群，后来投资医院，做医疗器械生意发了大财，并且记忆力很好，他的话应该可信。

向东假装好奇，追问详情，说可以给做记者的朋友爆料，扒一扒那种伪君子的黑历史。富商自觉酒后失言，有违职业道德，摇头推辞，时间太久，记不清了，也可能记错了。

向东留了心。后来多次找机会套富商的话，以致引起了对方的警觉，结果当然一无所获。向东知道自己找到家族仇恨的根源了，兴奋了几天几夜。开始深入研究徐锦江的发家史、他身边的人、他的企业的状况。他要编制一个巨大的网，让徐家兄弟自投罗网！

他一边想方设法寻找线索，一边慢慢向徐锦江靠拢。他物色好了能够为己所用的队友——白严强。千方百计让白严强信任他，依赖他。最终，他顺理成章取得徐锦江的信任。经过几年的出谋划策，打造出表面辉煌的锦江集团，成为徐锦江最信任的左膀右臂。

在向东的鼓动下，锦江集团疯狂扩张，资金链断裂，资不抵债，徐锦江惶惶不可终日，准备跑路时，向东感觉时机成熟了。他匿名给市经侦大队大队长铁军和市刑警大队大队长雷鸣分别寄了一份举报信。举报锦江集团董事长徐锦江，三十年前是掘墓贼，杀人后潜逃泰国整容，由徐三娃改名为徐锦江。他的原始积累就是偷窃倒卖国家文物，还非法大量向民间集资，目前有卷巨款外逃的迹象。

匿名信加快了市公安局对徐家兄弟的侦查速度，鉴于徐天亮没有落网，他们手里大量的文物和现金没有着落，经研究，制定了内紧外松的战略部署，让徐三娃多活动了一段时间。直到他乔装改扮开始实施外逃行动，带警察找到了隐藏文物和现金的地方，才一举将其抓获。紧接着，顺藤摸瓜，将徐天亮一并抓获。

向东大仇得报，大张旗鼓回乡祭祖去了。只是，他的家人，只剩一个呆滞的爷爷了。

徐锦江被抓了。消息如一阵旋风，迅速吹遍了燕省的大街小巷，知道徐锦江的人，上至器重他的领导，下至锦江集团开发项目上的百姓，无不愕然。飞燕小区的居民尤其惊诧莫名。

正在这时，神秘失踪一个多月的张红卫突然出现在了人们的视线中。瞬间，消息传开了，张红卫成了大红人，比当下的影视明星还要红。影视明星们高高在上，远在天边，而张红卫近在眼前，他的神秘经历足以给周围的人以炫耀的资本。

第一个在小区大门口遇见张红卫的人大惊失色，恍如大白天见了鬼，直着眼睛盯着看了半天，才战战兢兢地问面露得意的张红卫："你，你是张红卫吗？你，你是人是鬼啊！"

张红卫不在乎邻居的口不择言："我当然是人啊，我回来啦。"

"你，你到底去了哪里啊？警察到处找你，邻居们也都自发组织起来找你，大家都以为你……你，你到底干什么去了？"邻居想，他的皮肤竟然比一个月前白了许多，难道被警察关起来了？

张红卫咧咧嘴笑了，露出一口黄牙："怎么，是不是以为我死了？呵呵，我是属猫的，有九条命，哪有那么容易死啊。"

邻居赶紧拉住他的手："张大哥，快说快说，你这段时间去哪了，究竟怎么回事啊？"邻居心想，爆炸性新闻啊，若能得到一手信息，就有得吹了。

张红卫慢条斯理地说："哎呀，说来话长，一言难尽呐。我先回家补个觉，好好和老婆亲热亲热再说，哈哈哈哈！"说完一笑，直接往家走。一路上无数次停下脚步，满面春风地和熟人聊上几句。

张红卫又一次让飞燕小区沸腾了，小区市民的话题出现了前所未有的一致，热闹程度不亚于他的失踪。

丈夫回来的消息比他本人更早来到妻子身边。张红卫的妻子惊呆了，手里的大扫把一扔，跟着一群人就往门口跑。可不是，老头子全须全尾地站在人堆里，正眉飞色舞地高谈阔论呢。

“……这么说，你还是有功之臣呢？”

张红卫得意扬扬：“那是自然，公安局说要给我颁发热心市民奖呢，哈哈哈！”

“老头子。”

张红卫扭头看见似哭非哭、似笑非笑的老伴儿，竟然有些羞涩。

人们起哄：“还不快去抱抱亲亲你的老伴儿。”

张红卫的妻子一扭身，抹着泪跑回家了。

不久，人们就搞清楚了张红卫的传奇经历。

原来，张红卫怀着一己私心，想抓住老板徐锦江在飞燕小区D座三十六楼金屋藏娇的马脚，炫耀一番，或者敲诈勒索一笔。谁知他的监视行为严重干扰了公安机关对徐锦江的整体部署。雷鸣、铁军两位大队长和上级领导开会研究对策，经过周密思考，决定利用张红卫打草惊蛇，同时借此将调查行动明朗化。于是，在张红卫值班的那个晚上，安排人员进入地下停车场，拉闸停电，诱使张红卫进入停车场，将其带进事先准备好的轿车，从南出口驶出停车场离开飞燕小区，直接拉到警方的秘密基地。路上，雷鸣严厉地批评教育了张红卫，并向他说明情况，希望他暂时在基地隐蔽一段时间，配合公安机关的抓捕行动。

张红卫吓得三魂丢了七魄，哪有不乐意的道理。原以为神不知、鬼不觉的暗查，原来全在猎人的瞄准范围之内。差点导致的严重后果，不只是偷鸡不成蚀把米那么简单。

张红卫的手机被警员没收，完全和外界脱离了联系。房间里除了电脑、固定电话外，其他日用设施齐全，应有尽有，吃喝不愁，专人伺候，只是暂时失去了活动自由。

家人肯定以为自己出事了，张红卫心想。没办法，只能这样了，为了配合大局嘛。张红卫劝慰自己，慢慢静下心来。

看守他的警察每天都来和他聊天解闷，外面发生的事他略有所知。渐渐地，他的心里升起一股自豪感，自己无意之中参与了一起大案要案的侦破工作，值得炫耀一辈子呢。

徐三娃交代了所有罪行后，公安机关批评教育了张红卫私自监视他人的不当行为，但鉴于他的配合和付出，没有追究相应责任，并补偿了他一些经济损失。

锦江集团名下的资产部分被银行查封，变卖偿还巨额贷款，利用关系非法侵占的国有资产，悉数收归国有，经过整顿，已陆续投入正常运营。

不久，张红卫正常上班了，还做他的停车场保安。

第四十三章

张红卫事件中，有个人起到了至关重要的作用。这个人，就是飞燕小区姜家饭馆的老板姜达威的儿子姜力。

姜力，他实际上是省公安厅直属特殊部队——便衣支队的一名秘密侦查人员。

姜力从小聪明伶俐，好学上进，一直都是班上的优秀生。高考时，他以优异的成绩考入政法学院。开学不久的新人军训结束后，有个浓眉大眼的高个子男子，陪同一位白发苍苍的精瘦男子来到政法学院，召集几位优胜者秘密面谈。年轻男子是市刑警队大队长雷鸣，白发精瘦男子，是公安厅侦缉处处长李勇，他们是专程来挑选特殊任务人员的。经过几轮严格的考核、甄选，姜力以综合素质最优胜出，成为那一届政法学院唯一的特殊人才，进入省公安厅特殊人员秘密培训基地受训。成为省厅特意为即将展开的新行动培养的秘密侦查人员。

根据要求，姜力对家人朋友一律隐瞒真实情况，说自己不想上政法学院，改上商学院计算机系，在校期间一直在默默铺垫失意颓废的新形象。四年后毕业，对外宣称失恋，赋闲在家半年之久，每天骑着山地车满街乱转。父母不知实情，很是为他担忧，人前人后愁肠百结，唉声叹气，更加深了他在左邻右舍眼中的浪荡子形象。

实际上，姜力有秘密任务在身。接受任务时他才知道，当初，省厅领导之所以选择他，首先，他确实出类拔萃，另外，他住在飞燕区，便于开展工作。自己出生长大的飞燕区，可能隐藏着两个潜逃多年的杀人犯。为了取得确凿证据，需要有人不动声色地近距离摸底调查。

四年前，省厅接受了兄弟省份的协查通告，根据对方提供的相关信息，初步锁定了嫌疑人许文辉和白雅丽的藏身之所飞燕区。警员跟踪监视了他们好长时间，但没有发现两人有任何异常。姜力毕业后，正式开始配合同事进行深入调查，但同样进展缓慢。从表面来看，许文辉和白雅丽就是两个普通的小商人、小老板，每天为一日三餐精打细算，绞尽脑汁维持小店生计。

飞燕区拆迁项目启动前，周大海和莫雷经过深思熟虑，偷拍徐锦江和叶琴私会的照片，准备邮寄给徐锦江，为自己也为飞燕区的商铺业主努力一把，尽量争取最大利益。送一份给叶琴家，一方面提醒田琨保护家庭，提醒叶琴迷途知返，也从另一方面给徐锦江施压。在考虑给田家送信的人选时，为了保护自己，他们决定乔装送信。包装严实的周大海无意中发现游手好闲的姜力，灵机一动，花五百元钱让他给田琨家信箱里投信。事发突然，姜力来不及请示上级，凭他异于常人的感觉，他断定那个人是周大海，因为两家素有生意往来，时常见面。他觉得那是个和周大海拉近距离的好机会，便照做了，事后第一时间做了汇报。他的直属领导雷鸣表扬了他的机智和临场变通能力，同时把针对徐锦江的计划告诉了他，让他利用得天独厚的条件配合调查。

雷鸣是田琨的好朋友，田琨找他商议解决女儿的事情之前，雷鸣已和姜力订好了对策。雷鸣不能向好友田琨透露自己的任务，便让离职警官李强帮忙，一方面保护田小米，另一方面明里暗里调查徐锦江，以及马林虎的妻子常艳。

这时，飞燕区拆迁迫在眉睫，商户业主推举十七家代表和锦江集团谈判，姜力积极参与其中，得到了更多接触许文辉和白雅丽的机会，虽没有获得有价值的发现，但可以确定许文辉、白雅丽两人关系非同一般，且绝非池中之物。两人默默无闻蜗居在老旧的飞燕区，实属反常。

拆迁后，飞燕区居民四散而居，各奔天涯。侦察工作难上加难。上级指示姜力做好长期工作的心理准备，继续坚守。

一年后，新房交付使用，老居民又陆续聚在了一起，十七位商铺业主因为共同的经历，比常人更觉亲近，关系自然非同一般，渐渐形成了一个小团体。定期聚会，互相帮衬。

张红卫散布的关于徐锦江的小道消息，自然传到了姜力耳中。彼时，对徐锦江的调查正在暗中紧锣密鼓地进行，他用心观察，发现了张红卫的诡计，上报直接领导雷鸣。雷鸣向省厅的上级汇报，三方碰头仔细研究，制定了一个大胆的计划，将计就计制造张红卫“失踪案”，借此大张旗鼓调查徐锦江。

姜力逐渐取得了十七人的信任。后来，利用请客的机会取到了许、白两人的指纹和唾液，发给兄弟省份同行进行生物检材比对。

由于时间跨度太大，保存的检材或遗失或损坏，没有比对成功。案件陷于胶着状态，甚至可以说又回到了原点。

飞燕小区新闻频发，成了全市的热点源头。飞燕小区的人们每到一处，都会迅速成为话题中心，被人们围着探听一手信息。

原来，众人仰慕的徐锦江是个潜藏三十多年的杀人逃犯，原名徐三娃，三十多年前还是个盗墓贼，锦江集团的初创资金是罪恶的、血腥的。保安张红卫出于贪心监视徐锦江，却歪打正着促进了案件的侦破。徐锦江，不，应该叫徐三娃，及其二哥徐天亮终于归案。原锦江集团的员工和锦江集团开发的小区里的居民们，议论纷纷。

“如果这个房子是个不值钱的东西，我肯定就扔了。想一想住的房子是个杀人犯、盗墓贼造的，心里真膈应。”

“大姐，你说得对，那样一个心术不正、心理阴暗的人，怎么能把一个企业做得那么大呢？真是。”

“唉，有些人呀，有能力，有智慧，但是心术不正，所以就成了罪犯。”

“听说，那个姓徐的，当年也是被人逼的，有人害了他的父母和哥哥们……”

“不管怎么样，犯法了就是犯法了，就要受到惩罚。不管有什么原因。”

“真是冤冤相报何时了啊。据说，徐家兄弟还是被他当年杀害的那人的后人给揭发的。”

“真是天网恢恢，疏而不漏啊。”

徐三娃、徐天亮兄弟俩三十年前的两件杀人案告破，罪犯已伏法，很快移交检察院。徐三娃还犯有非法集资罪、非法侵占国有资产罪、贩卖文物罪、伪造证件罪等。姜力的主要监视目标许文辉、白雅丽，仍然没有露出端倪，他有些灰心，怀疑兄弟省份同行提供的相关信息有误。上级和对方领导沟通，决定深入研究案情，调整调查思路和方向。

家里再没人骚扰，马晓娟收心学习，成绩突飞猛进。她的目标是厦门大学，那里有她此生最爱的人——翔宇，和她的仇敌田小米。她想要的东西，一定要不择手段得到，得不到就毁了！

马晓军在少管所天天接受教育，想明白了许多事，逐渐成熟起来。规律的作息，正常的饮食，加上适度的劳动锻炼，他的身子骨长开了，胡子如破土而出的杂草，蓬蓬勃勃，刮了一茬儿又一茬儿。心思也如揭去了一层层包裹着的轻纱，逐渐明朗，日渐缜密。父亲出事时的情况一次次在脑海中像过电影一样，他终于了然于心：他们父子，被常艳母女耍了！

常艳母女依然一月一次来看他，殷勤问候，百般安慰。每次都带来吃的穿的喝的抽的，当然，大多数东西他是享受不到的。不过没关系，他将那些东西都派了大用场。管教对他很客气，时常表扬他进步大；监室没人再敢欺负他，还有两个新来的小弟，整天跟在他屁股后面转；叔叔几个月来一次，每次都说在努力疏通，争取让他早点出去，合力夺回马家的财产。马晓军笑脸相迎，满口答应，照单全收。心里恨不得灭了这几个人面兽心的家伙。

马晓军痴爱姐姐马晓娟，爱到无可救药。小时候，父亲偏爱姐姐，他妒忌，觉得是姐姐抢走了父亲对自己的爱。长大一些，父亲的偏爱让他不舒服，年龄越大越不舒服。他不明白自己怎么了，天天想和姐姐在一起，拉拉手碰碰肩，都会让他心慌脸红。

有一次，他半夜起床喝水，听见姐姐的房间有动静，蹑手蹑脚凑近门缝一看，惊得差点喊出声。爸爸竟然睡在姐姐的床上。

他后退几步转身就跑，却发现继母站在身后几步开外，面孔呆滞眼神阴狠地盯着他。他夺路而逃，关上房门躲进被窝心如鼓擂。这是怎么了？

他幼小的心灵震惊了。他还不懂太多人与人之间的情感，但这种事情总是不对的。令他意外的是，继母竟然熟视无睹，无动于衷！他的心底升起一股莫名的恨，恨爸爸，恨姐姐，更恨继母。

好不容易熬到天亮，听见外面有动静，他躲躲闪闪出去一看，继母在做早餐，爸爸在洗漱，姐姐在收拾自己，几个人竟然和往常一样。昨晚那一切，难道是场噩梦？

从此，他有了心事，每天不停地琢磨。终于逮住和父亲单独在一起的机会，鼓起勇气问："爸爸，你怎么和姐姐睡在一起啊？"

马林虎张大了双眼和嘴巴，马上又做生气状："浑小子，你瞎说什么，看我不揍你！"

马晓军一扬小脸："我没瞎说，前天半夜，我亲眼看见的。"

马林虎放下手里的报纸，正色道："我想想啊。那天……你姐姐感冒发冷，我给她暖身子。唉，你个小孩子，管那么多干啥，千万别和人乱说啊！"

"可是……可是……那个女人也看见了啊！"马晓军指了指厨房。

马林虎又一次张大了双眼和嘴巴，很快，眼珠转了几转，说："看看，我就说嘛，我是关心你姐姐的吧！你这小家伙，小小年纪，不好好学习，尽瞎琢磨，快去写作业。"

从此，马晓军留了心。姐姐容许爸爸和她睡，她妈妈也不管，那自己是不是也可以呢？他试探了几次，都被马晓娟推出门。现在想来，那时候的马晓娟还小，没有意识到马晓军的利用价值。

很快，马晓娟出落成一个风姿绰约的曼妙少女，马晓军也已初懂男女之事，加上长得帅气高大，引起了马晓娟的注意。她时常身着紧身家常裙服，在家里花枝招展。一天，两人单独在家，马晓娟在洗澡，马晓军按捺不住欲火焚身，强行和马晓娟发生了关系。那种事，开了头就刹不住车。后来，马晓娟偷偷留下了证据，母女俩哭闹着要去公安局告发马晓军，父子俩才着了慌，一番哀求，承诺只要将来马晓娟和马晓军结婚，就把家产全部留给她，并保证不再打骂欺负常艳。常艳在家里的地位开始逐渐提高。

初中时，马晓娟喜欢上班长翔宇，而翔宇却喜欢田小米。她妒忌，伺机报复田小米。

初三那年春天，田小米拿错化验单的事情，对她来说是天赐良机。她鼓动马晓军和欧阳雨，在公交车上侮辱田小米，把田小米整进了医院。还让马晓军在学校里大肆宣扬田小米的流言蜚语。

马晓军为了让姐姐高兴，对她言听计从，使出浑身解数祸害田小米，但始终没有打垮那个坚强的女孩子。马晓军隐约觉得姐姐的行为可疑，马晓娟解释，她就是看不惯田小米。头脑简单四肢发达的马晓军，哪里参得透马晓娟的险恶用心，自己被当枪使还乐在其中。

有一次，马晓娟故意喝了酒，对马晓军哭诉，他的父亲一直没有放过她！马晓军不相信，父亲早就答应将来让他们两个结婚，怎么可能？马晓娟故技重演，暗中留下证据给马晓军看。马晓军气急了，扬言要杀了父亲。马晓娟哭着劝马晓军忍着，心里却暗暗高兴。她和母亲联合起来，找机会制造父子之间的摩擦。

上高一不久，马晓娟发现自己意外怀孕。马晓娟慌了，在家和母亲大闹一场。冷静后，她决定利用怀孕事件，彻底激发马家父子的矛盾。

马晓娟流产手术后休学，在家休养。马林虎时常白天跑回家，钻进马晓娟房间一待就是一两个小时。马晓军也时常逃课跑回家陪姐姐，姐姐不在，他就没了主心骨。再说，他担心姐姐，他怀疑姐姐怀的孩子不是自己的，但姐姐避而不答。越是这样，他越怀疑。

果然，好几次，他遇见父亲白天回家，美其名曰关心姐姐的身体。

终于爆发了那晚的激烈打斗。

“爸，你为什么还要欺负我姐？你早就答应，将来我要和姐姐结婚的！”

“谁说我欺负你姐了？你姐可是我未来的儿媳妇啊。”

马晓军打开手机视频，气冲冲杵到父亲鼻尖前。

“你看，你自己看！”

“你怎么会有这个？”

马林虎气急败坏，伸手就要抢。马晓军一闪身，后退两步，马林虎扑上来劈头盖脸就打。马晓军双手护头躲闪招架，手机被打落在地。马林虎抬脚就踩，马晓军急了，使出蛮力狠推一把，马林虎一个趔趄差点栽倒。马林虎气急了，手上加了力："你这个不孝之子，竟敢打老子，看我不打死你这个孽种！"

马晓军被打得头肿脸青，鼻血直流。躲在卧室门内偷瞧的马晓娟和常艳见状，假装上前劝架。马晓娟立在一边抹着泪："晓军，算了。"

常艳扯扯他胳膊："晓军，再怎么那都是你爸啊，你怎么能打你爸爸呢，快住手。"

马晓军最见不得姐姐流泪，姐姐受罪受苦，他的心就抽着疼。此时，姐姐楚楚可怜的娇弱模样，令他肝肠寸断，他突然之间醒悟了：父亲怎么能那样对待未来的儿媳，那是个做父亲的人能干的事吗？以后的日子，怎么能同在一个屋檐下生活。一念之间，他心生恨意，气冲牛斗，甩开常艳的手，指着父亲的鼻子大骂："你像个做父亲的人吗，儿子的女人都要下手。"

马晓军吼着，气急败坏扑向父亲。马林虎恼羞成怒，抄起茶几上的玻璃烟灰缸就砸。马晓军一边躲闪一边大骂："你简直不是人，是畜生，儿子的女人都欺负……"

马林虎还不了嘴，绕着茶几追着儿子打。

"你个畜生，畜生！"马晓军边跑边骂。

马晓娟和常艳赶紧躲进屋子关上门，从门缝里偷偷观看父子大战。

马晓军肩膀、后背被父亲砸了两烟灰缸，更气了，反身朝父亲迎头冲去，猛推一把，马林虎趔趄后退，重重撞在鱼缸上，鱼缸怦然倒地，水裹挟着金鱼呼啦啦扑了一地。马林虎被水冲得站立不稳，轰然倒在水泊之中，还扬着手臂不停咒骂，挣扎起身，站立不稳，又滑倒在地。

马晓军有些幸灾乐祸，站住，眼睁睁看着父亲挣扎。突然发现父亲身下溢出一摊血水，他的身体下意识往前一扑，想拉父亲起来，又怕父亲起来后继续打他，于是呆呆站在原地，不知所措。

马林虎渐渐不再挣扎。马晓军探头看看，大喊道："姐，快来看，爸怎么了？"

马晓娟和常艳急忙跑出来，站在马晓军身边，伸长脖子看泡在血水中的马林虎。

马晓娟战战兢兢抓住马晓军的手说："爸受伤了，快看看伤得重不重。"身体却一个劲往后退。常艳踮着脚尖走过去，探头左看右看。马林虎身下的血水越来越多。常艳又踮着脚尖走回来，轻声说："晓军，你爸脖子上扎了一块碎玻璃，好像扎在大动脉上了！"

马晓军惊得脸色黄白："啊？怎么办，怎么办？"

"快报警吧。"常艳说。

"不行，不能报警，报警晓军就要坐牢了。"马晓娟一手拉住马晓军，一手拉住母亲。

三人大气不敢出，紧盯着血泊之中悄无声息的马林虎。

第四十四章

“怎么办，怎么办？”马晓娟和常艳一边一个，拽住马晓军的胳膊，眼巴巴瞅着他，浑身颤抖。

被两个柔弱可怜的女人如此依赖，马晓军的雄性激素陡然上升。想想躺在地上的那个人，把她们母女欺辱得好惨，还不知廉耻，践踏儿子的自尊，自己可是他的亲生儿子啊！

如果那个人死了，三个人不就彻底解脱了。

这念头一经闪出，就顽固地抓住他的心。他一阵激动，搂住马晓娟的肩膀，恶狠狠冲口而出：“那个害人鬼，他死了倒干净，咱们都解脱了！”

常艳赶紧制止：“晓军，千万不要这样说，他可是你爸爸，小心他听见了，以后找你算账。”

马晓娟依偎在马晓军怀里，颤抖着说：“晓军，我害怕，我受够了，呜呜呜……”

马晓军冷冷看着地上的父亲：“不要怕，他现在那个样子了，再也不能欺负你了，再也没法欺负咱们了！”马晓军的声音有些颤抖，他强忍着，安慰母女俩，也安慰自己。

三个人默默站了好久，马晓娟又说：“晓军，你去看看……怎么样了？”

马晓军摇摇头：“不不不，我，我不去！”

常艳说：“我去吧。”

常艳又踮着脚尖走到马林虎身边，前后左右观察一番，伸手摸了摸胳膊，触电般迅速收回手：“晓军，你爸……好像死了。”

马晓军赶紧走过去，摸一把父亲湿漉漉的脖颈，果然冰冰凉，慌了。他毕竟还是个十几岁的孩子。

“晓军，你赶紧出门，一会儿我们报警，打120。到时候我们就说你和你爸吵完架就出门了。记住，你并不知道你爸受伤，还有，你们吵架时，我和你姐在房间没出门。”

马晓军想了想，也没有更好的办法。待在家，警察来了更不好说，于是急忙跑出家门。

马晓军一走，常艳和马晓娟赶紧凑到马林虎身边，检查他的伤势。

马晓娟冷笑着，说：“妈，仔细检查一下这个畜生的伤，看看他死透了没有。”

常艳摸摸马林虎的脖子，冰冰凉，没有一丝气息。“死了！”她兴奋地对女儿说。

俩人跳起来，迅速整理一下情绪，开始表演。常艳跑到大门口放开喉咙大喊：“老马，你怎么了？晓娟，快来看看你爸爸！”

“晓军，晓军，你在吗？快来看看你爸！”

“爸，爸，你怎么了？”马晓娟跟着大喊。

“晓娟，快……快打 120，快打 110！”

母女俩的声音大得足够引起邻居们的注意。

母女俩在马林虎身上这儿摸摸，那儿动动，再三确定人已死透。马晓娟拿来几条旧毛巾，擦拭动过的玻璃，擦了擦马林虎的脸和身体，拿来拖把假装打扫血水，又胡乱扔在地上，之后才拨打了 110 和 120。等警察和医护人员赶到，现场被她们搞得一团糟，两个人也一身是血，满脸是泪，活脱脱一对乱了方寸的母女。

就这样，马林虎死了，儿子马晓军误杀罪名成立，被关进少管所三年。马林虎的弟弟马林豹一家意图将常艳母女赶出马家，霸占马林虎的财产，但被一纸遗书挡在了门外。

马晓军知道，遗书是真实存在的，但是遗书成立的条件，是马晓娟必须和自己结婚。想到这一点，马晓军就有些释然。无论如何，是父亲有错在先。马晓娟母女俩即使有些见不得人的小心思，想想也情有可原。就连自己这个亲生儿子，当时都有了弑父的念头呢！只要马晓娟将来嫁给自己，他也就不再追究了。马晓军只盼着时间尽快过去，重获自由，和马晓娟团聚。

但是，马晓娟考上了大学，将来还会和自己这个有前科的初中生结婚吗？

马晓军把自己的心事告诉了强哥。强哥对他说：“看那母女俩每月一次来看你，两年来风雨无阻，倒也有情有义。至于将来……再说吧，哥们儿！”

马晓娟考上了厦门大学，每个月来看望他的，就只有继母常艳了。但马晓娟的心意从未缺席，总会亲自挑选东西邮寄回来，让母亲带上，同时带给马晓军一封情意绵绵的信。

马晓军终于出来了。他回家待了几天，收拾、置办了几件新装，就去厦门大学看望马晓娟。

一见马晓娟，马晓军就再也错不开眼珠子了。马晓娟不止更漂亮更有韵味，还浑身释放出一股令男人无法抗拒的妩媚。马晓军很快在学校附近租了房，两人过起了甜蜜的二人生活。

不久，马晓军就知道田小米也在厦门大学，一下子明白了姐姐的用意。她对田小米依然耿耿于怀。

“姐，你为什么还要针对那个田小米？”

马晓军习惯称呼马晓娟姐姐。一是习惯，二是感觉亲切。

“那个田小米，要风得风，要雨得雨，我就是要跟她比一比，看到底谁更厉害。”

马晓娟轻描淡写地说。

马晓军当然不会全信她的话。现在，他已经不是三年前那个对她言听计从的莽撞小子了。马晓娟去上课后，他想方设法混进校园里打探情况。见田小米经常和一个高高帅帅的小伙子在一起，那人正是马晓娟以前的班长翔宇。马晓军找之前的小混混打听了一下，原来，姐姐是因为翔宇才迁怒于田小米的。她爱的人是翔宇！

马晓军大受打击，情绪低落，马晓娟发现了他的变化，再三追问。马晓军道出心中疑惑。马晓娟早就料到会有这么一天，柔情似水地搂着马晓军说：“晓军，姐姐明白你的心思。我是喜欢过翔宇，他是除你之外我唯一喜欢过的男孩子，只是，他从来就没有喜欢过我。晓军，你放心，咱们俩有婚约，我是不会做对不起你的事的。我就是心有不甘，那个田小米处处胜我一筹，事事占尽先机，我不服！”

马晓军问：“姐，那……你想怎样？”

马晓娟说：“晓军，姐姐想请你帮个忙，好好教训教训田小米。神不知鬼不觉地做，不能让任何人猜到是咱们下的手！”

“姐，至于吗，咱们好不容易在一起了，你认认真真读书，我踏踏实实工作，等你毕业了，咱们就回家结婚，安安心心过日子，好不好？”

“田小米那个心头之患不除，我哪能安心学习，哪能安心跟你结婚啊。如果你真心爱姐姐，就答应帮姐姐，行不行？”

马晓军沉默了。三年失去自由的生活，让他明白了很多道理，看清了很多真相。眼前的这个女人太可怕了，但是，他爱她，爱到骨子里，无法自拔，无法拒绝她的任何要求。

马晓军突然想到一个主意：“姐姐，让我帮你，可以，我有个要求，咱们能不能先注册结婚？”

马晓娟睁大了眼睛：“晓军，你才十八岁，不够结婚年龄啊，姐姐我才二十岁，还在上学啊。”

“也是。我十八岁，成人了，我们可以先订婚。你一毕业，咱们就结婚。”

马晓娟无言以对。是的，眼前这个外表看起来远远不止十八岁的小伙子，已经不是个任她摆布的小孩子了。

“好吧晓军，姐姐答应你，咱们假期回家就订婚，也断了你叔叔马林豹一家人的念想。”

马晓军高兴得跳了起来，很快又冷静下来，说：“姐姐，咱们不能做伤人性命的事情，我答应你，帮你教训教训田小米，给你出出气，就可以了，好不好？”

马晓娟沉下脸：“怎么，几年少管所，把你的胆子磨没了，不忍心了？”

“姐姐，你和那田小米无冤无仇的，为什么要一再针对人家？再说搞得厉害了，万一伤了人，咱们岂不是又不得安生了？”

马晓娟嗤之以鼻：“我看呀，你真的被吓破了胆，你就不会动动脑筋吗，你在少管所认识那么多人，花点钱，找人做不就得了。”

马晓军愕然。

“姐，你是当真的吗？你和那田小米有那么大的仇吗？”

马晓娟换了副脸色：“晓军，你最了解姐姐，也最疼姐姐了。你知道的，姐姐我是个要强的人，那个田小米处处压姐姐一头，姐姐不服气，不甘心！”

“姐，你聪明又漂亮，在我眼里，你比那田小米强不止十倍百倍。咱放下心里的不痛快，好好过咱们的日子，不好吗？”

“马晓军别说了，你别忘了，你推倒你的亲生父亲，眼睁睁看着他流血而死，你那时候的狠劲儿去哪儿了？现在反倒对一个外人心慈手软，你不帮姐姐，姐姐就自己干，你看着办吧。”

马晓娟气冲冲扔下这句话，不再理马晓军，自顾自收拾打扮好，一扭一扭地出门了。

马晓军躺在床上，盯着天花板上乱七八糟的涂鸦，心乱如麻，一股悲凉席卷而来。自己就像这狭小破旧的出租屋，怎么能关得住野心勃勃的马晓娟。终有一天，她会抛弃他，如同抛弃这简陋的出租屋一样。

对于马晓娟来说，他马晓军唯一的用途，就是帮她泄愤，帮她整治无辜的田小米。马晓娟手里还攥着他的把柄，他眼睁睁看着父亲死去而不施救，跟谋杀有什么区别，逼急了，她可以毁了他。

为了博得姐姐的欢心，得到她，他有选择吗？他只能照做了，但是，是假装照做。先安抚住姐姐，再慢慢打算。

马晓军苦思冥想，如何才能不动声色化解姐姐心中的怨恨，马晓军思来想去一筹莫展，最后决定先跟踪田小米几天，见机行事。什么都不做，姐姐肯定又要甩脸子。

主意一定，马晓军立刻行动起来。他刻意装扮得像个大学生，怀里抱着两本马晓娟的书，跟在学生堆里混进校园，隐身在田小米班级楼前的树荫里，假装看书。学生们都上课了，校园里很安静，他一直躲在那里，时间一长，难免引人注意。

好不容易熬到中午，发现田小米和翔宇拿着饭盒去食堂，他远远跟进去，假装打饭排在长队里。他发现大家都拿着饭卡，没有饭卡就无法买饭。灵机一动，找到一扇无人排队的窗口，问里面的中年妇女，忘了带饭卡能不能买饭。中年妇女告诉他，楼上的餐厅可以花钱买饭。他看了一眼肩并肩边吃饭边说笑的田小米和翔宇，自己匆匆上楼买了两个包子，下楼找了个隐蔽的空位，边吃边瞄着那两个背影。饭后，田小米和翔宇在院子里散了一会步，各自回寝室午休。

马晓军找了个凉亭，坐在栏杆上靠着柱子，睡着了，直到被手机铃声吵醒。马晓娟质问他在哪里，在干什么。他轻声简述了这半天的经过，马晓娟的声音立即温柔了几个度。十分钟后，两人见了面。

“晓军，他们的行踪我早就摸透了，他们周内很少出校门，周末有时候会出去逛一逛。”

“那……他们……有没有什么规律？”

“没有。但周末肯定会出去。去书店，去看电影，有时候逛商场、逛美食街……总之，肯定会出去的！”

“那怎么办？”

马晓军茫然瞅瞅马晓娟，急得抓耳挠腮，马晓娟不由得露出看白痴的神情。见马晓军转过脸来，她眼珠一转，立刻堆起一脸娇嗔。

“晓军，你这样跟踪肯定不是办法，你先回去，后天就是周末了，等我晚上回去咱们再商量，回去吧。”

马晓军回到出租屋，瘫在床上胡思乱想，马晓娟到底想要干什么？

“晓军，我约了田小米和翔宇，周六下午一起去新华书店。”马晓娟一进门就兴高采烈地对马晓军说。

马晓军没有反应过来：“什么？”

马晓娟扔下书包凑过来，敷衍地亲了他一下，边换衣服边说：“我约了田小米和翔宇，周六下午，一起去新华书店！”

“你约了他们？”

“是啊，我们三个是老乡啊，我们有时候会在一起玩的！”

马晓军相信姐姐有这个能力，只要愿意，她可以让任何人喜欢上自己。可是，她初中、高中时那样伤害过田小米，田小米还能接纳她？

马晓娟好像看透了他的心思，轻蔑一笑：“刚开始他们很抗拒我啊！我死缠烂打，赔礼道歉，说我那时候小，不懂事，伤害了她，我早就认识到错误了，我很珍惜我们之前的友谊，希望还和他们做朋友。那田小米还真是天真啊，慢慢地，他们就接纳我咯。”

马晓军面沉似水，狠狠瞪着她：“你的心思，恐怕在那翔宇身上吧，那我算什么？”

马晓军狠起来，马晓娟还是怯的，不敢真把他惹急了。她急忙换了一种嗔怪的口吻道：“晓军，看你那小心眼儿，我都答应假期和你订婚了，你还吃那份干醋？我就是气不过那田小米……想出口恶气而已。”

马晓军望着地板片刻，叹口气点头：“好好好，姐，听你的！那，你打算怎么做？”

马晓娟沉下脸，从背包里拿出一张身份证。

“晓军，这是我想办法搞到的身份证，跟你有几分相似，你复印一张复印件，不要太清晰，去租车行租台车！”

马晓军愣愣接过身份证。身份证上的人和自己真有几分神似。他盯着马晓娟：“你的意思，让我开车撞田小米？”

马晓娟瞥他一眼，扑哧笑了：“看你那紧张样儿，你开车跟着我们，找机会啊！还不一定有机会呢，看把你吓的，真是的。”

马晓军突然想到一件事：“我，我拿这个身份证去租车，应该可以蒙混过关，但是，我没有驾照啊！”

马晓娟停顿了一下：“是啊，这个问题……忽略了！”

马晓娟歪头想了想，很快又说：“这样吧，晓军，明天你就拿着身份证找租车行试一试，有些人为了钱，肯定也没那么严格的。花钱能解决的问题，都不是大问题，是不是啊，晓军？”

“还是姐姐你想得周到，听你的，去碰碰运气吧。”

马晓军说着，一把将满面桃花的马晓娟拉倒在床上。

马晓军上小学五年级的时候，马林虎就教他开过车。但年龄太小没法考驾照。这三年关在少管所，考驾照更无从谈起。

真的要听马晓娟的话，开车撞田小米吗？自己刚刚年满十八岁，如果再犯罪，就要被判刑了！在少管所的三年，马晓军学到了不少东西，这点常识，他再清楚不过了。

第四十五章

下海经商两年的吴江，现在可威风了。

他的穿衣打扮显示出与之前完全不同的风格，变得时尚考究，日新月异。出入豪车代步，秘书时刻尾随。但每次遇见省医院的同事邻居，从不摆富人架子，总会谦卑地点头打招呼，闲聊几句，有时还会随手送人一些小礼物，均价格不菲。所以，他逐渐赢得了熟人和邻居的赞赏和倾慕。很快，医院的人都知道他做医疗器械生意赚了大钱，买了一套装修豪华的大别墅，准备稍加修饰就搬过去住。但是，梁慧习惯住在医院里，上班方便，加之还要照顾年迈的父母。别墅收拾好后，梁慧领着孩子，带着母亲，过去住了几天，后来，就很少去了。父亲常年卧床，虽然请了保姆帮忙照顾、做家务，但母亲还是忙得精疲力竭，每天一副与世无争的神情，对女儿、女婿的生活失去了管控欲望。

女婿有意无意透漏出的居高临下，让赵云心生不悦——小人得志！但她管不了那么多了！老伴儿风烛残年，自己积劳成疾，眼看都要油尽灯枯了，自顾不暇，哪里还有精力和小辈计较，和命运抗衡呢！赵云每天关在家里，对着处于半昏半醒之间的老伴儿喃喃自语，感叹时光荏苒，一切皆是虚空。得过且过，推日头下山，有一天过一天了。就连大字不识几个的保姆，都开始暗暗怠慢老两口了。

梁慧从小就是个被父母娇宠的孩子。从小到大没有离开过父母的怀抱，特别是母亲的庇护。三十二岁的她，从心理上来说还是个没长大的孩子。母亲利用爱心和权力，为她遮风挡雨，铺平道路，甚至主宰了她的婚姻。然而，人算不如天算，吴江还是出事了，最终被踢出医院，彻底出局。赵云以为，吴江一辈子算完了，甚至提议女儿离婚。梁慧考虑到女儿还小，犹豫不决，一晃两年过去了。没想到，吴江竟然咸鱼翻身，赚了个盆满钵满，财大气粗，扬眉吐气了。

吴江开始以生意繁忙为由夜不归宿。梁慧骂过、闹过，刚开始吴江还耐着性子解释一下，后来直接不接电话了。梁慧跟母亲哭诉，母亲摇头叹气："慧慧，认命吧！"言毕，身子一歪靠在沙发上，口中发出断续、含混不清的鼾声。如此几回，梁慧心凉了。母亲老了，不再是她的主心骨了。

梁慧终于意识到，自己必须独自应付生活的鸡零狗碎。她快速成熟起来，决定依靠自己的力量保全家庭。一个周末，她带着女儿突袭别墅。当她心慌慌，腿发软，立在别墅门口时，后悔了，她不知等待着她的将是什么。她想转身离去，不去戳穿那层窗户纸，里面的一切还是未知，一旦赤裸相对，或许，一切都无法回旋了。

女儿不合时宜地大哭起来。不知女儿那幼小的心灵感知到什么，莫名其妙发出那般凄厉的哭喊。梁慧慌了，眼神在女儿和别墅大门之间快速来回，她伸手捂住女儿的嘴巴，像是怕惊扰了别墅内的人，又好像心虚自己是个不怀好意窥探别人隐私的下流坯子。她梁慧三十多年来，从未做过这样的勾当。

别墅门开了一条缝，吴江探出半个脑袋。

"爸爸。"

女儿看见吴江，破涕为笑，挣脱母亲的牵绊，扑了过去。

吴江恼怒地狠狠瞪了梁慧一眼，展开笑脸蹲下身抱起女儿。

"佳佳，乖女儿，你怎么来了，想爸爸了？"

泪珠挂在女儿红扑扑的脸蛋上："爸爸，你怎么好久不回家？佳佳想爸爸了。"

吴江噘着嘴唇学女儿："哎哟，佳佳想爸爸了，来来来，爸爸好好抱抱。"

吴江抱着女儿转身进了别墅。梁慧期待丈夫让自己进去，但是没有。梁慧进退两难，犹豫再三，还是跟了进去。

别墅里有个女人。一个妆容精致，打扮入时的年轻女子，正坐在沙发上悠然喝着咖啡。她的眼神朝梁慧的方向似无意般扫过去，落在吴江怀里的佳佳身上，眼皮立刻垂下，面无表情，好像她们都是透明人。梁慧顿觉自己像个立在女王面前，犯了错的仆人。

吴江冲女子说："你先回去吧。再联系。"

女子没出声，放下咖啡杯，沉着脸，拎起小坤包扭搭扭搭地走了。

"她是谁？"梁慧终于找回些缺乏底气的勇气，小巧的鼻子涨得通红。

吴江逗着女儿玩，没理她。

"吴江，我问你话呢。"

吴江头都不回，答非所问："你来干什么，怎么不提前打个电话？"

梁慧嘴一撇，两滴泪珠不争气地滚落在嘴角，说："怎么，打扰你的好事了？"

吴江对女儿说："佳佳，爸爸带你去吃好吃的，好不好？"

"好啊！"佳佳的笑容有些畏缩，眼里满含惊恐，回答得很勉强，一个劲歪头看着妈妈。

吴江说："妈妈当然也要一起去的！"

女儿的笑容重新展开来："妈妈，咱们去吃好吃的。"

梁慧抹去泪珠，心里异常酸楚，这么小的孩子，就学会了察言观色，好可怜。

那顿饭吃得很尴尬。吴江只顾和女儿说笑逗乐，有意识冷落梁慧。梁慧冷眼旁观，心里冷笑，吴江认为自己多年来受尽屈辱，现在得志，不得好好发泄发泄，但是，想撇下她梁慧母女，没那么容易！

在别墅见到一个年轻女人，梁慧心里反倒一松。医院里有传言，丈夫和张腊梅有一腿，和马璇旧情复燃。她不相信，追问过，三人都不承认。吴江骂她神经过敏，张腊梅怨她捕风捉影，马璇直接骂她心理变态，她马璇好马不吃回头草，十年前玩剩下的，现在怎么可能再捡回去，梁慧太小看她了，从此明目张胆和梁慧绝交。梁慧宁愿丈夫和外面的女人不三不四，也不愿意他和眼皮子底下的人不清不楚。她的自尊无法接受。

在她的一再追问下，吴江还是给了她解释，那个年轻女人是公司的公关部经理，来找他汇报工作的。

梁慧半信半疑。她还能怎样？失去了母亲赵云和她手中权力的庇护，她孤零零暴露在光天化日之下，任凭雨淋风吹。本应该是靠山的丈夫，成了她最大的对头。她一天天发觉，这个世界，复杂得令她头晕目眩。人与人之间的感情，本来就云遮雾绕，变幻莫测。谁能保证一辈子爱一个人，一生一世一段情呢，那是影视剧中理想化的桥段。想当初，吴江不就是她从闺蜜马璇手里抢过来的吗？她身材纤细，五官小巧，一副乖巧的娃娃样儿，母亲赵云的副院长头衔给她大大加了分。她和吴江之间，究竟有多少真情存在？她承认，高大魁梧、长相俊逸的吴江是她的初恋，否则不会不顾一切去抢。那么吴江呢？从医院狼狈而逃，当初吸引和压制他的权力和地位消失了，他反倒因祸得福，实现了财富自由和某种意义上的人身自由。命运真是无常啊！和马璇死灰复燃，和张腊梅藕断丝连，都是有可能的！只要能报复、嘲弄她们母女，给那些曾经落井下石者好戏看，他什么做不出来？还有她们，马璇和张腊梅，一个有夺爱之恨，一个有陷害之疑，她却相信两人能和自己真心做朋友，真是蠢到家了。

如今，人们神情举止中透露出的幸灾乐祸，掩饰不住了。张腊梅顺风顺水，坐到检验科主任的位子上，春风得意。而被抢了职位的丈夫，却和她搅在一起，莫非当初她做丈夫实习生时的传言是真的？

梁娟想得头昏脑涨，夜不能寐。但那些都是传言，无凭无据的，她能怎么样？马璇明显已经不再伪装了，见了她，头一扬双目斜视，携着一股香风飘过去了。张腊梅表面上一如既往，但那从心到神散发出的轻蔑，和不时翻着眼皮冷冷的一瞥，令她心颤。她的办公室里不再“慧姐”长“慧姐”短的人来人往，来办公室的，大都裹挟着疏离嘲弄。命运偏心多赏赐给她的，终究收了回去，而她曾经侥幸规避掉的，通通加倍找了回来。现实天上地下、跌宕起伏得过于激烈，梁慧一下子无所适从，终日惶惶。

她着魔似的，频繁跟踪吴江。周末只要吴江出门，她就不动声色地尾随。有时上班时心生惶恐，就会突然丢下工作跑去吴江公司门口蹲守。有一天终于发现，别墅见到的那个年轻女子从丈夫公司出来，立在路边打车。她心如鼓擂，急忙用手机拍了几张照片，开车一路跟着来到飞燕小区，眼睁睁看着女子袅袅婷婷进了小区大门。她灵机一动，调出手机里女子的照片，向地下停车场入口处的保安打听，得知她是雅丽美容院院长白雅丽的女儿，白萌萌。还从热心的保安嘴里知道了美容院的位置。

不知是不是自己神经敏感，那五十多岁的矮个子保安，看见手机上女子的照片，小眼睛立刻放光，淡漠的表情换成热情，边说话边用好奇探究的猥琐目光盯了她好几眼。她注意到保安胸牌上的三个字——张红卫。

梁慧心想，美容院是个开门迎客的地方，任何女人进入都不唐突。干脆一不做二不休，一探美容院。

梁慧停好车，猛灌半瓶矿泉水，压了压心慌，调整出一脸轻松愉悦，走出停车场，随意向岗亭里的矮个子保安打了声招呼，朝雅丽美容院方向走去。她感觉得到，那保安满含深意的目光，一直粘在她背上。她顾不得探究那保安的神色，努力装出一副悠闲自在的步伐，东张西望找到美容院门口。

她的目光突然瞥见两个熟悉的身影，正坐在美容院斜对面凉伞下面的饮料摊上喝饮料。定睛一看，原来是张腊梅和她的母亲胡秀英。虽然两人都戴着帽子，脸上一副大大的墨镜，她还是一眼就认出了她们。

梁慧心里一惊，她们怎么会在这里？

张腊梅和胡秀英估计早就发现了她，双双埋头专注喝饮料，头都不抬。梁慧想，管不了那么多了，扭身进了美容院。

门口一位漂亮的小姐笑眯眯嗲声嗲气地说：“欢迎光临，请问女士，有预约吗？”

梁慧理了理头发，笑着说，“没有预约。我来这边办事，看见你们家美容院的门头挺气派，进来了解了解。”

“哦，女士，您想了解哪一方面的项目？”迎宾小姐侧着身子边走边介绍，“我们是一家综合性美容美体机构，抗衰美体项目特别火爆，女士体验一下吧。”

两位美容师迎了过来，三个人围着梁慧轮番进攻。梁慧笑眯眯边听边称赞：“真不错，请问你们老板在吗？”

三个服务员面面相觑："女士，您认识我们白老板吗？"

"朋友介绍的，还没见过面。这不，才来……"

三位连连点头表示明白，堆出更加灿烂的笑容。其中一个已经来到她身边："女士，您稍等，我这就去请我们老板。"

几分钟后，一位白裙美妇人如仙女下凡般姗然而至。一缕淡雅香气悄然飘来，清雅怡人。美容师们都以仰慕的眼神迎接美妇人，而后又献宝似的看向梁慧，表情自豪而崇拜。梁慧果然看呆了。现如今，真有这般清新脱俗的古典美妇人，难得啊，真是开眼了！看那眉宇之间，身形之内，活脱脱是个大一号的白萌萌。只是，白萌萌的美属于靓丽青春的现代美。

美妇人立在梁慧面前，伸出纤纤玉手，握住梁慧的双手："亲爱的，欢迎光临。"那么自然熟稔，好像她们原本就是多年至交。

其实，几分钟前，张红卫就打过电话，讨好地告诉她，有个女人在找她的女儿白萌萌。他觉得那个女人很可疑，提醒"白娘子"多加注意。既然来人说是朋友介绍的，来了解美容项目，白雅丽自然佯装不知。

"白老板好，我叫梁慧。你长得好美，真是名不虚传啊！"

梁慧脱口而出的称赞，是发自内心的。白雅丽这样的女人，连女人看了都喜欢，更何况男人。她的女儿白萌萌能吸引吴江那种渣男，更是轻而易举的事了。

白雅丽淡淡一笑："亲爱的，过奖了。来来来，我带你参观参观。"

白雅丽亲自带着她楼上楼下参观一番，最后将她按在按摩床上："亲爱的，你看起来很紧张，很疲累，让按摩师给您好好按摩按摩，放松放松吧。我陪着你，咱们边按摩边聊。"

梁慧推辞一会儿，见拗不过，心思，既来之则安之吧，慢慢了解，心急吃不了热豆腐。两人都聊了些什么，梁慧已记不清楚，她只记得她一直在紧张盘算着，如何把话题引向白雅丽的女儿。

"白姐姐，你这么年轻漂亮，身材那么好，好像没有生过孩子似的，你有孩子吗？"

白雅丽话音里依然含着笑："我当然有孩子，两个呢，一儿一女。"

梁慧假装惊奇："哦，真看不出啊！白姐姐，你是怎么保养身体的？"说完她就暗暗骂自己，怎么能自个儿把话题往外引呢。

"我就是做美容美体的啊。我们家最好的东西，我都用在了自己身上，嘻嘻嘻。"

梁慧也跟着笑了："白姐姐就是最好的活广告，怪不得你的店生意这么好呢。"

白雅丽淡淡地说："承蒙大家厚爱，咱们做生意实实在在，物美价廉，顾客大都是街坊邻居和回头客。"

"哦，生意这么好，你的女儿和儿子……肯定都在店里帮忙吧。"

"哪里啊，他们乐意帮忙倒好，我能轻松一些。问题是他们都不喜欢这个行当，儿子自己开公司，女儿在一家医疗器械公司上班。"

梁慧没想到白雅丽如此坦诚。现在就摆明自己的身份，是不是有些过于着急。但是机会难得，下一次还想来这里，就得有正当的理由，那就是掏钱来她们这里做护理项目。

不知为何，梁慧对白雅丽有一种莫名的好感。她有种冲动，索性办张卡，经常来这里做保养。至于丈夫吴江和她的女儿白萌萌之间真实的关系，慢慢自然就明朗了。

"这么巧，她在哪个医疗器械公司上班？我丈夫公司就是做医疗器械的，在国贸大厦。"

"国贸大厦？我女儿就在国贸大厦上班啊，不会这么巧吧。"

白雅丽不能再装傻了，这女人就是冲着女儿来的。难道女儿和她的丈夫之间有什么……

梁慧说出丈夫公司的名字，白雅丽收回笑容，说不清楚女儿公司的名字。两人的闲聊迟缓下来，有一搭没一搭的，一种异样的气氛在两人心里蔓延。按摩结束了，白雅丽打发按摩师出去。

"梁妹妹，今天您不会是专程来找我女儿的吧，她有什么做得不对的地方吗？”

梁慧心一狠，索性亮了底牌。

“我，我在我们家别墅，见过你的女儿。”

第四十六章

白雅丽的桃花眼一下子睁得老大，瞳孔逐渐凝聚，俯视梁慧的眼睛，白皙的面皮泛着冷光。

“梁妹妹，你的意思是，我女儿和你丈夫有不清不楚的关系？”

梁慧翻身坐起，拽拽浴袍领子，心里反倒释然了，一字一顿地说：“我是说，我在我家别墅，见过你女儿！”

两人面对面，目光纠结，迅速在对方脸上探索。

“至于你的女儿和我的丈夫之间有没有不清不楚，还请白姐姐问一下你的女儿！”

白雅丽正色道：“梁妹妹，你放心，我的女儿我清楚，她绝对不会做那样的事儿，不过，我会问她的。”

梁慧说：“那妹妹就先谢谢姐姐了。说实话，你的女儿很漂亮，肯定有很多非常优秀的小伙子追求她。”

两人都不知道接下来该聊什么。

梁慧突然想起这是旧飞燕区拆迁后返建的小区，叫飞燕小区，封存在记忆深处的往事泛了上来。

“白姐姐，咱们这飞燕小区里住的，都是旧飞燕区拆迁的老居民吧？”

白雅丽的思绪被梁慧从混乱中拉了回来。她嘴上向梁慧做着保证，实际上心里一点底气都没有。女儿很有主见，很少跟她交心，她一点儿都不清楚女儿的感情生活。

白雅丽心不在焉地回答：“大多数都是旧飞燕区的老住户。也有一部分商品楼业主。”

梁慧哦了一声，眼珠一转，压低声音问：“白姐姐，几年前在我们省医院，拿错化验单被同学欺辱的那个女孩子，叫……田小米的，还住在飞燕小区吗？”

白雅丽瞥梁慧一眼，心想，这个女人，是单纯天真，还是蠢傻，随便应付她一句，她竟然相信了！情绪转换得蛮快，思维还很跳跃。

“是啊，田老师家的女儿田小米，他们全家都住在小区里。”

“那孩子还好吧？现在……应该上大学了吧？”

“那可真是个好孩子，漂亮，聪明，坚强。那么小，遭受了那样的屈辱，没有影响学习，还考到了厦门大学，真是优秀。如果那样的灾难落在一些意志薄弱的孩子身上，恐怕早就毁了。”

梁慧附和道：“是啊！真是不幸中的万幸！”

白雅丽审视着她的脸：“梁妹妹记性真好，好几年过去了，还记着那事儿。”

梁慧叹口气，说:“唉，事情就发生在我们医院检验科啊。当年我丈夫是检验科主任，那天正好他值班。后来，我丈夫就是因为那事儿被人诬陷，离开医院的，我怎么会不记得。”

“哦！”白雅丽眼里闪着思索和好奇的亮光。

梁慧联想到张腊梅。想到前面在门口看见张腊梅和她母亲胡秀英。问：“白姐姐，有个叫张腊梅的，还有他的母亲胡秀英，你认识吗？”

“张腊梅？胡秀英？”白雅丽眼风一闪，“不认识，你怎么这样问？”

“我进来的时候，看见她们母女俩在你美容院斜对面的饮料摊上坐着，不时看着你的店叽叽咕咕，还以为她们认识你呢。”

“我不认识什么张腊梅、胡秀英。你认识她们吗？”

“那张腊梅也是省医院的。田小米拿错化验单那天，她和我丈夫一起值的班。那时候，她还是个实习生，现在人家可得意了，坐在了我丈夫的位置上，成了检验科主任！”

梁慧自顾自愤愤说着，起身去衣柜前换衣服。她没注意到，白雅丽的脸色变得惨白，趁梁慧换衣服，她急急走到窗边探头往下看了看。

梁慧嘴里所说的“胡秀英”三个字，在她心里激起了千层巨浪。被她竭力想要遗忘的往事，如狂风骤雨般席卷而来，亦如万马奔腾，嗒嗒嗒，往事就在尘土飞扬中纷至沓来。

白雅丽谈笑自若地送梁慧到门口，眼神立刻朝饮料摊瞥去。饮料摊上有三两闲人，没有胡秀英，那个她这辈子都不想再见到的人。白雅丽相信，只要是那个胡秀英，她肯定能认出她来，即使已过去了三十多年。

素昧平生的梁慧，初次见面，就带来这样一个讯息。她究竟是何许人也？为何会来到这里？她的目的是什么？她冥冥之中的使命又是什么？

梁慧所说的胡秀英，真是三十多年前的那个胡秀英吗？

微笑着挥手告别，白裙飘飘欲仙，这是她留给梁慧回头一瞥中的美妙倩影。梁慧拐个弯不见了，她立刻收回笑容，急急回到办公室，关上门，倒在沙发上闭上眼睛。好像眼皮一耷拉，外界的一切都会被隔在心门之外。

但是，她做不到。她的眼皮突突直跳，心跳加快了一个节拍，全身的血脉像滚烫的岩浆横冲直撞，她头昏脑涨，四肢发软。

赔钱货白招弟没有给父母招来弟弟。爷爷奶奶和父母把所有的怨气都撒在她身上，说她把白家唯一的血脉给占了，断了弟弟来这个世界的通道。大人们只要一吵架，就会拿她出气，非打即骂，甚至咒她怎么不去死。

她浑身青一块紫一块，磕磕绊绊好不容易长到八岁，同龄孩子们早都上学了。大人们假装不知，谁都不提让她上学的事儿。她每天偷偷跑到学校，趴在教室窗外听老师讲课，捡别人扔掉的废本子和一节拇指长的铅笔学写字。老师终于注意到了那个衣服破破烂烂，头脸脏兮兮的孩子其实是个眉清目秀的漂亮女孩子。老师问清她是白家的孩子，拽着她去找家长，可她不敢去，老师只好一个人去了。可想而知，家里的大人不同意，说没钱供一个赔钱货上学。老师把情况反映给村长，村长上门教训大人们，说重男轻女是封建毒瘤，让学龄期孩子上学是家长的责任，殴打辱骂孩子是犯法的，她的家长这才勉强同意她上学。

八岁的白招弟非常珍惜来之不易的机会，学习刻苦认真，成绩名列前茅，用了一年时间，从一年级跳级到了三年级，奖状贴满了家里的半面墙。老师和家长、同学们对神童白招弟的赞扬，让白家的家长脸上的阴沉淡化了些许。

爷爷奶奶还是在背地里偷偷骂她赔钱货，学习好有什么用，花钱供出来，将来还不是别人家的人。奶奶养了一窝猪，一窝鸡，白招弟每天放学后，要去给猪和鸡割一大背篓草，否则奶奶不让她吃饱饭。白招弟默默忍受了，只要让她上学，她什么都愿意做。

白招弟出落得肤白貌美，齿白唇红，身材匀称高挑，一头长长的乌发，自己编一个马尾辫垂在脑后，为她平添了一份古典美。见到的人都惊叹她的美貌，说她不像个乡野村寨的孩子，比那些大城市的女子要漂亮一百倍，学习又那么好，将来考到大城市，肯定会找一个大官做丈夫。白家的列祖列宗们都颜面有光，爷爷奶奶和父母亲要跟到城里享福去了。

爷爷奶奶想不了那么长远，更不相信那些人说的。他们祖祖辈辈都没有能力走出大山，大城市里的一切，是属于另外一个世界的，怎么可能和自己联系在一起，他们可不想继续让一个赔钱货糟蹋钱。就这样，白招弟小学毕业就辍学了。

白招弟出落得如一朵白莲，清新飘逸得如梦似幻，偏偏又喜穿白衣，愈加给人一种脱俗之感。不知从什么时候起招惹来一群半大孩子，整天围着白家转悠，或跟在她的屁股后面喊。同龄的女孩子都有人上门提亲了，唯独她没有。有人传出话来，那丫头不像个能踏实过日子的人，她不属于这里。话传来传去走了样儿，说半仙看了她的面相，说她命中有煞，克人克己。

这一年春天，天大旱。秋天又暴雨成灾，收成锐减，爷爷奶奶相继病逝。村里有人说，看看，她真的克死了她的爷爷奶奶。不然，身体硬朗的爷爷奶奶，怎么会突然患病而亡呢?

爸爸倒是没表现出什么，妈妈惶恐极了，看见她就跟看见鬼似的，躲得远远的。妈妈不让她同在一个炕上睡了，让她单独睡在爷爷奶奶的房间。她每天躺在刚刚死去的两个老人的炕上，不知怎么睡着的。没人关心她，她的小脸越来越白，身材越来越纤细。白色的衣服虽然破旧，但总是洗得干干净净。她默默穿梭在大街小巷，田间地头，默默洗衣、做饭、喂猪，脸色漠然，眼神空洞。有时，叫她好几声，她才反应过来，眼睛仓皇地望着对方，如梦初醒。

有人说，白招弟丢了魂。

村里有个少年，曾是她的小学同学，很同情她。常借故找她说话，有小孩欺负她的时候，帮她解了几回围。有长舌妇传言少年喜欢她，撺掇少年的母亲向白家提亲。少年母亲冲着地狠狠吐了口唾沫，骂道，那个扫把星，白骨精！白给都不要。自此，白招弟多了一个绰号“白骨精”。

同龄的年轻人们嫁的嫁，娶的娶，很快抱着孩子满街转了，白招弟还是老样子。父母急了，托人给她去更深的山沟里找婆家，说越远越好，那样就没人知道她的身世了。

就这样，白招弟嫁给了大山深处一个叫阳坡村的小村子里徐家的大儿子徐秋收。

徐家有三个顶壮壮的儿子。大儿子徐秋收 25 岁，二儿子徐天亮 23 岁，都早过了娶媳妇的年纪。小儿子徐三娃 18 岁，也成人了。徐家五口之家，全是吃饭的嘴，靠几亩山地过日子，有劲无处使，穷得叮当响，哪里有钱娶媳妇儿。听到一些传言，白家姑娘如何如何，也顾不得计较了，抓紧定了亲娶了过来。

美丽脱俗的新娘，让徐家出尽了风头。附近十里八乡来串门的人络绎不绝，几乎要踏破门槛。见识过新媳妇美貌的人都说，徐家大儿子憨头笨脑的，竟然娶了个天仙似的俊俏媳妇。

那时，阳坡村附近的山里发现了古墓。仿佛一夜之间，村民们都开始以盗墓为生，徐家人自然不例外，靠盗墓很快盖了几间新砖房。

收古董的人，慕名而来阳坡村，慕名在徐家扎了点，走了一波又来一波。

整个村子的经济条件都好转起来。村民都说白招弟是阳坡村的贵人，给徐家带来了人气，也给村里人带来了福气。

白招弟的父母辗转听到了这个好消息，便找上门来认亲。被白招弟赶出了门，从此彻底断了联系。

除了徐家人，没人知道白招弟的夜晚是怎样过的。

结婚半年多了，白招弟的肚子仍平平坦坦。村上和徐秋收同龄的年轻人的孩子，有的都上小学了。徐妈妈着急了，开始给儿媳妇甩脸子，指桑骂槐，不会是娶了个不下蛋的鸡吧，怪不得那么便宜，原来便宜没好货呀！

白招弟流泪了，她无数次暗暗祈祷，祈求老天爷赶紧让她怀孕，有了孩子，总可以结束这些非人的折磨吧。

不久，徐家在院里又盖了几间新砖房，给徐天亮娶了个媳妇，也是个美人儿，右眉心有颗美人痣，名叫胡秀英。

徐家先后添了两个如花似玉的儿媳妇，日子过得红红火火。遗憾的是，大儿子结婚将近两年，二儿子结婚半年多，两个儿媳妇的肚子都不见动静。徐妈妈本来就身体虚弱，现在又添了一块心病，越加萎靡不振。她想起当初说大儿媳妇时听到的传言，便迁怒于白招弟，骂她是扫把星，害人精，白骨精，怎么解恨就怎么骂。有时候，古董商人看不下去了，劝两句，徐妈妈才住口，躺在床上嘀嘀咕咕诅咒去了。

有一天，来了个年轻的古董商，自称姓商，村民称其商先生。商先生相貌俊朗，一表人才，和其他或狡诈或猥琐的古董商大不一样。商先生初见白招弟就错不开眼珠子了，白招弟也面红耳赤，心跳得像要冲出胸膛。这两个人，就是所谓的一见钟情。

商先生来的时候，徐家的四个男人都出去盗墓了；徐妈妈的屋子里静悄悄的，大概是骂累了，睡着了；胡秀英去屋后夹道抱柴火，准备做饭；白招弟拎着水桶从厨房出来走向水窖。那样一幅静谧的、夕阳西斜的美好场景中，两个人猝不及防，相遇了。那情那景，深深刻在了白招弟心里，至今都没有淡去。

年轻的古董商在徐家扎了营。徐家父母见这位商先生出手阔绰，吩咐两个儿媳妇每天好吃好喝地招待，除了房钱，还巴望他能给自己家的古董一个好价钱。

果然，商先生格外欣赏徐家的古董，给的价格远远超出他们的期望，徐家人高兴坏了。

年轻的古董商见白招弟生活凄苦，很心疼，发誓要拯救心爱的人。经过几天几夜思量，商先生终于想出了一个计策。

猖獗的盗墓行径引起了政府的注意，派了考古队进驻阳坡村，公安出动大批人员大力抓捕文物贩子，文物买卖转入了地下。

盗墓行动沉寂了一段时间，徐家三兄弟又蠢蠢欲动，暗暗跟省城的一个文物贩子接上了头，带着几件宝贝去省城近郊交易。谁知走漏了风声，半道被人截了胡。宝贝被抢，混战中徐秋收被打伤致死，徐天亮瞎了一只眼，断了一条腿。徐三娃腿脚利索跑得快，侥幸捡回一条小命。徐家父亲积郁成疾，一病不起，母亲本来就体弱多病，一番折腾，没多久便双双离世。

徐三娃听到风声，说是同村的赵得宝出卖了他们三兄弟，勾结外人抢了他们家的宝贝，打死他大哥，打伤他二哥。徐三娃气不过，找赵家理论，赵家自然不承认。把徐三娃暴打一顿，赶出家门。

不久的一个深夜，白招弟和胡秀英趁兄弟俩去赵家闹事，偷偷离家出逃了。徐三娃出门找了几次，钱花了不少，但音信全无，加之残疾的二哥需要照顾，只好作罢，兄弟俩相依为命。好好的一个徐家，家破人亡，好不凄惨。

白招弟和胡秀英跑出村子不久，凑巧遇见了一辆路过的小汽车。白招弟让胡秀英挡车，胡秀英不敢，白招弟挥挥手，车子停了。两人大喜过望，跟司机说家里老人病危，要连夜赶去探望老人。司机是个热心人，没多问，让她们上了车，一直送到山外小县城边。两人在路边商量去处，白招弟说要回家，胡秀英说，坚决不能回家，会被徐家兄弟找到打个半死再弄回去。白招弟说，自己早就和家里人断绝了关系，徐家兄弟都知道，不会想到她会回家。两人就此分手，各奔西东。

白招弟甩开胡秀英，在约定地点和商先生会了面。商先生已将徐家兄弟的几件宝物出了手，得了一大笔钱。两人远走他乡，隐名埋姓过起了夫妻生活。白招弟改名白雅丽，商先生改回原名常俊。不久，白招弟发现自己怀孕了，她知道那是徐家的种。白招弟不想要那个孩子，但是，做人流手术需要结婚证、身份证，她什么都没有，只好任肚子一天天长大。周围的人们都当他们是一对小夫妻，倒也没人嚼舌根子。常俊起初对白招弟很好，但日子一天天过去，白招弟逐渐隆起的肚皮阻碍了他寻欢作乐，他变了，开始到处去寻花问柳，喝酒赌博，对白招弟非打即骂。

第四十七章

可怜的白招弟挺着大肚子，还要洗衣做饭，操持家务。有时候，她绝望到极点，真希望孩子受不了折磨，自己掉下来，母子俩都解脱了。

孩子终于出生了，是个男孩。

那天半夜，白雅丽腹痛一阵紧过一阵，她知道要生了。常俊已经好几天没有回家，无人可以依靠，她只能靠自己。她嘴唇咬出了血，艰难挪动越来越沉重的身子，烧了一锅热水，打了一盆放在地上的沙堆旁——那是她事先准备好了。常俊骂她，不准她把床铺弄脏。她拿过事先备好的竹篮子放在另一边，里面有婴儿小被子，是用洗干净的旧床单做的，还有一把剪刀，一条新毛巾。她就那样咬着毛巾，撕心裂肺地独自挣扎到半夜，终于把孩子生出来了。

不知是咿咿呀呀的小小肉团让常俊动了恻隐之心，还是白招弟的隐忍让他心生怜悯，抑或是白招弟丰满如多汁鲜桃的胸，和粉嫩白皙的脸庞深深吸引了他，他不再打骂她，还时常给家里买些生活用品，偶尔也会帮忙哄哄孩子，还给孩子起了个小名叫豆豆，在家的时间也增多了。

日子就这样一天天过去，豆豆在慢慢长大，白招弟终于盼来了一个好消息——常俊利用关系，花钱给她办了身份证。她终于有了新身份，白雅丽。白招弟这个名字连同过去的一切，被一刀斩断，扔在了遥远的往昔。

豆豆越长越像徐家兄弟，白雅丽心里的恐惧在一天天增长。她发现，常俊盯着孩子的目光越来越阴沉。

常俊又开始夜不归宿，有时候借口去收古董，一两个月不回家，白雅丽反倒觉得轻松。邻居们见她识文断字，把儿子教育得很好，便请她帮忙照看小孩，她欣然接受。最多的时候她照顾过五个孩子，有三个是刚上学的，父母上班不能早回家，就让孩子们到她家写作业，给白雅丽点小钱当辛苦费。慢慢地，她有了些积蓄。

常俊起初很反对，掀桌子砸碗地闹了一场，甚至动手打过白雅丽。但白雅丽不急不恼，擦去嘴角的血好言相劝，她能够自食其力，她们母子俩就不再给他添负担，不需要他给生活费了，常俊想想，也就作罢。反正自己一年到头在家待不了多久，想她的身体了就回来，心安理得享受她的服侍，舒舒服服住一段时间，然后又消失。白雅丽从不阻拦，他来去自由，又不花钱，何乐而不为呢。

白雅丽有一种守得云开见月明的感觉。心想，就这样吧。把日子过下去，把孩子抚养长大，再苦再累都值得。

她终于有了看书学习的自由，从小喜欢的画画，也无师自通琢磨得有模有样的。

邻居们都同情白雅丽的遭遇，她的端庄娴静、博学多才也吸引了周围的人，来找她托管孩子的人越来越多。小小的家已无法容纳，在众家长的提议下，白雅丽低价租了半条街外的两间空房搬了过去，一间当教室，一间住人。就这样，认识了房东许文辉。

搬家之前，白雅丽给常俊打传呼说明情况。常俊没回复，一个多月后才回来，也不提出房费的事情，进进出出待了几天，又走了。

常俊神出鬼没的，每次回来，白雅丽都能发现他变得更坏了些。喝酒赌博成了家常便饭，拳打脚踢更是随心所欲，有一次拳脚竟然落到了豆豆身上。白雅丽气急了，不知哪来的勇气，提起菜刀挡在豆豆面前怒目相对。常俊愣了，瞳孔张得老大看着她，对视几秒，见白雅丽母鸡护小鸡般龇牙咧嘴，俏脸通红，毫不退缩，手里的菜刀真有兜头劈下来的气势。他胆怯了，骂骂咧咧退到门外抽烟去了。

世上的事情，无论好坏，只要有了开头，就会有接下来的无数次。

常俊和白雅丽之间多年来形成的畸形平衡被逐渐破坏了，常俊感觉到一种无形的危机。他眼中的白雅丽不止越来越美丽，还越来越坚强，越独立自主。母子俩在一天天变强大，一点点脱离他的控制，甚至有反败为胜的趋势，他的心理失衡了。他污言秽语侮辱白雅丽，拳打脚踢更加频繁。邻居们实在看不过去，纷纷指责，反被他一顿辱骂。

有一次，常俊喝多了酒，揪住白雅丽的头发就打，打得白雅丽满地乱滚，孩子们惊慌哭喊，有家长赶来拉开了常俊，打电话报警，惊动了派出所。常俊被狠狠批评教育了一通，说不想好好过，就离婚，下次再打人，抓去关禁闭。常俊老实了一段时间，很快就旧病复发，而且愈演愈烈。如此反复，不觉又过了几年。

白雅丽在邻居们和居委会李大妈的帮助下，开了一家正规的托管所，招了两个邻居帮忙，中午给孩子们提供一顿午餐，解决了家长们中午不能照顾孩子的困难，大家都非常高兴，白雅丽也一点一滴积累了一些资金。

常俊回来的越来越少了。有一次竟然带了一个打扮得稀奇古怪的姑娘回来，招摇了一圈，走了，其后，大概有两三个月没有回来。白雅丽一副无所谓的神态，邻居们看不下去了，对白雅丽说，这样的男人，有他跟没他有啥区别，竟然明目张胆地带女人回来，他想干什么呀，下次回来，干脆让李大姐给你做主，离婚得了。

白雅丽淡淡一笑，不置可否。

有一天半夜，白雅丽家传出母子俩的哭喊声，凄厉尖锐，像一把号角，吹亮了好多邻居家的窗户。男人女人们穿着睡衣睡裤或披着外套赶到白雅丽家门口，屋里传出男人醉意浓重的咒骂声和摔打声，白雅丽号哭哀求，孩子哭得嗓子都哑了。居委会李大姐率先拍门大喊，门被反锁了。李大姐急了，和邻居们一起交流，几个男人一拥而上，破门而入，把已经失去理智的常俊按倒在地。白雅丽和孩子披头散发，衣衫褴褛，满脸是血，浑身泥土。桌子、凳子东倒西歪，锅碗筷勺摔得满地，一片狼藉。

女人们流下了眼泪，男人们唏嘘感叹，这母子俩实在太可怜了！李大姐报了警，众邻居一起请求派出所拘留常俊，给他点教训，给母子俩一条活路。后来，李大姐联系妇联的同志，要给白雅丽做主，和常俊离婚。白雅丽流着泪摇头，脸色煞白，浑身发抖："不能拘留常俊，也不能离婚，逼急了，常俊会杀人的！"

第二天，常俊酒醒了，进东家串西家给邻居们赔礼道歉，并一再保证，再也不会打老婆孩子。李大姐率领众邻居来到白雅丽家，你一言我一语狠狠教训了常俊一顿，常俊唯唯诺诺点头称是，最后还给白雅丽鞠躬道歉。李大姐说："雅丽啊，就给小常最后一次机会，如果他再敢动你们娘儿俩一根指头，我们坚决不饶他！"

常俊果然老实了许多。很长一段时间守在家里，帮白雅丽照顾孩子们。白雅丽的脸上露出了笑脸，豆豆慢慢和常俊亲近起来。邻居们看在眼里，乐在嘴上："真是浪子回头金不换啊。你看那常俊，长得还是蛮俊的，一家人和和睦睦的，多好啊！"

然而，好景不长，常俊很快就原形毕露。

有一天，天刚麻麻亮，白雅丽家突然又传出了白雅丽和豆豆撕心裂肺的哭喊声。

常俊和他的衣物不见了。白雅丽的积蓄也消失无踪。李大姐气坏了，和邻居们商量，等常俊再回来，一定替白雅丽做主，坚决离婚，白雅丽也表示对常俊彻底灰了心。

常俊离开不久，白雅丽发现自己怀孕了。她很纠结，找李大姐商量，要不要孩子。最终，母性占了上风，孩子是无辜的，九个月后，女儿出生了，取名白萌萌，儿子改名白建设，以示和常俊一刀两断的决心。

但是，人们再也没见到常俊回来。

想到这里，白雅丽出了一身冷汗。

三十多年前连夜逃离徐家，是她的主意，胡秀英是受了她蛊惑的。当时的胡秀英没有意识到这一点，但随着时间的流逝，年岁渐长，那胡秀英肯定会回过味儿来。她当时已怀孕的事情，也只有胡秀芳知道。

如今，徐家两兄弟，徐天亮和徐三娃都已伏法，她再也不用担心徐家兄弟会找到她，报复她。知道她过去的，只有那个胡秀英了。

胡秀英出现在自己美容院门口，是巧合吗？怎么办？

该面对的，终究要面对。

正在这时，外面传来一个男人的声音。一听就是“郭三刀”。

“小丽，我找你们白老板！”

小丽道：“郭老板，雅丽姐刚接待完顾客，在休息室休息呢，你有什么事，我帮你转达吧。”

“郭三刀”的声音越来越大:“小丽呀，你怎么那么不识相呢，我有要事要跟白老板谈，怎么能让你转达呢，真是的！”

小丽急忙说:“好好好，郭老板，您在这坐一会儿，我去叫雅丽姐吧。”

白雅丽出现在楼梯上:“小丽，让郭老板上来吧。”

小丽无奈一笑，两手一摊耸耸肩:“请吧，郭老板。”

“郭三刀”面露得意，疾步跨上楼梯:“谢谢小丽妹妹啊。”

白雅丽回身走向办公室，边侧身问:“郭老板，什么要紧事儿啊？火烧眉毛似的。”

“郭三刀”朝身后摆摆脑袋，又冲办公室扬扬下巴，压低声音说:“白老板，咱进去说。”

“郭三刀”的自信和霸道前所未有，白雅丽心底冒出一股不祥之感。

一进白雅丽办公室的门，“郭三刀”就毫不客气地一屁股坐在淡绿色的三人沙发上，靠在沙发背上跷起了二郎腿，面带微笑盯着白雅丽。

白雅丽默默注视他的一举一动，强压心慌坐在旁边的单人沙发上。

“郭老板，你今天有些不对劲啊，到底什么事儿？说吧！”

“郭三刀”用手摩挲着下巴，斜着眼瞅着白雅丽，嘴角一抹冷笑:“白老板，别着急啊！”说着，往白雅丽身边挪了挪，“白老板，有个叫白招弟的，你认识吗？”

白雅丽只觉脑袋轰一声闷响，心跳加速，浑身发软，鼻尖渗出细细的汗珠。她盯着“郭三刀”的胖脸，努力保持平静，微笑道:“白什么，郭老板？说清楚一点！”

“郭三刀”又往前凑了凑:“白老板，有个叫白招弟的，您听说过吗？”

“郭老板，你说的那个白什么弟是谁，为什么要问我？”

“郭三刀”干笑两声:“白老板，今天巧得很，我有个朋友来找我，我们在你门口的清凉饮料摊上喝啤酒，旁边坐了两个女的，在那里大声议论你呢，都被我听见了。”

白雅丽淡淡一笑：“哦，议论我啊，哎呀，这几十年了，议论我的人可多了。现在都人老珠黄了，还有人议论我吗，她们议论我什么？”

“郭三刀”被白雅丽的淡定激怒了，开始竹筒倒豆子：“他们说你原名叫白招弟，三十多年前，从丈夫家偷跑出来，肚子里还怀着个孩子……”

白雅丽狠狠一拍沙发扶手，猛地站起来：“姓郭的，我到底怎么得罪你了，你要如此污蔑我。”

“郭三刀”有些愕然，结结巴巴地说：“我，我怎么污蔑你了，我真的……真的听她们说了，一个字都不差！”

白雅丽裹着一股香风冲过来，拽起“郭三刀”就往外推。

“你走，快走，要不是看在邻居的份上，我要骂人了。”

“郭三刀”骂骂咧咧回了他的理发店。姜力站在门口等着他。

“郭大哥，谁惹你了，看那脸色，阴沉的快要落下雨来了。”

“郭三刀”没好气地说：“哼，谁惹我，还不是那个白娘子。”说完，眼珠一转，换了一副嘴脸，拉住姜力往外走了几步，“来来来，小姜兄弟，告诉你一个秘密啊。”

“什么秘密呀？神神秘秘的。”

“小姜兄弟，你知道吗，那白娘子……可不简单呢！”

“郭三刀”的下巴朝雅丽美容院扬了几下，满脸深意。

这“郭三刀”一直对白雅丽有心，但白雅丽始终对他无意。这在飞燕区老邻居们中间是个公开的秘密，不算什么新闻。

“郭大哥，怎么，又被白老板拒绝了？”

姜力的玩笑话没有奏效，“郭三刀”往他身边凑了凑，说：“小姜兄弟，我说的是真的，刚才，有两个女的，在那饮料摊上坐了半天，说了好多白娘子的事……”

姜力收起笑容：“哦，那白老板有什么问题吗？”

“那两个女的说，白雅丽原名叫白招弟，三十多年前，是咱们这小区的开发商，被抓的姓徐的那个人的嫂子！”

“郭三刀”越说越激动，有些语无伦次。说完喘口气，盯着姜力观察他的反应。

姜力果然大吃一惊：“不会吧，郭大哥，这世上竟然有这么巧的事儿。那、那两个女人又是谁啊？还有，那白老板怎么……”

“郭三刀”打断姜力的话头：“小姜兄弟，你听我说，我刚才一激动，没说完整，那姓白的不是个好东西，三十多年前，徐家被人害得很惨，父母死了，大儿子也死了，二儿子残废了，就剩了一个全乎的徐三娃，也就是后来的徐锦江。姓白的怀着徐家的骨血，偷偷逃跑了。据说，那个害徐家的人，实际上就是姓白的！”

姜力真的震惊了。

“郭大哥，饭可以乱吃，话可不能乱讲啊，这些话如果传出去，对白老板的声誉可是……”

“郭三刀”鼻子里发出一声冷笑：“兄弟啊，要想人不知，除非己莫为。世上的事情啊，无论怎么掩盖，做了，就是做了，终有一天会有报应的。”

“郭大哥，你这话说得话说得蛮有哲理的。不过，你说的那些事情都是道听途说的，无凭无据，还是不要乱说了吧。”

“哼哼，无风不起浪。那姓白的，一副自命清高的纯洁样子，装得真好，竟然是个害人精、杀人犯啊。”

“郭三刀”越说越激愤。姜力拉着他往回走：“郭大哥，我等你给我理发呢，消消气，理发去。刚才说的那些话，可别到处乱说！”

姜力知道，最后那句话等于白说。要让“郭三刀”闭嘴，难于登青天。不超过一天，关于白雅丽的小道消息，肯定会传遍飞燕小区的各个角落。众人眼中圣女一般的白娘子，竟然是那样的人，这是多么惊人的爆炸性新闻啊。

姜力心里已经有了底，说那些话的那个女人，十有八九是胡秀英。抓捕徐天亮的时候，徐天亮劫持了张腊梅的儿子和胡秀英。后来，胡秀英就把三十年前的一切都说了。胡秀英为什么要找白雅丽？白雅丽真是三十多年前的白招弟？

姜力理了发回到家里，马上向雷鸣大队长汇报了情况。几分钟后，雷队长回过信息。查看了监控录像，那两个女人果然是胡秀英和张腊梅！当时“郭三刀”和两个朋友就在她们旁边坐着，看来，“郭三刀”的话并非谣言。

雷鸣派了另一位侦查员来飞燕小区，协助姜力监视白雅丽。监听白雅丽手机和座机的同事发来消息，白雅丽给许文辉打电话，说她家的水龙头漏水了，问许大哥怎么办。

许文辉平静地说，他找个水电工带过来看看。

监听白雅丽和许文辉很长时间了，他们之间从来不打电话。侦查员怀疑白雅丽的话是双关语，意思可能是事情走漏风声了。

第四十八章

猜测归猜测，拿人是讲求证据的。雷鸣与姜力密谈后，又和上级做了沟通，和兄弟省负责案子的领导进一步协商，决定暂时不惊动白雅丽和许文辉。

第二天，雷鸣派了两位警员去省医院家属院，请胡秀英到局里询问。胡秀英进过两回警局，也没太惊慌，问："警察同志，我该说的都已经说了，还要问什么啊？"显然，她以为还是徐家兄弟的事情。

年轻的警官面无表情："去了就知道了，请你配合。"

张腊梅接到母亲的电话，急急忙忙赶回来了。她的脑子比母亲灵光多了，立刻意识到事情并不是母亲电话中说的那样。她估计，母女俩前一天在飞燕小区外，雅丽美容院门口的冷饮摊上放的烟雾弹起了作用。

张腊梅母女何故要去招惹白雅丽呢？

徐天亮绑架了胡秀英及张腊梅的儿子。本来他是计划要杀了胡秀英的，一是泄愤，二是保密。他自知来日无多，不用再伪装了，他要安排好后事。但见那小孩子可怜巴巴的样子，不忍心了。胡秀英为了保命，把自己知道的、猜测的白招弟的事情通通告诉了徐天亮。胡秀英交代，三十多年前连夜逃跑是白招弟的主意，她是受了蛊惑的，而且白招弟怀孕了。

徐天亮假装吃惊，一个劲儿套胡秀英的话，后来发现胡秀英知道的也就那么多。

刚离开村子那几年，徐天亮除了疯狂倒腾古董挣钱，从未放下的，就是找这两个女人。

胡秀英当年和白招弟分开后跑回了娘家。父母亲听了女儿的哭诉，非常气愤。但想想徐家的惨状，女婿徐天亮也成了残废，便默认了女儿的做法。胡秀英的父亲亲自带了几个本家兄弟，理直气壮去徐家大闹了一场，徐天亮和胡秀英算正式离婚了。

后来，胡秀英嫁到了柳家村死了老婆的张家，生了张腊梅姐弟三个。

徐天亮很容易就找到了胡秀英，但转念一想，当初他和哥哥对白招弟和胡秀英的做法确实有些过分。加之他和三娃做过伤天害理的事，要隐姓埋名，夹着尾巴做人，所以，没有动胡秀英。至于白招弟，费尽心机找了好几年，总算被他找到了。那时候，白招弟已变成了白雅丽，身边一儿一女，女儿刚刚出生。儿子活脱脱就是小时候的徐秋收！

发现白招弟的过程实属巧合。瓦罐不离井沿破，做同一行的，说不定哪天就会江湖再见。

当年，商先生从白招弟口中得到消息，便勾搭社会上的人，抢了徐家兄弟的宝物，抢了徐秋收的女人，自知在当地站不住脚了，匆匆卖了几件宝物，带着白招弟远走他乡。沉寂了几年，坐吃山空，只好又重出江湖。他是抱着侥幸心理的，世界那么大，怎么可能那么巧会遇见徐家兄弟。

逃出村子时，徐天亮和徐三娃随身带着几件古董。靠着卖古董的钱，兄弟俩走南闯北，四处游荡，居无定所，每出门必伪装，惶惶不可终日。

徐天亮通常伪装成一个再普通不过的瘸腿中年人，戴顶鸭舌帽，茶色石头镜，掩盖了眼睛的缺陷，背个破旧的提包，驾着辆破旧的桑塔纳。

徐三娃很少出门，躲在暗处，低调再低调。兄弟俩就这样偷偷经营古董生意，徐天亮渐渐做成一个隐名埋姓的神秘老大——梁老板，江湖上只闻其名，不见其人。

俗话说得好，冤家路窄。

常俊拿出压箱底的两件宝物，放出风要出手。徐天亮的人马上闻到了味儿，报告给徐天亮。徐天亮巧妙布置，让手下假意约其见面看货，徐天亮躲在暗处，认出了常俊就是商先生。又暗暗跟踪，找到了常俊和白招弟的落脚点，探清了白招弟的情况。

徐天亮好像意识到了什么。或许，里勾外连、通风报信，害死他父母和大哥，害残自己的，是商先生和白招弟。他们兄弟俩误会了赵得宝，杀死了赵得宝，迫不得已又杀了麻三儿灭口。

徐天亮好久没有回过神来，真是日防夜防，家贼难防啊。

徐天亮思忖良久，决定不告诉三娃。若是血气方刚的三娃知道了，肯定会杀了商先生和白招弟，替父母和哥哥报仇。白招弟生的那个孩子是徐家的血脉，孩子需要母亲的养育，需要一个安宁的成长环境，这些都是他们兄弟俩无法给予的。他们兄弟俩对不起白招弟在先，就让白招弟好好把徐家的后人抚养长大，将功折罪吧，等孩子长大成人后再做打算。

徐天亮主意一定，策划让三娃偷渡泰国，花重金整容，改变身份变成了徐锦江，堂堂正正地做人。后来，又出资扶持弟弟创办了企业。

变成徐锦江的徐三娃，潜心经营企业，并把企业做得越来越大。

徐天亮屡次偷偷观察，发现白招弟过得并不幸福。常俊时常不回家，还酗酒家暴。他担心常俊拳脚无眼，伤了他徐家唯一的后代。他开始动心思要除掉常俊。

徐天亮决定见白雅丽一面。

有天晚上，白雅丽把最后一个接孩子的家长送出去，正要关房门，一个戴着茶色眼镜的瘸腿中年男人闪身进了屋。白雅丽见了鬼似的，愣在原地手足无措，俏脸煞白。徐天亮伸出右手摆了摆，又竖起食指放在鼻子前，示意她不要声张。

六岁的豆豆看着他，竟然慢慢走过来搂住他的腿，扬着小脸看着他，笑意从眼里蔓延到全脸。那眉头、眼睛，鼻子和嘴巴，都和他哥徐秋收小时候一模一样啊！徐天亮激动得双腿发颤，弯下腰抚摸着孩子的脑袋，眼眶湿润，张口结舌说不出话来。

白雅丽惊恐地看着徐天亮，扑过来一把将豆豆拉过去，紧紧搂在怀里。豆豆挣扎着扭头看他，小嘴一撇，哭出声来。

徐天亮抬起泪眼看向白雅丽："招弟，放开孩子，让我抱抱。"

白雅丽审视着徐天亮，见对方没有恶意，脸色逐渐和缓，慢慢松开豆豆。豆豆一下子破涕为笑，扑到徐天亮怀里。

"叔叔，叔叔！"

徐天亮和白雅丽不由自主对视一眼。血脉亲情啊！冥冥之中那种无形的链接，超越时空的感应，哪里需要用语言表达。

白雅丽流下两行清泪，别过头用手擦去，扭身关了门，倒了杯水放在茶几上。

徐天亮已抱着豆豆坐在沙发上，从旧背包里掏出一个小汽车玩具，一个毛绒小猴子，一包大白兔奶糖，一包钙奶饼干。豆豆抱着玩具，又抓奶糖和饼干，小手忙不过来了，笑得咯咯的。徐天亮剥一颗奶糖塞进他嘴里，眼睛一刻不离开豆豆的笑脸。

白雅丽默默走到女儿的小床边，抱起哇哇直哭的女儿，想解怀喂奶，看看徐天亮，犹豫一会儿，侧转身子背对着徐天亮，将奶头塞进女儿嘴里。女儿吧唧吧唧吃得香甜。

“吃饭了吗？”过了好一会儿，白雅丽轻轻问。

“没有。”徐天亮回答。

白雅丽把女儿放在小床上。吃饱喝足了的小家伙看着房梁上垂下来的一串五彩缤纷的水果玩具手舞足蹈，咿咿呀呀自己玩去了。

白雅丽手脚麻利地和面擀面，很快做好一锅西红柿鸡蛋汤面，炝拌小白菜，都是徐天亮爱吃的。徐天亮边吃边喂豆豆，脸上满是慈爱，那情那景，俨然一对深情款款的父子。此时，若有陌生人进来，肯定会以为这是个和睦的四口之家。

“商先生，不，常俊！临走说了吗，他什么时候回来？”

白雅丽抬头看他一眼，她已经不惊讶了。

“没有说！”

豆豆在徐天亮怀里睡着了。

“把豆豆放在床上吧。”

“不用。让我多抱一会儿。”徐天亮把豆豆搂紧了些，轻轻拍着，边摇晃身体。

两人都沉默了。白雅丽终于鼓起勇气，泪流满面：“当年，我，我实在受不了了，离开了你们家，我……对不起！”

徐天亮的头都不抬，语气平淡地问道：“我问你，那件事是你透漏出去的吗？”

“不不不，不是我，我……我不知道具体情况啊。”

“你和商先生……什么时候好上的？”

白雅丽的脸色一阵红一阵白：“他，他第一次到咱们家……不久，他说我实在太可怜了，过的日子猪狗不如，哪里是人过的日子，他要帮助我脱离苦海……”说到伤心处，白雅丽的泪不由自主流下来。

徐天亮沉默了一会儿：“不管你说的是真是假，我都不计较了。这个孩子，希望你善待他，好好抚养长大。”

白雅丽暗暗松了口气，抹一把泪，赶紧说：“孩子是我怀胎十月，辛辛苦苦生下来的，生的时候我一个人，挣扎了半夜，差点要了我的命。现在，他就是我的命根子，还有我的女儿……我怎么可能不好好待他们。”白雅丽哽咽着，泪流不止。

徐天亮扭头看了一眼小床：“是商先生的？”

“是的！”白雅丽的心急跳几下。

“这房子是租的？”

“是的。”

“商先生，不，应该叫常俊了，他对你好吗？”徐天亮明知故问，翻着眼皮看一眼白雅丽。

这个美丽的女人，给他们徐家留下了这个孩子，她应该是他们徐家的大恩人啊。他自己已不能生育，谁知这么多年过去了，弟弟徐三娃竟然也没有生下个一儿半女。谁能说得清，是不是老天爷在惩罚他们兄弟俩。现在，于情于理，都不能伤害白雅丽，而是要保护她，保护孩子。至于多年前那场惨剧的真实起因，还有必要追究吗？知道了又能怎么样？就当赵得宝和麻三儿已经替她承担罪孽了。

徐天亮心里早就打定了要除去常俊的主意，但在白雅丽面前没有透露丝毫。他临走前留了一笔钱给白雅丽。白雅丽推辞不过，诚惶诚恐地收下了。

她以为徐天亮会经常来看豆豆，提心吊胆了好长一段时间，唯恐让常俊遇见。她真不敢想象会发生怎样的状况。但是，徐天亮再也没有出现过。

白雅丽当年逃出之后，彻底和熟人断绝了联系，包括她的家人。多年以后，通过常俊的嘴，多多少少知道了一些徐家兄弟的情况。以对徐家兄弟的了解，她知道赵得宝之死的传言并非毫无根据，徐家兄弟肯定相信了常俊暗中放出的风声，以为是赵得宝找人害了他们，所以杀了赵得宝。

白雅丽只能佯装不知。只要徐家兄弟不找麻烦，让她安安心心把孩子们抚养长大，足矣。

常俊越来越颓废。他不但不出生活费、房租，还时常伸手向白雅丽要钱，若是不给，便对白雅丽非打即骂。

“你这个婊子，生了两个野种，让我替你养活，我是冤大头吗？”

“我迟早要掐死这两个小杂种，或者卖了他们，你给我等着。”

如此不堪的咒骂，时常挂在常俊嘴边。为了孩子，白雅丽忍气吞声，委曲求全。常俊对她是有恩的，如果没有遇见常俊，她可能已经死在那个封闭的小山村了。是常俊带她脱离苦海，给了她新的生命，见识了外面的大千世界，有了一双可爱的儿女。

常俊喝醉酒就骂儿女是野种，让白雅丽心生恐慌。她经常抱着女儿端详，想在女儿脸上找出常俊的影子，但是没有。她高兴又担心。常俊好像知道女儿不是他的，难道他有不育症？怪不得他们在一起五年多都没有怀孕，直到她和那个男人相爱……

夜深人静时，白雅丽时常暗自垂泪，自己的人生怎会如此多灾多难？经历了两个男人，却没有一个知冷知热真心爱她的。最初的常俊，让她品尝到了爱情的滋味，但是，那份爱无根无基，如泡如影，新鲜劲儿过去后，就消失不见了。留下的是撇不开的累赘，醒不了的噩梦，无休无止的折磨，无边无际的痛苦。怎么办呢？

而眼下相爱的那个男人，又是个有家有室的。他们的相爱，如两个在荒无人烟的沙漠中孑孓独行的旅人，饥渴到了极点，濒临死亡时遇见了绿洲和清泉。他们一头扎进了彼此的怀抱，贪婪地享受着，如痴如醉，如梦如幻。

他的妻子二十多年未孕，他始终不离不弃。他心想，就这样终此一生也罢。没想到，四十多岁却遇到了真爱，陷入一场从未体验过的感情。他一向稳重沉着，遇到她却乱了方寸，还让上天赐予的这个超凡脱俗的女人怀孕了！他欣喜若狂。他不能眼睁睁看着挚爱的人受苦受罪，他动了除掉常俊，与她长相厮守的念头。

这个男人，就是白雅丽的房东——许文辉。

有人联系常俊，说有一单大生意请他入伙。常俊低迷了很久，特想做一笔大生意，扬眉吐气。于是，欣然答应了。

对方的计划是抢劫某市博物馆。据说，博物馆里，有几十件从唐明皇的墓里出土的国家级文物，件件价值连城。盗窃团伙六个人，都是经验丰富的盗墓贼，彼此在行业中都有耳闻。六人在城郊租了一套独门独院，同吃同住，同进同出，防止泄露消息。他们反复勘察地形，设计方案，整整准备了三个多月。在一个月黑风高的夜晚，顺利实施了计划。

这次买卖的幕后主谋是梁老板，也就是徐天亮。他的计划一箭双雕，得手之后杀了常俊。岂料，在博物馆收集古董时，作为内线的博物馆保安临时起意，去拿另外几件宋朝文物，结果引起了内讧。虽然及时平息了，但打乱了他们的计划——没来得及在博物馆内把常俊干掉。几个人得手逃脱之后，按照原计划在车上就地分赃，从此各奔西东。

常俊无知无觉侥幸逃过一劫，乐滋滋带着分到的几件宝物回了家。几人事先有约定，这些宝物必须偷偷藏起来，等几年后风声平息再出手，绝对不能违规，否则，将连累大家。违背者会被灭口。

徐天亮派人尾随常俊，想伺机夺回宝物，再取他性命。

常俊心情舒畅，对白雅丽和孩子们的态度有所好转。白雅丽也一反常态，好酒好肉伺候着。常俊每回喝醉都会现出原形，打骂白雅丽和孩子们，搞得大人孩子哭声震天，传出去几条街。以居委会李大姐为首的邻居们不忍心，纷纷赶来谴责常俊。常俊酒醒之后就后悔不迭，赔礼道歉，酒醉又故态重萌。

最后，彻底失望了的李大姐和邻居们对常俊下了最后通牒，如果常俊再动一次手，就支持白雅丽离婚。

这天晚饭时，常俊又喝醉了，在家闹腾得鸡飞狗跳的，闹累睡着了。半夜醒来，骂骂咧咧出门找相好的去了。

一个包裹得严严实实的黑影，从白雅丽家院墙翻出，轻轻尾随其后。走了几步，黑影突然发现前面不远处还有个黑衣人跟着常俊，赶紧放慢脚步，隐身远远跟着。前面的黑衣人好像发现身后有跟踪者，也警觉起来。黑影只好停下，想了想，转身朝另一条小路拐去。他跟踪常俊无数次，知道他的路径。

黑影躲在小巷另一头的拐弯处等着，果然，不一会儿，两个人一前一后出现在马路边的树影下。黑衣人见四周无人，突然冲上去，用一个包裹之类的东西包住常俊的脑袋，一手勒脖子，一手从后腰抽出板斧，猛击常俊后脑。而后迅速将常俊拖入路旁一辆车。那身手极其敏捷、狠毒，常俊必死无疑。

第四十九章

黑影赶紧转身，蹑手蹑脚跑回院落，白雅丽开门，黑影闪入，提起早就准备好的常俊的包，拐进了另一扇大门。

早晨天蒙蒙亮，邻居们就被白雅丽和孩子们的凄厉哭声惊醒了。

白雅丽哭着对大家说，她刚刚醒来，常俊不见了，一看，他的随身衣物也不见了，自己辛辛苦苦积攒下的一点儿的积蓄，全都不见了！

就这样，常俊彻底消失了。

后来几天，有个粗壮的矮个陌生男人在白雅丽家附近转悠，听见邻居们纷纷议论：白雅丽那个不成器的男人又跑了，还卷走了她的全部积蓄和家里值钱的东西。陌生男人诡秘一笑，转身走了。

徐天亮听了粗壮男子的汇报，会心一笑。狗急跳墙，兔子急了还咬人呢！看来，那个白雅丽真被常俊欺负狠了。她和自己倒是心有灵犀，想到一块儿去了，这才配合得天衣无缝！常俊拿回去的几件宝物，肯定在白雅丽手里。这几年，那些东西不能出世，就暂且由她保管吧！

之后，常俊自然再没有出现，李大姐和邻居们出面，替白雅丽离了婚。不久，白雅丽举家离开了小镇，没人知道他们去了哪里。不久，许文辉和妻子也卖了祖传小院，搬走了。那些年，许多居民都离开小镇，去大城市买房落户，没人在意他们。白雅丽家和许文辉家先后落户在本市飞燕区，各自买了楼房，白雅丽开了家小小的美容院，许文辉开了家小书店。

两人就这样相守着，在飞燕区一过就是十多年。徐秋收的儿子和许文辉的女儿都长大了。

白雅丽隐约觉得儿子和徐天亮有联系，她旁敲侧击问过，但儿子不承认，还凶她，她只好作罢。徐天亮是绝对不会伤害儿子的，她担心的是徐天亮万一出事，会连累了儿子。

白雅丽想不到的是，十几年前，徐天亮就和白建设相认了。徐天亮早就把徐家的历史告诉了白建设。白建设想改姓徐，被徐天亮阻止了。徐天亮说，他们的真实关系坚决不能公开。万一哪天东窗事发，会连累了他，他可是徐家唯一的血脉啊。

白建设找了份正经工作，每天朝九晚五上班，表面看不出任何问题。

有一天，胡秀英去菜市场买菜，发现有个年轻男子跟踪她。她假装不知，拐个弯躲在墙角等着，年轻男子匆匆跟过来，胡秀英突然闪出，迎面堵过去，正好看见男子的面孔，活脱脱年轻时的徐秋收啊！

胡秀英吓得扔了手里的塑料袋撒腿就跑。天哪，徐家人找上门来了！

惊魂不定的胡秀英跑回家，赶紧给女儿打电话。张腊梅安慰母亲冷静，等她下班回家再说。

母女俩详细分析了目前的情况。那个跟踪母亲的年轻人，很有可能就是白招弟的儿子，也就是徐家的后人。难道是因为她向徐天亮告了密，白招弟知道了，让儿子来报复她？

前几个月，坊间传出很多消息，说锦江集团的董事长徐锦江在飞燕小区有个相好的。有个保安发现了他的秘密，被灭口了，一个多月后，徐锦江被抓，那保安又出现了，原来是个协助警察破案的好市民，成了传奇，本市无人不知，无人不晓。更传奇的是，那个著名的企业家徐锦江，竟然就是当年的徐三娃，那个多年前就死了的徐三娃，真是惊天的秘密！

前几年，化验单事件的主角田小米就住在飞燕区，张腊梅对那个地方印象很深，特意关注了相关消息。

有一天，胡秀英陪女儿张腊梅去商场购物，远远看见个一袭白衣的女子，她心里一惊，愣在了原地。张腊梅看到母亲神情反常，忙问怎么了。胡秀英结结巴巴地告诉女儿她看到了一个身形很像白招弟的女人。张腊梅知道母亲胡秀英和徐家、和白招弟的一些事情，连忙拉着母亲朝白衣女子出现的方向寻去。她们隐约看到那白衣女子下了楼，又看她出了商场，开车离去。母亲叹了口气，埋怨可惜没看清那女子的正脸，张腊梅顾不上回应母亲，拉着她赶紧跑到路边拦了一辆出租车跟了上去，一直跟到飞燕小区。那女子的车进了飞燕小区地下停车场。

之后，母女俩跑去飞燕小区转悠过几次，好巧不巧的，胡秀英还真歪打正着遇见了白招弟，也就是现在的白雅丽。白雅丽变化很大，但喜穿白衣的嗜好，和那一份与生俱来的脱俗静雅格外出众，胡秀英很容易就认出了她。

张腊梅灵机一动，决定敲山震虎，逼白雅丽露出马脚，也给她传递些威慑。你不仁，我不义，你儿子骚扰我们母女的生活，我们就让你不得安宁！于是母女俩就跑去飞燕小区，坐在雅丽美容院斜对面的饮料摊上，故意大声喧哗，让邻座的客人听见了关于白雅丽的传言。

果然，好事不出门，坏事传千里，这么快就传开了。

被带到公安局的胡秀英竹筒倒豆子，把所有的事情都和盘托出。雷鸣迅速安排人询问白建设，为何跟踪胡秀英，白建设不承认。于是，警官们取了白建设和徐家兄弟的生物检材，送去做 DNA 检测。

第二天，结果出来了。白建设和徐天亮、徐三娃确有血缘关系。白建设这才承认，他知道胡秀英三十多年前是徐家儿媳，因为徐家遭遇变故，徐天亮残疾，她逃跑了。出于好奇，想看看她是个怎样的女人，所以跟踪了她，但并没想伤害她。

不管白建设所说是否属实，他对胡秀英确实没有造成实质性伤害，批评教育一通之后放了。

狱中的徐天亮主动交代了另一件谋杀案，十几年前，他买凶杀了常俊。

白雅丽还是被牵涉到了。

在徐天亮家里搜到的古董中，并没有当年常俊拿走的那几件。博物馆失窃的文物基本被追回，就差那几件了。那几件，是所有被盗文物中，最有考古价值的几件，这也是邻省公安追查常俊的主要目的。常俊的所有社会关系——包括他那几乎断绝来往的妹妹常艳，也就是马林虎的妻子，都查遍了，没有发现蛛丝马迹。那么，文物最有可能在白雅丽手里。

白雅丽被公安带走了！

消息不胫而走，很快在飞燕小区传开了，传播得最起劲的就是“郭三刀”。“何豆腐”和“蓝菜花”也绘声绘色跟进店的客人讲述白雅丽的故事，好像他们也是亲眼看见、亲耳听到似的。这三个人，没事的时候经常内讧打嘴仗，但遇到谁有事儿，他们绝对是团结一心、一致对外的。

地下停车场的保安张红卫又眉飞色舞地神气了。他这次的故事内容，据说更精彩、更刺激，是白雅丽的女儿白萌萌做第三者的传闻。

白雅丽痛快交出了那几件文物，但一口没提许文辉。说当年她发现常俊带走了随身衣物和家里的积蓄，虽然很伤心，很气愤，但也无可奈何。后来，天冷了要晒棉被，才在衣橱的棉被里发现了那几件古董，她没敢声张，以为常俊还会回来拿。常俊一直没回来，古董就一直藏在家里。

白雅丽的话经得起推敲。确实没有证据证明她知道常俊被杀，还参与窝藏文物。徐天亮承认是他指使人杀的，当年那个杀手已被抓获，正是徐锦江的“好兄弟”白严强。

那时，白严强还和莫雷一起，在建筑工地做小工。暗地里，白严强接触了一些街头小混混，时常混迹其中。一次偶然，白严强和莫雷救了工头的命，工头为了报恩，提拔他们做了小头目。后来，工头、工头的大舅哥想拉着能干正直的莫雷，一起成立一家建筑公司。当时，他们已经看出白严强品行不端，将其排除在外。莫雷考虑到和白严强是老乡，又是一起出来打拼的兄弟，便说服工头和其大舅哥接纳了白严强。

几年后，合伙公司解体，几个人各自成立了自己的建筑公司。其时，白严强已经在社会上混出了些名堂。后来，几个人回忆往事，都说当时是引狼入室。因为，若干年后，白严强设计陷害莫雷，吞并了他的莫雷建筑公司。

徐天亮一直躲在暗处，对外自称梁老板，四处物色可用之人。无意中发现了白严强，觉得他胆大心细，手段狠辣，又是个初出江湖的新手，可以为己所用。徐天亮以梁老板的名义托人牵线，花钱请白严强杀了常俊。后来，白严强认识了向东，和莫雷、工头等人彻底分道扬镳，自立门户，做起了高利贷生意。几年后，白严强因暴力催债，绑架债务人殴打致死，被抓，坐牢七年。狡猾的白严强并没有交代所有罪行。

真是世事难料啊！

后来，向东拉拢白严强，成为他复仇的一把利器。向东隐藏身份，慢慢靠近徐锦江，谋篇布局，精心设计，最终彻底扳倒了徐家兄弟和白严强，击垮了锦江集团，并协助警方破获了几起历史积案，追回了大量国家级文物，同时也为父亲赵得宝报了仇。

在向东处心积虑报仇的那些年，看到白严强和徐锦江为扩展势力不择手段，做了太多罪恶之事。白严强和徐锦江无数次制定毒计，陷害一直视他白严强为兄弟的莫雷，搞垮了他的公司。同时，还诱惑当时本市建材行业的老大，大海建材公司的老板周大海的儿子周涛，赌博、吸毒，使其债台高筑。接着设计一步步吞并了大海建筑公司。

白严强还不止一次表示，斩草要除根，否则，春风吹又生，后患无穷。他的意思是，莫雷知道自己太多不堪的过往，公司又被自己挤垮，会千方百计报仇雪耻；周涛认识自己，清醒以后意识到上当受骗，会对自己不利，所以必须要将他们俩灭口以绝后患。向东阻止不了白严强和徐锦江心狠手辣吞并其他公司，欺行霸市的行为，只能不动声色规劝白严强，做事留有余地，图财不害命。这才暂时保住了莫雷和周涛的性命。后来，白严强见莫雷清心寡欲，没有复仇的意向；周涛频繁进出戒毒所，自顾不暇，根本不可能对自己造成威胁，渐渐也就放弃了害人之心。

白雅丽回来了。依然是一副镇定自若的样子。她的美容院照常开门营业，生意不但没有受到影响，反而顾客盈门。好多人是慕名而来的，想看一看那个传奇的白招弟，究竟是怎样的一个女子。

其实，马晓军一出少管所就被人跟上了。李强和徒弟轮番上阵，二十四小时不间断。马晓军到厦门，他们跟到厦门，马晓军的一举一动都在他们的视线之中。田小米和翔宇早就知道马晓军姐弟俩有阴谋，出入校园异常谨慎。按照田琨的意思，田小米应该退学回家。田小米不同意，她说，不能因为马晓军到了厦门大学，自己就吓得跑回家。田琨说服不了女儿，又不放心，只好也来到厦门大学。

这天早晨，马晓军又一次混进厦门大学，来到田小米教室前候着。意外发现一个熟悉的身影——田小米的父亲田琨。急忙给马晓娟打电话，马晓娟接完电话愣了。难道，被发现了？转念一想，自己又没干什么，紧张什么。

她偷偷跑出教室，找到马晓军。两人在校园的树林里找了条椅子坐下，分析了半天，决定取消在学校的行动。马上就要放暑假了，到时等回老家再找机会。

俩人刚走出树林，就被五个人围住了。其中一个人正是田琨，两名穿保安服的，另外两个人，是李强师徒。

俩人被带到了学校保卫处。他们很意外地发现，田小米和翔宇也在保安室。

马晓娟假装生气，质问为何带他们来这里。一个保安打开桌子上的录音机，姐弟俩的通话声音传了出来。

马晓军："姐，田小米的爸爸田琨到学校来了，不会知道了我们要对田小米下手吧。"

马晓娟："不会吧，他们怎么会知道，晓军，你不要神经过敏！"

马晓军："那田小米的爸爸怎么会来学校，是巧合吗？"

马晓娟："嗯，估计是巧合吧。人家来看女儿，再正常不过了，不要多想。再说，马上要放暑假了，或许他是来接田小米的。"

马晓军："不是，姐，我隐约觉得，这两天好像有人跟着我。感觉不对劲，咱们不要再针对田小米了，好不好？"

马晓娟："晓军，你的胆子真是越来越小了。先不说了，我马上来找你，你在哪里？"

……

马家姐弟面面相觑，低下了头。

田琨气得满脸通红："为什么？你们姐弟俩，为什么要一而再再而三的针对我的女儿？"

马晓娟突然爆发了："凭什么你的女儿什么都有，还处处压着我。"她眼里喷火，指着田小米大喊大叫，“我长得比你漂亮，智商比你高，身材比你好，你凭什么抢走我爱的男生，我恨你，我恨你，我恨你！呜呜呜……”

众人愣了。马晓军茫然瞪着马晓娟。一保安嘿嘿一乐，跨前两步盯着马晓娟，嘲笑道：“哎呀，你这个女娃儿，小小年纪，妒忌心咋这么强呢，心咋那么狠呢，人家比你强你就祸害人家，男生不喜欢你就迁怒于人家，什么逻辑！”

另外一个保安说：“咱们学校怎么会出现这样一个疯子，还把一个罪犯带进了学校，不但危害学生的安全，还影响了咱们保安部的声誉。快快快，给队长打电话，快快快，打电话报警。”保安气愤得说不下去，直摆手。

一个胖墩墩的中年男子匆匆赶来。

“车队长，您来了。”

车队长严肃地环视室内的人。目光落在气宇轩昂的李强身上几秒，又转向保安：“怎么回事，什么情况？”

大家七嘴八舌说清事情原委。车队长像看傻瓜一般看着马家姐弟。

“你们脑壳有毛病啊？”他说着，又盯住马晓娟，从头到脚打量一番，“这么标致一个女孩子，怎么回事，人家比你强你就害人？有本事你超过人家啊，用下三烂手段害人，最终害的是你自己，知道吗？”

辖区驻校民警高警官和朱警官来了，把一行人带去警务室。

学校要开除马晓娟。田琨向学校讲述了马家的情况，并和李强、田小米商量，提议批评教育，留校察看。田琨说，估计马晓娟有严重的心理问题，建议学校抓紧做检查，慎重对待。不然，可能会毁了一个女孩子的一生。她的经历够悲惨的了。

学校采纳了田琨的提议，请校心理医生给马晓娟做检查。果然，马晓娟患有严重的躁郁症，不适合继续留在学校，必须抓紧住院治疗。

马晓娟被休学了。马晓军送她回老家第三医院住院治疗。那是一家有名的精神病医院。

马晓娟知道了马晓军之前一直在假装应付自己，气急了，一路骂个不停：

“马晓军，你们父子俩都不是人。你爹是大畜生，你是小畜生，没一个好人……马晓军，看你那流氓样子，还癞蛤蟆想吃天鹅肉，我怎么可能爱上你，做梦去吧。让我嫁给你？想得美。你们父子俩把我当玩物，我就把你们当猴耍，哈哈哈，没想到吧，你眼睁睁看着你爹流血而死，你也不是什么好东西……为了不被你那个畜生叔叔赶出去，无家可归，我们只能假装对你好。每个月去看你，给你送吃的送穿的，还假装情意绵绵给你写信，你知道我多恶心吗，我装得多辛苦吗。你想和我结婚？做梦去吧，等我收拾了那个田小米，我就杀了你。”

马晓娟骂累了，倒头就睡，醒来继续骂。一会痛哭流涕，一会儿哈哈大笑，折腾得声嘶力竭。

到医院办完住院手续，马晓娟回头看看马晓军，面无表情地说：“真痛快啊！再也不用装了！”

马晓军主动去少管所汇报了情况，做了检讨。领导们分析了马晓军的表现，觉得他已经变得成熟、有主见、有担当了。深入谈了一次心，听了他的想法，感觉没问题，让他回去妥善处理家事。但要求他必须定期来管教处，汇报事情的进展和思想动态。

马晓军倒是个痴情种，并没有放弃马晓娟，积极配合医院给马晓娟做治疗，对继母常艳也好了很多，张口闭口叫妈，经常和常艳一起去医院看马晓娟。

“马家看起来还是有希望的。”

人们看在眼里，纷纷感叹。

第五十章

三辆警车呼啸着开往阳坡村。附近十乡八里的村民早就闻讯而至，把徐家老宅围了个水泄不通，还有不少村民跟着警车一路小跑。

根据徐三娃和徐天亮指认的位置，警方在徐家老宅破败的院落里，挖出了麻三儿被封在水泥块里的尸体。人们沸腾了，小山村只剩些老人孩子，多年来都没这么热闹过了。老人们说，场面比多年前过年唱大戏都热闹。

有一个人默默站在人群外，面无表情地看着沸腾喧闹的人们。那个人，就是赵得宝的儿子赵家豪，也就是现在的向东。他的右手，搀扶着一个拄着拐杖、腰身佝偻的老人，那是他的爷爷。老人浑浊的双眼木然望着不远处喊叫嬉闹的乡邻，皱得如核桃皮一般的面孔，没有一丝波澜。

不久前，爷爷摔倒受伤住院，赵家豪赶来照顾，想给爷爷输血，检查之后才知道，他和赵家并没有血缘关系。母亲、奶奶均已病逝，自己的生父究竟是谁，已经无从考究了。赵家豪不禁仰天长叹，怪不得，自己长得一点儿都不像赵家人。老天爷真会捉弄人啊！以后，自己就永远叫向东这个名字了。

他默默看了一会儿热闹的人群，转身扶着爷爷向家走去。儿时的记忆里，整洁气派的高门大院，早已荒草萋萋，破败不堪。他的车停在家门口，车内装着早就收拾好的几个箱包。他看一眼挂了一把大锁的、形同虚设的家门，扶爷爷上了车。

汽车的发动机声被乡亲们的喧闹淹没，没人注意他们。车尾带着一股尘烟，静悄悄滑出村子，很快消失不见了。

停在不远处土路边的一辆警车里，有个浓眉大眼的警官，透过后车窗玻璃，紧紧盯着向东。他就是本市刑警大队大队长雷鸣，他的脸上浮现着一种奇怪的神色，有思考，有疑惑。就在向东扶着爷爷转身走开的一霎，雷鸣有种下车拦住他的想法。转念一下，又停住了。他略一思索，从口袋里掏出手机，给铁军拨了个电话。

白雅丽终于敞开心扉，跟女儿坦陈了过往种种，母女俩拥抱在一起泪流满面。第二天，白萌萌去公司递了辞呈，彻底斩断了和吴江的孽缘。儿子表示，他不想改姓了，这辈子，他就叫白建设。

白雅丽主动约胡秀英见面，老姐妹放下心中芥蒂，哭哭笑笑畅谈了一天一夜。从此，俩人又成了好姐妹。

张腊梅知道了妈妈和白雅丽的经历，感慨万千，唏嘘不已，幡然醒悟。人的一生很短暂，弹指即过，能相遇的，都是生命中难得的缘分，要好好珍惜才对。她主动找梁慧谈心，真诚地关心她，帮她和吴江调解关系，还时常陪梁慧去照顾她的父亲。当然，她和吴江之间有过几次私聊，他们达成共识，曾经发生在俩人之间的那些往事，就让它拦在肚子里吧。

田小米和翔宇结婚了。婚后，两人继续学业，准备考研。张腊梅、吴江和梁慧三个人，鼓起勇气，找机会和田小米好好交流了一番，流着泪将当年化验单事件的实情告诉了田小米。田小米泪流满面，哭倒在翔宇怀里。压在心里多年的大石终于卸去，几个人顿觉天高云淡，心情无比畅快。

吴江感慨道；“人哪，一定要行得端走得正。一旦被邪念控制，就会丧失理智，做出看似损人利己的事情来，其实，到头来，还是损人不利己！因果循环，报应不爽。”

田小米擦干眼泪，微笑道：“吴大哥说的对，那段经历，简直不堪回首啊。不过，总算彻底过去了。那些痛苦的过往，也是我一生中不可多得的宝贵财富，它磨炼了我的意志，提升了我的心智，让我坚强起来，有勇气面对工作生活中的任何磨难和坎坷。”

翔宇搂紧小米，眼含热泪怜惜地看着她，“小米，你是最优秀的，你是我的骄傲！”

张腊梅几个人一起围过来：“小米，你是最棒的，是我们学习的榜样，是我们的骄傲。”

马晓娟出院以后，没再去学校，而是带着母亲常艳离开本市，去南方打拼。不久，听说马晓军卖了家里两处房产，去南方找马晓娟和常艳了。

飞燕小区的十七人小团体逐渐扩大，加入了很多新成员：田琨夫妇还有好几个年轻人，白萌萌、白建设、田小米、翔宇、“郭三刀”的儿子郭小刚、“何豆腐”的女儿何洛洛、“蓝菜花”的一双儿女柯南和柯洁、周大海的儿子周涛、莫雷的儿子莫海诚。

周大海和吴江，因别墅买卖成了好友，每聚会必喝高。后来，吴江请周大海去他的公司做副总。再后来，周大海拿出一笔款，入股吴江的公司做了股东。

莫雷的旅馆生意兴隆，已扩大升级为五星级酒店。不久，又大量投资，在全国十多个城市开了连锁酒店。

为何周大海和莫雷突然拥有了巨额资金？

原来，某一天，俩人各自收到一大笔匿名汇款。汇款人留言，是对他们多年前失去公司的补偿。莫雷和周大海讨论良久，想到了一个人。那人，就是白严强曾经的“合作伙伴”向东。他们已经知道了向东的身世，也听说了向东改名换姓处心积虑扳倒徐家兄弟，协助警方追回大批文物、大量国有资产，为民除害，为冤死的父亲赵得宝报仇的事情，很是感慨，也很敬佩。他们有意结识，但是，向东已离开本市，不知去向。

女人们经常相约在雅丽美容院做SPA、聊天。一月一次的聚会，现在经常在莫雷的酒店里举办。

姜力对外还是自称是某科技公司的程序员，只是比以前忙碌多了，经常见不到人。但他偶尔也会出现在饭馆，帮父母的打理生意。老朋友们的聚会，只要有空，他几乎每次都出席。他的真实身份，除了他的直属领导雷大队长及几个上司，至今没外人知道。

白雅丽和许文辉，依然默默相互守护着，相约相伴到老。

不久，田琨出版了一部新作，销量火爆。